# Anuhar
## O GUARDIÃO DO AR

GERENTE EDITORIAL
Roger Conovalov

DIAGRAMAÇÃO
Lura Editorial

PREPARAÇÃO
Mag Brusarosco

REVISÃO
Gabriela Peres
Alessandro de Paula

DESIGN DE CAPA
Lura Editorial

Copyright © E. E. Soviersovski.

Lura Editoração Eletrônica LTDA.
LURA EDITORIAL - 2022
Rua Manoel Coelho, 500. Sala 710
Centro. São Caetano do Sul, SP – CEP 09510-111
Tel: (11) 4318-4605
E-mail: contato@luraeditorial.com.br

Todos os direitos reservados. Impresso no Brasil.

Nenhuma parte deste livro pode ser utilizada, reproduzida ou armazenada em qualquer forma ou meio, seja mecânico ou eletrônico, fotocópia, gravação etc., sem a permissão por escrito da autora.

Dados Internacionais de Catalogação na Publicação (CIP)
(CÂMARA BRASILEIRA DO LIVRO, SP, BRASIL)

Soviersovski, E. E.
　　Anuhar: o guardião do ar / E. E. Soviersovski. 1ª Edição, Lura Editorial - São Paulo - 2022.
　　384p.

　　ISBN: 978-65-84547-53-7

　　1.Ficção 2. Ficção Científica I. Título

CDD-B869

Índice para catálogo sistemático:
1. Ficção

www.luraeditorial.com.br

E. E. SOVIERSOVSKI

# Anuhar
## O GUARDIÃO DO AR

Drah Senóriah
LIVRO II

lura

# AGRADECIMENTOS

Fazemos pouquíssimas coisas sozinhos nesse nosso viver, por isso não poderia deixar de agradecer aos que me auxiliaram no desenvolvimento de mais este livro.

Àquelas que sempre se dispõem a ler os meus textos: Marilys G. Castanho, Cirley Joly, Janete Soviersovski e Ana Cristina Rolim, minha prima amada, que também é minha consultora para assuntos voltados à Medicina. Também à Andréia Idalgo Cardia, uma das mais queridas e prestativas amigas que conheci nesse mundo literário.

Ao meu amigo João Peçanha, com as suas ricas considerações, e ao mais crítico, exigente e detalhista de todos, meu filho Jordão.

À minha querida amiga escritora e consultora de narratologia Margareth Brusarosco, que sempre me tira da zona de conforto quando analisa os meus escritos, e faz isso de forma brilhante.

À Lilian Cardoso e à LC Agência de Comunicação, por terem ampliado as perspectivas dos meus horizontes literários. Às três pessoas mais do que especiais que contribuíram muito para a lapidação da obra e para o meu desenvolvimento como escritora: Mari Vieira, Marcos Torrigo e Fernanda Emediato. Do fundo do meu coração, o meu muito obrigada a vocês. Fernanda, agradeço a inabalável paciência e presteza durante todo o desenvolvimento do trabalho.

Ao meu marido Vicente, minha filha Nathálya, minha irmã Andressa e ao meu pai, que só por estarem por perto já me dão a maior força.

A toda equipe da Lura Editorial pelo apoio e parceria.

À Universidade de Estudos Avançados (UEA) que, abrangendo mais de duzentas disciplinas dispostas em Ciência, Filosofia e Ontologia, nos instiga a caminhar em companhia da pesquisa profunda, que é a base para o meu discernimento.

Um agradecimento especial ao Dr. Will's Mak'Gregor (Mestre Haytchãna), cujas informações trazidas, ao serem transformadas em ensinamentos, abriram canais até então desconhecidos por mim.

A todos os que de alguma forma contribuíram para que este livro acontecesse, fica aqui a minha gratidão e o meu carinho.

# SUMÁRIO

Em um passado recente... .......................... 11
Capítulo 1 - Drah Senóriah ..................... 13
Capítulo 2 ................................................ 20
Capítulo 3 ................................................ 28
Capítulo 4 ................................................ 35
Capítulo 5 ................................................ 39
Capítulo 6 - Worg .................................... 44
Capítulo 7 - Drah Senóriah ..................... 50
Capítulo 8 ................................................ 54
Capítulo 9 ................................................ 60
Capítulo 10 - Worg .................................. 67
Capítulo 11 .............................................. 72
Capítulo 12 .............................................. 78
Capítulo 13 .............................................. 85
Capítulo 14 .............................................. 89
Capítulo 15 - Planetoide Plnt – 45 ........... 93
Capítulo 16 - Drah Senóriah ................... 99
Capítulo 17 .............................................. 106
Capítulo 18 .............................................. 112
Capítulo 19 .............................................. 117
Capítulo 20 .............................................. 120
Capítulo 21 .............................................. 125
Capítulo 22 .............................................. 128
Capítulo 23 .............................................. 131

| | |
|---|---|
| Capítulo 24 | 137 |
| Capítulo 25 | 142 |
| Capítulo 26 | 147 |
| Capítulo 27 | 151 |
| Capítulo 28 | 156 |
| Capítulo 29 | 161 |
| Capítulo 30 - Worg | 165 |
| Capítulo 31 - Drah Senóriah | 170 |
| Capítulo 32 | 175 |
| Capítulo 33 | 180 |
| Capítulo 34 | 186 |
| Capítulo 35 | 190 |
| Capítulo 36 | 194 |
| Capítulo 37 | 198 |
| Capítulo 38 | 204 |
| Capítulo 39 | 212 |
| Capítulo 40 - Worg | 219 |
| Capítulo 41 - Drah Senóriah | 221 |
| Capítulo 42 - Planetoide Plnt – 45 | 224 |
| Capítulo 43 | 226 |
| Capítulo 44 | 233 |
| Capítulo 45 | 237 |
| Capítulo 46 | 239 |
| Capítulo 47 | 243 |
| Capítulo 48 | 246 |
| Capítulo 49 | 253 |
| Capítulo 50 | 257 |
| Capítulo 51 | 262 |
| Capítulo 52 - Planetoide Plnt – 45 | 265 |
| Capítulo 53 - Drah Senóriah | 271 |
| Capítulo 54 - Drah Senóriah | 274 |

Capítulo 55 - Planetoide Plnt – 45 ............... 277
Capítulo 56 - Drah Senóriah ...................... 280
Capítulo 57 ............................................. 287
Capítulo 58 - Drah Senóriah ...................... 292
Capítulo 59 ............................................. 295
Capítulo 60 ............................................. 303
Capítulo 61 - Em algum lugar da galáxia ........ 307
Capítulo 62 - Drah Senóriah ...................... 309
Capítulo 63 ............................................. 316
Capítulo 64 ............................................. 321
Capítulo 65 - Kréfyéz ............................... 328
Capítulo 66 - Drah Senóriah ...................... 332
Capítulo 67 ............................................. 336
Capítulo 68 ............................................. 341
Capítulo 69 ............................................. 343
Capítulo 70 ............................................. 352
Capítulo 71 - Alguns ciclos depois ............... 354
Capítulo 72 ............................................. 362
Capítulo 73 - Kréfyéz ............................... 366
Capítulo 74 ............................................. 373

Epílogo - Plouzd ...................................... 377
Guia de Personagens ............................. 381

## Em um passado recente...

**DRAH SENÓRIAH** quase entrou em colapso devido à escassez de X-ul 432, imprescindível na produção de equipamentos de tecnologia. Entretanto, frente a uma tragédia, Ross, o cientista-mor do planeta, deixou o resultado das suas buscas e pesquisas de longa data sobre a substância substituta em sua filha Alessandra, nascida na Terra. Após o líder dos Guardiões, Yan, trazer a jovem híbrida a Drah Senóriah, o corpo científico local, de posse dessa pesquisa, instalou-se em Brakt, um pequeno planeta não habitado e única fonte da nova substância, que passou a ser chamada de Wh-S 432.

Desde então, Drah vem se concentrando no aprofundamento desse trabalho e na extração do material, reestruturando-se dentro dessa nova realidade a fim de adequar os dispositivos tecnológicos de forma gradativa até atingir a escala normal.

Mas enfrenta sérios problemas...

# CAPÍTULO 1
## Drah Senóriah

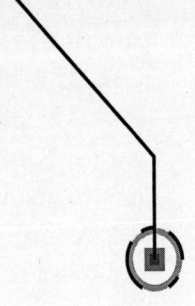

**N**o *céu* de Drah Senóriah brilhavam os dois Sóis em um ciclo rotacional — o dia senóriahn — de clima moderado. O rosa, mais distante, coloria o azul do céu, e o amarelo, mais próximo, reluzia bem em frente de Anuhar, que não estava preocupado com eles. Todos os testes das suas naves com a nova substância usada na confecção de equipamentos de tecnologia, o Wh-S 432, haviam falhado. Não importava o que fizessem, depois de certo tempo em funcionamento, elas paravam e, nesse exato instante, o líder de Defesa do Ar do planeta pilotava, ou melhor, tentava controlar a nave de combate que vinha em queda livre.

— Anuhar, você tem que sair daí.

— Estou coletando os dados. Se esses brinquedinhos funcionavam com o X-ul 432, e o Wh-S 432 é compatível com ele, temos que descobrir qual é o problema — respondeu para os demais seres em terra.

— Dois minutos para o impacto.

— Eu sei. Todos os painéis estão me alertando disso.

Os técnicos de apoio que se comunicavam com o Guardião do Ar se entreolharam.

O guerreiro, ao mesmo tempo que via o cume das montanhas se aproximar, tanto pela aparelhagem à sua frente quanto pelas janelas do veículo em queda, observava o conjunto de dados que enviava ao Prédio Central, base de toda a cúpula do planeta. Porém, ainda havia mais para captar.

A nave descia impiedosamente, enquanto ele ainda tentava, à força, salvá-la do impacto inevitável, já que não se conformava em perder mais uma de suas preciosidades. Então que fosse a última e, para isso, precisava coletar todos os elementos possíveis, de cada sistema da máquina.

— Saia dessa nave. Agora!

— Rhol? — Anuhar se surpreendeu, fazendo uma careta enquanto analisava o que ainda faltava para enviar.

— Um minuto e meio para o impacto — informou o operador, que suava na mesma proporção em que o seu coração acelerava.

— Cara, eu não vou repetir! — ordenou Rhol.

—Veio ver se ainda sei pilotar, meu amigo? — respondeu ao líder do Fogo de Drah, tentando ganhar tempo, enquanto seus preciosos gráficos corriam alucinadamente nos visores à sua frente.

Com o pequeno dispositivo que as autoridades senóriahn mantinham acoplado ao intercomunicador para calcular coordenadas e permitir o teletransporte a destinos em movimento, Anuhar sabia que se Rhol decidisse ir até a nave, o tiraria de lá a qualquer custo, e o conjunto final de dados, novamente, deixaria de ser coletado, além de mais um Guardião ter a sua existência posta em risco.

Estava quase no topo das montanhas, mas ainda faltava a coleta final.

*Uau, que visual!* O líder do Ar arregalou os olhos quando constatou que a vegetação cinza-claro do cume da montanha brilhava, agraciada pelos raios do Sol amarelo.

Em seguida, deu o comando mental para iniciar a geração dos dados finais, porque precisava entender o comportamento do seu equipamento, até o último segundo. E visto que a transmissão dessas informações poderia falhar novamente, carregaria a unidade de armazenamento que mais confiava para garantir que elas chegassem intactas aos especialistas: seu encéfalo.

— Um minuto — avisou o operador.

— Anuhar!

Ele se conectou mentalmente aos aparelhos e passou a carregar os dados, de forma semelhante ao que um humano faria com um *pen drive*.

— Trinta segundos.

*Vai, vai, vai...* Ele observava a troca alucinada das imagens dos visores, junto com a aproximação do momento da colisão, que seria fatal se ele não estivesse longe quando acontecesse.

— Dez, nove, oito...

*Vaaaii!*

— Três, dois, um...

— *Gródsv!* — gritou.

Rhol e as equipes do Fogo e do Ar, que acompanhavam a queda livre do Guardião, assistiram mudos à explosão causada pelo impacto. Alguns com olhos arregalados, outros com as duas mãos na boca, enquanto tudo o que se via eram as labaredas do fogo gerado pela colisão.

O silêncio gritava no principal recinto do Comando de Defesa do Ar, enquanto ninguém piscava assistindo à projeção.

Silêncio.

Silêncio.

— Eu sei... Sei que foi arriscado. — Todos se viraram para o fundo da sala, no subsolo do grande Prédio.

Anuhar bufou, enquanto seus olhos azuis se adaptavam à iluminação do ambiente, menor que a exterior, e se aproximou de dois técnicos em particular, passando a mão pelos cabelos loiros até os ombros, antevendo a chuva de críticas e retaliações, das quais se desvencilharia com facilidade.

A dificuldade estaria em enfrentar o homem de quase dois metros de altura e de poucas palavras que o encarava. O guerreiro do Ar desviou do par de olhos escuros de Rhol, cuja expressão o remetia às rochas das montanhas 15-M-300, as mais duras do planeta, na 15ª Subdivisão Governamental, ou SG.

— Pegamos tudo? — perguntou aos dois jovens sentados em um dos cantos da sala, onde os dados recebidos estavam sendo computados.

— O último lote, aparentemente, veio corrompido — respondeu o rapaz de cabelo vermelho, enquanto todos os demais técnicos, alguns ainda trêmulos, voltavam a atenção às suas estações de trabalho. — Mas vou ver se consigo alguma informação dos demais lotes.

— Ótimo. Isso é muito importante. Por garantia, trouxe mais dados aqui comigo. — O Guardião tocou a cabeça com o dedo. — Assim que os extrair, repasso a vocês. Vou conversar com a Cêylix para usarmos o Rastreador Cerebral agora.

O rapaz assentiu, já estudando os números e imagens à sua frente.

— *Gródsv!* — O guerreiro soltou o ar com força, questionando se todo o esforço dos últimos minutos teria sido em vão.

— Não adianta xingar — Rhol comentou bem próximo às suas costas. —Você sabia que isso poderia acontecer.

— Preciso beber alguma coisa antes de ir ao laboratório — confidenciou Anuhar. —Você me acompanha?

Ambos se teletransportaram treze andares acima, até o recinto da nutrição. Depois de entrar, passaram pelos poucos seres presentes e foram direto ao *buffet* de bebidas, mais ao fundo, do lado esquerdo. Escolheram as respectivas garrafas e se sentaram à mesa de sempre, próxima à parede lateral sob as janelas.

Anuhar ergueu as mangas da elegante farda azul e, em uma única virada, sorveu todo o líquido da primeira das duas garrafas que pegou. Sentiu o vigor da bebida fortalecendo a sua matéria física desgastada e passou os olhos de forma automática pelo ambiente, sem prestar atenção à calmaria que imperava. O murmurinho quase imperceptível vindo de duas mesas dispersas não interferia na melodia tranquila do local. Puxou o pescoço para um lado e depois para o outro. Sentiu o corpo esquentar devido ao líquido revigorante e ao poder do olhar do Guardião do Fogo sobre si, fechando os olhos para se proteger do que estava prestes a escutar. Só a estrutura física do amigo já bastava para impressionar. Quando ficava contrariado, os olhos escureciam ainda mais do que a sua pele negra, e até um guerreiro como Anuhar entrava em estado de alerta.

— Olha... — Ele mesmo iniciou a defensiva. — Se vai falar sobre o que fiz lá fora, não havia outra maneira. Ao contrário de todos os demais equipamentos, as naves sofrem pane depois de algum tempo de voo, e se não descobrirmos logo a causa, não vamos mais tirá-las do chão, meu amigo, e ambos sabemos o que isso significa.

Rhol também ergueu as mangas da sua farda marrom e apoiou os dois cotovelos na mesa, sem deixar de encarar o parceiro, enquanto sorvia parte do suco amargo que pegara no *buffet*.

— Não dá para entender — o líder do Ar continuou. — Já perdemos seis naves e ainda não descobrimos a razão. Todo o nosso aparato tecnológico funcionava com o X-ul 432, então por que a nova substância funciona para todos os demais equipamentos e dá problema com os do Ar? — Bufou e esfregou os olhos com a mão. — Eu precisava de todos os dados, desde a decolagem até a queda, e havia a chance de o lote final vir corrompido por não ser transmitido a tempo, por isso armazenei o que espero ter sido o restante das informações.

O amigo se manteve em silêncio.

— Fico apavorado só de lembrar do tempo que demoramos para encontrar o Wh-S 432. — Passou a mão pelo cabelo. — Desde que se iniciaram os testes com ele, não faço outra coisa senão trabalhar nisso. — Ajeitou-se na cadeira. — Enquanto o Farym está sorrindo à toa, tanto quanto o Nillys devido aos seus brinquedos da terra e da água funcionarem sem falhas, eu quase não durmo mais. E, além de tudo isso, o nosso caro colega e maioral de Wolfar pode tentar nos surpreender a qualquer momento. Se for pelo ar, então, vai fazer a festa. Até nem penso que ele tenha essa coragem, mas se descobrir que estamos desguarnecidos, nem sei o que aquele canalha é capaz de fazer.

— Se nós estamos nessa situação, toda a galáxia também está, portanto, se Dhrons tentar algo, vai sofrer as consequências de imediato.

— É verdade, mas o fato de os outros planetas também estarem nessa situação não fecha as defesas aéreas de Drah. — Anuhar tomou mais um gole da bebida e respirou fundo. — Se hoje à noite eu não descansar um pouco, vou completar três ciclos trabalhando direto.

— Que maravilha! — Rhol bateu palmas devagar. — Muito bom pilotar uma nave em queda livre com mais de cem horas sem dormir. O que imagina que vai descobrir com a sua capacidade analítica totalmente prejudicada?

— E você pensa que não sei disso? — O guerreiro abriu a outra garrafa com o líquido revigorante. — Acha que estou trabalhando dessa forma só para me exibir? Que *gródsv*, Rhol. Estou indo à campo porque você sabe que não é simples usar o encéfalo como unidade de armazenamento e que muito poucos desenvolvem essa capacidade. Também tenho mais experiência e mais conhecimento do que a maioria dos pilotos, o que me assusta, porque se *eu* não faço ideia do que está acontecendo, estamos com um tremendo problema.

— Ah, chegou ao ponto. — Rhol aproximou o grande tórax da mesa. — O que fez hoje, e também no teste anterior, beira a irresponsabilidade. O que vai fazer no próximo? Ficar mais dois segundos e explodir com a nave? Se é quem mais conhece todo o nosso aparato aéreo, não vai ajudar se fizer a passagem. Que tipo de exemplo está transmitindo para os pilotos e técnicos? Como será que estão se sentindo depois de assistirem ao seu comandante brincar de suicídio? É esse tipo de comportamento que espera de cada um deles?

— Olha — começou e se pôs a gesticular, como se pudesse argumentar com a mão —, eu...

— Não precisa responder. — O Guardião do Fogo se levantou. — São questões que precisam estar claras para você. — Apontou para o amigo. — Se quer continuar desse modo, vá em frente, mas deveria dar o seu show sem plateia, porque há pouco vi um grupo de seres em pânico lá no subsolo. Quanto a mim, vou ter uma boa conversa com o Yan. Não tenho dúvidas de que ele vai saber o que fazer nessa situação.

— Rhol, não posso me afastar agora. Entenda isso.

— Então aja com maturidade e responsabilidade, que é o que todos esperam de um grande líder. Até mais. — Deu dois tapinhas no ombro do guerreiro do Ar, e o deixou sozinho com a testa apoiada nas mãos.

Anuhar observou o imenso ser, imponente na sua farda em forma de casaca, característica da Elite do Comando de Defesa, afastar-se atraindo as poucas cabeças presentes, enquanto acabava de tomar o que ainda restava na garrafa. Respirou e se levantou para retornar às pesquisas, mas, quando Sarynne adentrou o local, ele voltou a se sentar rápido. Era ela quem auxiliava a Alessandra, a híbrida nascida e crescida na Terra, que ainda se adaptava aos costumes locais sem ter todas as habilidades senóriahn desenvolvidas. Ele sorriu com esse pensamento, porque mesmo não tendo a capacidade cognitiva dos seres de Drah, a companheira do líder dos Guardiões possuía um poder que nenhum deles tinha, e o planeta já havia se beneficiado disso.

Entretanto, o fato de ter se sentado de novo não tinha nada a ver com isso. Havia algo na auxiliar loira que o hipnotizava. Talvez fosse o empenho à amiga híbrida ou, quem sabe, os olhos puxando para o amarelo junto com o nariz arrebitado, acompanhados de um sorriso discreto que compunha o retrato da sobriedade e discrição. Não sabia.

*Então aja com maturidade e responsabilidade...* Por alguma razão, olhando para Sarynne, esse pensamento lhe trouxe um grande desconforto. Quem sabe, quando a tempestade de problemas se dissipasse, ele entenderia o motivo.

Seu intercomunicador o tirou dos devaneios e, ao ver a mensagem, empertigou-se. Bebeu o restante do líquido da garrafa e se teletransportou até a sala do seu obstinado líder, Yan, com um único pensamento: o de que, nesse momento, não poderia ser afastado sob hipótese alguma.

# CAPÍTULO 2

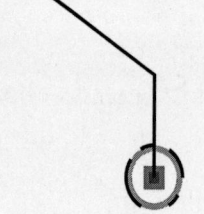

**E***ntrando* no recinto da nutrição para compensar as muitas horas sem alimentação, Sarynne foi direto ao *buffet*, com o pensamento em Alessandra, que voltara ao recinto da saúde. A matéria da amiga — metade humana, metade senóriahn — ainda não se adaptara por completo à Drah Senóriah, por isso vinha se submetendo a tratamentos com certa constância.

Distraída, serviu-se de dois salgados de raízes e se dirigiu a uma das mesas do lado direito do grande ambiente. Porém, como de costume, olhou para a mesa dos Guardiões, logo abaixo da janela, na outra extremidade do espaço. E ele estava lá. Loiro e lindo como sempre, ela não pôde deixar de se desconcentrar, nem de se perder naquele olhar que andava tão tenso nesses últimos tempos.

Anuhar aparentava estar com o pensamento longe e Sarynne abaixou os olhos, porque ele olhava em sua direção. Era evidente que não a observava e que o foco deveria ser algo ao seu redor, ou mirava em algum ponto sem efetivamente vê-lo, o que ela julgava ser o mais provável. Suspirou. Como gostaria de abraçá-lo nesse período tão complicado. Era nítido o cansaço do guerreiro e ela poderia auxiliá-lo de tantas formas... Além da vontade que sentia de beijar aqueles lábios sedutores.

Ela se remexeu na cadeira sem se atentar para a música suave que ressoava no ambiente. Comeu um dos salgados, com uma enxurrada de pensamentos inundando sua racionalidade. Como gostaria de ser alguém à altura do Guardião, alguém que pudesse fazê-lo feliz, que pudesse ouvi-lo e ser a sua confidente. Amaria ser a única mulher a satisfazê-lo. Sarynne levantou a cabeça, mas ele havia saído. *Acorde, menina, e lembre-se de que a sua caminhada é uma e a dele é outra*, pensou. Suspirou outra vez. Ainda se conformaria com esse fato e viveria bem, apesar disso.

Resignada, terminou a refeição rapidamente e voltou ao recinto da saúde para retomar seu trabalho junto à Alessandra.

───▸▸●●●●◂◂───

Sentado em uma das extremidades da mesa de reuniões, Yan empurrou para trás a tirinha da franja escura caída sobre a testa, e deu o comando mental para abrir a porta para Anuhar e Nillys, já que os demais Guardiões já aguardavam na sala.

O guerreiro do Ar entrou com seus habituais passos largos, sentando-se na cadeira mais afastada do grupo, embora ainda ao redor da mesa na qual o seu comandante apoiava os cotovelos e firmava a boca nas mãos, seguindo cada movimento seu com o olhar firme.

Uma vez todos acomodados, Yan iniciou a conversa sem rodeios:

— Eu saúdo vocês. — Os Guardiões fizeram uma leve reverência, com o punho direito fechado sobre o peito, próximo ao coração, repetindo o gesto do líder. — A extração do Wh-S 432 continua acontecendo conforme o previsto — prosseguiu —, e as nossas equipes em Brakt trabalham já há algum tempo sem surpresas. Também já começamos a difundir a nossa tecnologia, referente à utilização dessa substância, aos demais planetas.

— E como fica Wolfar nessa história? — perguntou Farym.

— É evidente que ele não está nessa lista, certo, Yan? — questionou Nillys, com um leve sorriso no rosto.

— Por mais que Dhrons tenha feito o que fez, temos uma responsabilidade ética para com os wolfares. Não podemos permitir que o planeta sucumba porque o dirigente deles provocou uma batalha contra Drah, por puro capricho.

— A propósito, temos novidades quanto ao paradeiro dele? — indagou Rhol, estalando os dedos médio e polegar, produzindo uma pequena chama, como de costume, visto que possuía total controle sobre o elemento fogo.

— Há indícios de que esteja em um dos planetas-satélite da galáxia, mas a equipe do Tlou ainda está investigando.

— Mesmo eles sendo os nossos maiores inimigos, vamos ajudá--los? — Nillys dedilhava sobre a mesa.

— Pois é... — Yan passou a mão pelo queixo, observando o par de olhos verdes, sérios e apertados, que estavam cravados nele, diferentes dos que condiziam com a expressão leve que sempre acompanhava o sorriso do Guardião das Águas. — A Federação Intergaláctica entende que temos esse dever.

— Depois que eles invadiram Drah pelas águas, tenho trabalhado como um louco tentando mapear todos os possíveis portais aquáticos e subaquáticos, mas essa não é uma tarefa simples. E ainda assim vamos auxiliar aqueles seres de duas testas? Dom Wull concorda com isso?

Yan pensou no desconforto do seu genitor sobre o assunto, e na forma com que, como líder do planeta, procurava controlar e ocultar tal sentimento a todo custo. E no quanto isso era perceptível ao Guardião, com os seus olhos de filho.

— Olha, Nillys — o guerreiro-mor massageou as têmporas —, temos que separar atitudes como as daquele canalha do Dhrons, das necessidades de milhões de seres inocentes que podem ficar sem nenhum dispositivo de tecnologia, somente porque o antigo líder é um desequilibrado.

— Mas que *gródsv*, Yan! Você concorda com isso?

— Não cabe a mim concordar ou não, mas fazer o que é certo.

— Dom Wull ouve você. Se argumentar sobr...

— Ele está negociando possíveis alternativas com a Federação. — O comandante dos Guardiões encarou Nillys, que passou a mão pela barba rala avermelhada e bem-cuidada, remexendo-se na cadeira.

Defendendo algo que talvez fosse indefensável, Yan bufou.

— Lembre-se de que Dhrons torturou a Ale e quase a matou. Se eu tivesse chegado uns dois minutos mais tarde, talvez ela não estivesse conosco. Então, não, não esqueci o que ele fez. Entretanto — deu várias batidinhas na mesa com o punho cerrado —, é a Federação quem nos autoriza, ou não, a extrair o Wh-S 432 em outro planeta que não Drah.

— Por outro lado, somos nós que temos a tecnologia para extraí-lo e tratá-lo — alegou Farym, com todo o seu equilíbrio e sensatez.

— Todos sabemos disso, mas até agora não foi argumento suficiente para o que queremos — justificou Yan ao guerreiro das Terras.

— Deve ter uma alternativa. Afinal, quem nos garante que a mentalidade doentia de Dhrons não está incutida nos wolfares?

— Caros amigos, este assunto está além do nosso alcance de decisão, então sugiro voltarmos aos itens que estão em nossas mãos — Yan falou com firmeza para o grupo. — Nenhuma surpresa na utilização da nova substância?

Farym apertou os olhos castanhos amendoados e discorreu sobre o bom funcionamento dos equipamentos acima e abaixo do solo, um discurso replicado por Nillys sobre seu aparato aquático, que funcionava com precisão. Rhol, responsável por toda a tecnologia e armamentos locais, comentou que o arsenal bélico operava conforme o esperado, e, no que se referia aos instrumentos tecnológicos, seguia acompanhando os testes com as naves, porque todo o restante do aparato funcionava a contento.

Assim, todos se viraram para Anuhar, cujo silêncio até então lhe poupara forças, uma vez que a confusão viria dali.

— Bem, vamos lá — começou ele, entrelaçando as mãos sobre a mesa. — Agora há pouco perdemos a sexta nave nos testes. Elas funcionam por determinado tempo e, em algum momento, sofrem uma pane. A boa notícia é que é provável que enfim tenhamos conseguido todos os dados para análise, porque nos voos anteriores os últimos lotes nunca eram transmitidos integralmente antes da queda.

— Últimos lotes? — Yan perguntou. — Você quer dizer aqueles milésimos de segundo em que ninguém deveria estar perto da nave para transmitir o que quer que seja?

Anuhar passou a mão pelo cabelo loiro sobre os ombros, que escondia os botões dourados da imponente casaca azul.

— Exato. É por essa razão que não havíamos conseguido todos os números.

— Deixe programada a transmissão a partir da base — argumentou Farym.

— Já fizemos isso, mas não obtivemos nada que nos levasse à solução. Por isso preferi observar de dentro o que faltou transferir, e gravei aqui comigo, espero que tudo. — Apontou para a cabeça. — Assim que sair daqui, vou falar com a Cêylix para fazer a extração.

— Uau... acompanhar a colisão de *dentro* da nave. — Nillys deu um longo assobio. — Hehe... Depois, eu é que sou o louco.

Anuhar fuzilou com o olhar o Guardião das Águas, que se esparramava na cadeira, com ar de riso.

— E o que pretende fazer agora? —Yan o encarou.

— Além de aguardar a análise da queda de hoje? — Suspirou. — Acompanhar a evolução das pesquisas e dos testes que vêm sendo feitos no laboratório, controlar as últimas levas de X-ul 432 ainda usadas na manutenção das naves antigas, cuidar do espaço aéreo para que o Dhrons não se anime a fazer nenhuma besteira, e arquitetar uma estratégia para o caso de não resolvermos as panes a tempo, já que o canalha pode descobrir e se empolgar com alguma das suas ideias brilhantes contra Drah. — Anuhar olhou para cima, pensativo. — Creio que não faltou nada.

O líder dos guerreiros voltou a apoiar os dois cotovelos na mesa, entrelaçando os dedos das mãos ao mesmo tempo em que espremia os olhos em direção ao Guardião.

—Você não vai aguentar — afirmou Farym. — O que podemos fazer para ajudar?

Anuhar observou o contraste das mechas douradas do cabelo castanho do guerreiro das Terras com o uniforme cinza. Não que não estivesse acostumado com a visão do companheiro, ou que fosse ligado a qualquer tipo de combinação de cores, mas o fato é que não fazia ideia da razão de estar pensando nisso nesse instante.

— Anuhar?

— Hã?

— O que podemos fazer para te ajudar?

— Se conhecer alguém experiente em naves, tanto da parte interior quanto da exterior, ou em apenas uma delas, está valendo. Algum perito em Wh-S 432 para nos indicar um caminho, também aceito. Fora isso... — Abriu as palmas das mãos.

— Farym, Nillys, quero uma estratégia de proteção ao planeta, para o caso de não encontrarmos uma solução de compatibilidade entre a nova substância e os nossos brinquedos aéreos — solicitou Yan. — Precisamos de cobertura pela terra e pelas águas, com todo o arsenal que tivermos. — Olhou para Rhol, que assentiu com a cabeça. — Se tivermos que adaptar, construir, projetar, produzir ou o que mais for necessário com o nosso ferramental de defesa, vamos fazer. Por mais que nada indique, nesse momento, que algum perigo próximo esteja nos rondando, é melhor nos adiantar para não sermos pegos de surpresa.

— Afinal, temos o Dhrons na nossa cola — comentou Nillys.

— É. Sei que as coisas não estão muito tranquilas, mas é para isso que estamos aqui. — Os Guardiões concordaram. — Alguma colocação? — Eles negaram com a cabeça.

— Então é só isso. Obrigado, rapazes.

Quando Anuhar se levantou junto com os companheiros, Yan fez um gesto para que esperasse.

*Gródsv!*, pensou ao se sentar novamente, recebendo de Nillys uns tapinhas nas costas. Segurou o braço do Guardião das Águas, trazendo-o para perto.

— Ainda vou arrancar essa sua barba vermelha com a mão — cochichou ao guerreiro, que deu uma boa risada ao deixar a sala, mesmo fazendo uma careta pelo aperto no braço.

— Anuhar — Yan começou, uma vez que estavam sozinhos na sala —, nós dois sabemos que do jeito que você está, não vai chegar a lugar algum.

O líder do Ar se remexeu na cadeira.

— As pendências das Subdivisões Governamentais estão aumentando e tem muita coisa que precisa ser resolvida.

— Estou priorizando a resolução dos problemas e as SGs podem esperar.

— Não estou te criticando. O que quero dizer é que precisa de ajuda.

— E quem pode me auxiliar nesse momento? — Bufou. — Entendo que todos queiram ajudar, mas para solucionar esse defeito é preciso ser especialista nos assuntos que comentei, e o único dessa sala que detém esse conhecimento está falando agora com você. Os demais especialistas que conheço... todos, eu disse todos, estão trabalhando muitas horas por ciclo de forma que as pesquisas não parem.

— Vou te ajudar. Você nem raciocina mais, Anuhar! Faz quantas horas que está sem dormir?

— Várias. — Passou as mãos pelos olhos.

— Vou trazer alguém para colaborar com as SGs. Sei que não vai descobrir o âmago da questão, mas pode tirar da sua frente coisas menores que não estão no seu foco. Depois que tudo for sanado, voltamos ao normal.

— Olha, Yan, não sei se alguém de fora ajuda ou atrapalha no ponto em que estamos.

— Você não tem outra opção. Acabei de voltar da visita de rotina de duas SGs e elas reclamaram da falta de respostas. O Farym também recebeu reclamações de outras duas enquanto esteve me substituindo.

Anuhar encostou na cadeira e olhou para cima.

— E quem vai ficar com essa incumbência?

— Ainda não sei, mas me prometa que vai sair daqui direto para o seu quarto descansar, aparecendo de volta somente mais tarde. E nada de levar trabalho para lá. Estou certo de que vai voltar a ver as coisas com clareza depois disso.

— Combinado. Vou descansar depois que extrair os dados, ok?

— Lêunny está a par de tudo, evidentemente.

— Sim, como meu substituto direto, ele acompanha o que eu faço.

— Isso é muito bom, porque da próxima vez que resolver participar dos testes da forma que fez hoje, ou de qualquer outra atividade com grau semelhante de periculosidade, eu te destituo da posição de Guardião, qualquer que seja a situação em que estivermos com o Wh-S 432. Sei que é quem mais conhece o contexto e os equipamentos todos, mas se fizer a passagem, também não vai ter condições de ajudar. Sendo assim, nem Drah nem eu ficaremos com essa responsabilidade, já que põe a sua existência em uma prioridade bem baixa.

Anuhar apenas fechou os olhos.

— Mais. Alguma. Coisa? — perguntou, contrariado.

— Bom descanso.

O guerreiro do Ar assentiu com a cabeça e se teletransportou para o laboratório, enquanto o líder dos Guardiões atendia ao intercomunicador.

— Yan — respondeu, seco. — E como é que ela está?... Estou indo para aí.

# CAPÍTULO 3

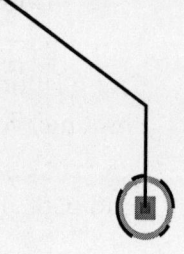

Antes de descer, porém, um filme passou pela cabeça de Yan. Por mais que estivesse vivendo de forma plena a união com Alessandra, o incômodo sentimento de culpa em relação a ela não o abandonava.

Pouco tempo antes, sob a proteção da elite do Comando de Defesa, ela havia sido sequestrada de dentro do Prédio Central e levada ao planeta do pior inimigo de Drah Senóriah, única e exclusivamente porque o líder dos Guardiões, responsável-mor pela defesa local, ou seja, ele mesmo, mantivera-se convicto em nem cogitar a possibilidade de haver qualquer desvio de conduta interno. Por causa disso, a sua amada fora torturada e quase assassinada e os senóriahn tiveram que encarar o fato de que alguns dos seus procedimentos mais antigos já não eram tão sólidos.

Além disso, ela poderia estar bem se estivesse na Terra. Tinha sido ele que a havia buscado para salvar Drah do maior colapso que o planeta já enfrentara. Sim, ele tivera a missão de ser apenas o transportador, visto que ela precisaria ser trazida de qualquer forma, mas lhe incomodava o fato de que o delicado corpo físico híbrido estivesse encontrando dificuldades de adaptação ao clima e ao espaço local, assim como às velocidades a que era submetido pelas naves senóriahn.

Ele cobriu os olhos com as mãos, lembrando-se do quanto ela ficara deslumbrada na última viagem que o casal fizera a um dos lagos mais belos da Subdivisão Governamental Central, com água extraordinariamente cristalina, cercado de uma vegetação imensa, que, nos períodos mais frios, curvava-se para o aquecimento da terra e do planeta pelos dois Sóis, erguendo-se ao anoitecer.

Ele sorriu, mas no instante seguinte voltou à seriedade, ao relembrar a apreensão dela quanto à sua condição física, quando ele não conseguira esconder a angústia que isso também lhe causava.

— Em que está pensando, Yan? — perguntou Alessandra ao se aproximar dele, vendo-o com o olhar perdido através da janela do quarto do Espaço de Acomodação onde ficaram, com vista para o lago.

— Em como a noite está linda — respondeu o guerreiro, porque entendia que não havia sentido dividir com ela o seu desconforto, uma vez que ele deveria acalmá-la e não preocupá-la ainda mais.

— Você pode não acreditar, mas eu te conheço mais do que imagina.

Yan permanecia observando a paisagem noturna, mas quando ela o abraçou por trás, envolvendo-o pela cintura, ele se virou, puxando-a para mais perto de si.

— Eu sei — reconheceu, respirando profundamente. — Você faz ideia do quanto eu te amo?

— Faço... Deve ser uns trinta por cento do quanto eu te amo — brincou ela, fazendo-o sorrir.

Quando Alessandra o rodeou pelo pescoço e acariciou-lhe o cabelo escuro e curto, ambos fixaram o olhar um no outro e permaneceram desse modo até que ele quebrou o silêncio quando viu o pequeno vinco na testa da amada.

— Está preocupada com o tratamento?

— Não tem como não estar, não é? — Ela encostou o rosto no tórax do guerreiro. — O meu corpo físico não é como o de vocês, então não sei o que pode acontecer.

— Confie na nossa tecnologia, Ale. É só o que te peço.

— Eu confio, mas o medinho é natural. — Ela se afastou, com um risinho tenso, esfregando as mãos. — Vai dar tudo certo — afirmou, forçando o otimismo.

Yan a olhou com carinho, ciente de que o tratamento não seria tão simples quanto ele tentava transparecer.

Ainda com as recordações vívidas no encéfalo, retornou ao presente com certo esforço, saindo do momento de imobilidade. Chacoalhou de leve a cabeça, respirou profundamente e se teletransportou ao recinto da saúde.

---

— A Sarynne não precisava ter te chamado, ainda mais agora que vocês estão com tantos problemas — protestou Alessandra quando Yan se aproximou da cama onde ela estava.

— *Agora*? — Ele sorriu e se curvou para acariciar-lhe os cabelos castanhos longos, espalhados pelo travesseiro claro. — Sei que está em Drah Senóriah há pouco tempo, mas cuidamos de um planeta inteiro, meu amor. E, muitas vezes, de outros também. Então nunca estamos sem problemas.

— Isso é pra tentar me tranquilizar ou me deixar apavorada? — perguntou ela com a voz baixa e pausada, dando um leve sorriso pelo modo como ele pronunciava o português, com todos os "s" e "r" das palavras, resultante da programação do idioma no encéfalo senóriahn.

— É só para que saiba que sempre pode me chamar, porque você é prioridade para mim. — O guerreiro tocou o rosto da amada, enquanto ela lutava contra o peso das pálpebras sobre os olhos castanho-claros.

— Não quero dormir — admitiu ela, apreciando o lábio inferior carnudo, sedutoramente másculo, e que já lhe havia dado tanto prazer.

— Você ouviu o que o Ahrk explicou. Vai precisar de um bom tempo de descanso para se restabelecer.

— De novo...

— De novo.

— Yan, seja honesto comigo. Sei que o Ahrk é o expert dos experts dos médicos de vocês.

— Versados em saúde — corrigiu ele, sorrindo.

— Que seja. Mas ele te falou algo sobre eu não poder mais fazer viagens longas? Toda vez que vamos às outras SGs, acabo vindo parar no hospital. Tudo bem que elas são distantes umas das outras como os continentes da Terra, mas não justifica eu passar o que passo.

— A parte humana da sua genética ainda não se adaptou ao impacto da aceleração com as velocidades que atingimos e, agora, passeando pelo nosso espaço aéreo, também está sofrendo com as radiações dos corpos celestes existentes por aqui, mas você ouviu o que ele disse. Se o procedimento anterior não resolveu, há outras alternativas. É preciso ter paciência.

— É que eu me desintegro... — Fez um gesto leve com uma das mãos. — Não sei por que eu deveria me preocupar com algo tão simples. Afinal, quem nunca se desintegrou e se reintegrou, não é? — zombou ela.

— Que bom que o seu senso de humor está em alta — comentou Yan com um largo sorriso no rosto. — As nossas naves são preparadas para evitar quaisquer consequências, você sabe disso.

— Sei, mas será que o meu corpo resiste? Não são todos os dias, ou ciclos, que vocês recebem humanos ou híbridos como eu, então talvez não haja o que fazer.

— Confio no Ahrk. Se não houver solução com os tratamentos que temos, vamos encontrar uma forma de caminharmos bem, apesar disso. Então, relaxe.

Alessandra sempre se admirava com a constante capacidade do Guardião de fazer tudo parecer mais simples do que de fato era.

— Agora descanse, Morena. — Ele observou com os olhos de um leigo os gráficos dos equipamentos ao redor da amada.

— Estou quase dormindo, mas vejo o quanto está tenso.

— Não se preocupe com isso. — Ele apoiou os braços no lençol perto dela, que sentiu um grande conforto com a proximidade do rosto viril tão familiar.

— E o Anuhar, continua parecendo um morto-vivo? Sei que não usam a palavra "morte", mas "passagem" não caberia nessa expressão.

Por mais que a situação fosse crítica, Yan riu do termo.

— Ele está com todo o foco na solução da crise, trabalhando alucinadamente — respondeu o guerreiro, segurando a mão feminina e delicada, atento aos olhos quase sem brilho que se esforçavam para se manter abertos.

— Não dá pra pôr mais pessoas pra ajudar?

— Já estamos providenciando, sra. Guardiã — gracejou. — Além dos seres que já estão envolvidos, preciso encontrar quem o auxilie com as demais demandas.

— Isso requer conhecimento de aviação, algum tipo de engenharia, nem sei se essa é a palavra que vocês usam, ou qualquer conexão mental com o vento?

— Não. Por quê?

— Porque tenho alguém pra indicar.

— Quem, Ale? — Ela apenas encarou a testa franzida do amado sobre os cílios espessos e o nariz harmoniosamente pronunciado. — Ah, não. A Sarynne não. — Yan caminhou até os pés da cama, empurrando a tirinha da sua franja para trás.

— Não vale discutir assim. — Ela sorriu. — Você aí de pé e eu sem força até pra levantar o braço.

— Você está certa. — Ele se aproximou e falou em um tom de voz mais baixo: — Não vamos discutir sobre esse assunto, nem agora, nem depois.

— Yan, já consigo me virar sozinha. — Ergueu a mão, para que ele não começasse um discurso. — Continuo com os meus cursos, leituras, faço algumas viagens com você, já sei manusear quase tudo daqui e não estou correndo mais nenhum risco de ser raptada, certo?

— Não é questão de estar corrend...

— Só, por favor, me diga se ainda há algum risco. — Pegou a mão dele e a aproximou do seu rosto.

— Não. — Ele bufou.

— Então não é justo manter alguém subutilizado por conta de acontecimentos do passado, mesmo que seja de um passado recente.

— Ah, Alessandra, Alessandra... não peça isso.

— Não preciso de guarda-costas nem de babá. — Fechou os olhos e respirou devagar. — Além do mais, se eu precisar de algo, chamo pelo intercomunicador. — Apontou para o utensílio com formato de relógio de pulso sobre a mesa próxima à cabeceira da cama. — Já pensou nela também? No quanto pode ser entediante ficar ao lado de alguém sem produzir nada? Olha — puxou a mão dele mais para perto —, deixe ela tentar. Se não der certo, ela retorna. E se eu precisar, prometo que a chamo.

O Guardião coçou a cabeça e olhou para aqueles cílios longos, que teimavam em fechar, enquanto a sua Morena se esforçava em defender o que acreditava. E, pensando bem, não havia nada de absurdo nessa sugestão. Certamente Sarynne poderia contribuir em muitas das pendências que a Subdivisão Central tinha para com as demais SGs, no quesito "ar".

— Está certo, Ale. Vamos dar uma chance à sua proposta. Vou trabalhar nisso.

Yan se sentiu pior ainda. Ela, sofrendo como estava, pronta para ajudar Drah Senóriah, e ele discutindo e retardando o seu descanso por causa da insegurança e remorso incontroláveis.

— Obrigada — sussurrou —, não vai se arrepender. — Ela beijou-lhe levemente a mão.

— Sabe que acabei de conversar com o Anuhar sobre esse assunto na minha sala? Você é um perigo. Abrimos a frequência e você já a captou — disse ele, passando o dedo no rosto da amada. — Agora descanse.

— Ainda acho engraçado esse lance de frequências — comentou sonolenta. — Já entendi que tudo que é dito, feito ou até pensado aqui fica aqui. — Gesticulou devagar mostrando o ar. — Então é só se conectar, consciente, ao ser ou ao assunto que se quer... e captar o que se deseja, como escolher uma rádio na Terra através do... *dial*, certo?

— Certo, e funciona do mesmo jeito por lá. — Yan sorriu. — Descanse agora.

— Não canso de dizer que eu gostaria... de ensinar essas coisas aos meus amigos humanos. — Respirou fundo. — Ensinar, também, que cada um tem a sua própria... frequência, e quanto mais nos afastamos dela com promiscuidade, farras, drogas...

— Qualquer coisa que nos tire do nosso centro, nos desvie do nosso âmago, falando de forma simples.

— Isso. Se sairmos dela, menos condições temos de resolver os nossos... problemas, com mais chances de tomar decisões... erradas. — Alessandra fechou os olhos por alguns segundos, pensando que teve que vir a Drah para aprender algo tão simples. — Eles teriam mais chances de ser felizes... e quem sabe não desenvolveriam a mesma habilidade que eu, já que acesso frequências sem ter o controle sobre isso... — disse ela, quase sem voz, soltando a mão do amado, antes de fechar os olhos novamente.

Ele a observou adormecer, torcendo para que, com esse tratamento, a disfunção fosse resolvida em definitivo. Beijou-lhe a testa, o rosto e a boca com delicadeza, e depois solicitou ao controle de atendimento do recinto da saúde que o chamasse imediatamente em caso de necessidade, porque a sua amada passaria alguns ciclos em sono profundo. E ele tinha um mundo de coisas para resolver, sendo que a primeira delas teria que aguardar algumas horas para ser encaminhada. Bom, assim esperava, porque se Anuhar não estivesse descansando nesse momento, estaria mais do que encrencado.

E Drah ficaria mais longe de reparar o defeito que assolava as suas naves, o que ninguém no planeta tinha ideia de como resolver.

# CAPÍTULO 4

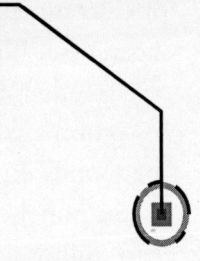

**A** *pós ter* deixado a amiga com Yan, Sarynne passou o resto da manhã estudando em um dos recintos de aprendizagem e, no meio da tarde, decidiu, em vez de se teletransportar, seguir caminhando até o seu aposento. Nem todos os que trabalhavam no Prédio Central dormiam nele, mas ela se sentia privilegiada por ser uma das que permaneciam ali.

Acostumara-se a andar depois de acompanhar Alessandra em todas as atividades, porque além de a amiga não se teletransportar, tinha pavor do condutor de ar. Por isso, as suas pernas estavam muito bem-preparadas para as idas e vindas pelas rampas entre os mais de vinte andares, onde ela facilmente se perdia, ou se encontrava, em seus pensamentos.

Entretanto, dedilhando o corrimão, não conteve o sorriso ao se lembrar do nome "elevador virtual" dado pela colega, e do temor que ela ainda não conseguira vencer, só porque na Terra os condutores possuíam uma caixa fechada para subir e descer, e em Drah eram apenas as forças de atração e repulsão, em um duto aberto, que levavam os seres até o andar que desejavam.

Decidida a parar no recinto da nutrição, um andar abaixo do seu destino, para comer algo, perguntou-se o que faria até que Alessandra melhorasse. Talvez fosse visitar seu genitor e depois o irmão, apesar de saber que estavam bem. Ou viajar à 10ª SG, onde existiam locais que desejava rever já havia muitos e muitos ciclos rotacionais. Os senóriahn não eram ligados em datas, então ela não fazia ideia de quando estivera lá pela última vez. Outro desejo era conhecer Brakt, onde ocorria a extração do Wh-S 432, o que só seria possível em uma viagem a trabalho, porque o planeta não era aberto a visitas. Ao sentir o perfume das frutas frescas e do adocicado líquido vermelho fumegante, o *xryll*, pensou que nem sabia como estava a sua aparência. Num ímpeto, teletransportou-se até o banheiro do seu quarto, deu uma arrumada no cabelo loiro que hoje caía solto sobre os ombros, passou as mãos pelo nariz arrebitado, umedeceu os lábios pequenos e rosados, deu uma ajeitada na roupa, que se assemelhava a um poncho de gola rolê e ia até a cintura sobre o habitual macacão, ambos azul-marinho, e observou o quanto os botões dourados frontais combinavam com os seus olhos cor de caramelo. Aprovada a imagem, materializou-se em frente do recinto da nutrição.

*Mas que ridícula! Para que isso?* Permaneceu parada por alguns instantes na grande entrada de portas transparentes. Decidiu se movimentar, porque chamar a atenção dos seres ao brincar de estátua no meio do corredor era tudo o que ela não queria. Sem conseguir evitar, olhou direto para a mesa que os Guardiões usavam, do lado esquerdo sob a janela. Porém, oscilando entre a frustração e a decepção, viu que estava vazia. *Ele sequer percebe a minha presença,* pensou, enquanto colocava em um pratinho a fruta cremosa roxa que tanto apreciava. *Aliás, ultimamente, ele* não percebe a presença de ninguém. Foi até o *buffet* de líquidos e escolheu mentalmente, pelo visor, três das dezenas de frutas oferecidas, desistindo do *xryll. Ah, Anuhar, eu adoraria que deitasse a cabeça no meu colo para eu te fazer um carinho... mas quem sou eu, não é?* Retirou da máquina o que os humanos chamariam de vitamina e, com o prato na outra mão, sentou-se a uma das mesas do outro lado do *buffet*, de frente para a única janela do ambiente, convencendo-se de que não havia nada como se alimentar contemplando a claridade.

Alheia ao movimento que aumentava aos poucos, Sarynne fitava, com os antebraços apoiados à mesa, o recipiente quadrado e transparente com o líquido espesso e colorido, quase se perguntando sobre o que fazer com ele e com o creme roxo, meio amargo, em seu pratinho.

A suave música ambiente penetrava nos seus neurônios cerebrais, trazendo uma calma um tanto terapêutica e proposital, ao menos durante a refeição. *Sarynne, você precisa aceitar a sua posição. Ele é nada mais, nada menos do que um Guardião, líder de todos os demais envolvidos com o ar, de toda Drah Senóriah. Você ainda não entendeu isso?*, pensou entre uma colherada e outra. *E você é...*

— Oi, Sarynne. Está tudo bem? Parece tão distante...

*Estou aqui no Prédio mesmo, mas a anos-luz de distância.*

— Oi, Rovhénn. Estou bem, sim.

— Posso sentar com você?

Ela olhou para o rapaz — alto, com cabelos com mechas naturais de diversas cores e olhos castanhos — que segurava a bandeja com o lanche, e apontou para a cadeira vazia ao seu lado. Por mais que preferisse ficar só, não se permitiria ser indelicada com alguém que sempre a tratava com tanto carinho.

— Como está o trabalho? — ele perguntou em um tom de voz um pouco mais alto, uma vez que as conversas ao redor e o tilintar dos pratos e utensílios usados nas refeições se sobressaíam no ambiente.

— Vou ter alguns ciclos para descansar — respondeu, remexendo a fruta com o talher. — A Ale vai ficar em tratamento por um período. E o seu? Como vão as pesquisas?

— Estou envolvido com as pesquisas da equipe do Fogo agora.

— Ah, e como é trabalhar com o Rhol?

— O cara é muito inteligente, bem tranquilo e bastante coerente, diferente do Anuhar, que deixa todo mundo pilhado o tempo inteiro — comentou entre duas mordidas no salgado.

Ela engoliu em seco.

— Será que não é por causa da crise que o time do Ar está enfrentando? — questionou em voz baixa, empurrando, devagar, o cabelo para trás da orelha.

— O que dizem é que ele deu uma piorada — falou mastigando —, está mais acelerado do que nunca.

Na porta do recinto, Sarynne viu entrar um loiro com o cabelo até os ombros, mas mesmo sendo um pouco mais miúdo do que o ser que ela desejava, foi o suficiente para acelerar o seu coração.

— E já encontraram alguma solução para os problemas com os transportes aéreos? — perguntou ela, num ímpeto, enquanto engolia uma colherada da fruta.

— As pesquisas ainda estão acontecendo. — Rovhénn passou a mão pelo cabelo curto. — Você soube o que houve hoje mais cedo?

— Não. — Ela arregalou os olhos e o encarou, quase sem respirar.

— Acabamos de perder mais uma nave. — Em seguida, contou em um tom mais baixo, aproximando a cabeça da dela: — Só que dessa vez foi pior. — Ela fez força para que a fruta e a parte da vitamina que acabara de consumir não retornassem. — O Anuhar quase explodiu junto na queda.

Ela se encostou na cadeira e derrubou as mãos pesadas sobre o colo, olhando para ele, sem piscar.

— O cara ficou até o último segundo para captar informações que, até então, não tínhamos. — Fez uma pausa para ingerir a bebida. — O fato é que, além de acelerado, o sujeito é maluco. Tenho um amigo que trabalha no grupo do Ar, e hoje, por causa dessa atitude do Anuhar, a equipe levou um susto enorme.

Tudo ao redor de Sarynne passou a se movimentar com lentidão. O barulho sumiu e o ambiente ondulava à sua frente. Ela teve a certeza de ter entrado no tubo do desespero.

— ... não acha?

O som, de uma distância profunda, retornava aos poucos.

— Sarynne? ... Sarynne? Você não está legal. Venha, eu te levo ao recinto da saúde — ofereceu o jovem, já se levantando.

— Está tudo certo. — Ela segurou seu braço, fazendo-o se sentar. — Foi uma indisposição momentânea, mas já estou melhor. Obrigada pela preocupação.

— Tem certeza disso? — Segurou na mão dela.

— Tenho, sim. — Ela puxou a mão com delicadeza. — Entretanto, vou descansar um pouco — disse, tomando o restante da vitamina. — Agradeço a companhia, mas vou subir, ok?

— Te vejo depois?

— Hã? Ah, sim, claro. — Ela se levantou.

Ele abriu um largo sorriso, mostrando seus dentes perfeitos, e ela saiu com os passos mais firmes que conseguiu, embora tremesse. Já no corredor, seu intercomunicador vibrou e, ao ver quem era, sentiu um frio na espinha.

— *Sarynne, é o Yan. Você pode vir à minha sala, por favor?*

# CAPÍTULO 5

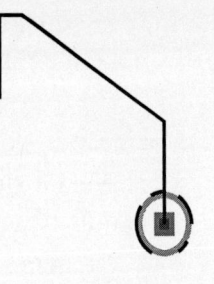

Após algumas horas de sono conturbadas, Anuhar encontrava-se na sala de Yan.

— Não preciso que ninguém faça o meu trabalho — declarou, brincando com a bolinha de metal que enfeitava a mesa do líder.

— Não sei por que está tão relutante, já que essa proposta só vai te ajudar.

— Não preciso e não quero ninguém agora. — Levantou-se e passou a caminhar de um lado ao outro. — Não tem como parar as pesquisas nem os testes para responder a questões que podem esperar. Me dê mais um tempo, que resolvo tudo. Só peço mais um pouco de paciência.

— Tenho total confiança de que você é capaz de resolver tudo. Nunca duvidei disso, só estou disponibilizando auxílio. — Yan entrelaçou as mãos sobre a mesa.

— Não quero *mais* uma coisa para me preocupar agora. É *só* isso.

— Você está tendo uma atitude infantil — apontou o líder dos Guardiões, acompanhando o vaivém do guerreiro com a cabeça.

— Me dá mais um tempo, *gródsv*. — Anuhar parou diante da mesa que os separava, firmando as mãos sobre ela. — Não é possível que, com as análises que estamos fazendo, não consigamos encontrar logo a causa desse maldito mau funcionamento.

— Nós não temos mais esse tempo e você sabe disso. — O Guardião-mor passou a mão pela testa e apoiou os cotovelos na mesa. — Se preferir, o Lêunny pode dar todas as orientações para a Sarynne, uma vez que, como seu substituto imediato, ele sabe o que fazer.

— Pra quem?

— Sa-ryn-ne. Você conhece. É ela quem acompanha a Ale o tempo todo.

— É claro que conheço, mas e a Ale? — Anuhar se sentou.

Yan explicou sobre o tratamento.

— Entendi. Espero que ela melhore logo — respondeu, ainda brincando com a bolinha.

— Obrigado. Quanto à moça, não falei com ela ainda, mas quando estiver tudo certo, chamo o Lêunny para conversar.

— Não. Eu falo com ela.

— Um substituto é para situações como essa, Anuhar.

— Eu falo com ela. — Cruzou as pernas. — Já que é para entrar por esse caminho, deixe que eu assumo.

Yan ergueu uma das sobrancelhas e contornou a boca com uma das mãos.

Silêncio.

— O quê? — perguntou o Guardião do Ar, visto que o seu comandante permanecia o encarando.

— Nada. — Yan segurou o riso. — Nada... Agora vá, porque ela já está vindo.

— Como é que é? Pensei que ainda estávamos decidindo.

— Anuhar, saia. Vou conversar com Sarynne sozinho.

— Por quê? — O guerreiro do Ar batia rápido a bolinha sobre a mesa, fazendo um barulho baixo e cadenciado.

— Para ela ter mais liberdade de se posicionar e de aceitar ou não, porra.

— Falando igual aos humanos?

— É, convivência com a Ale. Tchau. — O Guardião-mor do planeta balançou a mão, indicando a porta ao amigo. — Vou seguir o protocolo.

Como o líder do Ar permanecia sentado, Yan apontou o dedo com firmeza para a saída, mas segurava o ar de riso que teimava em aparecer.

— Aaahhh... eu saio, pronto! — Levantou-se. — Me chame assim que ela der a resposta, por favor.

— Isso também faz parte do procedimento-padrão que invariavelmente seguimos, lembra? — perguntou, rindo.

— Argh! — O guerreiro loiro grunhiu ao se desmaterializar com uma careta, o que fez Yan dar uma boa risada.

Sarynne, para não se atrasar, teletransportou-se até a porta da sala do Yan, no penúltimo andar. Ficara preocupada, porque para chamá-la desse modo só podia ser por causa da Alessandra. Algo havia acontecido.

Esfregou as mãos antes de se identificar pelo sensor na lateral da porta e, quando foi aberta pelo comando mental do líder dos Guardiões, permitiu-se andar rápido até ele, que se levantou para recebê-la.

— Obrigado por ter vindo. — Ele lhe ofereceu a cadeira defronte à mesa antes de voltar a se sentar.

Ela se questionou sobre quem, com o lado racional equilibrado, se negaria a comparecer a um chamado *dele*.

— Aconteceu algo com a Ale? — perguntou.

— Sim... e não. — Yan empurrou a tirinha da franja escura para trás, antes de atualizá-la sobre as últimas orientações do versado em saúde.

— Sabia que ela ficaria internada durante os próximos ciclos para se restabelecer, mas não sobre o novo tratamento.

— É, vamos aguardar os resultados. — Ele passou a mão pelo queixo. — Mas não foi por isso que te chamei aqui. Há tempos a Ale vem falando que não há mais a necessidade de ter um ser com as suas habilidades ao lado dela em todos os ciclos — disse e gesticulou, com os cotovelos apoiados à mesa —, embora ela goste muito da sua companhia. — Ele sorriu com o canto da boca.

— Característico dela...

— Pois é. Entretanto, há um local onde não tenho dúvidas de que poderá contribuir muito. Você sabe que estamos com uma incompatibilidade entre o Wh-S 432 e os nossos aparelhos aéreos — Yan comentou e ela confirmou bem devagar com a cabeça, cruzando as pernas quase sem piscar —, e sabe também que toda a equipe voltada ao elemento ar, em conjunto com os seres das áreas afins com conhecimento especializado ou qualquer alternativa de solução, estão voltados à busca de uma saída.

— Sei — sussurrou Sarynne com o coração batendo na garganta, prendendo o ar nos pulmões.

— Só que as demandas das SGs não param por causa disso, e não devem parar mesmo. Por isso precisam ser resolvidas. Nesse cenário, Anuhar necessita de ajuda, e não vemos ninguém melhor do que você para auxiliá-lo nesse momento.

Foi como se toda a Drah Senóriah tivesse emudecido. A jovem loira via os lábios do líder continuarem se movendo, mas já não fazia ideia do que ele falava.

— É claro... um tempo para absorver... Anuhar não vai deixá-la sozinha... conhecer cada... viajar às vezes... contatos... a Ale... preciso saber se...

O ritmo das batidas do coração continuava forte, e agora Yan a observava.

— E? — ele questionou.

*O que exatamente ele está me perguntando?* Ela coçou a testa, procurando uma saída.

— Quer pensar mais para nos dar uma resposta?

— Não. — Soltou o ar que retinha. — Se vocês veem que posso contribuir, e a Ale se sente segura para caminhar sem o meu auxílio, começo quando desejarem.

— Obrigado, Sarynne. Pode começar já, se estiver tudo bem para você, porque tem muita coisa a ser feita. Vou informar ao Anuhar — Yan comentou, com um sorriso no rosto.

Ela se levantou lentamente, precisando de ar. Decidiu sair da sala caminhando, encostou a porta, parou, fechou os olhos e respirou fundo. Tinha que se mexer, mas seu cérebro mantinha-se bloqueado.

Ao dar o primeiro passo, deu de cara com um par de olhos azuis a encarando.

---

Na sua sala, o guerreiro do Ar era a pura representação da ansiedade. Em meio às análises das centenas de dados listados no visor, estava incomodado e ao mesmo tempo empolgado com a possibilidade de ficar mais perto de Sarynne. Procurou não se afundar no receio de ela não aceitar o convite, repetindo para si que não existia esse risco.

Olhou no intercomunicador e não havia mensagens.

Também nem se questionou sobre a razão de a moça provocar todas essas sensações, visto que o relacionamento entre ambos seria única e exclusivamente de trabalho e nada além disso.

Talvez fosse a simpatia dela... Apesar de admitir que aquele par de olhos amarelos seria um oásis em meio ao caos que enfrentava.

Ainda não tinha nada no intercomunicador.

Rolou várias telas com o comando mental, vendo a corrida dos dados à sua frente com um leve sorriso no rosto, animado com a perspectiva de ter próximo a si um bálsamo para a sua tensão. Isso lhe faria muito bem, então, quando recebeu o chamado de Yan, materializou-se de imediato à porta do líder, na esperança de cruzar com a jovem que, ele sabia, passara a caminhar mais do que se teletransportar, e agora estavam frente a frente.

— Tudo bem? — Anuhar perguntou.

Sarynne buscou o autocontrole onde quer que ele estivesse, porque, além do choque pela futura proximidade do Guardião, estava presa no seu olhar penetrante.

— Tudo. — Foi o que conseguiu articular, até que o seu equilíbrio se restabelecesse por completo. — Penso que me levantei rápido demais. — Apontou para a porta atrás de si.

— Sei... Então, vai trabalhar comigo? — questionou com ar de riso.

— Se Drah precisa que eu auxilie o time do Ar, conte comigo — respondeu, com a maior segurança possível, aliviada por dizer alguma coisa que fizesse sentido.

— Muito bem, agradeço por isso. Só vou conversar com o Yan para acertar o que for necessário, e te chamo em seguida.

— Certo, fico à sua disposição — declarou ela, refletindo sobre a verdadeira abrangência dessas palavras.

# CAPÍTULO 6
## Worg

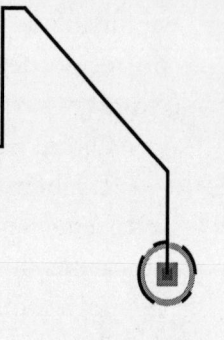

Dhrons contemplava as elevações montanhosas à sua frente, da janela de uma das centenas de construções que serviam de morada para muitos plouzden. O céu esverdeado, cor resultante do encontro das estrelas luminosas mais próximas com a atmosfera local, e o solo quase preto propiciavam um visual bem diferente do de Wolfar, seu planeta de origem, em que a superfície era amarelada e o céu pintado em tons de azul.

— Você pode repetir, por favor? — pediu o ex-líder de Wolfar, com as mãos para trás da sua costumeira veste cinza clara, longa e de mangas largas, virando-se para a voz grave que lhe falava.

— Podemos fazer o estrago que você quiser — reiterou o homem graúdo de rosto quadrado, repleto de manchas avermelhadas na pele. — A potência de destruição que temos... não vi em nenhum outro lugar da galáxia.

O pequeno ancião apertou os diminutos olhos esverdeados, perguntando-se se desta vez atingiria o seu objetivo, dado que os três últimos planos tinham sido abortados pois se depararam com obstáculos intransponíveis.

— É por esse motivo que não canso de dizer que Plouzd é um planeta agraciado pelos deuses — continuou Kroith. — As riquezas de lá são incalculáveis, isso se considerar apenas as rochas que já pesquisamos. Mas tem muitas que ainda nem chegamos perto — falou, estufando o peito. — Você não tem diferenças com Drah Senóriah? Somos capazes de causar grandes danos por lá.

— Pelo que sei, esse lugar — Dhrons apontou para o ambiente onde estavam — é uma base de apoio em um vale no meio do nada, de um planeta-satélite, quase uma periferia de Plouzd, que já não é grande. — Observou, pela janela, as fileiras de moradas iguais, pequenas e quadradas, umas ao lado das outras, todas acinzentadas, que contrastavam com o verde-claro do horizonte. — Se não estou errado, um local é chamado de planeta-satélite por ser menor ainda do que o planeta ao qual é ligado, e funcionar como sustentáculo nas mais diversas funções, ou seja, um nada. Então, por favor, não me venha com ideias insignificantes ou suicidas, porque já estou farto delas e porque estamos falando em atacar uma área de proporções incomparáveis a isto aqui. — Ele ergueu as duas mãos.

— Quanto às ideias insignificantes ou suicidas, não costumo tê-las, mas mesmo que fosse o caso, essa não seria uma delas — disse o plouzden com a testa franzida. — Quanto à Worg, é verdade que estamos cercados de morros. E, sim, o planeta é bem menor do que Plouzd, mas lembre-se de que a razão de estarmos aqui é por ser necessário preservar e tratar a superfície e o subsolo de lá, que contêm uma gama de gases e minerais raros, preciosos, tanto para a galáxia como para fora dela. E é mais rico até do que Wolfar.

Dhrons o olhou enviesado.

— Muitos plouzden ficam aqui porque não há possibilidade de se estabelecerem em grande parte da extensão de lá, exatamente em virtude dessa preservação.

— Sei disso. E daí?

— E daí — ele deu um passo na direção de Dhrons — que são dois locais que atendem a muitas das necessidades da galáxia, mas completamente esquecidos pela Federação e por todos os demais. A maldita Soberana Suénn — falou entredentes — não valoriza o que tem, não negocia e não se impõe. E, acredite, há muitos que pensam como eu, porque estão cansados de serem relegados.

— E o que *você*, que fica grande parte do tempo aqui nesse buraco, ganharia com isso?

— A atenção e a valorização que precisamos. Como comentei, não estou sozinho nessa luta. Por isso, não tenho dúvidas de que podemos liderar o planeta de forma mais digna.

O plouzden, enfim, conseguira a atenção do pequeno homem.

— Explique o que tem.

— O acesso à arma mais letal de que já se ouviu falar — disse, com um olhar frio. — É o mesmo princípio da Esfera Desintegradora de Matéria, que, ao sugar o que está ao seu redor, faz jus ao nome, desintegrando tudo, mas não dá nem para comparar com as esferas conhecidas, tamanha a potência da sua destruição. — O homem de cabelo arroxeado acionou a grande tela transparente de projeção através do pequeno controle que carregava, apresentando a simulação. — Confie em mim, o alcance da devastação é inimaginável.

Dhrons apertou o maxilar, lembrando-se da batalha recente na qual os senóriahn haviam usado essas esferas, destruindo vários pontos da cidade-sede de Wolfar, causando muitas mortes.

— E do que é feita essa maravilha? — desdenhou.

— De cristais encontrados em Plouzd. E, pelo que sei, de um único ponto do planeta, bem distante de qualquer local habitado.

— Dá para destruir Drah com um único lançamento? — perguntou.

— O quê? Você quer *destruir* Dr...? — O plouzden arregalou os olhos sem terminar a frase.

— Estou procurando entender o poder que temos, Kroith. — Dhrons o encarou sério. As duas testas salientes, características da sua raça, pulsavam.

— Por que tem tanto rancor de Drah?

— Rancor? — Deu uma risada gélida. — Quando um planeta toma o lugar de outro na Federação, usufruindo de todos os benefícios que a posição lhe traz e se aproveita disso perante os demais, não é rancor que se sente.

Kroith ergueu as sobrancelhas em silêncio.

— Quando ele invade o seu lar, destrói e mata muitos dos seus, também não é rancor que se sente. — Dhrons virou-se para a janela e mirou o nada por alguns instantes.

— Também não gosto da prepotência dos senóriahn, mas não sabia que eles invadiam outros planetas.

— É só ter algum conflito de interesses que o estrago está feito. Mas você não respondeu a minha pergunta — comentou o antigo líder de Wolfar, virando-se para o plouzden novamente.

— Não, não podemos destruir Drah com um único lançamento. — O homem pigarreou ao continuar. — Com a extensão que possui, serão necessários... — Concentrou-se no cálculo. — Uns seis lançamentos. — Apontou para a tela, movimentando a jaqueta repleta de instrumentos pendentes nos seus muitos bolsos.

O pequeno wolfare franziu as testas.

— Onde está a arma?

— Sob a superfície de um planetoide próximo. E está lá há bastante tempo. Nós estamos aprimorando-a, construindo algumas partes em Plouzd e outras aqui em Worg. Se quiser, posso levar você e seus amigos lá para conhecerem, aí fica mais fácil de mostrar como tudo funciona.

Dhrons assentiu com a cabeça, mas o pensamento permanecia em Drah.

— Essa arma pode ser poderosa, mas se não acabarmos com eles no primeiro ataque, não teremos a chance do segundo — explicou com os astutos olhos semicerrados, atentos à imagem projetada.

— E se acertarmos a base central deles, já não é estrago suficiente? Ou se focarmos em algum local estratégico?

— Independentemente de onde acertarmos, a retaliação virá na hora — respondeu o pequeno líder, tapando a boca com uma das mãos. — O arsenal e a tecnologia que eles têm faz as armas do resto da galáxia parecerem brinquedos.

— Não sei se ficou claro, mas essa não é uma arma comum. Ninguém a utiliza porque a capaci...

— A capacidade destrutiva dela é maior do que a de qualquer arma existente no restante da galáxia. — Dhrons encarou o homem enorme à sua frente. — Não sou nenhum estúpido, mas não sei se ficou claro para *você* que, no momento em que atingirmos o planeta, já que os escudos não vão conseguir nos parar, as defesas serão acionadas e revidarão antes de estalarmos os dedos. Entenda, eles vão nos encontrar e nos acertar em questão de segundos, não nos dando a oportunidade de continuar o ataque.

Kroith observou o homem miúdo, de cabelos pretos imaculadamente penteados para o lado, deslizar pela sala até uma das janelas locais e apoiar as mãos abertas na base.

— A única vantagem que teríamos, caso resolvessem vir até nós, é que a frota aérea senóriahn não está completa, porque não funciona a contento com o Wh-S 432.

— E como é que sabe disso?

— Tenho as minhas fontes, meu caro.

O plouzden franziu a testa.

— Apenas a parte da frota que usa a antiga substância é que está em perfeitas condições — continuou Dhrons —, o que nos daria uma chance... mínima se, eu disse *se*, eles precisassem usá-la. Não... — Negou com a cabeça. — Ainda assim, eles nos venceriam, e também não vão se arriscar... — Pôs o indicador sobre os lábios. — Aqui ainda se usa o X-ul 432, certo?

— Certo, ainda não utilizamos a nova substância e... é possível que nem venhamos a utilizar.

— Como assim?

— Existe em Plouzd outra substância capaz de substituir o X-ul 432.

— O quê? — O wolfare arregalou os olhos. — A Federação sabe disso? — perguntou com a cabeça acelerada, que num repente tornou-se repleta de pensamentos e ideias com a notícia.

— Ainda não, e a líder suprema local também não sabe. A pesquisa é recente e não oficial, por isso a Soberana Suénn desconhece o assunto.

— E como sabem que pode substituir o X-ul 432?

— Pelos componentes da substância antiga e da nova, e pelos testes que já fizemos.

— É você que está liderando essas pesquisas? — perguntou o ancião, coçando o queixo e apertando os olhos.

— Sim. — Kroith estufou o peito e ergueu os ombros para responder.

— Há cientistas no grupo?

— É, dá para chamá-los desse modo.

— Posso ajudar com isso. Conheço cientistas qualificados para auxiliar nas suas pesquisas.

— Então temos um acordo?

— Temos um acordo. Você nos apresenta o novo elemento e eu ajudo com as pesquisas. Nos leve ao planetoide, nos mostre a sua arma letal e não tenho dúvidas de que encontraremos uma forma para articular a vingança contra Drah Senóriah junto à troca da liderança de Plouzd. — Ambos se deram as mãos.

— Se puder trazer equipamentos, serão muito bem-vindos.

— Claro, claro — confirmou Dhrons, já fantasiando sobre todas as possibilidades que essa oportunidade lhe traria. *Vou te oferecer muito mais do que isso, meu amigo. Muito mais do que isso*, pensou, absorvendo as duas bombásticas informações que recebera. Se não acabasse com Drah de uma forma, interferiria frontalmente na sua soberania em relação aos demais planetas da galáxia.

E, sem perceber, formou-se em seu rosto o sorriso mais frio que um ser é capaz de exibir.

# CAPÍTULO 7
## Drah Senóriah

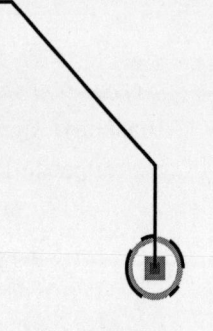

**A**inda atordoada com a notícia, Sarynne se olhava no espelho da parede ao lado da cama, com as palmas das mãos unidas em frente da boca. Arrumara o cabelo mais de uma vez, mas não era como se estivesse preocupada se ficaria mais bonita com ele sobre os ombros, preso em um rabo de cavalo ou em um coque alto. Pensava apenas em como seria estar próxima e conviver com o ser por quem nutria uma forte atração, ninguém menos do que o ente mais importante do planeta, ao menos no que se referia ao elemento ar.

Escondeu o rosto com as mãos, ao mesmo tempo em que pensava em agradecer a Alessandra pela indicação. Descobriu os olhos e o nariz delicado e olhou-se novamente no espelho. O macacão azul-marinho sobre a blusa branca, que era quase absorvida pela pele, estava impecável. Só faltava então vestir o poncho curto, endireitar a fila de botões dourados e ir à sala de Anuhar, porque já estava quase na hora da primeira reunião.

Rodou os ombros para trás, mentalizando a conversa somente com imagens agradáveis.

— *Você sabe o que fazer.*

Sarynne deu um pulo quando o seu próprio holograma surgiu ao seu lado. Não era raro os senóriahn projetarem o seu outro corpo, o imaterial, que muitos se permitiam chamar de consciência, para "conversar", mas a facilidade com que isso acontecia com ela era incomum.

— *Vá lá e faça o seu melhor.*

Ela olhou para a sua imagem etérea com uma expressão fechada antes de falar:

— Você sabe que ele me atrai e que vai ser um desafio trabalharmos juntos.

— *E você sabe que, independentemente disso, precisa ir até lá e deixar fluir toda a sua competência. Quanto ao resto, espere para ver o que acontece, daí você decide como agir.*

*É impressionante como, na maioria das vezes, sabemos o que fazer, ainda que não saibamos de qual forma*, ela pensou logo depois que o holograma se desfez. Inspirou profundamente e expirou. Decidiu caminhar, porque, afinal, eram apenas quatro andares, e também porque constatara como era relaxante exercitar as pernas em momentos de tensão.

Quando se identificou diante da porta do guerreiro, estava com a expressão impassível.

— Oi, Sarynne. — Anuhar se aproximou para recebê-la. — Por favor, sente-se aqui. — Apontou para uma das cadeiras em frente da sua escrivaninha escura.

Ela retribuiu o amável sorriso que recebia, indo até o local indicado. Já entrara na sala de vários Guardiões, mas na do Ar era a primeira vez. Todas as demais mantinham o padrão, com a mesa maior — de reuniões — na entrada e a escrivaninha do líder, mais atrás, perto da janela. Esta era o inverso.

— Está com sede?

— Não... obrigada. — Ela se sentou enquanto ele se dirigia à própria cadeira, atrás da mesa de trabalho.

Observando-o minuciosamente, percebeu o quanto as suas olheiras profundas contrastavam com o azul-claro dos olhos e com a pele que, mesmo levemente escurecida pelos Sóis de Drah, estava longe de ser morena. E a expressão afável não escondia o esgotamento que o acompanhava, afinal era esse o motivo pelo qual ela estava ali.

— Bem, agradeço de novo pelo apoio. Sei que o Yan conversou sobre a situação em que os assuntos sob minha alçada se encontram — comentou ele, largando-se sobre a cadeira e apoiando um cotovelo sobre um dos braços laterais.

Ela assentiu e sorriu, com as mãos unidas sobre o colo.

— Dentre as muitas consequências do cenário que enfrentamos, há uma lista bem grande, diga-se de passagem, que precisa de uma atenção que não estou conseguindo despender no momento.

Sarynne aguardou que ele continuasse, mas Anuhar apenas a encarou com os olhos brilhando e dois dedos roçando a boca.

*Ah, esses lábios rosados... perfeitos para eu sugá-los*, o Guardião se remexeu na cadeira com esse pensamento.

Ela não decifrara o que esse silêncio significava, mas não desviava do olhar penetrante do seu interlocutor. Apertou uma mão na outra, controlando a tentação de tocar o nariz simétrico e levemente arrebitado do guerreiro, imaginando quão macios seriam os lábios grandes acariciados pelos dedos longos.

*O quê? Ele está falando comigo e está com um ar de riso. Droga!*

Ela se ajeitou na cadeira, agora superatenta.

O líder do Ar apresentou peças, pendências, especialistas, locais de armazenamento, formas de encaminhamento, velocidades, modelos de naves, distâncias e uma série de outros pontos, sobre os quais discutiram pelas duas horas seguintes.

Com os primeiros itens da lista projetada em 3D sobre a mesa, Sarynne obtivera as prioridades a serem resolvidas.

— Quero dizer que estou... animado com essa nossa "parceria", se posso chamar assim. Espero que seja produtiva... para nós dois — enfatizou o guerreiro, viajando pelas teias da imaginação ainda acompanhando os movimentos da boca delicada da auxiliar.

— Obrigada. Eu também. — Ela cruzou as pernas. — Espero, sinceramente, contribuir da melhor forma.

— Gostaria que ficasse aqui na minha sala... pelo menos em parte dos ciclos, porque aí consigo te orientar mais de perto nesse começo.

O coração dela passou a bater alucinado na garganta.

— Certo — foi o que conseguiu pronunciar.

— Então, ótimo. Tenho uma reunião agora, mas te espero aqui amanhã.

— Combinado e até amanhã — ela respondeu rápido e se desmaterializou.

Enquanto o Guardião permanecia sentado, olhando para a cadeira agora vazia, Sarynne saíra da sala com apenas uma certeza: a de que faria o ritual de purificação ainda nesse ciclo.

# CAPÍTULO 8

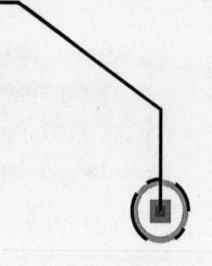

**D**ois ciclos depois, Sarynne entrava na sala de Anuhar no horário combinado. O coração batia forte, e ela não sabia dizer se era por ainda não ter absorvido a ideia de que estava trabalhando com ele, se era pelo fato de ele ser o Líder dos Guardiões do Ar e ela ser alguém tão... normal, ou se pelo contraste da indumentária azul-escura que ele vestia, com os olhos claros com os quais a observava nesse instante.

Não que houvesse uma hierarquia rígida em Drah Senóriah, mas era a ordem natural das coisas. Ele era um dos seres mais importantes do planeta, mesmo não se apoiando nisso para se relacionar, ou para qualquer outra coisa. Ele era ele e pronto. Quanto à vestimenta, era a mesma desde sempre, e trabalho é trabalho. Era preciso se concentrar, fazer o que sabe, e se não sabe, aprender e dar o seu melhor. Sendo assim, não havia motivo para a tensão, porque tudo estava no seu respectivo lugar.

Porém, apesar de todas essas justificativas, ela não se sentia à vontade e ele a encarava nesse momento.

— Está tudo certo com você? — ele perguntou, antes de se sentarem.

*Estou fazendo papel de idiota... Sarynne. Acorde! Concentre-se!*

— Tudo ótimo. E com você?

*Não acredito que perguntei isso! Porque ele só quis saber a razão de eu ter ficado — e ainda estar — parada e muda na frente dele.* Seus pensamentos a maltratavam.

— Tudo certo, obrigado — Anuhar respondeu com ar de riso, e ambos se sentaram. — Sobre a lista, você precisa de alguma ajuda?

— Entrei em contato com o Guardião do Ar da 3ª SG sobre o novo catalisador desenvolvido e, antes de chegar até você, propus que o apresentasse aos nossos cientistas. A Cêylix já indicou um deles para encaminhar o assunto e, quando tiverem um parecer, nos repassam. "Nos" porque estou me incluindo como uma das integrantes do Ar, se você não se opuser.

Não deu tempo de ele responder.

— Quanto aos resultados do monitoramento dos portais da 13ª e 18ª SGs — ela se inclinou para a frente —, já estão com os especialistas. Verifiquei com o Lêunny quem são, e pedi que analisassem para depois lhe informar, porque aí vai receber dados mais completos.

O guerreiro se encostou na cadeira enquanto a ouvia.

— A 20ª SG tem sofrido consequências pesadas devido às tempestades, e conversando também com Lêunny que, aliás, foi bem prestativo, ele, da mesma forma, está direcionando internamente para que um dos nossos especialistas faça uma verificação completa, um *checklist* do procedimento para a proteção e manutenção dos equipamentos aéreos nesses casos, porque os temporais não devem afetá-los desse modo. Ah! — disse e abriu as mãos. — Me perdoe, é evidente que sabe disso.

O Guardião cruzou as longas pernas.

— A 5ª SG desenvolveu um projeto com um material que se adapta ao meio em que a nave está. Também encaminhei para o time da Cêylix, para que façam uma análise prévia antes de chegar até você. — Sarynne voltou a se encostar na cadeira.

Anuhar permaneceu em silêncio por algum tempo após ela concluir o relatório.

*Será que ela tem toda essa iniciativa no sexo?*

— Penso que posso perder a minha posição de líder dos guerreiros do Ar a qualquer instante — respondeu, controlando o volume entre as pernas, que teimava em se manifestar.

— A situação está crítica a esse ponto? — Ela arregalou os olhos. — Tem algo mais que eu possa fazer?

— Estou brincando, Sarynne. — Ele deu um largo sorriso. — Estou falando que, se continuar assim, posso perder a minha posição para você.

Ela interrompeu o que ia dizer e estreitou o olhar. Ele, então, jogou a cabeça para trás em uma risada alta.

— Relaxa, isso foi um elogio. Você fez um ótimo trabalho — complementou.

— Ah. — Ela encostou na cadeira e retribuiu o grande sorriso. — Obrigada — respondeu.

Isso pegou o Guardião desprevenido. Era a primeira vez que a via mais solta, parecendo até mais leve. O movimento da competente jovem fechando os olhos ao sorrir e erguendo de leve a cabeça foi captado como que em câmera lenta pelo guerreiro. Assim como o balanço do cabelo loiro sobre os ombros, o gesto de Sarynne para colocá-lo atrás da orelha, o olhar dela acompanhando o dele, o sorriso diminuindo aos poucos e a boca rosada entreaberta. Quando ela se ajeitou na cadeira o encarando, ele retornou da viagem — sim, porque a criatividade dele estava a toda.

Ele mexeu as pernas para aliviar a pressão que passou a sentir entre elas e deu uma tossida antes de perguntar:

— Você tem alguma pergunta ou precisa de algum outro esclarecimento?

— Eu gostaria de te fazer uma pergunta, mas é mera curiosidade. — Cruzou as pernas. — Posso?

— Se eu puder responder...

— Como descobriu esse seu lance com o ar?

O Guardião se encostou na cadeira e olhou para longe.

— Sempre fui muito passional, e dependendo do que eu sentia, a calmaria se transformava em ventania em segundos, ou o contrário.

— Uau, a intensidade do vento é alterada pelas suas emoções? — Sarynne perguntou, admirada.

— Não. — Anuhar riu. — De algum modo, a minha frequência cerebral se conecta com as partículas do ar e, dependendo do meu emocional, desencadeio uma resposta compatível com as ondas que emito. Porém, aprendi a trabalhar com isso e evitar grandes oscilações, sejam quais forem os desafios que eu encontre no ciclo.

— Ufa, ainda bem. Já imaginou como estaríamos sobrevivendo nesse período? — ela brincou.

— Pois é. — Ele ergueu as sobrancelhas. — O problema é quando não administro o que sinto. Daí as coisas se complicam...

— Mas e aí, o que você faz nessa situação? — Ela cruzou as mãos sobre o joelho.

— Já passei alguns apertos e a tendência é acontecer cada vez menos, já que a experiência traz um maior domínio nesse sentido. — Os olhos de Sarynne brilhavam. — Precisei pesquisar sob o prisma da ciência para entender tudo isso, porque me assustei quando o ar "conversou" comigo pela primeira vez. Entender que tudo é causado por você mesmo, apenas utilizando as partículas da atmosfera cujo alcance é maior do que o seu, não deixa de ser surpreendente.

— Isso é fascinante... Acontece desde criança?

— Desde muito antes de você nascer — respondeu, observando-a.

— Você nem é tão mais velho do que eu — comentou ela, fitando-o nos olhos.

Sim, ela era mais nova do que ele, e ainda que os senóriahn não fossem ligados em datas, em contagem de anos, e nem se importassem com idade, Anuhar gostou de ouvir essas palavras.

— E como virou Guardião? — perguntou, sem se conter.

— Depois de todas as pesquisas, expandi esse canal de comunicação, e para chegar até o Prédio Central não foi difícil. — Cruzou os braços sobre a mesa. — É claro que exerci várias outras atividades antes, mas estou nesta função desde que passei nos testes.

— É fantástico estar ligado a um dos elementos. São tão poucos que têm essa capacidade...

— É, mas como tudo, tem as suas consequências. Nesse caso, as responsabilidades, que não são pequenas. — Abriu levemente os braços, apontando para os lados.

Ela apertou os olhos.

— O que foi? — Anuhar perguntou.

Ela só negou com a cabeça.

— Olha, Sarynne... — Esfregou os olhos com as mãos. — Já que estamos trabalhando juntos e vamos ser próximos daqui para frente, peço que seja franca comigo. Tudo o que não preciso é de uma assistente com receio de dar as suas opiniões, então por favor diga em que pensou.

*Vamos ser próximos? Próximos?* Os pensamentos da jovem viajaram pelos caminhos mais longínquos que os seus desejos alcançaram.

— Por favor, me desculpe — ela falou, depois que a sua atenção voltou para a sala, porque sentiu um pedido de ajuda implícito nas palavras de Anuhar. — Qualquer coisa que eu diga nesse momento é embasada em apenas algumas horas de trabalho e pode não fazer sentido. Mas — continuou e esfregou as palmas das mãos, cheia de coragem e sentindo-se honrada pela confiança —, o que percebi até agora é que a quantidade de coisas que você faz é assustadora. Mesmo os itens mais simples que, a meu ver, deveriam ser direcionados aos especialistas, chegam antes a você. Não conheço a fundo as atividades dos demais Guardiões, mas confesso que fiquei surpresa, porque supus que devesse analisar apenas assuntos estratégicos.

— É só pela rapidez na solução dos problemas, exceto na atual situação, evidentemente. — Ele passou os dedos pelo cabelo, levando-o para trás.

— Será que os especialistas não resolveriam muitas dessas questões? Eles são bem competentes e prestativos. Aposto que se desdobrariam para ajudá-lo.

Anuhar coçou a cabeça e, com o cotovelo na mesa, apoiou o queixo na mão.

— Você não se sente cansado? — ela continuou. — Sobra algum tempo para fazer algo que não seja relacionado ao trabalho? Não estou falando agora, no meio dessa crise...

— Dou as minhas escapadas, sim, fique tranquila. Mas anotei aqui — apontou para a têmpora — tudo o que disse. Pode deixar que vou refletir sobre as suas sugestões. E obrigado por ser honesta comigo.

— Eu que agradeço por me dar essa abertura já tão cedo. E espero não ter falado muita besteira. — Anuhar negou e ela precisou se controlar para não dar a volta na mesa e abraçá-lo. — Bom, preciso descer.

Ambos se levantaram.

— Agora vou participar de mais uma bateria de testes do...

— Por favor, cuidado — ela o interrompeu em um impulso.

Anuhar sentiu um conforto que não sentia havia tempo ao constatar a preocupação no rosto de sua auxiliar, mas não podia se distrair agora. Além de um leve tremor nos olhos, não demonstrou nenhuma outra reação, afinal, existia uma lista de coisas esperando por ele.

— É que... — Ela escolheu com bastante critério as palavras, sob um olhar curioso e insistente. — Sei que são testes arriscados... e é isso.

— Agradeço a preocupação.

— Estou indo, então — informou Sarynne com um leve sorriso antes de se teletransportar.

*Que gródsv aconteceu aqui?*, os pensamentos do guerreiro vieram com fervor. *Eu, pedindo opinião de alguém que chegou agora para ajudar? Que insano... Tudo bem que ela é muito atraente e isso mexe comigo, mas e daí?* Bufou. *Vou para os testes fazer o que é preciso. Descobrir a causa do problema.*

Ele se teletransportou até o sétimo andar no subsolo, no recinto do Ar, mas pela primeira vez em muito tempo, pensava em assuntos diferentes dos seus desafios aéreos, visto que estes não tinham cabelos loiros nem olhos cor de caramelo, e também não se preocupavam se ele trabalhava demais.

Caminhou dentre os especialistas, visores, gráficos móveis em 3D, adentrando a grande projeção no canto esquerdo, ao fundo, perguntando-se há quanto tempo não fazia algo que não se referisse ao trabalho.

— Anuhar?... Anuhar?

— Sim? — Voltou a se concentrar e percebeu cinco pares de olhos atentos sobre si.

— Temos novidades.

# CAPÍTULO 9

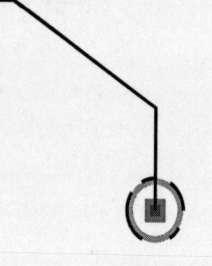

**C**om o passar dos ciclos, Sarynne aprendia cada vez mais sobre a velocidade dos ventos, das naves, classificação dos temporais, quantidade de portais por SG e por SIs — as Subdivisões Internas dentro de cada SG —, dentre outros tantos conceitos novos para ela.

No seu quarto, refletia sobre tudo o que vinha acontecendo, após o início-relâmpago da sua nova missão.

Apreciava o empenho e o ímpeto de Anuhar em buscar a causa do defeito dos equipamentos aéreos. Para ele, não existia a menor possibilidade de não descobrir uma saída a curto prazo, não importando o que fosse necessário fazer. Ela até argumentara que ele não era o causador de toda essa situação e que também não seria o responsável caso as coisas não dessem certo na velocidade esperada. Sim, porque esse assunto, em algum momento, seria resolvido.

Aos senóriahn, para tudo havia saída e desistir não era uma opção. Tentar outras alternativas, olhar as coisas sob outros ângulos, mudar as premissas, reiniciar a análise, buscar outras opiniões — tudo valia para encontrar o que procuravam.

"*— A responsabilidade é toda minha, Sarynne* — ele lhe dissera em uma das últimas conversas que tiveram, conforme ela relembrava. *— Então preciso resolver essa situação, custe o que custar.*

*— Mas isso pode custar a sua existência* — ela respondera, sem pensar se poderia ou deveria; simplesmente permitiu que o coração fluísse através das palavras. *— Vale a pena por causa de uma simples substanciazinha?*

*— Substanciazinha?* — Ele rira.

— É. Hoje o problema é com ela. Amanhã será o biopropulsor ou o psicopropulsor, ou qualquer outro item que não funcione por alguma razão, e assim a caminhada segue.

— Agradeço a preocupação. — O guerreiro apertara os olhos ao falar. — Fico até honrado por se sentir desse modo em relação a mim. — Ele levara uma das mãos delicadas da sua auxiliar aos lábios.

— Então, por favor, diga para mim que não vai mais se colocar em risco nessas explosões.

— Ah, Sarynne, obrigado. Somente você para deixar o meu ciclo mais leve."

Ela foi até a janela organizar os pensamentos. Com os ombros encolhidos e segurando os cotovelos com as mãos, apreciava as águas coloridas da baía sob os raios dos dois Sóis: o amarelo, mais reluzente, e o rosado, mais delicado, porém capaz de tornar rosa o local sob os seus feixes. Lembrou-se do entusiasmo e da perplexidade de sua amiga Alessandra ao presenciar esse fenômeno, uma vez que na Terra não existia nada semelhante, mas que era visível para quem morava na SG Central, no meio da tarde nos períodos mais quentes.

Retornando da distração momentânea, questionou-se sobre ser tão direta ao demonstrar a preocupação que sentia em relação a Anuhar. Até agora, ele tivera a condescendência e a educação de ouvi-la quando era impulsiva, além de, certamente, ter percebido o sentimento que ela nutria por ele. Entretanto, ela só queria que o Guardião estivesse bem.

Suspirou.

E ele apenas sorria, depois que ela desatava a falar. Sarynne olhou para os dedos e os levou até o rosto, lembrando-se do beijo que ele lhe dera na mão.

Fechou os olhos, mas ouviu o *click* no seu intercomunicador, informando-a de que os dados que pedira haviam chegado. Respirou fundo e se teletransportou, somente para agilizar, até a Sala do Ar a fim de começar as análises do material recebido.

— Diante do momento que Drah Senóriah enfrenta, é bom termos em mente o quanto estamos longe da estabilidade em que vivemos até o passado recente. E, nesse contexto, vou compartilhar com vocês, como de costume, o quadro geral das principais pesquisas científicas, algumas delas ainda iniciadas por Ross — disse Cêylix aos Guardiões —, porque podem ser os primeiros a precisar delas.

— Todos nós sabemos que a tranquilidade é aparente — comentou Yan com a cientista-mor do planeta —, porque Dhrons ainda deve estar se articulando. Mas como você também sabe, estamos enfrentando o maior desafio dos últimos tempos, e isso só nós podemos resolver.

— Vamos começar falando sobre isso, então. — A jovem de olhos prateados se levantou e projetou uma grande imagem em 3D sobre a mesa da sala do fundo do grande laboratório ao redor da qual todos se encontravam. — Ainda não temos a causa da incompatibilidade das nossas naves com o Wh-S 432, mas com os últimos dados que Anuhar colheu, foi possível observar o exato comportamento da estrutura do equipamento.

O guerreiro, apoiando o cotovelo no braço da cadeira, apenas assentiu com a cabeça, concordando com a jovem que o fitava.

— Constatamos que o mau funcionamento acontece de forma gradual. — Ela balançou a franja lateral e o cabelo preto liso parcialmente preso ao indicar o local específico da imagem virtual em movimento, que apresentava o processo evolutivo até o instante da parada. — Não é uma pane súbita, com isso descartamos uma lista de possibilidades, apesar de ainda desconhecermos a causa.

— Com essa informação, mudamos o patamar das pesquisas — complementou Anuhar, cruzando os braços sobre a mesa —, o que nos trouxe um grande avanço, porque vamos limitar as linhas de atuação.

— O interessante é que, independentemente do que estiver acontecendo, não age da mesma forma nos aparelhos da terra nem nos da água — comentou Farym, contornando a boca com a mão.

— Ainda bem — completou Nillys —, vejam a profundidade das olheiras do cara. — Apontou para o amigo ao seu lado.

Farym revirou os olhos, enquanto Yan olhava o Guardião das Águas com a expressão fechada.

— Sinceramente, não sei como sobreviveria sem os seus comentários — falou Anuhar, com ar de riso. — Eles fazem toda a diferença na minha caminhada.

— Ah, tenho certeza que sim — afirmou, tocando a barba rala com um grande sorriso, o ruivo aloirado de olhos verdes, responsável pelas águas de Drah.

— Olhe, Yan — continuou Cêylix —, isso pode não parecer, mas é um fato importante no direcionamento das pesquisas. O desafio é ainda entender por que em várias naves os comportamentos foram distintos afetando instrumentos diferentes.

— Sei que cada descoberta é importante — respondeu o Guardião, batendo involuntariamente o punho fechado sobre a mesa e observando os traços miúdos do nariz e boca da cientista, que lhe davam um ar quase infantil, em contraste com o seu conhecimento e capacidade.

Ele apostava que ela daria aula para qualquer um dos presentes na sala, mesmo com a sabedoria e experiência de cada integrante da equipe de guerreiros.

— Além desse assunto, recebemos da 5ª SG, por intermédio da sua nova assistente — ela olhou para Anuhar —, uma pesquisa bastante completa sobre o material que pode ser programado para se adaptar ao meio em que está.

O guerreiro do Ar sentiu uma pontada de alegria com um misto de orgulho, que não soube explicar.

— Não que não tivéssemos nada sobre o assunto — continuou ela, com seus olhos atentos e rápidos —, mas essas pesquisas estão bem mais aprofundadas e os resultados serão interessantes para nós. Além de úteis da mesma forma, para os equipamentos da terra e água, e também para você, Rhol, por causa do fogo.

O Guardião do Fogo concordou.

—Vamos imaginar que seja possível alterar a densidade do material — começou Cêylix, movendo as mãos como se pudesse moldar o ar —, ou que ele se adapte ao calor intenso, tanto quanto a temperaturas extremamente baixas, dentro ou fora d'água, e, quem sabe, até se reorganize estruturalmente. Não tenho dúvidas de que vocês já enxergam utilidades para isso.

A jovem transferiu informações básicas para os intercomunicadores dos guerreiros, a fim de que os especialistas de cada área pudessem antever possibilidades de uso da nova tecnologia, aprimorando as defesas do planeta.

— Nesses testes, os clones serão úteis.

— Cêylix, falando neles, a solução dada para não se decomporem mais, com o passar do tempo, é definitiva ou ainda está em testes? — perguntou Farym, relembrando as experiências que haviam tido no passado recente.

— Não encaro nada como definitivo. — Ela sorriu e gesticulou. — Mas resolveu o que precisávamos. O que acontecia era uma reação na estrutura molecular dos clones em contato com a atmosfera. Como eles não têm o corpo imaterial acoplado como os demais seres, ou seja, são matéria pura sem comando nenhum, apesar da programação que é feita, as unidades desse "composto", vamos dizer assim, acabam se diluindo.

— O que ressalta a necessidade de os dois corpos estarem sempre ligados.

— É, Farym, porque a vibração está somente no corpo insubstancial que, além de nos dar suporte na caminhada, é imprescindível para alimentar a energia do corpo físico. Se não tem a vibração, a matéria — por ser clone — perece. Se é um ser como nós, enfraquece. Então, desenvolvemos um composto que ajuda a manter a matéria desses clones — explicou a cientista, com os dois braços entrelaçados nas costas.

— Isso é bem interessante...

Um dos integrantes do laboratório falou pelo microfone da porta, interrompendo a reflexão e a discussão sobre o assunto, e Cêylix se aproximou para atendê-lo. Após uma rápida conversa, ela retornou.

— Meus amigos, vou precisar resolver um problema — informou. — Em outra oportunidade conto a vocês sobre os demais caminhos que estamos trilhando.

— Isso não é justo! Nem vou dormir de tanta curiosidade hoje — comentou Nillys, relaxado na cadeira com as pernas longas esticadas e com ar de riso, recebendo em troca uma careta da cientista.

— Sei que vai sobreviver — respondeu ela enquanto os Guardiões se movimentavam para sair.

Todos se despediram e, ao se levantar, Yan viu uma caixa quadrada metalizada sobre uma pequena mesa no canto da sala, que lhe chamou a atenção. Enquanto os demais saíam, ele se aproximou, intrigado.

— Pois é, Yan, quando cheguei aqui hoje cedo, ela estava aí — Cêylix esclareceu, logo que ele lhe questionou a respeito. — Endereçada a nós, cientistas.

Ele tocou no material escuro, analisando o objeto sob vários ângulos.

— As coisas estão tão corridas por aqui que não tive condições de abri-la nem de verificar sua origem, mas assim que descobrir, mato a sua curiosidade.

O líder dos guerreiros sabia que, para o objeto ter chegado ali, teria que ter passado por todos os níveis de segurança do Prédio e, apesar de intrigado, concordou em aguardar a verificação da cientista, deixando de lado, por ora, a incômoda sensação de que o assunto merecia uma maior atenção.

---

Anuhar, que decidiu retornar andando, prática que passara a adotar ao acompanhar a Sarynne em algumas das movimentações que haviam feito pelo Prédio, já se encontrava dois andares acima. Parcialmente satisfeito com o avanço da solução para as "suas" naves, não havia o que fazer além de aguardar os resultados dos próximos testes. Então, voltou a se perguntar há quanto tempo não desfrutava de alguns momentos de lazer. E, de imediato, pensou em um cabelo loiro, em um sorriso doce e no olhar carinhoso com que fora agraciado mais de uma vez pelo belo par de olhos cor de caramelo.

Num impulso, ligou para a nova auxiliar.

— Sarynne?... Gostaria de saber se tem algum compromisso para hoje.

Na Sala do Comando de Defesa do Ar, ela arregalou os olhos.

— N-não.

— Você aceita sair comigo? Será ótimo deixar um pouco esse ambiente.

Ela se encostou na cadeira bem devagar, com o olhar parado.

— Sarynne?

— *Tudo bem.*

— Nos encontramos daqui a três horas no hangar, pode ser?

— *Pode* — falou baixinho, temendo que, ao falar, as batidas do seu coração fossem ouvidas pelos que estavam ao redor, ou até mesmo pelo guerreiro, no intercomunicador.

# CAPÍTULO 10
## Worg

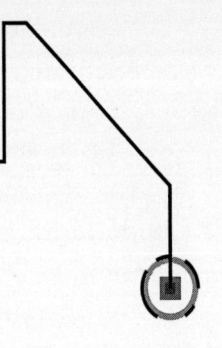

Na pequena cama de casal que tomava grande parte do quarto, Lyna mantinha-se sentada, de braços cruzados com as pernas esticadas, observando, pela porta lateral, Dhrons na minúscula sala ao lado, atento ao material que ela havia traduzido.

A programação de idiomas era algo que existia tanto em Drah quanto em Wolfar, mas a forma como isso acontecia nos dois planetas diferia, não só na rapidez da absorção da nova língua, mas também na quantidade de idiomas disponíveis para cada um.

Drah Senóriah possuía as matrizes dos idiomas ou dialetos de todos os corpos celestes da galáxia e de fora dela, conhecidos pela Federação Intergaláctica, enquanto Wolfar possuía apenas de alguns poucos, os principais da galáxia. Um senóriahn podia aprender qualquer um desses idiomas, assim que seu encéfalo fosse programado, o que acontecia em segundos com a tecnologia vigente local. Já a programação dos wolfares não era imediata, necessitando ser exercitada antes de se tornar fluente. E o aprendizado do conteúdo falado era separado do escrito.

Pelo fato de Lyna já ter tido contato com o idioma de Plouzd quando era nynfa em Drah, e porque o ancião wolfare aprendera apenas a língua falada e não a escrita, é que ela traduzira o material que Kroith lhe entregara sobre o novo elemento e a potente arma de que dispunha.

— Dhrons, o que está pretendendo fazer? — Ela cruzou as pernas sobre a cama.

— O que você acha? — Ela revirou os olhos, ouvindo-o. — É evidente que quero recuperar o meu planeta.

— Então não vai usar esse armamento letal que o plouzden te apresentou.

— Por quê? Está preocupada com o seu planetazinho?

Ela se levantou de um pulo, desmanchando o coque malfeito, e os fios castanhos caíram sobre os ombros. Apertou os lábios carnudos e foi até a mesa quadrada onde o líder wolfare estudava os escritos.

— Lembre-se de que o *meu planetazinho* é bem maior e mais potente que o seu. E, incontavelmente maior do que isto aqui — retrucou séria, rodando um dedo no ar com seus olhos castanhos faiscando, antes de apoiar os braços no encosto de uma das cadeiras ao redor da mesa.

Ele a observou sem erguer a cabeça.

— Não, não estou desistindo de nada, antes que me pergunte. Mas não creio que estourar Drah te ajude a recuperar a liderança de qualquer coisa. Primeiro, porque eles têm mais armamentos do que nós. — Inclinou-se sobre a mesa. — Segundo, porque vão nos caçar até a mais longínqua galáxia, e nem sei o que farão quando nos encontrarem, porque *vão* nos encontrar. E, terceiro, que quanto mais passagens houver nas suas costas, mais longe vai ficar de Wolfar e da Federação.

— Federação... — Ele se levantou e deu dois passos até a pequena janela. — Quero distância desse antro de incompetência. Graças a ela, sou obrigado a ficar escondido, porque se sair desse casebre, corro o risco de me prenderem, ou seja lá o que pretendem fazer. Além do que, ficou mais do que comprovado que não estão abertos a dar oportunidades a todos, apenas aos que lhes despertam algum interesse. Então, qualquer que fosse a minha pretensão quanto a essa entidade, ela simplesmente se dissolveu, pelo menos enquanto estiver sob a liderança atual.

— O Dhrons que conheço não desistiria assim, facilmente.

Ele se virou rápido e a encarou.

— Jamais desisto, Lyna. Vou fazê-los entender que cometeram o erro de me subestimar, porque vou me tornar tão poderoso que eles vão se arrastar até mim.

— Eles estão te caçando...

— Sim, e não vão me encontrar. Mas vão reconhecer o meu valor quando virem do que sou capaz.

—Você sabe que não vai conseguir nada disso se atingir Drah.

— Olha, não tenho que discutir com você os meus planos estratégicos.Você dorme comigo, nada mais, então limite-se à sua condição de minha parceira sexual.

— Uma parceira que traduz todos os idiomas de que você precisa, passa informações privilegiadas sobre Drah Senóriah, sobre os Guardiões e sobre o seu amigo Dom Wull. Estou certa de que é bastante fácil encontrar outras como eu, em um piscar de olhos.

As testas do wolfare avermelharam e pulsaram mais rápido.

— Dhrons, nós dois sabemos que a Federação não vai permitir que pise em Wolfar tão cedo. Às vezes, para conseguirmos o que queremos é preciso sair do holofote e agir com cautela. — Ela se aproximou dele. — Essa nova substância citada nos documentos pode ser uma saída bem interessante. Se tiver a mesma capacidade que a X-ul 432 e você tiver sido o responsável pelas pesquisas, isso vai contar pontos a seu favor. Se também for o responsável pela sua produção, aí sim, despertará o interesse tanto de Drah quanto da Federação. Mas para isso precisaria negociar algum tipo de acordo com a liderança de Plouzd.

— A líder de lá desconhece o novo elemento. A extração do material e as pesquisas estão sendo feitas clandestinamente, sob o comando do Kroith.

— Uau! — Lyna arregalou os olhos. — Mas isso é ótimo. Bem, até que a extração furtiva seja descoberta.

— O que não deve ser uma preocupação, porque evidenciará a incompetência da Soberana Suénn, que é a responsável local.

— Olha aí... que beleza! Viu? E sem promover a passagem de centenas de seres.

Ele a encarou com os olhos semicerrados.

—Você pretende assumir a liderança de Plouzd? — perguntou a ex-nynfa.

— Indo de encontro à sua linha de raciocínio de me manter longe dos holofotes, não. Vou deixar isso com o Kroith e com os parceiros dele. Mas tê-los como aliados já será uma grande conquista.

A bela jovem apertou os olhos, e foi a sua vez de deixar o olhar perdido no solo escuro e nas pequenas moradas iguais, na vista externa da janela da sala.

— Como estão os testes com o novo elemento? — perguntou, pensativa.

— Até agora só trouxeram bons resultados. Por quê?

— Sabe — ela disse devagar —, talvez a arma letal seja útil para nós.

— Em que está pensando?

— Em vitória.

---

## Drah Senóriah

Seis andares abaixo do subsolo do Prédio Central de Drah Senóriah, Grammda descansava em seu aposento. Se lhe perguntassem, certamente encontraria outra palavra para o que fazia, porque, mesmo sentada de olhos abertos na sua grande cadeira de encosto alto ao lado da cama, as imagens que via iam além do laboratório ao seu redor.

A pequena e rechonchuda senhora já vira muita coisa ao longo do viver, então não era à toa que se tornara a mentora do planeta, a *milenar* mentora de Drah. E o que se descortinava à sua frente a remetia diretamente à profecia.

Grande parte dos senóriahn conhecia o prognóstico premente e sombrio. O passado recente já indicara que eles haviam adentrado essa nova fase, mas ela a vivenciava de modo mais intenso, porque sabia o tamanho dos futuros desafios, e esperava encontrar algum caminho ainda inexplorado para amenizar a passagem do tormento. Entendia a grandeza do que estava para acontecer e as dificuldades que o seu planeta enfrentaria.

*"Estamos nos encaminhando para o final de uma era. Um final turbulento, onde os justos lutarão contra os não justos. Onde somente a quebra de paradigmas poderá trazer alento. Quando surgirá uma joia rara, porém bruta, cuja preciosidade ainda é desconhecida e cuja utilidade será de extremo valor".*

As palavras da profecia não lhe saíam da cabeça. Fechou os olhos e empertigou-se, enquanto as cenas continuavam a se descortinar, e o seu encéfalo a absorver todas as informações que recebia.

Não, isso não era descanso, e não tinha como ser. Não nesse período.

As imagens agora passavam em uma velocidade assombrosa, mas ela não perdia nenhum detalhe, pelo contrário. Visualizava cada uma, absorvendo o seu cerne.

Num repente, arregalou os olhos.

# CAPÍTULO 11

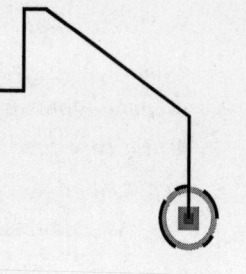

*brigado* por aceitar o meu convite — agradeceu Anuhar à Sarynne, enquanto bebericavam os seus drinks sentados à mesa, um de frente para o outro, pairando pelo céu de Drah.

A túnica preta que ele usava sobre a calça realçava os cabelos loiros, ainda mais do que a habitual farda azul-marinho de trabalho, e a jovem auxiliar aprovava esse visual, incontestavelmente.

— Imagine — respondeu, fascinada pelo sorriso que ele lhe dava nesse instante. — É sempre bom conversar com você.

— Já tinha vindo aqui?

O espaço da nutrição onde ele a levara era composto de compartimentos em formato de bolha, um para cada mesa ou conjunto de mesas à escolha do cliente, que flutuavam até onde a torre central de comando era capaz de controlá-los. Com exceção do piso, tanto as paredes curvas quanto o teto eram transparentes, o que permitia que o céu repleto de astros coloridos — alguns piscantes — e as luzes da cidade a essa hora da noite fossem apreciados com tranquilidade.

— Já. — Ela olhou ao redor. — Além do ambiente ser agradável e lindo, a comida é muito boa.

O Guardião sentiu uma leve irritação pelo local não ser uma novidade para ela e se perguntou se, quando Sarynne estivera ali, também pusera um vestido que a deixava tão elegante quanto esse marrom justo, com pequenas estampas em tons pastel e riscos marrons, que ia até o joelho.

— Você tinha razão — ele comentou rápido, apontando para o visual à sua volta —, eu precisava sair um pouco para espairecer.

— Ninguém produz o tempo todo. É importante desacelerar de vez em quando. — Ela tomou um gole do seu coquetel de florais, enquanto Anuhar a observava.

— Pois é. — Ele ergueu a taça do seu tahyn e a girou na mão, contemplando o balanço do líquido arroxeado. — Obrigado pelo alerta. É muito bom tê-la como companhia.

O coração de Sarynne disparou. *Ele está falando do meu trabalho, só isso*, argumentou mentalmente, em busca do controle perdido sobre os seus pensamentos.

— A carga sobre você estava muito pesada. Fico feliz em ajudar.

O guerreiro a encarou, apertando os olhos de leve, por longos segundos.

*Será que ele não está falando de trabalho?* Ela tomou mais um gole do coquetel, com a mão trêmula, no silêncio que gritava no ambiente.

— Que tal pedirmos os pratos? — Anuhar perguntou e ela assentiu com a cabeça.

Ele clicou no visor sobre a mesa e dois menus virtuais em 3D apareceram para o casal. Cada um fez a sua escolha, selecionando a opção desejada.

Sarynne passou a mão pelo cabelo e orelha, e sorveu mais um pouco da bebida suavemente adocicada, enquanto Anuhar a perfurava com o olhar.

— Alguma novidade com as pesquisas? — Ela se mexeu na cadeira.

— Analisamos com mais profundidade o comportamento da pane, mas ainda não temos nada de conclusivo. Esses últimos dados estão sendo cruciais para mapearmos situações antes não avaliadas. — Ele tamborilou com os dedos sobre a mesa. — É isso.

—Você já perguntou para o seu amigo, o vento, se ele não pode ajudar? — ela brincou, trazendo leveza à conversa.

— Sabe que não? Essa falha nós mesmos vamos ter que resolver. Mas prometo contar para ele quando eu descobrir. — O Guardião riu, enquanto ela o analisava mordendo o lábio inferior. — Fale, Sarynne, o que está hesitando em me dizer?

— Nunca conheci alguém que se cobra tanto quanto você.

— Não é assim que devemos ser? Aprendi que, se cada um fizer a sua parte, não há sobrecarga para ninguém. — Ele agora a fitava, sério.

— Concordo. Mas é preciso entender o que é essa "sua parte".
— Ela alisou o copo com a ponta dos dedos. — Qual o tamanho dela. Talvez a mesma parte seja a missão de outro também, e não há problema nenhum nisso.

— Quando se assume que não dá conta, tudo bem. — Ele tomou mais um gole do drink.

— Às vezes não é para dar conta mesmo. Pode-se fazer em conjunto com outros.

— Tem coisas que só nós podemos resolver, aí não há como fugir. É entrar de cabeça, fazer o que é necessário, e ponto.

— E se não for possível resolver o problema? — Sarynne cruzou os braços sobre a mesa.

— Sempre é. Não acredito em problema sem solução.

— Eu também não, mas nem sempre se resolve sozinho ou fazendo a maior parte. Às vezes solucionamos apenas liderando ou sendo espectadores.

— Sem chance, não vim com esse código de funcionamento.
Ela riu.

— É interessante como a caminhada nos molda, e por sermos o retrato da nossa história, cada um enxerga as coisas de forma diferente.

— Sem dúvida. Somos o resultado da programação que nos é incutida, frutos das nossas experiências. — Ele acariciou a taça com o tahyn.

— Olha como o céu está lindo. — Ela apontou para cima, onde a escuridão que os envolvia continha milhares de luzinhas coloridas. — Esse assunto me fez pensar sobre quantos dos meus problemas resolvo sozinha e quantos com ajuda de alguém. — Sarynne ainda apreciava a vista noturna quando Anuhar olhou para ela. — Também sobre a quantidade daqueles astros que são luminosos por eles próprios e daqueles que recebem claridade de outros... — Ela abriu um largo sorriso. — Não sei responder nenhuma dessas perguntas.

Ele se deixou levar pela leveza e simplicidade da comparação e sorriu também.

— Mas não importa — concluiu ela. — Os meus problemas continuam sendo resolvidos e o céu continua sendo céu, repleto de pontos luminosos.

O guerreiro olhou para longe.

— Há muitos seres ajudando, mas sinto que se não resolver as coisas eu mesmo, se não participar de cada etapa, ou se não assumir a maior parte, é porque falhei — ele comentou, quebrando o silêncio. — Seja porque deixei passar algo ou não tive competência, coragem ou o que quer que fosse preciso. Sempre fui assim.

O coração de Sarynne aqueceu com essas palavras e ela apertou os dedos para não tocar a mão do guerreiro.

— Não tem receio dos riscos que corre?

— Às vezes riscos são necessários. — Ele encarou o restante da bebida e depois cruzou as mãos sobre a mesa. — Se precisar chegar ao extremo para alcançar um objetivo, vou até lá.

— Já parou para pensar em quem te ama? — Ela apoiou o queixo na mão. — Ou naqueles que te enxergam como um herói, um líder, alguém que sabe o que sabe, e ainda, com a capacidade de se comunicar com o vento? Ou na complicação para Drah, se ficasse sem o principal Guardião do Ar de uma hora para outra?

— Só penso no propósito que tenho. É claro que ajo com ética, mas também com muita determinação, até porque muitos desses que citou podem estar dependendo da solução.

— Entendo e admiro essa atitude, só acredito que existam métodos seguros para tudo o que tem que ser feito.

— Às vezes o tempo é escasso para tudo que é preciso e, além do mais, adoro desafios — brincou, e Sarynne se perdeu no sorriso largo e perfeito à sua frente.

— Pelo que eu soube, vários são de tirar o fôlego. — Ela arqueou as sobrancelhas.

— Como falei, sou um homem de extremos.

— É curioso, porque ouvi, mais de uma vez, que ninguém se preocupa com a segurança da sua equipe como você.

— Eles são *minha* responsabilidade.

— E quem é responsável por você? — a jovem assistente perguntou, rindo.

— Agora você me pegou. — O Guardião sorriu de novo, e jogou as costas na cadeira. — Mas é claro que tomo os cuidados necessários. — Piscou para ela.

—Você sabe que os senóriahn vão continuar te respeitando, e os que te amam vão continuar te amando se algum objetivo não for atingido, não sabe? Porque quando alguém ama ou respeita um ser, aceita as suas falhas e derrotas — Sarynne salientou. —Você também vai continuar sendo o líder do Comando de Defesa do Ar, todos vão prosseguir nas suas caminhadas e o planeta vai permanecer na órbita atual. Está preparado para isso? — ela perguntou, arregalando os olhos e prendendo a língua entre os dentes.

Anuhar a encarou, franzindo de leve o cenho, e ela continuou:

—Vou te contar um segredo: todos falhamos em alguma situação, sabia? — Foi a vez de ela piscar para ele.

O Guardião passou a mão pelo cabelo, com ar de riso.

— Estou brincando — falou ela, sorrindo. — Quem sou eu para ficar te sugerindo coisas...

— Ué, por que não?

Se ela pudesse, deitaria a cabeça dele em seu colo. Para não pensar nisso, decidiu pegar o seu drink no momento em que o guerreiro pegava o dele e suas mãos se tocaram. Anuhar segurou os dedos de Sarynne e o toque quente fez com que todo o corpo dela vibrasse. Quando ele os acariciou com toda a delicadeza e o olhar cravado nela, ela se arrepiou até a raiz dos cabelos.

A campainha suave os tirou do transe e os fez voltar a atenção para os pratos que, assim como as bebidas, chegaram flutuando pelas canaletas de comunicação entre a torre central e as bolhas. Com um toque no visor, o Guardião abriu o compartimento para a sua entrada, e a partir de então a conversa fluiu sobre os sabores que experimentariam, sobre como Sarynne iniciara o trabalho no Prédio Central, a história dos genitores e da família dela, e como ela via a atual função. Toda vez que ela tentava mudar o foco do holofote, ele dava um jeito de impedir, matando a curiosidade sobre a caminhada dela, ao mesmo tempo que apreciava a sua desenvoltura, a delicadeza dos cabelos loiros no casaco bege sobre o vestido leve, os lábios rosados bem definidos, o nariz delicado, além dos olhos que o hipnotizavam.

Qualquer artifício para não falarem sobre ele valia. Existiam muitos assuntos interessantes sobre os quais poderiam despender horas conversando. A jovem de lindos olhos amarelos era muito inteligente e Anuhar gostava de aprofundar as discussões com ela.

Desde que não tivesse a ver com ele, porque isso estava se tornando muito perigoso.

# CAPÍTULO 12

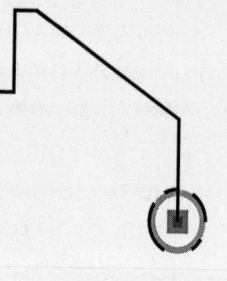

**A***nuhar* adentrou seu aposento, bastante incomodado.

A conversa agradável, durante e após a refeição, não fora suficiente para lhe tirar o desconforto. A vista maravilhosa da noite iluminada, apreciada da bolha móvel nas alturas, o clima entre eles e a conversa no retorno não foram capazes de amenizar o que sentia.

*Gródsv, eu me cobro só o necessário.* Fechou a porta com a mente, passou pela poltrona e pela mesinha redonda, do lado direito, e pela bancada próxima à parede do lado esquerdo, indo até a janela. Apoiou as mãos na base e contemplou as águas coloridas da baía do alto do nono andar do Prédio Central.

Respirou fundo.

*Ah, Sarynne... a leitura que você faz de mim é inquietante.*

Virou-se, atravessou a antessala e se dirigiu ao seu dormitório. As luzes se acenderam com o seu comando mental e ele retornou à janela, agora do quarto. Voltou. Sentou-se na cama.

"Quando se assume que não dá conta, tudo bem", repassou o diálogo.

"Às vezes não é para dar conta mesmo. *Pode-se fazer em conjunto com outros.*"

— Ah, menina, o que você entende de responsabilidade? — Ele se levantou e, mais uma vez, dirigiu-se à janela.

Passou a mão pelo cabelo. Virou-se. Caminhou até a porta do banheiro e parou. *Eu me sinto transparente perto dela e, em vez de manter distância, convido a moça para sair e fico babando por aqueles olhos.* Apoiou as mãos na parede e bufou. *Não sei o que tanto me atrai neles. Ela tem uma beleza comum, nada de especial, um sorriso meigo em um rosto delicado, com os olhos da cor do cabelo. Só isso. A pele deve ser bem macia e, aquelas curvas, uma delícia de pegar...*

*Prefiro correr riscos a ficar parado esperando algo mágico acontecer...*
Fechou o punho e esmurrou a parede. *Gródsv!*
— Se ela pensa que tenho que ser comedido em tudo, está errada! Vou fazer o que quero quando quero, porque é assim que eu sou.
Encarou-se no espelho, fez uma higiene rápida com o poder do pensamento e se desmaterializou.

◆─────◆●●●●◆─────◆

Sarynne ajeitava a coberta na cama, com os olhos brilhando. Não estava com vontade nenhuma de se deitar, e arrumava as coisas no automático. Gostaria que as horas passassem rápido para que chegasse logo o horário de trabalhar ao lado daquele por quem, já não tinha dúvidas, havia se apaixonado.
Seu corpo estava leve e seu coração palpitava.
*Ele não precisava ser tão atencioso, nem ter me convidado para sair. E não me pareceu aborrecido com o que falei, pelo contrário, ficou bem atento.* O sorriso se abriu enquanto admirava a sua imagem delicada no espelho.
*Também parece que gostou do que viu.* Contemplou-se por inteiro, apreciando o decote em "v" do vestido de mangas curtas, que escolhera devido à temperatura amena. Ela confeccionara a roupa mentalmente, e entendeu que seria adequada para a ocasião, não só pelo clima, como pela excitação de sair com Anuhar. Os senóriahn não eram ligados em moda, aliás, nem sabiam o que era seguir alguma tendência para se vestir, mas ela quis parecer diferente do habitual. Sentia-se diferente. O Guardião valorizava o que ela dizia, e o fato de prestar atenção nela fazia com que ela inchasse de alegria, permitindo-se ousar nas palavras, pelo menos no seu conceito de ousadia.
*Será que ele me acha bonita?*
— Sarynne?
Ela arregalou os olhos, reconhecendo a voz que entoava pelo aposento, através do identificador. Paralisou momentaneamente, antes mesmo de o guerreiro se identificar, porém logo se dirigiu à porta, abrindo-a com seu poder cerebral.

— Sei que me vê como alguém que corre mais riscos do que deveria ou poderia, mas esse sou eu — ele falou assim que a porta foi aberta. — E é graças a esse meu perfil que estou aqui.

— A-aconteceu alguma coisa? — ela perguntou em voz baixa.

— Não, mas quero muito que aconteça.

— Entre... por favor — sussurrou, dando espaço para ele passar.

— Antes de entrar, quero dizer que já há algum tempo você chama a minha atenção. — Anuhar apoiou uma mão no caixilho da porta. — Agora, te conhecendo melhor, estou me sentindo mais atraído e não consigo te tirar da cabeça.

O corpo dela formigava.

— Por essa razão, tem total direito de me pedir para ir embora. E eu vou, respeitando a sua vontade, frustrado, mas bem tranquilo se assim desejar. Porque se eu entrar, preciso ser honesto, vou beijar muito essa sua boca que não sai dos meus pensamentos. Só para começar. E estou louco por isso.

Ela parou de respirar por alguns segundos.

*Pensa, Sarynne, pensa, pensa, pensa... ele entra e você curte algumas horas de pura paixão sem se importar com o amanhã. Ou pede para ele sair e tenta mais tarde uma aproximação?*

— Ah, menina, você está me tirando do prumo e é a única razão para me fazer sorrir no meio dessa confusão. — Passou a mão pelo rosto delicado que o encarava. — E vai continuar sendo, mesmo que me peça para sair.

— Entre.

Sarynne nem viu o sorriso que ele abriu, porque quando percebeu, já correspondia ao beijo quente e envolvente do guerreiro, que a encostou na parede ao lado da porta ao tocar seus lábios com os dele. No primeiro momento, com urgência, colou o corpo másculo ao dela, e segurou com as duas mãos, de forma suave, o rosto delicado.

Conforme ele sentiu que ela o acolhia, o beijo foi se tornando mais profundo. Sua língua brincava bem devagar com a dela e explorava cada célula da boca que ele tanto desejava.

Se alguém perguntasse, nenhum dos dois saberia dizer quem fechara a porta, mas saberiam a hora exata em que ele a puxara para si, abraçando-a pela cintura. Enfim, Sarynne matava o desejo, reprimido havia tanto tempo, de acariciar o cabelo do Guardião, tão macio quanto imaginara.

Com os braços rodeando o pescoço de Anuhar, ela se entregou ao abraço, aos toques das mãos pesadas com as quais sonhara tantas vezes, à sensação dos lábios quentes e molhados, e à língua que causava arrepios quando encontrava a dela. A proximidade com o tórax largo a permitia sentir a musculatura rígida e, na parte inferior do abdômen, constatava o aumento do volume do guerreiro, aquele que em pouco tempo a preencheria por completo, não só fisicamente, mas emocionalmente também.

Ele afastou o rosto do dela, não antes de lhe dar vários beijos rápidos nos lábios e na face. Ofegantes, encararam-se e o Guardião fechou os olhos ao encostar a testa na dela. Ainda abraçados, ele passou a acariciar-lhe as costas e as nádegas firmes com movimentos lentos e circulares e ela, em resposta, iniciou um balanço preguiçoso para sentir mais o toque. O guerreiro a encarou novamente e ela correspondeu ao olhar quente com um sorriso, afagando o rosto másculo.

Ele a ergueu no colo, sem deixar de encará-la, carregando-a até a grande cama no quarto. Não precisaram falar nada ao se despirem com o poder mental. Anuhar se levantou, deixando Sarynne deitada sobre os lençóis.

— Deixa eu te olhar.

Ela arfava enquanto ele, vestindo apenas a sua correntinha, parado na frente da cama, analisava cada parte do corpo esguio e feminino.

— Você é linda. — Ajoelhou-se no colchão, ao redor das pernas longas e bem torneadas. — E macia. — Escorregou as mãos nas laterais do corpo claro com curvas leves.

Olhando-a de cima, foi deslizando o seu toque, desde o abdômen até alcançar-lhe os seios. Fechou os olhos ao roçar os mamilos grandes, que reagiram, de imediato, ao trabalho dos dedos firmes, fazendo-a gemer.

Ela arfou, apertou uma das mãos com força e com a outra, segurou o braço do Guardião, fechando os olhos.

Ele se deitou ao lado dela e continuou a acariciar o corpo quente, que agora suava, voltando a beijar a boca delicada entreaberta. Ainda na liderança do ato, lambeu-lhe o pescoço, provocando mais e mais gemidos da sua parceira.

Mantendo-a sem fôlego, sugou um dos seus seios, enquanto brincava com o outro, e Sarynne agarrava o cabelo macio, espalhado sobre o seu corpo. Quando ele passou a acariciá-la com a língua em uma linha reta — e ela sabia qual seria o destino —, Sarynne estremeceu. Porém, o Guardião, sem pressa, beijou-a na virilha, de um lado, do outro, e no seu ponto mais sensível, fazendo o coração dela disparar. Ela queimava por dentro e por fora, e sentia a intensidade da sua umidade entre as pernas. Mas ele não a satisfaria. Ainda.

Anuhar voltou a beijá-la na boca, pegando uma de suas mãos e mordiscando-lhe a ponta dos dedos, ao acariciar a palma com a língua.

— Eu adoraria se me tocasse — disse para ela, levando a mão delicada ao seu membro e se acomodando sobre os lençóis.

— Claro...

Ela envolveu toda a considerável espessura. Passou a movê-la para cima e para baixo, nocauteando na cama o guerreiro, que, em sinal de entrega total, derrubou os braços ao lado da cabeça, dando todo espaço e autonomia que a sua jovem auxiliar pudesse precisar.

Com um gemido grave de prazer, o Guardião direcionou, com suavidade, o rosto delicado da sua parceira até as gotículas que brotavam do órgão que ela tinha em mãos. E, sem demora, ela o abocanhou. Lambeu o topo, mordiscou, lambeu a base, engoliu, subiu, desceu, subiu, desceu, de novo e de novo.

— Ah, Sarynne, Sarynne...

Ela o observou sem parar o que fazia e ele buscou o controle das entranhas para não se permitir terminar tudo ali, naquele momento.

— Deite aqui — ele pediu.

A jovem parou o movimento, mas não retirou o pau grosso da boca. Encarou o guerreiro, engolindo o seu membro bem devagar, lambendo cada partezinha. Desceu, desceu...

— Aahh... — O gemido grave a fez parar, ainda com os olhos fixos nas expressões ardentes e másculas.

Então, ela engoliu mais um pouco, sentindo toda a umidade dele, pulsando, já na garganta.

— Eu não quero — ele sussurrou, olhando para a cena mais erótica que já tinha visto — gozar na sua boca. Não agora — complementou depressa.

Anuhar nem raciocinava, mas não tinha dúvidas de que jamais esqueceria o rosto da sua linda assistente, encarando-o com aquele volume todo dentro da boca delicada. O *seu* volume.

Ela foi subindo, sem pressa, com os lábios colados na espessura larga e dura, e quando chegou no topo, lambeu-o mais um pouco e o beijou. O Guardião, com o corpo inteiro em brasa, moveu-se o mais rápido que pôde, invertendo as posições, deitando-a com o máximo de delicadeza que conseguiu, ficando sobre ela.

O corpo de Sarynne estava inteiro molhado. Por fora, devido à proximidade dos dois corpos, e por dentro, porque se encontrava mais do que pronta para receber o que o guerreiro ansiava por lhe proporcionar.

Antes de perder o controle por completo, ele se posicionou sobre ela, separando-lhe as pernas. E o coração dela, que já batia acelerado, descontrolou-se em uma corrida desenfreada ao constatar que o seu desejo tão antigo, que jamais imaginara realizar, estava a segundos de se concretizar.

Anuhar, então, preparou a entrada, encaixando-se devagar para não a machucar. Ela sentiu o desconforto aumentando, mas conforme ele iniciou o movimento, o seu sexo foi se moldando ao dele e os arrepios de prazer foram tomando conta do seu corpo. Sentindo a reciprocidade, ele apoiou as mãos ao lado dos cabelos esparramados da loira que tanto o atraía, e a cautela com que se mexia foi sendo substituída pela firmeza. Quanto maior a profundidade alcançada, maior a velocidade e menor o controle de ambos.

Sarynne apoiava-se nos braços do guerreiro porque agora os movimentos eram vigorosos e rápidos e, num desses contatos com o centro do seu centro, ou onde quer que fosse, ela explodiu em um orgasmo nunca antes sentido. Ele, ao vê-la e ouvi-la no seu clímax, explodiu também, como não acontecia havia muito tempo.

Arfando e ainda dentro dela, deitou-se ao seu lado, quente e suado. Quando os batimentos cardíacos se normalizaram, ele se retirou com cuidado, virou-se para ela, que o apreciava, e sorriu. Tocou-lhe o cabelo, afastando uma mecha dos olhos amarelos que brilhavam, enquanto ela lhe acariciava o rosto.

— Você é muito bonita. E agora posso dizer com total conhecimento aquilo que eu já desconfiava: que é muito gostosa também. Não sei se já senti o que estou sentindo agora.

Ela abriu um grande sorriso.

— Eu também não.

Ele pulou da cama e se ajoelhou ao lado dela.

— Eu te agradeço pela união que tivemos e pela troca que fizemos — disse com o punho direito sobre o coração. — Por ter cedido seu cálice ao fluxo de toda a existência. Eu estou em você e você está em mim.

*Faltaram duas palavrinhas, não faltaram? "Somos um"*, ela questionou em silêncio.

Mas ele permaneceu calado e ajoelhado, esperando alguma reação. Então ela se sentou.

— Também te agradeço pela troca que fizemos — respondeu com o punho direito sobre o coração.

Ele se deitou novamente, envolvendo-a com um braço.

O calor do corpo de Anuhar, o toque delicado no seu rosto, o beijo leve e o brilho nos olhos do Guardião derreteram Sarynne. A insegurança que sentia ao pensar na possibilidade de ele já deixá-la sozinha dissipou-se quando o guerreiro, satisfeito, adormeceu.

# CAPÍTULO 13

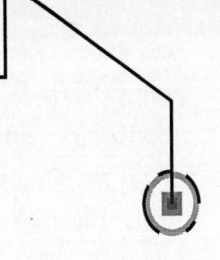

**N**o ciclo seguinte, Anuhar recebeu uma mensagem telepática da genitora, enquanto trabalhava na sua sala.

Como os senóriahn tinham essa capacidade, para contatar o interlocutor era necessário que o emissor abrisse o canal com a permissão do receptor, ou era possível manter essa via aberta, se fosse de comum acordo entre ambos, o que era o caso dele com a senhora Lásyne.

*Olá. Você está bem? Já resolveu os problemas das naves?*

Ele apoiou os cotovelos na mesa e esfregou os olhos com as mãos.

*Quase*, respondeu, também telepaticamente, sem a menor intenção de fornecer qualquer tipo de informação sobre o assunto.

*Isso é importante, meu filho, o planeta todo depende de você.* Ele bufou. *Você precisa focar nisso. Não deixe que nada, absolutamente nada, desvie a sua atenção, para que depois não tenha que arcar com as consequências.*

Ele revirou os olhos.

*Sem mais cobranças, dona Lásyne. Não é porque comentei sobre esse assunto com você que precisa ficar me questionando. Sei da minha missão aqui e estou trabalhando arduamente nela*, retrucou, contrariado.

*Sei disso, mas não podia deixar de falar. Só desejo o melhor para você.*

*Tudo bem. Só que em breve vou entrar em uma reunião.*

*Claro, não quero te atrapalhar. Conversamos mais tarde, certo? Até depois.*

O guerreiro sentia um misto de carinho e irritação pela sua genitora com suas atitudes sufocantes, mas ficava condoído pelo que ela passara. Pelo que ela, ele e os irmãos viveram depois que o seu genitor fizera a passagem.

Suspirou e voltou os olhos para os primeiros resultados dos testes executados mais cedo, deixando tudo o que não tratasse do problema Wh-S 432 para ser resolvido mais tarde. O teste tinha sido realizado com uma nave não tripulada, sugestão que custara para Anuhar aceitar, mas que decidira acatar nos últimos ciclos.

Ela não chegara a cair, porque fora desviada a tempo de ser trazida para o Prédio e analisada pelos cientistas, o que é uma proposta diferente daquela de examinar os destroços, conforme vinha acontecendo.

Estava cético, mas não se dava o direito de perder o ânimo. No auge das análises e no âmago das proposições, o Guardião se viu com o pensamento na noite anterior, no aposento de Sarynne, no corpo, nas expressões e na entrega dela. Havia tempo que o sexo não era tão prazeroso para ele, e não se recordava de um clímax tão intenso.

*Só pode ser por conta da postura recatada dela,* pensou, ajeitando-se na cadeira, sentindo o crescimento da sua excitação. *Sensual e excitante,* fechou os olhos e os cobriu com as mãos.

Voltou à análise do filme em 3D que passava sobre a sua mesa, onde a nave ainda voava normalmente, mas pensou que poderia ter deixado, ao menos, uma mensagem quando saíra do aposento dela mais cedo. É que precisava dar uma olhada nos testes e não queria perturbar o sono tranquilo da sua adorável amante, cuja expressão era serena e satisfeita. Plenamente satisfeita, ele ousava dizer. E o guerreiro, que sem modéstia assumia a responsabilidade por tudo isso, sorriu.

Chacoalhou a cabeça e voltou ao filme no exato momento em que a nave sinalizava os primeiros problemas. Congelou a projeção e retornou algumas cenas. Religou. Congelou novamente e retornou.

*"Você já perguntou para o seu amigo, o vento, se ele não pode ajudar?"*

Quando deixou o filme rodar pela terceira vez, franziu os olhos. Intrigado com a imagem, voltou a analisá-la após desligar o aparelho. Depois de rever algumas vezes, fez uma única constatação antes de ir para a reunião com Dom Wull. Solicitaria ao principal pesquisador do Ar que alterasse as linhas de análise.

Anuhar e Nillys foram os últimos a entrar na sala de reuniões dos Guardiões, no décimo primeiro andar, e assim que ambos se sentaram ao redor da grande mesa, ao lado dos demais, Yan fez uma chamada pelo intercomunicador.

— Eu os saúdo — disse ao desligar o aparelho, com o punho fechado sobre o peito, no frequente e nobre cumprimento formal, ao que os guerreiros responderam repetindo o gesto.

— Você sabe o que Dom Wull quer conosco? — questionou Anuhar, puxando a cadeira mais para a frente para se ajeitar melhor.

— Soube há alguns minutos, mas vou deixar que ele mesmo explique.

— Ih, já vi que vem encrenca por aí — comentou Nillys, ao lado do Guardião do Fogo, que só observava a carranca do líder.

— Vamos precisar quebrar mais alguns paradigmas. — Cêylix coçou de leve a testa e bufou.

— Você também já sabe do que se trata?

— Eu estava com o Yan na conversa com Dom Wull — respondeu ela.

— Cara, não dá para falar nada? Nos preparar, pelo menos? — perguntou Farym.

— Dá. — Yan empurrou a franja para trás. — Mas faço questão que Dom Wull conte a novidade a vocês.

Em seguida, o líder supremo de Drah se identificou à porta.

— Ele está se identificando em vez de se teletransportar direto para cá? — Nillys franziu a testa. — Cara, o que é que está acontecendo?

Farym, Rhol e Anuhar também o encararam. E sabiam que se ele não adiantara o motivo da reunião, era porque estava bastante contrariado.

Yan se levantou e abriu a porta com um comando mental. Os demais Guardiões também se levantaram e acompanharam a entrada de Dom Wull junto à sua principal conselheira, Matriahrca, do pequeno representante da Federação Intergaláctica, com seus cabelos azulados e olhos de movimentos rápidos, Giwân, e, ao se

depararem com o quarto ser que os acompanhava, ficaram momentaneamente sem reação. E entenderam por que o guerreiro-
-mor estava tão descontente.

# CAPÍTULO 14

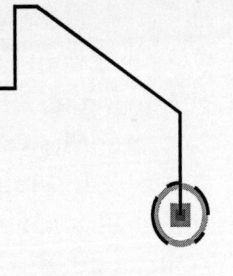

**N**os *primeiros* instantes, ao despertar, Sarynne não sabia se sonhara com o Guardião do Ar, se imaginara ou se vivera todas as imagens que passavam pela sua cabeça. Ao se mexer e sentir um leve desconforto entre as pernas, arregalou os olhos e sorriu. Virou-se na cama em busca do parceiro, mas encontrou apenas o vazio. Franziu a testa e cheirou o travesseiro. Fechou os olhos e manteve o rosto bem próximo à cama, absorvendo a essência refrescante e masculina que recendia do espaço desocupado ao seu lado.

Olhou ao redor em busca de alguma peça de roupa ou objeto do guerreiro. Pulou da cama, foi até a antessala e constatou que não tinha nenhuma mensagem virtual piscando no ambiente. Pegou o intercomunicador no quarto e... nada. Suspirou. Não perderia o bom humor e o sentimento de realização com o qual acordara, até porque a prova da união deliciosa e prazerosa de que haviam usufruído permanecia no canal interno abaixo do seu ventre. Abraçou-se, olhando para o nada.

*Ele também gostou, também sentiu prazer. E foi comigo.* Olhou-se no espelho. *Você sentiu prazer com este corpo, guerreiro.*

Respirou fundo, chacoalhou a cabeça, fez a higiene, vestiu-se, ajeitou o cabelo, tudo mentalmente, e se teletransportou até o recinto da nutrição. Hoje, a pressa não permitiu que andasse, pelo menos até chegar em frente ao *buffet*, o qual nem sequer observou, já que fitou direto a mesa sob a janela. Aquela que estava vazia.

— Oi, Sarynne, tudo bem?

— Ah! Oi, Rovhénn.

— Chegando agora ou veio procurar alguém? — Ele indicou com os olhos a mesa dos Guardiões.

— Estou chegando agora. — Deu uma meia risada. — Mas é sempre bom saber se quem cobra as atividades está presente, não é? Até porque tenho muitas pendências.

— Mas você ainda pode comer, não é? — perguntou, rindo.

— É...Ainda mantenho esse hábito. — Ela entrou na brincadeira.

— Então vem se sentar ali comigo. — Apontou para uma das mesas do lado direito.

Para não ser indelicada, Sarynne assentiu e se dirigiu ao *buffet*, cujo aroma dos pratos fumegantes lhe abriram o apetite. Não estava empolgada para conversar agora cedo, por mais que o seu amigo fosse um ser agradável. E muito bonito. As mechas de diversas cores, acentuadas pela franja que quase lhe cobria os olhos, chamavam a atenção. E ela sabia que, já havia algum tempo, ele desejava uma aproximação. Porém, ainda que ele possuísse as mechas, o peitoral largo e o sorriso com dentes perfeitos, ela só tinha olhos para o homem com quem passara a noite anterior.

— Já aprendeu tudo sobre equipamentos aéreos? — o jovem perguntou quando ela se sentou à sua frente.

— Ah, já... — brincou, mastigando pequenos cubos revitalizadores, uma vez que o ciclo seria bem puxado. — Já sei tudo, vou até me tornar a nova líder dos Guardiões do Ar — completou, rindo.

— E por que não? — questionou ele, sob o som baixo das vozes ao redor. — Não tenho dúvidas de que se sairia muito bem, além do fato de que seria bem interessante termos uma líder Guardiã.

— Agradeço a confiança — respondeu entre goles de suco —, e também adoraria que tivéssemos uma mulher no Corpo de Elite do Comando de Defesa de Drah, mas isso não é para mim — declarou, negando com a cabeça.

— Por quê? Agora você está no topo, menina — ressaltou ele antes de morder um pedaço da torta salgada.

— Estou auxiliando quem está no topo, e é só um trabalho temporário.

— Se pensarmos friamente, todo trabalho é temporário. — Terminou de mastigar e engoliu. — E ninguém faz nada sozinho. Vejo a Cêylix, que divide muita coisa conosco. O próprio Rhol, com toda a organização que lhe é característica, também compartilha muitas das decisões com a Kiyn.

— Bom, ela é o braço direito dele e ambos são bem centrados.

— O Anuhar é quem, aparentemente, deu uma aliviada nos últimos ciclos — Rovhénn continuou. — E permitiu que os testes mais recentes fossem com uma nave não tripulada. Você não sabia?

Sarynne teve dificuldade em engolir o creme quente que ingeria e o coração acelerou. *Então ele tomou algum cuidado extra? Ai, céus...*

— Não. Cuido mais de outras atividades. Ele e os especialistas é que se concentram no problema das panes.

— Então... — O rapaz deixou os talheres no prato e jogou as costas no encosto da cadeira, estendendo as pernas longas, quase alcançando a parte de trás dos pés da amiga. — O cara acompanhou tudo aqui do Prédio. Até deram um jeito de perguntar se ele estava passando mal, mas não.

*Será que tem algo a ver com o que eu falei?* Segurou uma orelha com a ponta dos dedos. *Será?*

— Sarynne? ... Sarynne? Até onde você foi agora? — ele questionou com o seu largo sorriso.

— Hã? O quê? Só fiquei pensando no que me contou. — Deu um sorriso tímido.

Não era de todo uma mentira, e ele agora a encarava.

— Hoje seus olhos estão mais brilhantes do que o normal — Rovhénn comentou, sem deixar de fitá-la. — E isso te deixa ainda mais bonita.

— Obrigada. — Agora foi a vez dela de se encostar no espaldar. Tocou o colo com as pontas dos dedos, enquanto seu coração batia na garganta. Não sabia se pela lembrança do que acontecera poucas horas antes, ou se pela tensão do que estaria por vir.

— Você aceita sair comigo mais tarde?

— Olha... — Sarynne coçou a cabeça. — Sugiro deixarmos acalmar essa situação com as naves. Tenho uma quantidade bem considerável de trabalho, então não está me sobrando muito tempo livre.

— Entendi. — Ele suspirou. — Fazer o quê, não é?

— Por favor, me desculpe — ela pediu, tocando-lhe o braço —, mas é que está bem complicado para mim.

— Não se preocupe, sei como é. Fico frustrado, mas entendo. E no seu lugar faria o mesmo.

— Obrigada. Agora preciso ir. — Levantou-se.

— Nos vemos. E bom trabalho.

— Para você também — Sarynne respondeu antes de se teletransportar ao recinto da saúde.

# CAPÍTULO 15
## Planetoide Plnt - 45

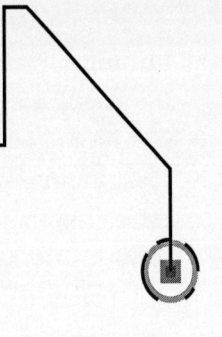

**D**hrons e seus fiéis seguidores wolfares se encontravam sob a superfície cinza do planetoide Plnt – 45, analisando a grande disparadora de esferas desintegradoras, que media cerca de cinquenta metros de comprimento e, por ser oval, considerava-se seis metros de altura a extensão máxima que atingia na vertical. Embora somada a mais um metro de base, não preenchia a totalidade do galpão, cujas escavações alcançavam cerca de quinze metros de profundidade.

Além do espaço destinado à arma, a galeria subterrânea contava com alguns tubos onde o líquido utilizado para resfriamento da máquina era expelido pelas rachaduras do solo na superfície em forma de gêiseres, e continha também algumas salas laterais, sendo que uma delas servia para monitorar o dispositivo.

Tendo subido a rampa de pedras irregulares, era dessa sala, no piso superior, que os wolfares analisavam tudo ao redor, em companhia de Kroith e do Gigante, como era chamado o fiel seguidor do plouzden, devido aos seus dois metros e vinte de altura e quase a mesma coisa de largura. Embora os seres de Plouzd tivessem a conformação da estatura bem elevada e porte largo, não era em vão que o homem tinha esse apelido.

— Conforme lhes falei — o líder wolfare comentou após todos se acomodarem ao redor da pequena mesa —, o propósito de estarmos aqui é conhecer um pouco mais sobre a arma que acabamos de ver. Kroith, por favor.

— Todos vocês conhecem o poder da Esfera Desintegradora de Matéria. O princípio do que temos aqui continua o mesmo.

A diferença está na potência da substância utilizada — falou o homem graúdo, em pé, próximo ao equipamento de projeção. — Com ela, a capacidade da sucção aumenta em uma progressão assustadora, sem necessariamente aumentar o tamanho das esferas. Imaginem — propôs enquanto mostrava a imagem em 3D — uma esfera normal, das menores que conhecemos, que, com cinco centímetros de raio, suga cerca de seis metros de diâmetro.

*Foram essas que aqueles senóriahn déspotas usaram em Wolfar*, lembrou Dhrons com um leve tremor nas pálpebras e um frio na nuca.

— Agora, com essa estrutura que vocês veem, isso aqui — explicou, tirando do bolso uma pequena caixa de metal e removendo com o indicador e o polegar a "bolinha" que lá descansava —, o alcance atinge a proporção de cinco centímetros para 4.800 km de diâmetro.

— Uau, qual é a mágica? — perguntou o engenheiro wolfare, com os olhos arregalados.

— Em Plouzd há um mineral chamado Zulxy, cuja potência de desintegração é incomparável a tudo que se conhece. — Kroith deu um meio sorriso. — Porém, para que ela se intensifique, o mineral precisa ser, além de decomposto e tratado, ativado. Ainda que não saibamos como, descobriu-se que o centro deste planetoide — disse apontando para baixo — contém elementos que geram essa energia de ativação ao reagirem com o Zulxy.

— Então as esferas só podem ser lançadas daqui?

— Pelo que se sabe até o momento, sim, mas, em teoria, elas poderiam ser lançadas de qualquer local que tivesse os elementos reagentes. Entretanto, precisariam de uma máquina como a que vocês viram ali embaixo, por duas razões: o seu interior é ligado a um superduto que suga essas substâncias do interior do solo para que reajam com o Zulxy; e por ela abastecer a esfera com o mineral ativado com a energia necessária para chegar até o alvo ainda com potência para cumprir o seu papel, uma vez que a esfera passa a perder essa energia assim que é lançada.

— Ela é lançada com algum tipo de estabilizador?

— Exatamente — respondeu ao engenheiro wolfare. — A esfera vai dentro de uma carcaça, um projétil, que, além de direcioná-la ao alvo, mantém a sua energia.

— Imagine o estrago.

—Vou simular aqui o funcionamento da "Deusa", que é como chamamos a maravilha que viram ali embaixo. — O plouzden se aproximou do pequeno equipamento junto a uma das paredes, buscou a função de simulação, escolheu um alvo, e parte do planeta projetado desapareceu. Clicou novamente, sumindo com outra grande parte da imagem.

Os wolfares ficaram boquiabertos.

— Fantástico — exclamou um dos principais cientistas de Wolfar, quebrando o silêncio momentâneo.

— E você ainda não viu nada — comentou Dhrons ao pequeno ser de cabelos arrepiados com um dos olhos levemente maior que o outro.

— É verdade — continuou o plouzden. — Essa é uma das interfaces de acionamento. A outra está comigo em Worg, mas ambas são interligadas, então o que é feito em uma é disponibilizado para a outra. Vocês reconhecem esse planeta? — Projetou a imagem de parte da galáxia usando quase toda a sala.

—Wolfar — responderam em conjunto.

— Correto. Vou simular um ataque para terem ideia do que estou falando. Só é preciso inserir o código das CRCC, que vou pesquisar nas bases de informação da Federação e, com ele, programar o dispositivo. — Todos ficaram em silêncio, atentos, enquanto Kroith buscava o código das Características de Reconhecimento dos Corpos Celestes de Wolfar. — Pronto.

— Só esse identificador basta?

— Sim. Aquela belezinha ali — comentou, apontando para o aparato todo no galpão — encontra o alvo só com ele, afinal, essa identificação única contém várias das informações de que o projétil precisa para se guiar, como suas órbitas, os gases, não só da atmosfera do alvo, mas do metabolismo dos seres locais, tamanho e demais características que não preciso citar aqui.

— Ele não acha só com as coordenadas? — perguntou o novo braço direito do ex-governante de Wolfar, com as testas franzidas.

— Lembre-se que nem todos os corpos celestes se mantêm no mesmo local ou órbita, Fhêrg. Pensando nisso, a Deusa vai além. Se houver qualquer forma de vida, ainda que não visível a olho nu, ela pega. Senão, vai se basear, além das coordenadas, nas propriedades da superfície e do interior do solo, como temperatura, pressão, densidade e outras informações que ela retira do CRCC.

Os wolfares balançaram a cabeça, surpresos.

—Vamos brincar de atacar o seu planeta? — perguntou Kroith.

—Veja bem o que vai fazer. — O engenheiro acariciou a barba clara e rala.

— Ah, não se preocupem, é só uma simulação. Olhem aqui. — Apontou para a projeção. — Ao lançar a Deusa, vejam o estrago. — Metade de Wolfar desapareceu do visor.

Os três seguidores de Dhrons arregalaram os olhos.

— Agora vejam isso — continuou. — Para a destruição total, não é preciso mais do que alguns segundos. — Ele simulou mais um lançamento e, de imediato, o planeta sumiu.

O cientista se aproximou, curioso.

— Só, por favor, não toque em nada, porque o equipamento tem centenas de funcionalidades. Ele apresenta também todo o histórico de utilização. Está vendo esse primeiro ícone? — Mostrou o canto superior esquerdo da grande projeção. — Ao tocá-lo, ele lista todos os CRCC já utilizados e também os programados, o que ajuda caso seja necessário efetuar ataques simultâneos, ou quase, a alvos diferentes.

— Isso pode nos ser bastante útil — comentou o ancião, e seus comparsas concordaram.

— Estão vendo esse outro aqui? — Indicou o ícone ao lado. — Traz os códigos da simulação para o ataque concreto. Vejam. — Kroith lhes mostrou Wolfar, como sendo o primeiro alvo da lista.

— É melhor não brincar com isso — sugeriu o braço direito de Dhrons.

—Você tem total razão. — O plouzden despendeu a atenção ao ser da etnia dos Vermelhos, de pele rubra e testa superior proeminente, que fitava o aparelho, sério. — Se clicar nele, Wolfar já era.

— Simples assim? Não deveria ter algum outro nível de segurança?

— Para acessar este conjunto de funções, senhor engenheiro, o nível de segurança é tão elevado que não faria sentido exigir mais alguma etapa entre as funcionalidades. Mas concordo que é preciso tomar cuidado. Essa é uma função que tanto pode facilitar quanto causar sérios danos, porque se for acionada indevidamente, vai destruir o que não se deseja.

Os wolfares assentiram.

— E esse terceiro ícone retorna à mira anterior, não havendo necessidade de programar mais de um alvo na hora. Pode-se deixar tudo pré-definido.

— Até as civilizações mais atrasadas já têm essa última funcionalidade — desdenhou Dhrons.

— Nem todas. — O plouzden o encarou com seriedade.

— Qual a velocidade que a esfera atinge?

— Próxima à da luz.

Quatro pares de testas pulsaram mais aceleradas do que o normal, enquanto via-se apenas resíduos dos 9.600 km virtuais de diâmetro de Wolfar.

— É isso, meus amigos. Com a Deusa, dá para fazermos um bom estrago, onde quer que seja — concluiu o homem de rosto quadrado.

— Atualize-os sobre o novo Wh-S 432 — ordenou Dhrons.

O cientista, o engenheiro e Fhêrg, que se tornou o principal auxiliar do líder wolfare depois da morte de Plank no confronto direto com Yan, viraram-se para o seu mandante-mor. O Gigante se mantinha em silêncio, encostado na parede, de braços cruzados.

— É, meus caros — o diminuto wolfare falou calmamente com as mãos sobre a mesa —, havendo ou não qualquer outra ação, não vamos mais ficar na dependência de Drah Senóriah. Temos um elemento que, ao que tudo indica, apresenta o mesmo comportamento do Wh-S 432, podendo ser utilizado para substituir o X-ul 432. Eu disse "ao que tudo indica" porque é necessário concluir os testes. E é nesse ponto que ajudaremos o Kroith com o nosso conhecimento.

O cientista concordou com a cabeça e um ar risonho no rosto.

— Com esse poderio todo que nos está sendo entregue — continuou o ancião —, já há material suficiente para estudarmos e propormos uma investida contra os nossos tão amados amigos. É só encontrarmos uma boa estratégia de ataque, sobre a qual já tenho... algumas ideias — revelou o ser de cabelos pretos imaculadamente penteados para o lado. — Vamos estudar a Deusa e a nova substância. Não preciso lembrar que estamos sendo procurados, por isso temos pouco tempo. Então, sejam rápidos — ordenou para seus especialistas. — Precisamos entender como esses artefatos funcionam na totalidade e nada pode ficar de fora.

Os wolfares assentiram.

— É isso. Dentro de poucos ciclos, quero estar com uma estratégia completa para a ação. E você, Fhêrg, veja com os nossos amigos como estão as coisas em Wolfar. O andamento das pesquisas, e se temos novidades sobre a Federação.

— Pode deixar.

— Não sei exatamente o que pretende, Dhrons — ponderou Kroith —, mas espero que saiba o que está fazendo.

— Fique tranquilo porque sempre sei. E é por essa razão que vamos acabar com Drah.

# CAPÍTULO 16
## Drah Senóriah

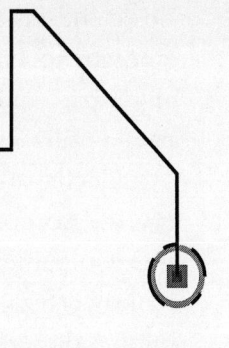

**D**om *Wull* adentrou a sala de reuniões com vários dos seus líderes o encarando com as expressões sérias e as testas franzidas. A fisionomia de Cêylix era de preocupação, mas, como o calvo ancião não era de se intimidar com caras fechadas, caminhou tranquilamente, com sua costumeira túnica preta e as mãos para trás, seguido de seus acompanhantes. Matriahrca, sua principal e imponente conselheira, com o seu característico coque baixo e topete alto, também estava séria, enquanto Giwân entrava com passos descontraídos e era quem tinha a expressão mais tranquila. O quarto ser entrou apreensivo.

— Eu os saúdo — iniciou o líder dos senóriahn.

Os Guardiões responderam com o gesto tradicional e a pequena reverência, e sentaram-se ao redor da grande mesa.

— Hoje estamos aqui — continuou ele — para atender a um... *pedido*... da Federação Intergaláctica e Giwân está conosco exatamente para nos explicar a respeito.

Todos se viraram para o pequeno ser de cabelos curtos e azulados que contrastava com a túnica cinza longa sobre a calça preta.

— Meus caros, está na hora de darmos um basta nessa desavença entre Drah Senóriah e Wolfar. — O representante da Federação apoiou os braços sobre a mesa. — Sabemos que ela surgiu em decorrência do domínio de Dhrons, mas ele agora é um foragido, e isso abre espaço para uma nova liderança no planeta. — Ele observou, com seus olhos rápidos, cada um dos presentes. — Este ao meu lado é o Srínol. — Apontou para o ser de saliências pulsantes acima dos olhos, que fez uma leve reverência com a cabeça. — Ele é um dos cientistas que trabalhava junto à cúpula de lá e permaneceu no laboratório. Com a saída de alguns dos seus colegas, precisa agora de ajuda para que as pesquisas wolfares atinjam um patamar mínimo para a utilização do Wh-S 432.

Cêylix se remexeu na cadeira.

— Ao contrário de vocês, que estão com dificuldades apenas nos equipamentos aéreos, eles têm problemas em todas as frentes, e tenho certeza de que ninguém aqui deseja ver um planeta com dez bilhões de seres sucumbir, não é?

O silêncio se irradiava na sala e o pequeno ser transparecia as primeiras impressões de impaciência.

— A Federação ainda está na liderança de Wolfar — continuou —, mas assim que o novo líder for proclamado, ele virá até vocês em busca de um acordo pacificador, afinal os wolfares devem isso a Drah Senóriah. — Ele suspirou com a certeza de que, se desejasse, ouviria as conversas nas salas do subsolo, no mínimo, doze andares abaixo devido à quietude do ambiente.

— É evidente que ninguém aqui quer ver um planeta do tamanho e importância de Wolfar sucumbir. — Dom Wull entrelaçou os dedos sobre a mesa e quebrou o incômodo silêncio da cúpula senóriahn. — Ninguém quer ver tantos seres passarem dificuldades, aliás, nunca desejamos isso. Esse não é o nosso perfil, não *o nosso*. — Ele encarou Giwân. — Entretanto, conforme já conversamos, é importante que fechemos acordos justos com os wolfares, por intermédio da Federação, com a garantia de que o novo líder não os descumpra.

— Muito justo.

Srínol levantou uma das mãos pedindo a palavra a Dom Wull, que consentiu com um aceno de cabeça.

— Em primeiro lugar, quero agradecer por me receberem — falou o homem mediano, de cabeça grande e testas pulsantes, em um tom de voz baixo no idioma senóriahn. — Sei que têm sido constantes as atitudes ilícitas de Dhrons. A última delas trouxe um grande número de perdas para ambos os lados, e nos fez questionar até onde chegaríamos com um governante com esse perfil. — Procurou as melhores palavras. — Por mais que não pareça, são muitos os wolfares que não concordam com a conduta que vinha sendo empregada, por isso, tenho certeza de que quando o novo líder assumir, viveremos uma nova era de paz e parceria. Vocês devem estar se perguntando: fazer uma parceria com um planeta tão mais atrasado? Mas não tenho dúvidas de que podemos provê-los com algo de que necessitem, nem que seja com alguma forma de trabalho.

Yan passou os dedos repetidamente pela testa, recordando tudo o que Alessandra sofrera nas mãos do ex-líder de Wolfar. Os acontecimentos eram recentes e as lembranças do confronto, da surra que ela levara de forma covarde e das articulações de Dhrons, com o auxílio da Lyna, permaneciam vívidas.

*Lyna... Se não fosse por ela, talvez esse episódio não tivesse acontecido da forma como foi.* Seus pensamentos o atordoavam e ele fechou os olhos.

— Tudo o que peço neste momento — Srínol continuou —, como cientista, é a sua compreensão de que a situação está bastante crítica em Wolfar, porque muitos inocentes serão prejudicados se não utilizarmos o Wh-S 432 de imediato. E a sua ajuda é essencial para que isso não aconteça.

— Srínol — enfatizou Dom Wull —, você tem a minha palavra de que vamos acelerar ao máximo as negociações para os acordos, de forma que todos saiamos ganhando, certo, Giwân?

— Certo. — O representante da entidade balançou a cabeça, concordando. — A Federação se compromete a conduzir esse alinhamento o mais rápido possível — reforçou. — Entendo que a situação não seja fácil, mas conto com o seu frequente discernimento para auxiliar esses bilhões de inocentes.

— Como sempre fizemos — afirmou Yan, sério, encarando-o sem piscar.

— Exato. Como sempre fizeram — respondeu o homenzinho de cabelos azulados, estreitando o olhar. — Sem deixar que interesses pessoais interfiram nas suas decisões.

— Regra válida para ambos os lados, espero. — O Guardião ergueu levemente a testa.

— É claro. — Giwân fuzilou o guerreiro com o olhar. — E agora que conhecem o cenário, vamos deixá-los prosseguirem sem nós.

Não havendo continuidade no não tão amigável diálogo, o representante da Federação se despediu dos presentes e o wolfare fez uma pequena reverência antes de sair da sala andando, visto que não era capaz de se teletransportar.

E Dom Wull se encostou na cadeira esperando o turbilhão de argumentos que ouviria nos minutos seguintes.

---

— Oi, Sarynne. Espero não estar te atrapalhando — falou Alessandra. — É que como o Yan comentou que os Guardiões teriam uma reunião agora com Dom Wull, resolvi tentar falar com você, pensando que pudesse dar uma fugida, já que Anuhar estaria com eles.

— Ah, Ale... Sempre encontro um tempo para conversarmos. Como é que você está? — Ela se sentou na cadeira ao lado da cama da amiga, no recinto da saúde.

— O Ahrk, com suas fórmulas mágicas, só me põe pra dormir, e ainda assim não me sinto cem por cento bem. Por mais que ele não encontre nada nos gráficos, tem algo errado. — Ela se ajeitou na cama.

— Confie nele e relaxe. É um dos mais competentes versados em saúde que temos no planeta, se não o melhor. — A jovem assistente se levantou e chegou mais perto, segurando a mão da amiga, que descansava sobre o lençol. — Não fique pensando besteira porque as coisas só pioram.

— Você tem razão. Vamos aguardar, que vai dar tudo certo. — Alessandra gesticulou com a mão livre. — A única coisa boa é que tenho sonhado mais do que nunca com o meu pai. Sonhei até que ele veio aqui no hospital me visitar. Já que não o conheci em vida, pelo menos eu o vejo em sonhos, não é? E ele estava com a Grammda.

— Viu que coisa boa? Só seres iluminados. — Ambas sorriram.

— Mas, afinal, não foi pra falar de mim que te chamei. Estou louca pra saber como estão as coisas, como está sendo trabalhar com Anuhar e ficar próxima dele o tempo todo.

— É... — A loira juntou as palmas das mãos, levando-as à boca. — Ele é um ser muito justo, trabalha sem parar, está obcecado em solucionar os problemas, às...

— Sarynne...

— ...vezes seu intuito de resolver as coisas o faz beirar a irresponsabilidade, mas no fundo, é só porque ele se cobra demais e...

— Olha, não precisa me contar nada, ok? — A companheira de Yan segurou o braço da amiga com delicadeza. — Só quero saber se você está feliz.

— Fiquei com ele essa noite. Pronto, falei — declarou com um suspiro.

— O quê? — Alessandra arregalou os olhos. — Como assim?

— Nós ficamos juntos ontem e ele saiu da minha cama hoje cedo.

— Uau, que maravi...

— Calma. — A auxiliar do Ar sinalizou com a mão para um rosto sorridente. — Não é nada do que está imaginando. Nós ficamos juntos e só. Sem qualquer garantia de nada.

— Tá bom, não tem problema. O importante é que o Anuhar já *enxergou* você. Lembra quando me falava que ele nem sequer tinha te visto?

Sarynne assentiu com a cabeça.

— Então... Já não é tão sem importância pra ele quanto imaginava, certo?

— Não sei. — Deu alguns passos, esfregando as mãos. — Não quero criar expectativas.

— Ah, minha amiga... Você está supercerta em não criar expectativas. Da mesma forma que deve estar aberta a enxergar caso ele demonstre algo diferente, ok?

— Não entendi.

— Por favor, me prometa, ou melhor, prometa a si mesma, que não vai ficar justificando se ele expressar qualquer sentimento por você.

— Com tantas mulheres à disposição, a noite de ontem pode ter sido só mais uma para ele.

— Vocês já se falaram hoje?

— Não.

Alessandra fez uma careta.

— Nesse caso, pare de tirar conclusões precipitadas. E, mesmo que ele não demonstre nada diferente, não quer dizer nada. Um relacionamento não se constrói com base em uma única noite. Lembra quantas encrencas precisei enfrentar com o Yan? Então...Vem cá. — Estendeu a mão para Sarynne. — Não desista de uma relação só porque não consegue aceitar a possibilidade de ela existir.

— Fique tranquila. — Apertou-lhe a mão. — Prometo ficar bem centrada para observar até onde as coisas vão, está bem? — Pensou no Guardião, que simplesmente a deixara pela manhã, sem sequer uma palavra.

Alessandra olhou para a amiga com alegria.

— Agora tenho que ir, e você precisa descansar. Tenho uma pilha de coisas para fazer.

—Vai lá. E saiba que estarei sempre pronta pra te ouvir.

— Eu sei. — A jovem loira sorriu, com o punho fechado sobre o coração. — Você é uma grande amiga e agradeço por isso. Vou ficar torcendo para que fique boa logo — complementou antes de se teletransportar para a Sala de Comando de Defesa do Ar, quatro andares abaixo.

— Vou ficar, minha amiga, vou ficar — Alessandra comentou, sozinha no quarto, já acostumada aos desaparecimentos instantâneos dos senóriahn devido ao teletransporte.

A tranquilidade imperava no recinto da saúde, no corredor que dividia os quartos, assim como no corredor externo, o principal do andar. Os aparelhos que a monitoravam piscavam com suas luzes coloridas, mas, pelo que já aprendera, estava tudo normal. O silêncio reinava sereno e despreocupado, ao menos ao seu redor, porque internamente tinha a nítida impressão de que um vulcão entrava em erupção e a queimava em partes.

— Olá — disse uma das auxiliares de Ahrk, com a sua costumeira máscara protetora sobre o nariz e boca, e o seu habitual uniforme, formado por quimono e calça claros.

A jovem híbrida, após lhe responder com um leve aceno, notou que a moça analisava um dos equipamentos. Enquanto seu turbilhão interno efervescia, a enfermeira saiu e entrou novamente. Assistindo aos movimentos rápidos da profissional, fez um retrospecto do que vivera nos últimos tempos, da descoberta de ser uma híbrida, de quanto sua caminhada mudara desde que fora trazida da Terra, tudo o que aprendera sobre o planeta e sobre si mesma, e o seu relacionamento com Yan.

A assistente do versado em saúde se aproximou com um pequeno dispositivo, e Alessandra passou a observá-lo. Seu cérebro trabalhava acelerado. Pensou em Ross, seu pai, o mais brilhante cientista que Drah Senóriah já tivera. Viu o instrumento passar pelo seu corpo, mas sua atenção estava nas lembranças. Pensou em Lyna, em Dhrons, e em tudo que sofrera em Wolfar.

Não sabia o que o microdispositivo fazia, mas o seu cérebro já não corria mais. Voava. E ela se lembrava de detalhes tão inusitados que chegou a franzir a testa. Cada Guardião, cada conversa, cada situação e... Parou. Arregalou os olhos porque acabara de captar o que o seu cérebro tentava lhe contar. Segurou a mão da auxiliar, mas o quarto agora flutuava.

— Eu... preciso permanecer... acordada. O que... você... fez?

— Não se preocupe. Ahrk quer que você durma só mais alguns ciclos. Talvez seja esse o equilíbrio que o seu corpo esteja buscando.

— Nããо. Não *posso dormir.* — Não terminou a frase antes de ser tomada pela escuridão.

*Preciso... falar com... Yan...*

# CAPÍTULO 17

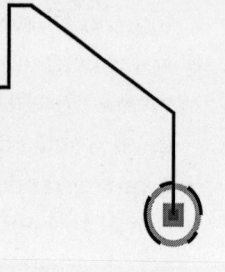

**A***nuhar* voltou à sua sala com a cabeça quente. A reunião interna com Dom Wull não havia sido das mais fáceis, afinal, tinham acabado de sair de uma batalha contra Wolfar, o que, aliás, era a razão de toda a polêmica.

Ele sentou-se à sua mesa e bufou. Massageou a testa com as mãos, e olhou para a pequena escrivaninha vazia ao lado da sua. Verificou as mensagens no intercomunicador, e nenhuma era sobre as pesquisas, ou seja, não havia novidades quanto ao Wh-S 432.

*Também… falei com o cara há algumas horas e já quero que ele tenha resolvido tudo? Deixe ele trabalhar…*

Apoiou os cotovelos sobre a mesa e encostou a boca nas mãos no meio de um embate com seus pensamentos.

*Gródsv, em outros tempos, eu estaria lá, junto com os pesquisadores. Tentando algo, ou testando com eles…* Mexeu-se na cadeira e fez uma careta.

Tornou a analisar o intercomunicador, mas não tinha nenhuma mensagem de Sarynne.

— Onde é que você está, mocinha?

A claridade tomava conta do ambiente, acompanhada do constante canto dos óys, grandes pássaros que vinham se banhar na baía, nessa temperatura mais amena. Mesmo com esse espetáculo acontecendo a onze andares abaixo da sua janela, o canto era alto e trazia a paz e a tranquilidade das quais ele carecia havia tanto tempo.

Os óys eram uma espécie de natureza pacífica, ele sabia disso, visto a sua ligação com o elemento ar. Não que se comunicasse com todos os animais que faziam do ar o seu meio de locomoção mais comum, mas a ligação existia.

Só que não se levantou para apreciá-los, porque já observara esse movimento inúmeras vezes. Permaneceu fitando o vazio.

*Gródsv.*

Tocou no intercomunicador.

— Sarynne?

— Oi. — Ele sentiu o corpo se arrepiar com a maciez da voz delicada.

— Você está muito ocupada? Pode dar uma chegada aqui na sala? Teletransporte-se direto aqui para dentro — disse, autorizando a entrada dela, uma vez que os senóriahn jamais adentravam locais sem o devido consentimento.

— *Obrigada.*

*Certo, e o que vou falar para ela de tão urgente?*

— Olá — disse a moça, assim que se materializou na sala.

O perfume doce preencheu o ambiente e as narinas dele.

— Quer dar uma volta? — As palavras saíram sem planejamento nenhum. — Só preciso espairecer um pouco. Uma saída rápida.

Ela arqueou as sobrancelhas, encarou os olhos azuis perturbados e se condoeu.

— Tudo bem, só não gostaria de demorar, porque o Guardião do Ar, com quem trabalho, está aguardando que uma lista de itens seja encaminhada, e não quero decepcioná-lo.

— Não vai. Fique tranquila que não vai. — Riu. — Ele é um cara compreensivo, ainda mais por uma boa causa, como essa saída.

Ela sorriu, não só com a boca, mas com os olhos, e o guerreiro se controlou para não agarrá-la ali mesmo.

— Tem um lugar que eu gostaria que conhecesse.

Anuhar passou as coordenadas para o teletransporte e, no instante seguinte, a sua sala estava vazia.

———◆••••◆———

— Nossa! — ela exclamou ao chegar no topo da montanha C-M-9.

Em Drah, as denominações locais eram as mais práticas. Assim, eles se materializaram na nona (9) montanha (M) catalogada da SG Central (C). A superfície era lisa, dentre tantas ao redor repletas de vegetação colorida. Era como se uma pedra enorme tivesse sido colocada no pico para possibilitar que curiosos como os dois pudessem se deslumbrar com a vista.

O Guardião se concentrou e fez com que o vento a rodeasse com delicadeza, e quando Sarynne precisou segurar o cabelo para que não lhe atrapalhasse a visão, ele sorriu. Mas quando o vento bateu na blusa segunda pele branca que ela vestia, hoje sem o poncho, e na calça azul-marinho evidenciando as suas curvas delicadas, ele decidiu parar com a brincadeira, porque a sensualidade inconsciente dos movimentos dela somada às roupas coladas no corpo fizeram crescer o volume entre as suas pernas.

— Ah, é você? — ela perguntou, rindo do ar quente que brincara só com ela, enquanto balançava a cabeça e ajeitava o cabelo com as mãos.

Ele apenas sorriu.

Como estavam acima da maioria das montanhas mais próximas, era possível observar os diversos tons de rosa e vermelho da vegetação a sudeste, tanto quanto as plantas e árvores amarelas e marrons a nordeste.

— Definitivamente, não tenho palavras para tanta beleza junta. — A jovem loira admirava o cenário enquanto o guerreiro a observava.

— Olhe aqui. — Ele apontou para o outro lado, ainda pensando nas curvas convidativas.

Ela arregalou os olhos e a boca ao contemplar, de cima, as plantas características do planeta, que ondulavam em uma cadência lenta e constante.

— Haha... Não posso olhar demais, porque elas têm a capacidade de me hipnotizar.

—Você nunca tinha vindo aqui?

— Não... — Ela riu. —Você há de convir que esse não é um local comum para passeios.

*Muito bom...* O pensamento de Anuhar, carregado de satisfação, veio sem travas.

— Como foi que descobriu esse paraíso? — Sarynne perguntou, ainda apreciando a visão heterogênea.

Ele suspirou como se viajasse para um passado longínquo e fitou a paisagem.

— Venho aqui desde menino. Num dos passeios que fiz com a minha família, descobri este lugar e me encantei. Mas só voltei muito tempo depois, quando o reencontrei num dos testes entre o limite do brinquedinho que eu pilotava e o último segundo em que poderia desviá-lo da montanha onde eu... exercitava essa prática.

— Não acredito que cometia essa loucura. — Ela se voltou rápido para ele. — Você fazia isso sempre?

— Principalmente quando sentia necessidade de ficar sozinho. — Abriu um sorriso de canto de boca. — Quando se tem uma genitora dominad..., quer dizer, não era muito fácil viver na minha casa.

— Toda família tem problemas.

— Você e a sua família são próximos ou ela também é complicada?

— Nós nos damos bem, apesar de morarmos em SGs diferentes. — Sarynne voltou-se para o horizonte e permaneceu em silêncio por alguns instantes. — Minha genitora fez a passagem muito cedo, e depois de algum tempo, por causa das constantes viagens de trabalho do meu genitor, o meu irmão e eu passamos a ficar grande parte do ciclo sozinhos. — Ela se abraçou. — Quando o meu genitor ia para perto, ele se teletransportava para casa à noite, mas quando a distância era maior, nos controlava de longe, com auxílio de alguém da família ou de algum conhecido.

— É por esse motivo que você dá jeito para tudo? Precisou se virar desde cedo.

— Talvez seja — ela respondeu, sorrindo. — Mas pelo receio de que algo nos acontecesse, ele nos fazia obedecer a todos que se aproximavam. Eram seres da confiança dele, por isso precisávamos seguir todas as orientações que recebíamos, concordando ou não. — Voltou-se para o Guardião. — O meu irmão ficava muito bravo quando recebia ordens com as quais não concordava, então afrontava quem quer que fosse, e depois enfrentava as consequências. E, para evitar mais problemas, independentemente da forma como eu pensava, fui me adaptando ao modo de agir de cada um deles.

— Você é da paz, Sarynne, o que é muito bonito. Eu não conseguiria ser assim, mas admiro quem consegue.

— Somos muito diferentes, Anuhar. Você é um líder nato, e eu... bom, eu me adapto ao meio em que estiver. — Ela suspirou. — Só que isso parece tão pouco.

— Não é, não. — Ele tocou-lhe os braços delicados. — Talvez seja até mais difícil, porque pode experimentar diversas maneiras de caminhar, mas ao mesmo tempo é útil para uma convivência saudável, além de um grande diferencial de sobrevivência. Quisera eu ter um pouquinho dessa característica.

— Essa possibilidade de cada um ver as coisas de modo distinto é tão rica. — Fixou o olhar em algum ponto da paisagem. — Sei que há missões diferentes para perfis diferentes, e cada um com as suas vantagens e desvantagens. E que o mundo precisa de seres com as mais variadas aptidões, senão não se desenvolveria, mas é interessante pensar que pode não haver missões menos relevantes que outras. — Ela riu. —Viajei agora....

Anuhar também riu, magnetizado pela forma de ela ponderar sobre algo tão simples. Quando Sarynne se voltou para o horizonte, ele permaneceu atrás dela, acariciando-lhe os braços, enquanto ambos contemplavam a vista.

— Então aqui você se sente livre — ela comentou.

—Você tem alguma outra definição de liberdade?

— Para mim é poder ser quem somos e fazer o que queremos, é claro que respeitando as regras de um bom convívio, onde quer que estejamos. E, sim, é maravilhoso estar aqui, porque isso tudo é... — Olhou ao redor. — É... não tenho nem palavras, de tão lindo. Mas, para mim, ser livre é algo maior... algo que parece simples, mas não é.

— E você se sente livre?

Sarynne virou só o rosto para encará-lo.

— Sempre busco a liberdade, procurando agir conforme o que sinto e acredito, mas é um desafio enorme. — Anuhar endireitou os ombros enquanto digeria as palavras que ouvia. — Há momentos em que me sinto controlada até por mim mesma. — Ela fez uma careta ao sorrir. — Por favor, não me chame de louca, mas eu me imponho tarefas, limites, comportamentos, sei lá... Não acontece com você? Ah, e como falei, não me refiro às regras de convívio social ou coisa parecida, estou falando do âmago de cada ser. — Pôs a palma da mão no próprio peito.

— Bom, como te falei, eu faço o que quero.

— Sempre? — Ela arqueou as sobrancelhas. — Ou faz o que se programou e o que se cobra para fazer?

Ele apertou de leve os olhos. *Ai... Não sei, não sei, essa é uma boa pergunta.*

— Difícil até de responder, não é? Porque o limiar é tênue — ela complementou, contemplando agora o céu, e o guerreiro, em silêncio, mais uma vez a abraçou pelas costas.

— Dentro desse contexto, é claro que sou um ser livre. — Ele se aprumou.

Ela virou-se para fitá-lo como se estivesse lendo o subconsciente do Guardião, ou ao menos foi como ele sentiu ao ser penetrado pelo par de olhos amarelos, mas Sarynne apenas sorriu. E, em seguida, se aninhou em seus braços.

— Obrigada por me trazer aqui. Por me permitir estar com você neste pequeno enorme espaço que faz parte da sua caminhada há tanto tempo.

Ele fechou os olhos.

— Queria que você o conhecesse — sussurrou ele.

E foi nesse instante que o primeiro beijo aconteceu, depois o seguinte e mais um... E foi desse modo que eles ficaram por mais alguns segundos, ou foram minutos? Horas?

---

Na manhã seguinte, quando Anuhar saía da cama da sua auxiliar, a sua cabeça estava tomada por pontos de interrogação. Não sabia se era livre, se em algum momento da caminhada se sentira livre, não sabia por que havia levado Sarynne a um local tão "seu", e o que estava acontecendo com ele, para se expor dessa forma.

Suspirou.

Precisava de um banho. Hoje ele faria a higiene debaixo do chuveiro. Então teletransportou-se para o seu aposento na esperança de que a sua lucidez fosse clarificada pela água.

E, mais uma vez, não deixou nenhuma mensagem para ela.

# CAPÍTULO 18

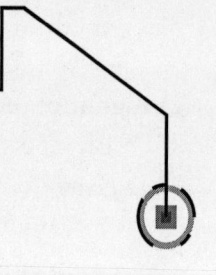

—*lá, pessoal.* — À noite, Sarynne se aproximou da mesa onde estavam seus colegas cientistas e instrutores, no recinto da nutrição, com um copo de suco de frutas na mão.

— Olá — responderam quase todos em conjunto.

Ela se sentou ao lado de Druann, o treinador físico do Prédio.

— Como estão os ares de Drah? — quis saber ele.

Ela fez um resumo rápido da situação e perguntou sobre os treinamentos físicos.

— Normais. Só o time do Ar que sumiu. — Ele mastigou os últimos vegetais do prato. — O Anuhar desapareceu por completo e era quem treinava com a maior assiduidade. Nem me lembro da última vez que nos encontramos.

Sarynne pensou na intensidade com que ele vinha se dedicando ao trabalho, quase sem tempo de descansar, e, imediatamente, veio-lhe o pensamento sobre como o físico do Guardião estava bem cuidado e o quanto ele se exercitara com ela nas últimas noites.

As imagens que invadiram a sua lembrança aumentaram-lhe a temperatura do corpo, e ela sorveu alguns goles do suco em uma tentativa de se refrescar.

Rovhénn se aproximou da mesa com a bandeja em mãos, no mesmo instante que os dois colegas cientistas e a instrutora despediam-se dos demais e deixavam o local, e também no momento em que outra bandeja caía, esparramando prato, copo, derramando a bebida e espalhando o alimento próximo ao *buffet*. A queda foi rápida, então a moça não teve tempo de evitar, com o seu poder mental, que tudo aquilo que carregava fosse ao chão.

A confusão chamou a atenção de Sarynne, que acabou nem se atendo à limpeza imediata, feita também mentalmente, pela própria moça com o auxílio de um atendente, porque ao se virar, viu, na mesa próxima à parede, Anuhar conversando com Rhol.

*Será que faz tempo que ele chegou?*

— Sarynne?

*Hoje pela manhã, de novo, ele saiu sem falar nada...*

— Sarynne?

— Hã? Oi. — Ela se voltou para Rovhénn. — Ah, me desculpe. Eu estava longe.

— Ela está com a cabeça nos ares de Drah — Druann brincou e ela arregalou os olhos. — Calma. — O treinador deu *aquele* sorriso mostrando os dentes perfeitos que contrastavam com os olhos pretos e o cabelo escuro brilhante. — Só quis dizer que você está voando.

— Engraçadinho. — Ela torceu a boca, aliviada por não ter demonstrado mais nada.

— Engraçadinho ou não, vou deixá-los, meus amigos, porque já é tarde e estou supercansado.

Após as despedidas, Sarynne se viu sozinha com o seu amigo de mechas coloridas, e a incômoda sensação de precisar se esquivar retornou, porque ele a analisava de forma direta.

— Não vai comer nada? — perguntou ele.

— Estou sem fome — respondeu ela, rápido.

— Não deixe que os problemas interfiram na saúde do seu corpo material.

— Fique tranquilo, eu me cuido direitinho. É que estou sem apetite nenhum. — Mexeu de novo o suco com a colher, analisando os desenhos do rastro circular no restinho do líquido denso verde-claro.

—Você está diferente hoje — comentou o rapaz. — Sua energia está tão boa que eu diria que você está luminosa.

Ela deu uma olhada rápida para onde estava Anuhar e seus olhares se cruzaram.

Rovhénn tocou no braço dela, acariciando-o, e Sarynne se encostou na cadeira, rompendo o contato.

— Olha, eu...

— Fique tranquila — disse ele antes de pegar um dos bolinhos alaranjados do prato e morder. — Só quero usufruir da sua companhia. — Engoliu. — Só isso. •

— Sarynne?

O guerreiro do Ar estava parado ao lado da mesa, sério.

— Sei que é tarde, mas preciso falar com você.

— Ah, oi. Tudo bem — respondeu ela, já se levantando.

— Pode terminar o suco. Fico te esperando na minha sala — avisou e, em seguida, se desmaterializou.

— Parece que ele não está de bom humor — comentou o rapaz.

— Pois é. — Ela bebeu o restante do líquido com pressa e se levantou. — Vou ver o que me espera lá em cima. Até mais.

Rovhénn concordou com a cabeça, mas seus pensamentos fervilhavam.

---

Anuhar entrou no recinto da nutrição com Rhol no instante em que Sarynne se aproximava dos amigos. E, depois de se servirem, sentaram-se à "mesa dos Guardiões".

— Muito inteligente a atitude de não desafiar a sua existência nos testes de voo mais recentes — comentou o Guardião do Fogo. — Mas preciso perguntar: por que decidiu não ir dessa vez?

O guerreiro do Ar olhou, involuntariamente, para onde a sua auxiliar conversava com o treinador físico, e iniciou a refeição.

— Porque quis agradar vocês.

— Sei. — Rhol também olhou para a loira no outro lado do *buffet*.

— É possível que até agora estivéssemos nos baseando na premissa errada — revelou Anuhar, na tentativa de desviar o foco de si, explicando ao amigo a nova abordagem técnica para a análise.

— Sabe que essa percepção sobre o ambiente faz, de fato, todo o sentido. — O líder do Fogo uniu as mãos sobre os lábios. — Está aí mais uma prova de que é muito bom olhar os problemas com uma certa distância, porque isso nos permite enxergar o que não vemos de perto, ou de dentro. — Ele sorveu seu líquido proteico de consistência leitosa.

— Não sei quem tem mais argumentos sobre esse assunto: você ou a Sarynne. — Virou-se para ela.

— Você gosta dela — afirmou o guerreiro, pegando um dos salgados do prato.

— É claro que sim — completou, rápido. — Ela é um ótimo ser e uma excelente profissional. — Bebeu o líquido da pequena garrafa em poucos goles.

Rhol, mastigando, apenas o encarou com uma sobrancelha erguida.

— É só isso. — Anuhar foi taxativo. — Não é porque ouço as opiniões dela que há algo a mais. — Gesticulou com uma das mãos.

— Não perguntei nada. — Pegou outro salgado. — Por que está tão incomodado?

Ouviram uma barulheira de copos e pratos caindo no chão, mas nem se viraram.

— Quem disse que estou incomodado? — O Guardião do Fogo apenas levantou os olhos na direção do parceiro, que continuou: — *Gródsv*. Sobre o teste, me pareceu a coisa certa a fazer. Só isso.

— Está argumentando para mim ou para você mesmo?

Anuhar bufou e segurou a testa com as mãos.

— Não sei, cara. — Cruzou os braços sobre a mesa.

— Se ela dá sugestões inteligentes, não vejo razão para se preocupar. — Limpou as mãos mentalmente. — E também não há problema algum se ela te atrai.

— Não estou atraído por ela.

Rhol baixou o rosto, ainda olhando para o amigo, mas ficou em silêncio.

O guerreiro do Ar se virou para Sarynne e seus olhos se encontraram.

*Ah, esses olhos caramelo... eles acabam com o meu bom senso.* Admitiu para si, mas quando percebeu as investidas de Rovhénn, levantou-se na hora.

— Cara, já vou indo.

— Nem vai acabar de comer?

— Já estou satisfeito.

— Ei, todos aqui confiam em você.

— Eu sei — respondeu, já caminhando até a mesa da assistente.

— Precisa confiar também.

Anuhar concordou com a cabeça, mas continuou indo até Sarynne. O que Rhol falara não fazia sentido. Bem, depois pensaria nisso, porque a cena do cidadão tentando tocar o braço delicado da sua amante, o mesmo que o envolvera na noite anterior, o havia irritado. Sabia que ela era adulta, livre, e tinha o direito de fazer o que quisesse, mas não pôde se conter. Por isso, decidiu tirá-la de lá. E, agora, ele a aguardava na sua sala.

# CAPÍTULO 19

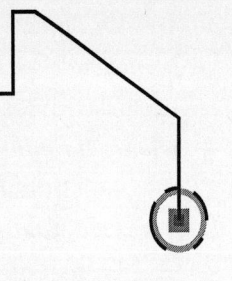

**S**arynne parou à porta do Guardião, passou a mão pelo cabelo e respirou fundo antes de se identificar pelo sensor.

A porta se abriu e ela se aproximou, mas ele continuava concentrado na tela virtual de um dos seus equipamentos, por isso nem sequer a olhou.

*Deve ser importante,* ela pensou, parada com as mãos entrelaçadas em frente ao corpo.

*Ai, gródsv, preciso parar de chamá-la sem um motivo específico. Eu a tirei do seu horário de refeição e de descanso e agora não tenho nada para dizer.* Os pensamentos de Anuhar não facilitavam.

Sarynne ouvia o som delicado das águas da baía.

Observou que as imagens virtuais que o guerreiro mantinha nas paredes da sala eram de aves e de diversos tipos de naves. Sobre a mesa, em 3D, tinha uma foto dele com o cabelo esvoaçante devido ao vento forte, e ela não pôde deixar de pensar que era um lindo contato com o seu elemento.

O Guardião permanecia com a atenção voltada para o visor.

Ela viu que havia grãos de poeira na mesa de reuniões e se perguntou por que ele a chamara se estava tão entretido com suas próprias atividades.

Olhou para ele.

Arrumou uma das cadeiras em frente à mesa, porque não estava bem retinha. Apoiou as mãos sobre o encosto, e tamborilou com os dedos.

Suspirou.

—Você precisa de alguma coisa? — Já não sabia o que fazer.

As imagens com as quais Anuhar trabalhava foram desligadas e ele a encarou.

*Os olhos dela estão com um brilho diferente. Será que é pelo que vem acontecendo?* O sorriso dele foi quase imperceptível, quando levou uma das mãos à boca. *E a pele macia está reluzindo. Não, ela inteira reluz para mim.*

— Anuhar?... Anuhar? Você deseja algo?

*Você. Outra vez*, quase disse em voz alta.

*Você só queria me ver?*, Sarynne pensou, esboçando um sorriso.

— A Cêylix já nos informou sobre os resultados do catalisador?

Ela demorou alguns segundos para processar a pergunta.

— Hum... não. — Ela matou o sorriso antes de ele se pronunciar. — Eles estão priorizando as avaliações do material que se adapta ao ambiente. — Entrelaçou as mãos nas costas. — Como os dados que a 5ª SG enviou estão em um estágio bem adiantado, e embora seja um assunto que já constasse em nossos planos, não o tínhamos como foco.

*Idiota, você já sabia de tudo isso. Só fica fazendo a moça perder tempo.*

— Obrigado.

Ela assentiu.

— Olha, Sarynne, sobre esses últimos ciclos...

*Ah, por favor, não diga para eu esquecer o que aconteceu, por favor...* Retesou-se.

— No meio de toda essa confusão, e de todos esses problemas, eu só... — Foi interrompido pelo intercomunicador. — Fala, Yan. ... Sei... Certo. — Esfregou os olhos com a mão livre. — Tudo bem. Me dá uns minutos... Até mais.

O par de olhos caramelo continuava observando-o, firme.

— Mais problemas?

— Acredite ou não, estamos com *mais* problemas. Mais. — Bufou. — Mas nada que não possamos resolver. Fique tranquila. — Abriu um sorriso torto.

— Algo com que eu possa ajudar?

— Infelizmente, não. Mas o que eu queria falar para vo...

— Melhor não se preocupar com isso agora, não é? — Empurrou o cabelo para trás da orelha. — Pelo visto as coisas estão complicadas, então não é melhor conversarmos em outra hora?

*Por que ela não quer falar no assunto? Será que me enganei e ela quer distância?*

— Tudo bem, se prefere assim. Vou lá com o Yan.

— E eu vou para o meu quarto. — Entreolharam-se. — Espero que dê tudo certo — disse ela antes de se encaminharem até a porta, já que a sala de Yan era quase em frente à de Anuhar.

— Eu também — respondeu ele, pensativo. — Eu também.

# CAPÍTULO 20

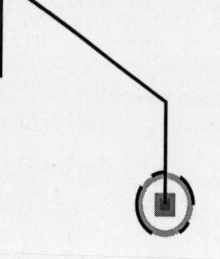

*Passados* dois ciclos de muito trabalho, Sarynne tivera poucas oportunidades de estar com Anuhar e, quando esteve, foi para tratar de assuntos voltados única e exclusivamente ao ar. Ela nem sabia se queria conversar com ele sobre o assunto "nós dois", por medo de ouvir que o que acontecera, acontecera, e ponto final.

Por outro lado, também era bem provável que não tivessem se encontrado porque ele não fizera questão, esperando que ela entendesse o afastamento como uma mensagem explícita de um rompimento.

*Rompimento do quê?*, ela se perguntou, saindo da Sala do Comando de Defesa do Ar, no sétimo andar do subsolo. *Não há nada para romper.* Suspirou.

O guerreiro estava quase no limite da exaustão, esperançoso com as perspectivas de solução dos problemas com seus brinquedos, ao mesmo tempo em que se sentia angustiado pelo que vinha vivendo com a auxiliar.

Para ele, não era claro como ela se sentia sobre o que acontecera. E, sendo bem honesto, tampouco sabia como ele próprio se sentia. Era como se caminhasse sobre uma linda lâmina de cristal que lhe preenchia os olhos com seu brilho, mas que estilhaçaria de uma hora para outra, uma vez que ele perdera o controle não só das suas atividades, mas da sua caminhada como um todo.

Esses pensamentos não o abandonavam, mesmo quando se materializou diante da Sala de Comando do Ar, no subsolo. Mas ao olhar o corredor, próximo à rampa, ele a viu.

— Sarynne! — chamou.

Ela se virou rápido e correu os olhos da cabeça aos pés do Guardião, antes de ele se aproximar do início da rampa. Não decidira se ele ficava mais atraente no pomposo uniforme ou totalmente nu.

— Olha, esses últimos ciclos têm sido bastante puxados e nem pudemos conversar — falou em voz baixa, o que indicava que, ainda que os corredores não fossem muito movimentados devido ao uso do teletransporte, ele falaria ali mesmo o que ela não queria ouvir. Consequentemente, seu coração estava na garganta.

— Tudo bem. — Foi tudo o que ela conseguiu dizer. E quase em um sussurro.

—Vou falar agora porque não sei quando as coisas vão se acalmar, já que tenho ido para o quarto descansar em horários proibitivos para qualquer tipo de conversa. — Ele franziu a testa. — Bom, não que horário represente algum impedimento para mim, mas não tive coragem de te chamar quando fui ao seu aposento.

—Você foi até lá?

— Duas vezes. — Mostrou dois dedos para ela, como se isso facilitasse a compreensão.

— Não teria problema se tivesse me chamado — Sarynne comentou, enternecida. — O que queria me dizer?

Ele respirou fundo.

— Ainda quero. Na noite em que falamos depois do recinto da nutrição, eu queria ter dito... Bom, peço desculpas por ter atrapalhado o seu... encontro lá em cima.

*Encontro? Ele ficou com ciúmes?*

— Não se preocupe. — Sorriu, inundada pelo manto do alívio. — Não era um encontro. Talvez o Rovhénn não tenha se convencido disso ainda, mas ele é apenas meu amigo.

— Não estou preocupado.

— É que você acabou de me pedir desculpas.

— Porque te tirei de lá, mas você tem todo o direito de fazer o que julga como certo. Foi o que eu quis dizer.

— Posso esclarecer uma coisa? Sim, ajo da forma que entendo ser a mais adequada, mas jamais sairia da cama com você e, poucas horas depois, daria abertura para outro — falou baixinho. — Não agiria assim se fosse com qualquer homem, pior ainda sendo com você.

*Ai, droga. Falei.*

Ele se aproximou e agarrou o corrimão com força, parando bem em frente a ela.

— Naquela noite quis comentar sobre nós, mas você fugiu do assunto. — Roçou o cabelo dela. — Então entendi que queria manter distância, ou que estava arrependida.

— Eu? — Arregalou os olhos. — Claro que não.

— Pensei que o que aconteceu entre nós pudesse não ter tocado você como me tocou. Os nossos encontros foram maravilhosos. Há muito tempo não me sentia assim, revigorado. — Anuhar fez menção de se aproximar mais, mas parou quando viu Yan e Farym passando no corredor atrás da jovem, tentando disfarçar o riso malicioso.

Ela, quando os viu, empertigou-se.

— Relaxa, está tudo bem. Só sugiro continuar conversando na minha sala, pode ser?

Ela consentiu e eles se teletransportaram para lá, onde o guerreiro acendeu as luzes com a mente e, sem mais delongas, grudou na sua assistente, puxando-a pela cintura e encostando a testa na dela.

—Você não imagina há quanto tempo eu desejava me aproximar de você. — Ela acariciou o rosto dele e desceu até o pingente da correntinha que ele usava, com um desenho do vento em movimento.

Anuhar segurou a mão dela com delicadeza.

— Sabe que só eu toco nesta corrente? É que essa ligação com o ar é algo tão forte para mim que é como se eu protegesse isso até através deste pingente. Sei que não faz sentido, mas...

— Ah, me desculpe. — Sarynne retirou a mão, mas ele a conteve e fechou os olhos.

— Besteira minha. Pode segurá-la — comentou, com um sorriso tímido. — Foi mais o instinto. — Ele afagou-lhe as mãos macias.

— Ela é linda. — Acariciou a peça.

O beijo lento e profundo veio em seguida.

—Você está reluzente, sabia? — comentou o Guardião, abraçado a ela.

— Devo estar mesmo, porque ouvi isso há poucos ciclos — respondeu, com os braços ao redor do pescoço dele.

— Ah, o bonitão do recinto da nutrição já te disse isso? — Ela abriu um largo sorriso. — Do que está rindo?

—Você ficou incomodado em me ver com o Rovhénn?

— Incomodado? Eu? — O guerreiro a soltou e se encostou na mesa. — Não é que eu tenha ficado incomodado. Como falei antes, você é livre para fazer o que quiser. Só estranhei, porque nunca tinha visto vocês juntos.

— Nós conversamos com frequência, e é só.

— E eu não tenho nada com isso.

— Anuhar... — Ela deu um passo na direção dele. — Por que acha que tenho amanhecido luminosa?

— Porque teve noites agradáveis de sono. — Ambos sorriram. — Ou o cara com quem trabalha deu uma relaxada e não tem te incomodado com nenhum outro problema.

A vontade de abraçá-lo era grande.

— O ser com quem trabalho diretamente não me traz problemas, só demandas. E ele relaxou, sim... na minha cama.

— *Gródsv!* — Ele a puxou e a beijou com vigor, girando-a e sentando-a sobre a mesa. —Você me tira do eixo. — Recomeçou a beijá-la, mas interrompeu o contato. — Agora não posso ir em frente porque marquei de conversar lá embaixo e só desviei quando te vi — disse, inflando o peito e fechando os olhos por alguns segundos.

Sarynne gesticulou para que ele não se incomodasse, enquanto inspirava e expirava várias vezes seguidas, regularizando os batimentos cardíacos. Ficou em pé, massageou o pescoço e se ajeitou, enquanto Anuhar também se recompunha.

— Por favor, me desculpe, mas preciso mesmo descer...

— Tudo bem. — Ela tocou os lábios dele com o indicador. — Estamos em um momento delicado, então sei das prioridades.

— Confesso que, ultimamente, tenho tido vontade de explodir essas prioridades.

— Eu entenderia se fizesse isso.

Ele franziu a testa.

— Às vezes a solução vem quando estamos fazendo algo bem diferente — complementou ela.

Ele tocou os lábios da auxiliar com os seus, segurando-lhe o rosto com delicadeza.

— Não estou dizendo isso só para você largar tudo e não ir à sua reunião — continuou ela. — Confio no seu empenho e na sua capacidade, por isso sei que jamais abandonaria as suas responsabilidades... Aliás, penso que todo o planeta confia. Vá tranquilo. — Ela lhe deu um beijo delicado.

O Guardião perdeu as palavras por alguns instantes.

— Neste momento, não estou tranquilo. Estou agitado e excitado. Quero muito sentir você novamente.

— Mais à noite vou estar no meu aposento, caso seja do seu interesse saber.

Ele abriu um grande sorriso.

—Tenha certeza de que o interesse é total — falou, ao se dirigirem à porta. — Farei de tudo para estar lá, se não se opuser. — Ele beijou-lhe a testa.

— Estarei te esperando.

Quando Anuhar se materializou no subsolo diante da entrada da sua Sala de Comando, veio munido de uma sobrecarga de confiança que não sentia havia muito tempo, e passou a contar os segundos para voltar até Sarynne.

Quando a voz da racionalidade o questionou sobre o que ele pretendia com essa aproximação, o frio no estômago lhe respondeu com precisão: não sabia.

# CAPÍTULO 21

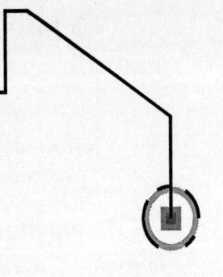

**N**o *final* do ciclo seguinte, Anuhar estava na cama, de olhos fechados, porém acordado. Exausto, não conseguira dormir, acelerado com as perspectivas de solução para os equipamentos aéreos, e incomodado...

"Você já perguntou para o seu amigo, o vento, se ele não pode ajudar?"

"Anuhar, você estava certo. O problema não está entre a substância e o propulsor das naves", disseram-lhe os especialistas na noite anterior. "Mantivemos duas delas paradas, mas ligadas, e o funcionamento foi perfeito. É algo externo."

Estavam quase lá. Envolveria altitude, pressão, velocidade e o que mais pudesse afetar seus brinquedos de fora para dentro.

Não era possível que precisasse perguntar ao seu elemento sobre isso. Lembrava-se da sua genitora dizendo: *"Ou você é capaz, ou não é. Ou entende do assunto, ou deixa que outro resolva. Ou dá o seu melhor ou nem entra na competição".*

*Eu vou descobrir, sra. Lásyne. Fique tranquila que seu filho vai descobrir o que está acontecendo.*

"Você já perguntou para o seu amigo, o vento, se ele não pode ajudar?"

Ainda de olhos fechados, massageou as têmporas.

*Não, Sarynne, não perguntei porque não será preciso. Estamos mais próximos do fim do pesadelo.*

"Quando alguém ama ou respeita um ser, aceita as suas falhas e derrotas."

*Mas não vou falhar.* Cobriu os olhos com os braços. *Essa possibilidade simplesmente não existe.*

Após a reunião no ciclo anterior, a única coisa em que o Guardião pensava era no par de olhos cor de caramelo. Não só neles, mas no corpo magro, nas curvas bem-feitas, nos seios fartos que estiveram em suas mãos, no cabelo loiro espalhado pelos lençóis, e nele dentro dela.

Pela primeira vez em muito tempo, o seu trabalho estava encaminhado, a cabeça, confusa, e a caminhada de pernas para o ar.

"Supus que devesse analisar apenas assuntos estratégicos."

"Sobra algum tempo para fazer algo que não seja relacionado ao trabalho?"

"...quantidade daqueles astros que são luminosos por eles próprios e daqueles que recebem claridade de outros..."

"Então, por favor, diga para mim que não vai mais se colocar em risco nessas explosões."

"Já parou para pensar em quem te ama?"

"Todos falhamos em alguma situação."

Gródsv.

Já não conheço todas as demandas que estão chegando das SGs. Desviei o foco da minha principal prioridade, mesmo ainda não tendo encontrado a solução para o Wh-S 432. E nos testes mais recentes, nem foi necessária minha presença. Tudo bem que as demandas continuam sendo endereçadas e os testes evoluíram, mas...

Respirou fundo.

Cruzou os braços sobre os olhos, enquanto as imagens dos últimos ciclos bombardeavam as suas lembranças, competindo com as análises e conclusões que tirava de cada situação.

*E, ainda assim, ontem voltei direto para o aposento dela. Gródsv! Nem pensei.* Ele se levantou e foi até a janela para observar o movimento das águas da baía.

Aquela vozinha interna que o acompanhava o tempo todo, principalmente quando cometia alguma imprudência, gritava que Sarynne se apaixonara por ele, o que não era nada bom, visto que não era correspondida.

Nem um pouco.

*Ela entenderia se eu jogasse tudo para o alto por algum tempo.* Ele riu. *Ela entenderia se eu jogasse tudo para o alto...*

O guerreiro a respeitava, mas não havia se apaixonado, ainda que tivesse seguido algumas de suas sugestões. Sarynne era uma moça competente e a sua coerência trazia novos vislumbres, mas só isso, já que ele era um ser livre.

Ser livre...

"É poder ser quem somos e fazer o que queremos, é claro que respeitando as regras de um bom convívio, onde quer que estejamos."

Então, respondendo à sua pergunta, mocinha, sou livre, sim. Totalmente livre. Sempre.

Relembrou os beijos que trocaram, o brilho daqueles olhos enquanto ele a acariciava, ou enquanto lhe sugava os seios. O olhar mais lindo que já vira, quando ela o sugava, o sorriso delicado, enquanto ele gemia, a cadência sincronizada de ambos, e o clímax.

Ela entenderia...

— Ah, gródsv, gródsv, gródsv.

Até parece que não tenho uma mulher há décadas.

É claro que ela é uma delícia... e linda. A sua meiguice me atrai, sim, mas não posso ficar dependente disso. Sou livre. As opiniões dela são boas, mas preciso voltar a ter o controle de mim mesmo. Fazer as coisas do meu jeito...

Bufou.

Fique tranquila, dona Lásyne, vou resolver essa confusão e voltar a ter foco total no problema do planeta.

Fez a higiene com a mente, trocou de roupa e se teletransportou até a sala das nynfas.

# CAPÍTULO 22

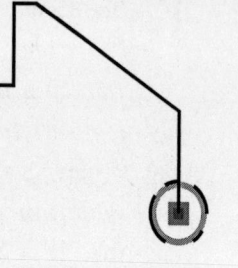

**S**arynne era só sorrisos. Mesmo tendo visto Anuhar por alguns minutos no último ciclo, no anterior ele dormira no aposento dela, e ela ainda sentia o corpo dele no seu, tão vívido quanto seus beijos, toques e sorrisos.

Fazia tempo que não se via tão feliz. Aproximara-se do homem pelo qual era apaixonada e eles passavam grande parte do ciclo juntos. Estava aprendendo muito sobre as demandas do elemento ar, e o guerreiro passara a ouvi-la. *Ele. Me. Ouve... A mim!* Ela não cabia em si, tamanha a alegria e satisfação em que se encontrava.

Não precisava ser nenhuma expert para auxiliá-lo. Nesse contexto de crise, ainda que estivessem se conhecendo, as suas colocações estavam sendo úteis.

Embora os problemas, ao que tudo indicava, caminhassem para um fim próximo, o Guardião não se desconcentrava. Ao menos era essa a justificativa com que Sarynne explicava a seriedade que hoje o acompanhava.

Da sua mesa, ela o contemplava de soslaio, com o coração palpitando, ou dançando. Não. Aplaudindo. Tentava se compenetrar, mas com as demandas das SGs encaminhadas e as pesquisas direcionadas ao laboratório, não pensava em nada diferente do calor que o guerreiro a fazia sentir. Aliás, calor que aumentava nesse momento, lembrando dos cabelos longos espalhados sobre o seu abdômen ou do tórax largo largado sob os lençóis.

*"— Ah, Sarynne, você está virando a minha caminhada de ponta-cabeça — ele lhe dissera, deitado ao seu lado, acariciando-lhe o rosto.*
*— Isso é ruim?*
*— Inusitado.*

— E o inusitado te incomoda?

Ele suspirara, observando-a.

— Digamos que um dos desafios que todos precisamos encarar é o de lidar com o inusitado.

— Já que você gosta de desafios... — Sarynne o provocara, com ar de riso.

Ele a encarara como se aquele olhar cintilante quisesse lhe dizer uma gama de palavras, mas ela não conseguiu decifrar. E nem teve tempo para imaginar o que transmitia antes do beijo profundo que ele lhe dera."

Hoje ele estava mais sério e quieto do que de costume. Algo de importante devia ter acontecido e ela se conteve para não ir abraçá-lo, reforçando que, caso ele precisasse, estaria ali a qualquer momento e para qualquer situação. Que homem, ou que ser, não gostaria de ter um colo para deitar a cabeça? Afinal, ela era uma mulher forte, e, já ousava pensar que, se iniciavam um relacionamento, precisaria estar preparada para enfrentar grandes desafios, fossem quais fossem.

Sorriu.

Apesar de terem estado juntos tão poucas vezes, por que não poderia ser o início do início?

Sarynne suspirou e se forçou a voltar às suas atividades, porque se Anuhar a observasse, a veria com um olhar apaixonado, admirando-o, totalmente alheia ao trabalho. E isso não seria interessante, ainda mais agora que ele estava tão... tenso, pode-se dizer.

Por essa razão, concentrou-se nas demandas, mais convicta do que nunca de que poderia ser a companheira dele. E, como nunca antes, sentia-se totalmente preparada para isso.

───◆•••◆───

—Yan?...Yan? — Alessandra repetiu, sonolenta.

Ou talvez nem tenha falado em voz alta. Sabia que os equipamentos continuavam piscando e que permanecia em um local que não desejava, porém não podia afirmar que havia pronunciado algo de forma audível.

Bem, pelo menos tinha essa sensação de desconforto... Não. Era angústia. Estava angustiada porque precisava fazer algo... Mas não sabia o que era.

Yan... Tinha a ver com ele.

*Ah, sim...* lembrava que estava em tratamento e que Ahrk havia lhe dado algo que a mantivera dormente. Mas precisava acordar.

Havia algo errado, muito errado. E tinha que contar para Yan.

— Yan?... tenho que fal... — A escuridão foi tomando conta novamente. — Não... Não... — O peso da inconsciência tomou conta dela novamente.

No quarto, no recinto da saúde, parado ao lado da cama e segurando a mão da amada, o líder dos Guardiões a observava, confiante de que quando ela acordasse, com sua matéria reprogramada, estivesse mais adaptada e não enfrentasse mais, com dificuldades, as condições de Drah Senóriah que tanto a maltratavam.

E ele sorriu com carinho porque, em sono profundo já há alguns ciclos, a aparência de Alessandra era tranquila, alheia a tudo e a todos os problemas que os rodeavam.

# CAPÍTULO 23

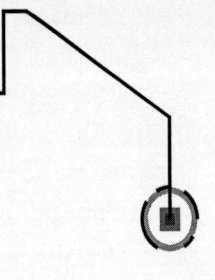

— *Sarynne?* — chamou Anuhar.
Ela retornou ao presente.
— Sim?
— Dê uma olhada aqui, por favor.
Ela se dirigiu até o lado do Guardião, atenta à tela virtual onde havia um conjunto de documentos abertos.
— Gostaria que se inteirasse sobre as características do Wh-S 432. Isso será útil também no desenvolvimento dos catalisadores e das demais demandas das SGs. Está vendo aqui? — Apontou para o holograma de um protótipo e ela assentiu. — Esse mapeamento vai te ajudar a entender como funciona. É claro que é só um conhecimento básico, mas que será essencial para o direcionamento de futuras demandas e de possíveis contraposições às atuais.
— Claro. Pode deixar que vou internalizar esse material o quanto antes — Sarynne respondeu, já pensando no modo mais rápido de inserção de informações no seu encéfalo.
—Anuhar? — Ambos olharam para a porta de entrada, enquanto ela retornava para a sua mesa. — É o Nillys.
— Entre. — O guerreiro abriu a porta para o Guardião das Águas e, no mesmo instante, Sarynne, sem querer, esbarrou em uma das peças de cristal vermelho que sempre mantinha sobre a mesa e a derrubou.
Com o pensamento, evitou que o delgado objeto em forma de pirâmide se espatifasse, mas em um impulso, abaixou-se para segurá-lo.
— Meu amigo, a noitada foi boa ontem, hein? — comentou o sorridente guerreiro ao entrar. — A ponto de você esquecer a sua corrente. — Ergueu a mão, deixando a pequena medalha balançando. — Mas a sua nynfa pediu para te entregar.

Anuhar controlou o ímpeto de esmurrar a cara do líder das Águas, ao mesmo tempo em que tocou o pescoço vazio e se virou para Sarynne, que ainda não havia se levantado. Sua vontade era de espancar o Guardião de cabelo avermelhado até aplacar a raiva, mas não sabia se o seu preparo físico o permitiria golpeá-lo ininterruptamente pelos próximos trinta ciclos.

*Gródsv!* O guerreiro do Ar pegou rápido a joia, ainda atordoado.

Sarynne, então, levantou-se devagar, recolocando o cristal sobre a mesa, que cambaleou, mas, com certa dificuldade, ela o manteve no lugar.

— Oi, Sarynne, não vi que você estava aí.

— Oi, Nillys — respondeu em voz baixa. — Estava juntando o meu cristal, mas já estou de saída. —Virou-se para o Guardião do Ar. —Vou providenciar a inserção dos dados que pediu.

Anuhar não queria que ela saísse assim, mas Nillys interpretaria a seu próprio modo qualquer coisa dita naquele momento, e o assunto que dizia respeito apenas a ele e a sua auxiliar, poderia ser compreendido de qualquer forma pelo amigo. Então, assentiu com a cabeça e ela se desmaterializou.

O Guardião das Águas também ficou por poucos minutos e saiu, e o guerreiro se viu sozinho com a sensação de estar caindo em queda livre em um túnel sem fundo.

---

Já era noite e Sarynne permanecia sentada na cama com os cotovelos apoiados nas pernas e a cabeça abaixada, escondida nas mãos.

O ciclo rotacional de Drah Senóriah durava quarenta e oito horas, mas ela estava com a nítida sensação de que hoje demorara seiscentas. Após sair da sala de Anuhar, precisou juntar as partes do seu emocional para dar conta do trabalho.

Os dois conversaram pouco à tarde, porque ele ficou em reunião com os especialistas, e ela produziu um terço do que normalmente faria. Depois de pedir para o seu contato da 18ª SG repetir o assunto sobre o qual tentavam conversar, pela terceira vez, remarcou a discussão, com muito jeito, para outra hora.

Os pensamentos vinham acelerados. Perguntava-se de onde tirara a ideia de que pudesse ser boa o bastante para o Guardião, porque por mais que ele tivesse gostado das noites que haviam passado juntos, agora ficara mais do que claro que não tinham significado nada além do envolvimento físico. Tanto que, no ciclo seguinte, *se-guin-te*, à última noite em que estiveram juntos, ele correu para os braços das nynfas. *Braços... aposto que nem sabe se elas têm braços.*

Respirou fundo e escorregou até o chão, encostando-se na cama com as pernas dobradas na esperança de se distrair e se esquivar, sem sucesso, do bombardeio de elucubrações.

Sabia que seres poderosos como ele precisavam de mulheres especiais, e as nynfas se desenvolviam para atendê-los, afinal, elas abriam mão de tudo o que possuíam lá fora e ficavam, por um longo tempo, preparando-se para servir a cúpula do planeta.

*Inclusive, principal e largamente no sexo. Sem pudores, constrangimentos, recato ou regras. E eu não tenho nada desse preparo delas, provavelmente não sei fazer nem metade do que elas fazem, e ainda por cima sou tímida.*

Escondeu a cabeça nos joelhos e os abraçou.

Tinha consciência da sua competência, mas sabia exatamente o seu lugar. *Como é que pude pensar que poderíamos estar começando algo?*

Respirou fundo outra vez.

Encostou o queixo sobre os joelhos e deu de cara com a sua imagem "derrubada", já que se encontrava em frente ao espelho, que vinha até o chão, ao lado da porta do banheiro.

O cabelo estava desalinhado, a expressão séria e os olhos amarelos sem brilho.

*E se ele vier atrás de mim novamente?*

Levantou-se e foi até a janela. Sempre apreciara o movimento das águas, cuja dança constante, embelezada pelas cores características da natureza de Drah, causava-lhe um efeito calmante, ou talvez, para esse momento, reconfortante. Longe da família, dos amigos com quem poderia desabafar, e com a sua amiga mais próxima de dentro do Prédio sedada, precisava decidir sozinha o que fazer.

Nem precisou se virar para saber que o seu holograma se projetara no quarto. Não queria encará-lo, mas tinha que responder sobre o quanto estava disposta a ter e não ter o guerreiro ao mesmo tempo, o quanto se contentaria em ser mais uma, uma vez que não existia compromisso entre eles e nenhum pacto de fidelidade. Muitos viviam dessa forma em Drah, desde que de comum acordo. Os dois não haviam chegado nem ao ponto de discutir sobre isso, porque só se entra nesse assunto quando se é um casal em um relacionamento. *E nós só fizemos sexo.* Dessa forma, sua atitude nem era considerada como uma traição, ainda mais com uma nynfa.

*Nynfa, nynfa, nynfa... o Nillys disse "a sua nynfa". Vai ver que o Anuhar tem uma que é só dele. Ah, Alessandra, como entendo agora o que você sentiu*, relembrou a dificuldade da amiga em aceitar a condição dessas moças e os problemas que enfrentara recentemente com elas.

Suspirou e apoiou as duas mãos sobre a base da janela.

*O que é que eu vou fazer se ele voltar a se aproximar? Bom, ele nem deve mais fazer isso e, nesse caso, está tudo resolvido. Vamos continuar trabalhando como se nada tivesse acontecido.* Fechou os olhos enquanto absorvia o barulho das águas da baía.

Suspirou novamente e virou-se para o holograma, que a analisava em silêncio, às suas costas.

*Você é um ser simples, Sarynne, sem uma posição de destaque*, pensou, encarando o holograma. *Não é a maior, nem a melhor em nenhuma categoria. Não tem poderes ou ligação com qualquer um dos elementos da natureza. Um ser comum, nada mais.*

*A pergunta é: está preparada para ser mais uma para ele? Ora ele fica com você, ora com uma nynfa, ou, quem sabe, com outras?*

*Não, ele não vem me procurar. Mas e se vier?*

Cruzou os braços e perguntou à figura etérea:

— Não vai falar nada?

— *Preciso?*

— Não sei. Mas se vai ficar quieta, por que apareceu, então?

— *Sou sua melhor amiga, e meu único objetivo é te ajudar.*

— Estou esperando.

— *Quero ouvir de você.*

Ela bufou, virou-se para a janela tentando ordenar os pensamentos, e ficou desse modo por um bom tempo.

— Posso ser mais uma — falou de repente e andou em direção ao espelho, segurando um dos dedos da mão. — Tantos seres optam por essa forma de relacionamento... — Voltou à janela, segurando dois dedos. — Qual o problema em ser a segunda, a terceira ou a décima? Eu também poderia ter outros. — Foi até o espelho, sem sequer se olhar, abraçando três dedos. — Sou um ser comum, então nada de exigências, certo? — Retornou à janela. — Anuhar é especial... ele é especial, e ficou comigo mesmo assim. Eu, que não tenho o preparo que as nynfas têm. É claro que ele deve ter outras parceiras além das nynfas, mas e daí? Tê-lo um pouquinho é melhor do que não tê-lo nunca mais.

O canto distante das aves noturnas preencheu o aposento e a sua mente, inundando-a. Ela cobriu os olhos com as mãos, inspirou com todo o vigor que conseguiu reunir, aguardou alguns segundos, e expirou, relaxando um pouco.

Silêncio.

Silêncio.

Inspirou e expirou novamente.

Abriu os olhos, virou-se devagar, foi até a frente do seu holograma e endireitou a postura.

— É, o Anuhar é o líder dos Guardiões do Ar e eu sou a Sarynne. Sem maiores atrativos ou dons especiais. Mas essa sou eu. *Eu*. E se isso não é suficiente para tê-lo só para mim, paciência. Não tenho instalado o programa onde cada ser de um par que se relaciona pode ter mais de um parceiro ou parceira, portanto, não estou preparada para ser mais uma da lista dele!

Respirou profundamente.

— *Viu como não precisava dizer nada?* — perguntou a imagem intangível. — *Você é o que é, cada um é o que é. Ou o ser que está nessa matéria* — disse, apontando para o seu corpo físico — *completa, sintoniza-se, preenche as lacunas que o seu parceiro ou parceira tem, ou não. Pode ser doído para aceitar, mas é simples.*

Sarynne nem tentou conter as lágrimas que rolavam, mas essa constatação foi uma espécie de desabafo e, embora o corpo todo contraído doesse, sentiu-se mais leve.

Precisava trazer os seus sonhos, que haviam viajado pelo mundo da paixão, e fazê-los aterrissar, enfrentando a realidade com lucidez e discernimento.

Mesmo que contra a vontade, sabia o que fazer. Seguir em frente.

Empertigou-se, respirou fundo e foi se preparar para o ritual de purificação.

# CAPÍTULO 24

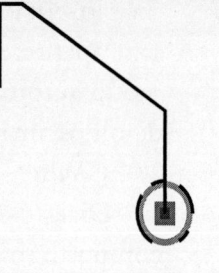

E*nquanto* voltava andando do subsolo, Anuhar vinha convicto de que fizera a coisa certa. Sempre ficara com as nynfas, logo a sua atitude fora algo bastante normal.

Seguindo pelas rampas, repassava os últimos atos, convencido de que praticara o necessário para recuperar o equilíbrio e o controle de que tanto precisava, afinal, não tomava as decisões com base em nada além do próprio discernimento.

Com o avanço da hora, eram poucos os que se encontravam fora dos seus aposentos, e o guerreiro seguia embalado pelo barulho seco das suas botas sobre o piso. Não que estivesse prestando atenção nisso, porque seu pensamento estava junto à cama da nynfa.

A noite tinha sido perfeita. Mesmo que em alguns momentos lhe viesse na lembrança um par de olhos cor de caramelo. Aliás, em vários... muitos. Mas, no geral, tinha sido ótima. Ótima.

Ele também decidira não dormir por lá, retornando para o quarto logo depois, e talvez tenha sido por esse motivo que esquecera a correntinha que sempre tirava quando fazia sexo. Só das últimas vezes que não... *Não tirei com a Sarynne porque...* Suspirou. *Porque, porque... ah, porque nem... sei lá.*

Pensando nisso, lembrou de Nillys, e a irritação com o ímpeto de esmurrar a cara do Guardião, esquecida durante a tarde devido às reuniões, voltou com força. *Como é que o cara entra na sala me expondo desse jeito? E com a minha corrente na mão?* A expressão de surpresa de Sarynne, e o incômodo por conta disso, que também dera uma trégua durante a tarde, voltaram com vigor. *Vou conversar com ela. Mas para dizer o quê?*

O cheiro levemente adocicado saindo do recinto da nutrição chamou sua atenção, e ele adentrou o local. Comera pouco durante o ciclo, então foi em busca de algo para se alimentar, apesar de estar sem apetite. Assim que entrou, Anuhar perscrutou o ambiente, no modo automático, mas nenhum dos quatro seres presentes era loiro de olhos amarelos.

*Gródsv!*

Dirigiu-se até o *buffet* de bebidas, escolheu três garrafas do composto mais energizante que encontrou e despencou em uma das cadeiras próximas. Tomou o *tchiuhay* no gargalo, enquanto repassava as atividades do ciclo.

Os problemas com o Wh-S 432 estavam a caminho de uma solução, e ele, feliz por provar a si mesmo que não estava à mercê de mulher nenhuma, visto que pediria a Sarynne que discutissem *toda* a demanda que chegasse e não somente as que ela julgasse pertinentes. Então, estava tudo como deveria estar, do modo que ele queria que estivesse.

Abriu e ingeriu a bebida da segunda garrafa e, em seguida, a da terceira. Passou a mão pelo cabelo e respirou profundamente. Encostou-se na cadeira e esticou as pernas longas.

A questão que, teimosamente, não lhe saía da cabeça era o que dizer para a sua bela, meiga, competente, atraente, doce e querida auxiliar. Racionalmente, não era necessário dizer algo, mas ele se sentia na obrigação de conversar com ela.

O rosto surpreso e o olhar de... — decepção? — que ela demonstrara mais cedo não o deixavam em paz.

*Mas o que ela esperava?* Apoiou os cotovelos sobre a mesa. *Gródsv! É só atração, Sarynne, nada mais. É, é melhor conversarmos.*

O odor adocicado ainda recendia pelo ambiente, mas começava a enjoá-lo, por isso desfez-se mentalmente das garrafas vazias e deixou o local.

Com todo o turbilhão de pensamentos invadindo a sua paz, seguiu caminhando até o seu andar, mas logo percebeu que os pés não o haviam levado para lá.

*Mas que gródsv!*

Parou diante da porta do aposento da sua assistente. Apoiou as mãos na parede ao redor da porta, e a encarou sem sequer enxergá-la.

Abaixou a cabeça por um tempo, fechou os olhos, e, ao som ensurdecedor do silêncio, desmaterializou-se direto para o seu quarto com um grande ponto de interrogação permeando seus pensamentos.

*O que está acontecendo comigo?*

---

Nenhuma mulher deveria se relacionar com outro parceiro sem ter se purificado do anterior, porque, pela natureza anatômica feminina de recepção, elas armazenam tudo que os homens "doam" na relação sexual, inclusive detritos. E mesmo sendo um procedimento comum entre as mulheres de Drah, a fim de manter a longevidade, esse seria o ritual mais difícil a ser realizado por Sarynne. Não que estivesse interessada em sair à procura de outro, mas uma vez que não seria a única na caminhada de Anuhar, não ficaria mais com ele, desse modo, apesar de o seu o coração estar em pedaços, não havia por que retardar o procedimento.

Ela retirou da gaveta da cômoda o Manto da Purificação. Se as senóriahn possuíam poucas roupas, já que não se ligavam muito nisso, o Manto era peça única, intransferível e de suma importância para elas, porque do ritual dependia a caminhada sem a interferência de detritos alheios.

*Vamos lá. Essa não é a primeira nem será a última purificação. Força!*

Ela desdobrou o tecido branco e quadrado e o estendeu no chão, entre a cama e a janela. Depois, despiu-se, apagou todas as luzes com a mente e foi até o centro do Manto.

*Eu vou ficar bem, vou ficar bem. Se não sou suficiente para o guerreiro, preciso caminhar bem, apesar disso.* Suspirou.

Concentrou-se, fechou os olhos e inspirou, prendendo o ar no abdômen por alguns minutos, uma vez que os senóriahn tinham essa capacidade. Contraiu o quadril, os dedos das mãos, dos pés e toda a musculatura do corpo. Só então expirou.

Repetiu esse procedimento duas vezes.

Ergueu os dois braços acima da cabeça e, através das mãos no ar, acendeu uma fonte luminosa à sua frente. Estendeu um dos braços, tocando-a, e deu uma volta de trezentos e sessenta graus, expandindo-a ao seu redor. Envolta pelo círculo de luzes, Sarynne aguardou que ele se alongasse até o chão.

Do centro da névoa iluminada, ela trouxe da gaveta, também mentalmente, a ampola com o óleo de *Sabárt* e derramou parte na palma da mão. Deixando a ampola pairando ao seu alcance, fechou os olhos e iniciou:

— Desfaço-me das células marcadas, abrindo espaço para as que vão nascer, virgens e já purificadas. — Passou as mãos lentamente sobre cada parte do corpo, aplicando o óleo nos cabelos, topo da testa, rosto, pescoço, ombros, seios... neles ela se demorou mais... nas costas, no abdômen e por entre as pernas, onde espalhou o óleo mais devagar por dentro e por fora, repetidamente.

Não controlou as lágrimas que começaram a escorrer, mas continuou:

— Sou o ser mais importante deste planeta. Digna de respeito e total consideração, e neste momento encerro uma etapa do meu viver, preparando-me para o que a caminhada ainda venha a me ofertar.

Ela repetiu essas palavras enquanto espalhava o óleo delicadamente pelo corpo.

Ao despejá-lo nos pés, seu corpo já iniciava o resfriamento, e ela sentiu o congelamento de cada órgão. Mentalizou a retirada de cada célula tocada pelo Guardião, cada fluido que permanecia no seu cabelo, seios, ventre, ou em qualquer outra parte do seu corpo físico. As luzes giravam ao seu redor e essas células foram enfraquecendo. Sarynne uniu as palmas das mãos e, erguendo-as bem acima da cabeça, abriu-as, viajando nas imagens da sua mente. Com um leve torpor e com a nítida sensação de que flutuava, ela deixou que escorresse sobre si a força para que pudesse superar toda a mágoa, tristeza e decepção que sentia.

Permaneceu desse modo até ocorrer a desaceleração de todo o movimento, e o enfraquecimento da iluminação. Quando se viu no escuro total, seu corpo já esquentava.

Encaminhou-se então ao banheiro, abriu o chuveiro com a força do pensamento e entrou debaixo do líquido transparente que caía em abundância, sentindo o corpo esquentar até quase não suportar o calor. Aos poucos, o equilíbrio da temperatura foi se restabelecendo enquanto ela deixava o vale do passado e banhava-se nas águas puras e refrescantes do porvir.

Ainda sob a vertente de água, encostou as duas mãos na parede, recepcionando cada gota que lhe tocava a pele. Cessou a queda d'água com a mente, enxugou-se, e, ainda nua, retornou ao quarto. Centralizou-se sobre o manto novamente, agradeceu ao seu outro corpo, o imaterial, que junto com o físico fazia parte da mesma existência, ou seja, de algo único. Agradeceu também por ter essa habilidade de contato, visto que muitos seres de outros mundos e galáxias menos desenvolvidas nem sabiam que o possuíam, e tampouco se contactavam com ele para ter um viver com mais respaldo e estrutura perante as adversidades.

Dobrou e guardou o Manto, vestiu uma camiseta confortável e se dirigiu à cama.

Não tem como não se sentir bem depois de quase duas horas em um trabalho tão intenso do encéfalo voltado ao corpo físico. E não tem como não vivenciar a serenidade se apoderando inclusive dos pensamentos, auxiliando, assim, nas tomadas de decisões centradas e equilibradas para a continuidade da caminhada.

Agora, restava aguardar a conclusão do ritual, onde o óleo da planta azul de *Sabárt,* ativador da reestruturação celular, trabalharia por mais três ciclos rotacionais, período em que não deveria ter relações sexuais com ninguém.

Deitada, porém mais acordada do que nunca, ela pensava em como a caminhada era um constante desafio, porque o que, para uns, era grandioso e maravilhoso, para outros, era pequeno e corriqueiro. E como doía, às vezes, para dar os passos certeiros.

Essa fora a primeira etapa do fim da realização de um sonho, em que apenas uma pequena amostra lhe trouxera uma grande felicidade. Agora, precisava focar em si e se fortalecer para enfrentar aquele com quem precisaria conviver, de perto, e, ao mesmo tempo, muito de longe dali para frente.

# CAPÍTULO 25

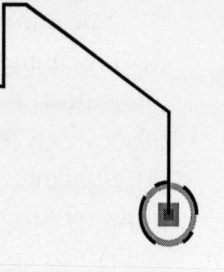

**A***lguns* ciclos depois, Anuhar relia uma solicitação da 14ª SG, que julgava infundada e descabida. Aliás, faltavam-lhe adjetivos para classificar uma proposta tão sem sentido.

Fechou a mensagem, pensando que seria mais uma para Sarynne responder com toda a sua amabilidade, cortesia e delicadeza, enquanto sua vontade era de dizer abertamente que era uma grande *gródsv*. Aliás, hoje já era o terceiro projeto bomba que lia. Sua paciência estava a zero porque ainda não tinha descido ao laboratório, só para analisar essas bobagens.

Olhou para a mesa vazia ao lado da sua.

Uma vez que havia decidido voltar a analisar todas as demandas, a sua jovem auxiliar optara por ficar com Lêunny, ajudando-o, porque o rapaz também estava assoberbado de trabalho. Porém, mante-ve-se à disposição para quando o guerreiro requeresse. É claro que isso tinha a ver com a história das nynfas, mas a conversa que tentara ter com ela fora outra *gródsv*.

"— Olha, Sarynne, eu gostaria que entendesse que...
*Os olhos amarelos nem piscavam.*
— É importante que você entenda que... — ele repetiu. — Que..."

Ele se levantou e foi até a janela. Por mais que tentasse justificar de todas as formas, não sabia o que pretendia que ela entendesse. Que ele estava perdendo o controle de tudo? Ou que *receava* estar perdendo o maldito controle de tudo por ter se envolvido com ela? E que culpa ela tivera? Absolutamente nenhuma, uma vez que ele é quem havia se perdido.

A conversa tinha sido ridícula, já que ele ficara gaguejando em um ato patético, até que ela respondera calma e racionalmente.

" — Se está querendo se referir às nynfas, fique tranquilo. Entendo perfeitamente a função delas aqui, tanto quanto o fato de não termos feito nenhum pacto de fidelidade.
— Só não queria que ficasse chateada por isso.
— Quando o homem com quem temos uma relação íntima num ciclo vai procurar outra no ciclo seguinte, é porque está precisando de algo que não pudemos suprir.
— Não é nada disso. É que...
— Anuhar, não se preocupe. Como te disse, sei de todo o preparo que essas moças têm, então tudo bem. Entendo que o que tivemos, tivemos e ponto final. Temos um trabalho grande aqui e, a não ser que você não queira mais, vou continuar por perto para ajudar.
— Claro que quero a sua ajuda. Por favor, não pense que estou descontente com o seu trabalho."

*Nem com o seu trabalho, nem com nada mais*, pensou, com as mãos apoiadas na janela.

Ele pensava muito nela. No sorriso discreto, que já não aparecia tanto, na organização e nas várias sugestões inteligentes que ela dava. Na tranquilidade e racionalidade que ela tinha de sobra, no corpo macio, na delicadeza do seu toque, na sua postura recatada, mas extremamente excitante, que o satisfez como nenhuma outra.

O Guardião fez exatamente o que julgou necessário para readquirir o autodomínio e obteve sucesso. Mas, em vez de estar feliz, o seu emocional continuava em queda livre.

*O que é que não estou enxergando?*

De repente, recebeu uma rajada de ar no rosto, tão forte que o fez dar um passo para trás. *Que gródsv!* Esfregou as mãos nos olhos. Olhou com cara feia para fora, e quando constatou que o clima era o retrato da calmaria e que sequer ventava, ficou ainda mais irritado.

*Por que isso agora?*, perguntou ao ar, ajeitando o cabelo. *Ar de gródsv!* Recebeu outra rajada forte na face, retribuindo com as sobrancelhas unidas em uma carranca, como se o ar tivesse vida própria. E por saber que isso não acontecia, sua indignação aumentou.

— Anuhar? Estou aqui com o Srínol. Tem um minuto para conversar?

O guerreiro bufou e se virou para a porta, interrompendo os pensamentos sobre o seu elemento. *O que será que esse maldito wolfare quer comigo? Ah, droga... essa não é uma boa hora. Para falar a verdade, não é um bom ciclo.*

— Entrem. — Deu o comando de abertura da porta, ainda arrumando o cabelo.

— Só vim trazê-lo até aqui. — Yan o encarou com a testa franzida.

O Guardião do Ar sentiu um pinicar na cabeça, percebendo que o seu líder solicitava a abertura de um canal de comunicação mental.

*Está tudo bem com você?*, ele perguntou quando Anuhar estabeleceu a comunicação.

*Está.*

Yan apertou os olhos, encarando o amigo antes de responder: *Se precisar, sabe que estou sempre aqui.*

*Obrigado, Yan. Sei, sim.*

Com a mesma rapidez com que abriram o canal, eles o fecharam, cientes de que Srínol nem chegara a perceber.

— Vou deixar que conversem — falou o Guardião-mor antes de se retirar.

— Em que posso ajudá-lo? — Anuhar perguntou ao cientista de testas pulsantes assim que entraram e se sentaram, um de cada lado da mesa do guerreiro.

— Em primeiro lugar, muito obrigado por me receber. Sei que não é fácil manter a cordialidade com uma espécie cujo líder foi o retrato da animosidade nos últimos anos.

Definitivamente, o guerreiro não estava a fim desse tipo de conversa nesse instante.

— E imagino o quão desgastante seja descobrir por que as naves não funcionam com o Wh-S 432 — continuou. — Como já sabe, Wolfar não tem a tecnologia nem a expertise para resolver essa situação, mas quero, em nome do meu planeta, colocar à disposição todo o contingente wolfare envolvido com o segmento aéreo, se houver alguma chance de isso trazer resultados.

O Guardião só o observou.

— Pelo que eu soube, vocês estão adiantados nas pesquisas e nos testes, mas sejam quais forem os resultados, conte conosco. Como já comentei, sei que o meu planeta está em um nível diferente de desenvolvimento, mas se é difícil contar somente com o próprio trabalho para resolver os problemas, imagine depender de outra espécie para coisas básicas, não ter condições nem conhecimento para prover o que é necessário para, simplesmente, viver.

Anuhar encostou-se na cadeira, ponderando como seria depender de outras culturas, sem ter as condições necessárias para uma pesquisa de ponta. Não sabia se sobreviveria, ou se enlouqueceria, e, por esse motivo, pela primeira vez olhou para o homem com respeito.

— Somos bilhões de seres nessas condições, e a maioria de nós tem muita disposição para produzir. A minha família está lá, e quando surgiu a oportunidade de vir para cá em busca de alguma alternativa, não pensei duas vezes, porque não acredito que chegamos a esse ponto por falta de capacidade. Prefiro crer que foi por estratégias indevidas do Dhrons. Talvez não estivéssemos no mesmo nível que vocês, mas com incentivos e orientações para uma pesquisa integrada, certamente estaríamos em um patamar diferente do atual. — Srínol suspirou, com um olhar perdido. — Por isso, repito. É só me dizer do que precisa, que eu vou atrás.

—Você daria um ótimo líder.

— Não, sou apenas um cientista. — Negou com a cabeça.

— E por que um cientista não pode ser também um líder? Pense em como estruturaria o corpo científico de Wolfar, com o auxílio de todas as subdivisões governamentais de vocês. Cada um atuaria em uma frente e os resultados viriam mais rápido.

— Esse é um sonho antigo que temos, não importa quem esteja na liderança, desde que trabalhe em prol desse desenvolvimento.

O guerreiro deu um pequeno sorriso.

— Olhe, Srínol, agradeço muito a sua oferta e prometo que vou levá-la em consideração em caso de necessidade. É bom saber que temos apoio externo nessas situações.

— Eu ficaria muito contente em ajudar.
— Sei disso, e agradeço.
— Bom, não quero mais tomar o seu tempo — disse o wolfare, já se levantando e estendendo a mão.

Anuhar repetiu o gesto, acompanhando-o até a porta, já que a maioria esmagadora dos seres de Wolfar não se teletransportavam. E assim que o homem saiu, o guerreiro repassou cada palavra que falara para ele, cada uma, principalmente sobre a estruturação descentralizada que havia proposto instintivamente, sem nenhuma análise prévia. E franziu o cenho.

# CAPÍTULO 26

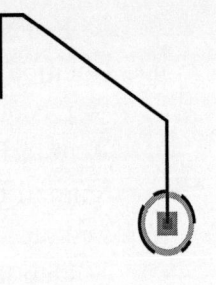

**E**m meio a tantos problemas, os Guardiões, espalhados ao redor da mesa de Yan, foram enfim presenteados com uma boa notícia.

— É isso. Encontramos o nosso *amigo* — informou o responsável pelo Comando de Operações Investigativas, em pé, encarando o líder dos Guardiões.

— Até. Que. Enfim.

— É, Nillys, o cara se escondeu em Worg — continuou Tlou. — Não sei se já ouviram falar, mas é um planeta-satélite de Plouzd. E vocês sabem que quando é preciso investigar em toda a galáxia, as coisas complicam um pouco.

— Um pouco? — perguntou Farym, arqueando as sobrancelhas e cruzando as pernas.

— É, meu amigo, digamos que é preciso uma dose extra de estratégia, competência e tecnologia. E, claro, um grande conhecimento de causa — complementou, passando a mão pelo cabelo escuro e curto.

— Modesto... — brincou o Guardião das Águas.

— Dhrons está cercado de seus comparsas e buscando aliados — prosseguiu o investigador-mor de Drah, com um sutil ar de riso pelo comentário de Nillys.

—Você sabe o que ele está planejando? — perguntou Yan.

— Ainda não, por isso precisamos agir rápido. Worg é muito próximo a Plouzd. — Tlou projetou a localização dos planetas sobre a mesa de reuniões. — E é aqui que está o problema. — Indicou o local aos guerreiros.

— Com um dos solos mais ricos da galáxia, o estrago seria perfeito — concluiu o líder dos Guardiões.

— Exato. E como Dhrons está na busca de novos "parceiros", não sabemos que tipo de negociações está propondo.

— E o que vamos fazer? — quis saber Anuhar.

— Atacar e trazê-lo à Federação. Não podemos ficar esperando — argumentou o líder das Operações Investigativas, estreitando os olhos escuros, sagazes e observadores.

— Depois de tudo o que ele fez, nós vamos entregar o traste à Federação? É isso mesmo, Yan?

— Não devemos, neste momento, ir contra a Federação, Anuhar — argumentou Farym. — Aliás, não devemos ir contra eles *nunca*, mas na atual conjuntura, ainda sob o holofote pesado da cautela pelos acontecimentos recentes, qualquer escorregão, planejado ou não, corre o risco de se transformar em uma tremenda dor de cabeça para nós.

— Não tenho essa complacência toda, não. — O Guardião do Ar franziu a testa. — O canalha nos desafiou, raptou a Alessandra debaixo do nosso teto, tudo bem que teve ajuda da nynfa, mas armou para os próprios wolfares e agora não imagino que esteja tramando coisa menor.

— Concordo com o Anuhar — ressaltou Nillys. — O traste usou um portal clandestino aqui em Drah, e olha o tamanho do estrago que poderia ter feito.

— Sei de tudo isso, caros colegas, mas não podemos simplesmente revidar — contra-argumentou Tlou.

Com apenas um gesto, Yan, digerindo cada palavra e procurando a prudência necessária, silenciou todos na sala.

—Vamos nos acalmar e planejar a nossa abordagem a Worg com toda a frieza, como sempre fizemos — determinou ele, com o olhar mais gélido que os Guardiões já tinham presenciado. — Não vamos esquecer que agora há wolfares em Drah, e que Dom Wull está negociando acordos entre os dois planetas. Por isso, nós, também como sempre fizemos, vamos atuar seguindo todas as regras.

Anuhar não estava convencido de que era a melhor estratégia, com a mesma intensidade da decepção de Nillys com a atitude do seu líder. Porém, o comandante das Operações Investigativas e o das Terras, mais comedidos, traçavam sempre os caminhos mais seguros.

— Já há algum tempo me preocupo com Plouzd, e planejo lhes fazer uma visita — Rhol se pronunciou pela primeira vez, sem deixar de estalar os dedos e produzir a pequena chama entre eles. — Talvez essa seja a oportunidade ideal. As riquezas que eles possuem são muito maiores do que a segurança que os protege. Não sabemos o quanto Dhrons tem ciência disso, mas o fato é que ele está próximo demais de conquistar um poder cuja proporção pode ser catastrófica.

— É verdade — concordou Yan. — Indo para lá, vemos do que eles precisam e com o que podemos ajudar. Isso vai auxiliar, inclusive, na nossa investida a Worg. É importante que a Soberana Suénn também conheça os riscos que corre, visto que é um planeta extremamente pacífico.

O guerreiro do Fogo apenas assentiu com a cabeça.

— Então, os passos seguintes estão traçados, e já nos próximos ciclos teremos o planejamento concluído, certamente, com o apoio de todos os elementos. E não se preocupem com o Dhrons porque ele é *minha* prioridade. Por isso, eu, pessoalmente vou cuidar para que ele tenha um encaminhamento... justo — disse Yan, bem devagar.

Os Guardiões assentiram em silêncio e, não havendo mais o que ser dito, todos retornaram aos seus afazeres. Quando ele estava prestes a se teletransportar para a sala de Dom Wull, o seu intercomunicador vibrou.

— Oi, Cêylix! Diga.

Ele a ouviu suspirar e franziu o cenho.

— *Lembra daquela caixa sobre a qual me perguntou na reunião?*

— Claro.

— *Então...* — O líder dos Guardiões começou a ficar inquieto.

— *Ela serve para experiências voltadas ao espaço-tempo.*

— Como? — Ele franziu o cenho.

— *Dentro dela havia um pequeno dispositivo com toda uma pesquisa desenvolvida sobre o assunto, junto com a forma de utilização da caixa, a qual eu mesma estou estudando.*

— E quem enviaria uma pesquisa pronta sobre esse assunto, sem se identificar? E por quê? — ele perguntou com a testa franzida.

— *Você está sentado?*
— Sentado e muito curioso.
— *Ainda não sei como, onde ou por quê, mas tenho vários motivos para desconfiar que essa pesquisa é do Ross.*

# CAPÍTULO 27

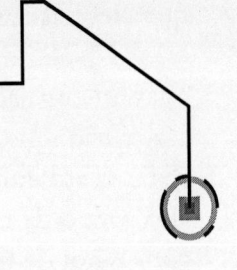

**N**o *início* da noite, Sarynne penteava o cabelo loiro e avaliava a sua aparência. Seus amigos a haviam convencido a acompanhá-los, uma vez que ela estava sem sair do Prédio já fazia um bom tempo. A calça, a blusa de mangas longas, e o detalhe no pescoço e ombros com tecido semelhante à renda, tudo em preto, exaltavam o ar sério e discreto que fazia parte da sua natureza. Ela confeccionara a blusa mais justa do que o normal, porque perdera um pouco de peso devido à falta de apetite que a acompanhava.

Depois do que acontecera, somado a vários ciclos de trabalho intenso, entendia que lhe faria bem sair um pouco, ver, conhecer e conversar com outros seres. Até porque estava cansada de ficar imaginando Anuhar com outras, enquanto se revirava exaustivamente na cama até conseguir dormir.

Eles haviam se falado pouco desde o episódio da correntinha, por isso estava certa de que ele optara pela distância, com receio de que ela lhe causasse algum tipo de problema, já que enfrentava tantos outros.

Também entendia que ele não ficara satisfeito com algumas das suas decisões, porque decidira voltar a analisar toda a demanda que chegava.

*É, Sarynne... Você não agradou mesmo, não é?*

Suspirou.

Ainda bem que tinha seus amigos. Eram eles, inclusive Rovhénn, que ultimamente lhe traziam leveza nos seus momentos de folga.

Deu uma última olhada no espelho e se teletransportou até o hangar onde marcaram de se encontrar.

O pequeno grupo a esperava a alguns passos de onde ela se materializou e seguiu distraída, ou melhor, compenetrada nas micagens que eles passaram a fazer, quando a viram, visto que fora a última a chegar. Não que estivesse atrasada, mas tinha a convicção de que eles estavam engajados em fazê-la sorrir.

E não resistiu. Abriu um sorriso discreto, que logo em seguida se alargou, até iluminar o seu rosto delicado. Já saía do patamar de sorriso para o de risada, quando deu de cara com Anuhar, que chegava com Rhol de uma missão externa.

O riso se perdeu de imediato. O Guardião devia ter saído de uma das naves do pátio, à direita, porque ela não notara nenhuma outra movimentação próxima.

— Oi — cumprimentou ele, medindo-a dos pés à cabeça, franzindo a testa e olhando para onde estavam os amigos dela, tudo em uma fração de segundo. — Você vai sair?

O coração dela acelerou, mas ela se concentrou na decisão que tomara para seguir em frente.

— Olá, Anuhar. Oi, Rhol. Tudo bem? Vou sair, sim. Precisa de alguma coisa?

*Que idiota. Você não tem nada com isso. Não te interessa se ela vai sair ou não.* Os pensamentos racionais do guerreiro começavam a se manifestar.

— Não, só perguntei pela força do hábito. Por favor, releve — pediu rápido.

— Sem problemas — respondeu, séria.

*Você tem que entender que não controla o mundo ao seu redor,* pensou ela, sustentando o olhar do Guardião.

— Por favor, não se prenda por nossa causa. — Ele deu um passo para trás. — Seus amigos estão te esperando. — Olhou novamente para o grupo que a aguardava.

— Boa festa. — Rhol lhe desejou com um esboço de sorriso.

— Obrigada, e bom descanso a ambos — ela falou antes de seguir em direção à sua turma.

— Festa? — Anuhar se virou para o líder do Fogo, assim que se viram a sós.

— Ouvi alguns dos meninos comentando sobre isso mais cedo — explicou Rhol, deixando o seu lado paternal fluir.

Os Guardiões olharam para o grupo, que acabara de se teletransportar para o seu local de destino.

— Aquele cara magro que estava com eles, o mais alto, trabalha com você? — Os dois voltaram a andar para dentro do Prédio.

— O Rovhénn? Ele trabalha com a Cêylix, mas está fazendo um incrível trabalho sobre balística para nós. É um dos melhores cientistas que atua conosco. Chega a ser brilhante.

Anuhar fechou a carranca e franziu o cenho.

— Cara, eu preciso te perguntar. O que está havendo com você? Nunca te vi com tanto mau humor como nesses últimos ciclos.

— Nada, Rhol. Está tudo perfeito. Do jeito que precisa estar.

— Sabe que só de se abrir com alguém as coisas já melhoram.

— Olha quem fala. — O Guardião do Ar parou para encarar o amigo. — O cara que nunca conta nada sobre si mesmo, que não participa de quase nenhum evento, e que não se relaciona com ninguém além do trabalho. Então, é sério que está sugerindo que eu me abra?

O guerreiro do Fogo apenas o encarou, impassível.

— Estou indo — informou Anuhar, antes de desaparecer dali. Literalmente.

---

O Guardião adentrou seu aposento, arrancou a casaca azul e a jogou sobre a cama. Tirou o intercomunicador e o atirou sobre a mesa. Puxou a correntinha pela cabeça e encarou a peça. Havia ganhado da sua genitora quando a conectividade com o elemento ar surgira. O pequeno pingente prateado com os três filetes achatados em forma de til, representando ondas de vento, brilhava em suas mãos, e o guerreiro buscou todo o autocontrole para não arremessá-lo também. Para fora da janela. Em troca disso, jogou-o também na mesa.

Deixou-se cair sobre a cama, olhando para o teto, e bufou.

Com os nervos dominando o seu bom senso, cruzou os braços sobre os olhos, escutando os gritos do silêncio ao redor. A cabeça pesada estava prestes a explodir com tantas perguntas e tanto desencontro.

Havia recuperado o controle de tudo, como sempre fizera. Era um homem livre e dono dos seus atos, como sempre fora. Poderia ousar o quanto quisesse, sem culpa, afinal, precisava dar o seu melhor. Então estava tudo bem. Exceto pela raiva que sentia.

O fato era que a proximidade com Sarynne mexera com ele de tal modo que Anuhar não conseguia lidar com mais nada. Só de pensar nela conversando com o cientista, com toda a serenidade, preocupando-se com ele e contando sobre si com aquele sorriso meigo, seu mau humor já aumentava.

E, para piorar, ainda a desejava. Mais do que tudo. A sua ida às nynfas só havia tornado esse desejo mais evidente. Tinha a impressão de que a jovem de olhos caramelos fora feita sob medida para ele, que ficava encantado com cada um dos movimentos, sorrisos e olhares dela. A sua atuação recatada, e ao mesmo tempo nada recatada, simplesmente não lhe saía da cabeça. Só de lembrar, ou pensar rapidamente no assunto, já o deixava excitado, como agora.

Abriu os olhos de repente.

Nesse instante ela se divertia em uma festa sabe-se lá onde, com aquele cara magro e alto, que babava por ela.

O guerreiro se sentou na cama em um pulo.

*Ela não pode ter qualquer envolvimento com o tal de Rovhénn. Nada que seja além de amizade. Simplesmente não pode.*

Buscou um contato telepático com ela para dizer que... Procurou algum motivo plausível, como "estou aqui", "não paro de pensar em você", "ter estado com a nynfa foi o maior erro que cometi", "você me faz uma falta enorme", ou "você estava certa".

Respirou fundo. Tentou novo contato, mas o canal permanecia fechado.

*Certa em quê?*, perguntou-se, apoiando os cotovelos nos joelhos. Não sabia. Seu emocional, no momento, vagava alucinadamente pelos cenários mais cruéis onde a sua Sarynne sorria e aproveitava com os amigos, o que ele, no curtíssimo espaço de tempo em que estiveram próximos, não pudera lhe proporcionar. E, no fundo, esperava que o máximo que ela proporcionasse aos acompanhantes — e, em particular, ao cara alto — fossem sorrisos.

Em contrapartida, seu lado racional o lembrava de que ela não parecia contente nos últimos tempos, aliás, desde o fatídico ciclo em que o incompetente do Nillys lhe devolvera a distinta correntinha.

Bufou.

Tentou novamente o contato com Sarynne, mas, definitivamente, ela o havia bloqueado. Decidido a não descer para se alimentar, porque já não lembrava o que era sentir fome, Anuhar se preparou para se deitar, certo de que ficaria se debatendo na cama, como nos últimos ciclos, tentando bloquear tudo que a assistente pudesse estar fazendo no seu famigerado passeio.

E certo, também, de que nunca estivera tão perdido em toda a sua caminhada.

# CAPÍTULO 28

**N**o *ciclo* seguinte, Rhol estava absorto nas suas pesquisas sobre Plouzd no recinto do Comando de Defesa do Fogo.

Um dos planetas mais ricos da galáxia, com uma líder que eles pouco conheciam. Ele duvidava que a Federação tivesse alguma noção sobre o potencial do lugar, o que era bom e ruim ao mesmo tempo. O lado positivo era que, da mesma forma, a maioria dos demais planetas também ignorava a possível riqueza de lá, evitando quaisquer especulações indesejadas. O negativo era que, na visão do Guardião, jamais uma entidade como essa poderia desconhecer características tão relevantes de cada corpo celeste sob sua alçada.

Outro ponto que o incomodava era não conhecer nada sobre a Soberana Suénn, que não assumira a liderança local tanto tempo atrás. Seus objetivos e valores próprios eram desconhecidos, assim como a sua idoneidade. Por essa razão, não se sabia o que ela pretendia, nem como utilizaria todo esse poder. Ela poderia muito bem dar ouvidos a qualquer história que Dhrons pudesse inventar, ou estar mancomunada com ele...

— Rhol? Com licença, você queria falar comigo?

Ele voltou a atenção à sua principal especialista na área da tecnologia, que estava parada à porta.

— Entre, Kiyn, e sente-se. — Apontou para a cadeira vazia em frente à sua mesa. — Eu te chamei aqui porque vou me ausentar por um tempo, talvez mais longo que o normal.

— Problemas? — questionou a jovem alta, esguia e de pele morena, cruzando as pernas.

— Essa viagem é uma aposta para evitá-los. Estou indo para Plouzd.

— Uau! — Ela arregalou os grandes olhos pretos. — Sempre quis conhecer esse planeta. Deve ser um tanto diferente dos padrões a que estamos acostumados.

— Deve. Só espero que não esteja armando nada, nem se deixando dominar pelo Dhrons, porque esse, sim, está planejando algo.

— Precisamos pegá-lo o quanto antes. — Ela o encarou com firmeza, apoiando os braços na mesa. — Já basta tudo o que ele fez.

— Nós vamos. — O guerreiro assentiu com a cabeça.

— Já sabe quando vai viajar? — Ela pôs um dos cachos do cabelo escuro e curto para trás da orelha.

— Ainda tenho algumas coisas para organizar, mas deve ser em breve. Está pronta para assumir o meu lugar durante a minha ausência?

Ela o encarou.

— Não vejo, neste momento, outro ser em melhores condições para assumir essa posição — continuou Rhol, estalando os dedos da mão. — Nós dois sabemos que você é a mais bem preparada.

—Tenho trabalhado e estudado muito para isso, então fico muito feliz pela oportunidade. Mas você sabe que ainda não sei control...

— Sei, mas essa é uma situação que terá que se resolver mais para frente.

Kiyn suspirou.

— Nesse caso, estou pronta para assumir quando necessário. — Ela descruzou as pernas.

— Ótimo, vou te mantendo informada sobre os próximos passos.

— Obrigada — agradeceu ao se levantar. —Vou deixá-lo com as suas coisas e voltar às minhas. Até depois.

O líder do Fogo assentiu, e assim que a sua substituta deixou a sala, ele tentou retornar às pesquisas. *Tentou*, porque logo em seguida foi interrompido pelo Guardião do Ar, que batia na porta transparente.

Rhol sinalizou para que ele entrasse.

— Olha, estou aqui porque o lance de ontem não foi legal. — Anuhar já entrou falando. —Tive um comportamento idiota e não estou me sentindo bem com isso.

—Você desceu vinte andares, da sua sala até a Sala do Fogo, aqui no subsolo, só para se desculpar? — O enorme guerreiro apontou para a mesma cadeira de onde Kiyn acabara de sair, e seu amigo ocupou o lugar.

— Vou ficar melhor depois disso. — Bufou e largou as costas no encosto.

— Vou perguntar outra vez. — Rhol entrelaçou os dedos sobre a mesa e encarou o amigo com firmeza. — O que está acontecendo?

— Nem sei por onde começar — confessou o Guardião do Ar.

— Que tal pela sua assistente?

— É tão claro assim?

O líder do Fogo pendeu a cabeça para o lado e ergueu os ombros, e Anuhar passou a mão nos cabelos, evidenciando as olheiras profundas.

— Fala o que é que está te incomodando tanto.

— Sabe quando você tem todas as coisas organizadas, tanto no trabalho, apesar de todos os problemas, quanto no lado pessoal, ou na forma de ver essas coisas, e de repente tudo é virado de cabeça para baixo?

— Vou começar falando do trabalho: se considera fazer aquelas loucuras que lhe são características como "ter tudo organizado", fico feliz que as coisas estejam de cabeça para baixo.

— Estou falando sério, cara.

— Eu também. Nenhum ser tem a sua caminhada perfeitamente organizada. — O Guardião do Fogo cruzou os braços, ainda apoiados na mesa. — Se alguém pensa que tem, é mera ilusão. Então, não importa o que tenha acontecido, foi bom, porque está fazendo você refletir sobre o assunto e avaliar possibilidades de mudança. Isso é extremamente saudável e todos sabemos que quem não está aberto a mudanças, fica para trás.

— Perdi o rumo de mim mesmo. — Anuhar gesticulou, como se pudesse explicar, com as mãos, o que não tinha clareza nenhuma para ele. — Onde eu deveria atuar e não atuei, as coisas foram encaminhadas normalmente. O que eu estava disposto a fazer do meu jeito, acabei fazendo de outro, e funcionou.

— Mas se tudo que está me contando aconteceu a contento, qual é o problema?

— Então por que estou aqui? É estranho. — O guerreiro do Ar empurrou o cabelo para trás, apertando-o em um pequeno bolo sobre a cabeça.

—Talvez para resolver outras coisas, para apoiar a equipe, ensiná-los, para descobrir outras oportunidades... tem tantas outras frentes para atuar.

Anuhar esfregou os olhos com uma das mãos.

— É sério que ainda precisa se testar a todo instante? — questionou Rhol.

— Não tem nada a ver com testes, mas com responsabilidade.

— Meu amigo, o fato é que você precisa provar para si mesmo, o tempo todo, que é capaz de fazer as coisas, porque quando outro alguém faz, não conta. Isso é diferente de responsabilidade. Está na hora de entender com o que é necessário romper para desinstalar esse programa que roda aí dentro — o Guardião do Fogo falou e apontou para o do Ar —, e deixar de se incomodar com o que não precisa.

Anuhar encarou o amigo, pensando sobre o quanto era mais fácil atualizar a programação de uma máquina sem inteligência artificial, se comparada a uma máquina cerebral ou a equipamentos com IA.

— E vou dizer mais. Posso apostar que isso também vai te ajudar no lado pessoal. Você vai ver que se apaixonar não é tão complicado.

— Não estou apaixonado pela Sarynne.

— Claro que não, sou eu que estou.

— Cara... — Ele esfregou a testa com a mão.

— Como eu ia dizendo, vai ver que estar com alguém do seu lado e dialogar para tomar decisões em conjunto não significa perder a autonomia, pelo contrário. É exercitar a empatia, avaliar outras possibilidades, e, além de comemorar juntos, é ter um colo para voltar, se algo der errado.

O guerreiro continuou encarando Rhol.

— O que quer que ela tenha feito ou dito, mexeu profundamente com você, então se não está apaixonado, é preciso ver por que se deixou atingir desse modo pelas atitudes dela.

Anuhar encostou a nuca no espaldar da cadeira.

— Sarynne me parece ser muito inteligente e ponderada — o líder do Fogo continuou. — Soube que encaminhou muitas das demandas reprimidas do Ar e só ouvi elogios por causa disso, inclusive de outras SGs. Como ela também te atingiu, te fazendo repensar o que vários de nós tentamos sem sucesso, ela tem todo o meu respeito.

O Guardião do Ar fechou os olhos por alguns instantes.

— Vou pra minha sala — informou, ao se levantar. — Valeu pela conversa.

— Espero ter ajudado.

—Vou processar tudo isso, depois falo com você.

O guerreiro do Fogo assentiu e o do Ar decidiu caminhar para tentar entender o seu lugar no meio de toda essa confusão, porque romper com o que conhecia desde pequeno era o mesmo que destroçar o seu âmago.

Era se questionar sobre tudo o que acreditara até então.

# CAPÍTULO 29

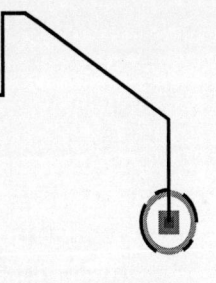

**S**ozinha e terminando a última refeição do ciclo, Sarynne pensava na noite anterior. Fazia tempo que não se divertia tanto, e se pegou sorrindo ao lembrar-se das brincadeiras e piadas dos amigos.

Como ela não saía do Prédio com frequência, eles a trataram como a líder soberana de uma SG, ou até de um planeta. Sentir-se e atuar como tal rendera boas risadas ao grupo.

*Nenhuma nynfa sabe o que é se divertir desse jeito*, pensou, "vingando-se" delas, uma vez que se enclausuravam para fazer aquilo para o qual era treinadas.

— Oi. Posso me sentar com você?

Ela olhou para cima e se deparou com Anuhar a encarando. Instintivamente, virou-se para a mesa sob a janela, que estava vazia.

— Pode — respondeu, apontando para a cadeira vazia à sua frente, visto que o Guardião se mantinha parado, segurando a bandeja, enquanto ela administrava a surpresa pela proximidade dele.

—Você pode estranhar por eu não me sentar na mesa de sempre, mas hoje senti uma vontade louca de variar — ele explicou ao se sentar.

Ainda paralisada pela inusitada atitude, lidando com a dor da separação, com o fato de ainda se sentir um nada para o guerreiro, incomodada por imaginá-lo tocando qualquer outra mulher, com o coração batendo na garganta por ele ter se aproximado assim, ainda mais em público, e tomada por tudo isso, manteve-se em silêncio.

— Sinto falta das nossas conversas — comentou ele, ao começar a comer.

— Estamos com muito trabalho.

— Ambos sabemos que não é essa a razão do nosso afastamento. — Ele a olhava fixamente, não dando a menor atenção aos seres que os encaravam com curiosidade.

— Já falamos sobre isso. — Com a mão trêmula, ela bebeu um gole de suco.

— Falamos e não resolvemos nada. Você continua distante, e eu, sentindo a sua falta.

— Será que esse é um bom local para tocarmos nesse assunto?

Até Druann, que acabara de entrar e escolhera uma mesa próxima à dela, passou por trás do guerreiro, arregalando os olhos com uma expressão de riso.

Ela se lembrou de um comentário da Alessandra sobre como, mesmo em um planeta como Drah Senóriah, tão mais desenvolvido que a Terra, local de origem da amiga, havia esse lance de hierarquia, ainda que não fosse nada imposto. E os Guardiões, sem dúvida alguma, encontravam-se no topo do topo. Por esse motivo, o fato de o líder de Defesa do Ar estar em qualquer mesa que não fosse a habitual no recinto da nutrição já seria motivo de espanto. Comendo tranquilamente com ela, a tiraria do patamar da obscuridade para a popularidade em uma fração de segundo, e essa possibilidade já lhe causava apreensão. Ao contrário de Anuhar, que não demonstrava a menor preocupação com esse fato.

— É evidente que não vou falar qualquer coisa que possa nos comprometer. — Ele sorriu, tomando um gole do energético.

— Sei disso. — Ela cruzou os braços sobre a mesa. — Mas ainda assim, vejo que não é o local mais adequado, além do fato de estarmos chamando atenção porque você resolveu se sentar aqui comigo.

— E isso te incomoda? — ele perguntou, mastigando, sem tirar os olhos dela.

— Não estou acostumada a ser o centro das atenções. — Ela tamborilou com os dedos pelo cotovelo.

— Pois deveria, porque chama mais atenção do que imagina.

Ela negou com uma careta.

— Olhe, Anuhar... o que você quer exatamente?

—Você de volta — ele sussurrou, mas ela entendeu pelo movimento dos lábios.

Encarou-o ainda com os braços cruzados, e negou com a cabeça.

— O que foi?

Ela continuou negando com a cabeça.

— Tudo bem. — Ele afastou o prato vazio. — Vamos conversar em outro local. Quando te vi aqui, distraída, só pensei em me aproximar, e não em ter uma conversa como essa. Os ciclos têm sido intensos, o *meu* mundo está ruindo, mas, como de costume, agi por impulso e acabei entrando por esse caminho.

— Aconteceu mais alguma coisa? — Ela franziu o cenho.

— Espero que não, porque o cenário atual é mais do que suficiente para mim. — Ele passou as mãos pelo cabelo. — Quer sair para conversar?

— Sobre trabalho?

— Não, mas eu adoraria ouvir suas ponderações neste momento.

Sarynne contraiu o abdômen como se esse ato a ajudasse a decidir.

— Melhor não.

*Tenho que "ponderar" a meu favor*, o pensamento veio acelerado para lhe embasar a resposta.

— Gosto de ouvir as suas considerações. Elas me trazem segurança.

— Quem sou eu para levar segurança a um dos seres mais poderosos de Drah...

*O mesmo ser que atingiu o meu cerne.*

— Tudo bem — concordou ele, gesticulando. — Se prefere não ir, tudo bem, mas suas colocações são muito pertinentes, e isso me faz bem.

Ela o encarou, pensativa.

— Preciso subir — disse Sarynne em seguida, ciente de que não estava preparada para esse tipo de conversa, assim, de repente.

— Eu também já vou.

Ambos se levantaram e saíram do recinto caminhando. Ela, tentando manter alguma distância, e ele, aproximando-se o máximo possível, passando aos interessados o recado silencioso de que ali havia algo mais do que cumplicidade profissional, o que podia ser traduzido como "não cheguem perto".

Despediram-se e Sarynne se teletransportou até o seu quarto, enquanto Anuhar se dirigiu ao dele, certo de que voltaria a abordá-la, munido, porém, de uma estratégia mais adequada.

# CAPÍTULO 30
## Worg

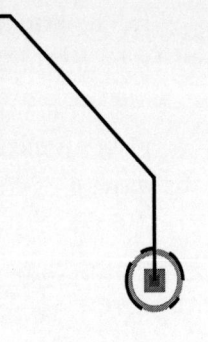

**R**eunidos em uma das pequenas casas quadradas dentre as centenas na base de apoio, os wolfares discutiam o seu plano de ataque com Kroith.

— A Deusa é a arma mais letal a que a ciência do meu planeta já teve acesso — comentou o cientista wolfare, de uma das cadeiras ao redor da mesa. — Confesso que ficamos impressionados com o que vocês desenvolveram.

O grande plouzden, acompanhado do Gigante, permanecia encostado em uma das paredes, mas estufou o peito, controlando o sorriso, que mesmo com uma dentição amarelada destacava-se no meio das manchas vermelhas da pele.

— É o mineral, meu caro — esclareceu Dhrons, deslizando pela sala, como de praxe. — Com o seu poder de destruição, foi preciso pouco até se chegar no atual estágio.

— Não foi tão simples quanto aparenta. — O homem de rosto quadrado dirigiu-se até a mesa, com os olhos apertados. — Ele é potente, sim, mas foi preciso muita pesquisa para conseguirmos o que mostrei a vocês.

— Isso não importa agora. O que interessa é o que vamos fazer com esse aparato.

— Só gostaria que não esquecesse que a proposta foi minha, que a arma está sob os cuidados do meu povo, e que sem isso vocês não vão a lugar algum — afirmou Kroith, aproximando-se de Dhrons e o encarando com firmeza.

Os olhos do ex-governante de Wolfar se resumiam a uma linha estreita sob as testas, e ficavam na altura do peitoral do homem à sua frente. Porém, olhando de forma altiva, com a cabeça fervilhando de pensamentos e planos, ele apenas se virou e se afastou.

— É claro que jamais vamos esquecer disso, meu amigo — respondeu ele, novamente encarando o plouzden. — A matéria-prima é sua e os meus especialistas são meros coadjuvantes nesse esquema.

— É isso mesmo — concordou com o queixo erguido. — Estamos cansados de não reconhecerem o nosso trabalho. Não vou deixar que essa prática continue acontecendo depois de mudarmos essa história.

— E, nesse caso, qual é o plano?

— Você ficou de fazer o plano. — Kroith franziu o cenho. — Eu entro com a arma.

— Ahh... — Dhrons ergueu as testas. — Então você será o coadjuvante na elaboração da estratégia...

O homem grande se empertigou, balançando todos os metais pendurados na jaqueta.

— Aonde quer chegar? — perguntou de forma arrastada, com o rosto inteiro vermelho.

— Na parceria. — O líder wolfare deslizou mais um pouco para o lado oposto de onde se encontrava o Gigante. — Estamos falando sobre uma parceria, Kroith. Sem essa maldita arma, nós não conseguiremos atingir Drah, e sem a estratégia certa, você não vai alcançar o resultado que espera. — Ele foi até o homem. — Diante disso, cada um faz a sua parte e está tudo certo.

O plouzden bufou.

— Qual é o plano, afinal?

— A substância que usamos até agora nos nossos artefatos tecnológicos, a X-ul 432, e a nova substituta têm comportamentos equivalentes — explicou o cientista. — A composição de ambas é semelhante, e os testes básicos quanto à sua estrutura foram satisfatórios. Ao que tudo indica, só precisamos de um local para o processamento desse novo composto, a fim de começar a utilizá-lo nas funcionalidades mais simples.

— Podemos iniciar esse processo imediatamente, Kroith, montando esse laboratório para processar e continuar as pesquisas da...

vamos chamar por enquanto de "Substituta" — comentou o ancião wolfare. — Desse modo, teremos uma alternativa à altura da nova substância descoberta por Drah, o Wh-S 432, sem dependermos deles.

— E o que isso tem a ver com a Deusa?

O pequeno líder fez uma careta.

— Você não vê as perspectivas, não é? Só com a Substituta, já chamaríamos a atenção de toda a galáxia, mas como imagino que a Federação vá exigir que tenha cientistas senóriahn para acelerar as pesquisas, blá-blá-blá, blá-blá-blá, não dá para fazermos só dessa forma, porque, mais uma vez, eles levariam os créditos pela descoberta.

— Mas você sabe que, para usar a substância em maior escala, precisamos continuar os testes. E quanto mais sofisticada a aparelhagem, mais minuciosos serão os resultados, só que isso leva tempo. A não ser que entendam que o que já fizemos é o suficiente — argumentou Kroith.

— Não, não é — esclareceu o cientista, negando com a mão no ar. — Para chegarmos ao mesmo patamar do Wh-S 432, ainda serão necessários muitos testes.

— E aí, meu amigo, é que vamos ficar em silêncio por enquanto, montando o nosso laboratório — complementou o antigo líder de Wolfar.

— Aqui em Worg, espaço é o que não falta. — O grande plouzden apontou para as janelas. — E a fonte é próxima, então não vejo melhor local.

— Não, não, não, não. — O ancião projetou um grande mapa na sala e apontou para um pequeno corpo celeste distante de Worg e de Plouzd. — Este aqui é Kréfyéz, um planetoide localizado entre os quatro planetas maiores, conhecidos como Espirais Um, Dois, Três e Quatro. — Ele indicou cada um. — E nunca está no mesmo lugar.

O cientista se levantou e se aproximou da projeção.

— Esses quatro planetas são chamados assim porque, se os olharmos de cima — ele disse, virando a imagem —, temos a nítida impressão de que formam uma espiral, e Kréfyéz está entre eles. A sua composição é tal que, com o movimento de rotação, ora é atraído, ora repelido pelos maiores, com intensidade diferenciada. Embora a movimentação dos cinco corpos celestes siga um padrão, os equipamentos têm dificuldade em sondar o planetoide devido aos asteroides e às ondas e ruídos eletromagnéticos, além da órbita irregular.

— É lá que vamos construir o nosso laboratório temporário para a produção da Substituta — Dhrons se aproximou do plouzden. — E é nesse local que vamos continuar os testes, com toda a tecnologia de que precisamos, ainda que não seja a mais sofisticada.

— Qual é a mágica?

— Não é mágica, são negociações. — O pequeno ser wolfare foi até a janela. — Além do mais, ninguém vai saber disso até o momento certo, por isso escolhemos um local que não está na mira dos grandes, e não é fácil de ser localizado. Depois que a tragédia se abater sobre a galáxia — continuou, olhando para longe com um discreto ar de riso —, os senóriahn vão demorar para se restabelecer, e nós estaremos produzindo a Substituta. Já poderemos fazer uso dela, tendo ou não concluído as pesquisas. — Virou-se para os demais. — Será a partir desse instante, e só então, que a galáxia ficará ciente dessa nova alternativa. Todos virão até nós, ou melhor, até você, Kroith, certamente junto com a Federação. Aí será a sua chance de fazer a diferença.

— Mas não sei se entendi todo o plano — comentou o plouzden, os olhos brilhando pela expectativa.

— Eu vejo os senóriahn caírem e você assume no lugar da sua líder. Os nossos *amigos* serão atacados, é aí que entra a arma, e ficarão totalmente perdidos.

— Não tem chance de eles ou de a Federação nos descobrirem?

— Não, porque não vão conseguir encontrar a fonte dos disparos, uma vez que a Deusa está bem escondida e deve ser desativada depois do ataque, por precaução.

— Isso não é tão simples — refletiu o plouzden. — Mas é possível.

— Os meus companheiros wolfares e eu — explicou Dhrons — estaremos longe no momento do ataque. E você estará fazendo o seu rotineiro trabalho de extração de substâncias em Plouzd.

— O local de disparo será desmontado, visto que a ação ocorrerá na superfície e não terá nenhuma evidência de que algo aconteceu por lá, além de um território vazio — argumentou o braço direito do velho wolfare.

— E os plouzden?

— Em pouco tempo Drah vai encontrar meios de rastrear a última nave que esteve lá, por isso, será muito apropriado se os seus amigos sumirem do local o mais rápido possível, abandonando as naves utilizadas em algum ponto da fuga — expôs o ex-líder de Wolfar. — E mesmo que não sejam encontrados, a desconfiança recairá sobre Plouzd, exatamente por conta das naves. Com a Soberana Suénn na mira de Drah e da Federação, ela perderá força. Quando, mais para a frente, descobrirem que ela não tinha conhecimento da extração da nova substância, nem da importância das suas propriedades, muito menos do seu tratamento e produção, ela perderá ainda mais a força, e aí tenho certeza de que o planeta tomará novos rumos. Quando você assumir, encabeçará as pesquisas e a produção da Substituta.

— E quanto a você, Dhrons?

—Assistirei tranquilamente à queda de Drah Senóriah, que virá rastejando até Plouzd e você, é claro, vai impor uma lista de condições, que vou te passar, para a extração e produção da substância.

— Escute, da última vez que conversamos, atacar Drah não estava nos planos. O que foi que mudou? — O plouzden franziu o cenho.

Os olhos do ancião faiscaram, enquanto surgiu um sorriso sarcástico no canto da boca fina.

— Não mudou nada, porque não vamos atacar o planeta. Vamos destruir o seu orgulho.

# CAPÍTULO 31
## Drah Senóriah

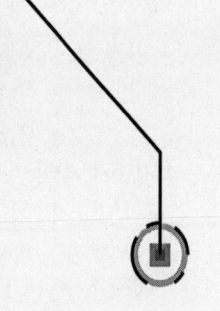

**S**aindo da sala de Lêunny, Sarynne caminhava distraída. Não só porque tinha uma lista de coisas para fazer, já que o braço direito de Anuhar estava totalmente focado no que poderia ser o teste definitivo com as naves, dali a algumas horas, mas também porque não tirava da cabeça a atitude do Guardião na noite anterior.

Nesse momento, ela se dirigia ao laboratório a fim de intermediar a conversa entre a 17ª SG e a equipe da Cêylix. Depois que entrou para o time do elemento ar, espantou-se com a criatividade dos senóriahn, porque a quantidade de ideias e propostas que chegava à SG Central para ser analisada pelos cientistas não era pequena, e uma mais surreal do que a outra.

Anuhar também participaria da reunião. Pelo visto, dessa proposição ele havia gostado, porque mesmo que agora estivesse novamente analisando tudo o que chegava, não se envolvia no encaminhamento de cada atividade.

O bolo no estômago acabava de voltar, enquanto ela subia mais uma rampa do Prédio.

Não entendia as atitudes do guerreiro. Se ele estava descontente com o trabalho dela, era só falar, que ela se esforçaria para melhorar no que fosse necessário, mas não. Ele simplesmente voltara a fazer o que fazia antes dela, e ainda a mantivera como assistente.

Talvez não a tivesse afastado por terem dividido a intimidade, e fosse o modo como ele lidava com situações desse tipo. Não sabia. O fato é que eram adultos e bem resolvidos e ela entenderia as razões dele, se as conhecesse.

Suspirou.

Bom, ele poderia ser bem resolvido, mas ela estava fazendo um esforço hercúleo para não deixar transparecer o que sentia.

Aí, do nada, ele foi atrás dela no recinto da nutrição dizendo que sentia a sua falta e queria conversar.

*Ele deve estar querendo dar um tempo da nynfa. Só pode ser isso. Mas ainda vou olhar bem nos olhos dele e dizer, com toda a calma, que jamais serei uma das suas opções. Jamais.*

Respirou fundo, deslizando a mão pelo corrimão da rampa do andar do laboratório.

— Oi, Sarynne — Rovhénn a cumprimentou, junto com Druann. — Você também veio para a reunião com a 17ª SG?

— Olá, rapazes. Anuhar pediu que eu participasse.

— Então... me conte... — O treinador físico deu uma risadinha.

— Nem comece, Druann — retrucou ela, mais do que depressa, balançando o dedo na direção do amigo.

— Aconteceu alguma coisa que eu perdi? — perguntou o cientista, franzindo a testa.

— Meu querido — o treinador anunciou, abrindo os braços —, ontem o Anuhar fez a refeição dele com a nossa amiga aqui. — Ele apontou para Sarynne. — Na mesa em que ela estava.

— Ah, é? — Rovhénn virou-se para ela.

— E daí? Trabalho com ele, lembram? — Sarynne cruzou os braços.

— Uma coisa não tem nada a ver com a outra — argumentou Druann.

— Como não? — Sentiu o olhar fixo do amigo de cabelo colorido sobre si.

— Eles trabalham juntos, cara, e não vejo nada demais se um dos Guardiões resolve se sentar em outra mesa. Eles não são mais do que ninguém — contrapôs Rovhénn.

— Ah, são, sim, queira você ou não. Aliás, podem falar o que quiserem, porque já vi isso acontecer e o modo de esses caras agirem diz muito — replicou Druann. — Cada um do seu jeito, eles têm formas bem convincentes de dar o seu recado de: "Caia fora".

— Mas que besteira. — Sarynne o encarou com os olhos bem abertos e o coração disparado. — Você resolveu delirar hoje.

— Não tem nenhum delírio no que estou falando, não. O Rovhénn não chegou a ver, mas quando me aproximei da Ale, fiquei com receio de que o Yan me banisse para Wolfar para ser o treinador particular do Dhrons.

Ela não segurou o riso.

— Você ri, não é? Mas foi complicado — disse, balançando devagar a cabeça com os olhos arregalados, porém com a expressão leve.

— Desculpe — ela falou, ainda rindo. — Mas é que os dois estavam envolvidos.

— Sarynne, do jeito que o Anuhar saiu grudado em você, minha amiga, se ainda não estão envolvidos, é uma questão de tempo, pelo menos por parte dele. Espere para ver.

— Chega de falar nisso. — Ela bateu as palmas das mãos. — Pode fantasiar, mas temos uma reunião agora. Vamos, Rovhénn?

— Também tenho coisas para fazer, e espero que a discussão de vocês não seja maçante. Nos vemos depois. — Druann balançou o indicador para ela, rindo.

Ela tentou dar um tapa na mão dele, mas ele foi rápido ao se afastar, e enquanto ambos sorriam, o cientista permanecia sem falar nada.

— Vamos entrar? — ela perguntou, meio sem jeito.

— Sarynne, você não gostaria de jantar comigo esta noite? — Rovhénn perguntou de súbito. — Sei que hoje o foco todo do Ar estará nos resultados do teste, que, pela evolução das pesquisas, tem muita chance de dar certo, então...

— Ninguém sabe se dará.

— É verdade, mas seja qual for o resultado, o foco estará nisso, então a chance de te chamarem para alguma atividade mais tarde é quase nula.

— Eu...

— Sarynne?

Ela nem precisou se virar para saber quem a chamava, e seus músculos se contraíram.

— Oi, Anuhar. — Ele parou bem próximo dela, de frente para o cientista, que continuava sério. E ela não esqueceria tão cedo do silêncio e da troca de olhares dos três nesses longos segundos que se passaram.

—Vamos? — ela os convidou.

— Preciso te repassar algumas orientações antes de entrar — falou o Guardião do Ar, segurando-lhe de leve o braço, ao que ela assentiu.

—Vou entrando, então — informou o jovem, olhando-a fixamente. — Mas lembre-se de que não terminamos a nossa conversa — complementou, tocando-a de leve no rosto. — Eu te espero lá dentro.

O movimento foi tão rápido que ela nem teve tempo de recuar. O guerreiro e Sarynne ficaram paralisados. Ela, completamente sem ação, e ele para restabelecer o controle que se esvaiu por um instante, mas que retornava, com certo custo, uma vez que ela lhe falava algo.

— Como? — ele perguntou.

— O que você precisa me repassar? — questionou em voz baixa, com o coração na garganta, estranhando o tom do azul dos olhos do Guardião, que escurecera.

Anuhar demorou alguns segundos até tirar os olhos daquele a quem passou a chamar de "cientistazinho abusado", olhar para a sua auxiliar e absorver a pergunta.

*Calma. Aja com se-re-ni-da-de e não fale nada sobre isso agora*, pensou ele.

— A paciência ou a falta dela leva o ser a trilhar caminhos completamente distintos, e num piscar de olhos pode transitar pelo hiperespaço ou pelo mundo invisível. Tudo isso junto com o meu bom senso que se perdeu em toda essa *gródsv* que estou enfrentando.

— O quê? — Sarynne espremeu os olhos, formando alguns vincos na testa.

— Esquece. — Nem ele fazia ideia sobre o que havia falado.

Dentre os pensamentos que lhe puxavam as rédeas do controle, e o ímpeto de esbofetear a cara de Rovhénn, o guerreiro respirou bem devagar antes de esclarecer rapidamente os possíveis benefícios no uso do material proposto nas naves, e as adaptações que eles precisavam pedir aos cientistas para que a proposta fosse aprovada.

Era evidente que ele não precisava repassar essas informações com antecedência, porque na discussão estariam o corpo científico do Ar e os experts do Fogo, mas foi o primeiro pensamento que lhe ocorreu para mantê-la próxima, e afastá-la do abusado.

Quando entraram na sala, ele literalmente colou nela e, após cumprimentar a todos, encarou o rival com toda a força do poder que lhe cabia. Porém, Rovhénn, em nenhum momento sequer, deixou-se intimidar, contemplando Sarynne com insistência.

Mais uma vez Anuhar buscou o autocontrole com a grande certeza, explicitada no que acabara de acontecer, de que precisava agir com rapidez.

# CAPÍTULO 32

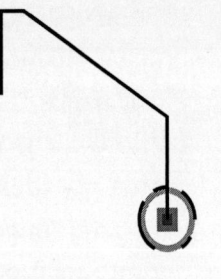

**T**omadas as decisões estratégicas do projeto, Anuhar deixou a reunião com Sarynne, em direção ao andar do Comando de Defesa do Ar, três abaixo de onde estavam, no subsolo.

Teletransportaram-se e, ao chegarem juntos, ela observou alguns sorrisos na sua direção. E nem eram os primeiros, visto que mais cedo recebera outros, além de olhares insistentes de curiosidade. Isso só porque o loiro mais conhecido e charmoso do planeta havia deixado a sua redoma invisível sob a janela do recinto da nutrição, e fora até ela em uma pequena mesa do outro lado do *buffet*.

Não. Era só porque o ser mais poderoso do elemento ar é que tinha feito isso.

— Olá, Anuhar, Sarynne. Estamos prontos para o que, pelas minhas expectativas, poderá ser considerado o teste definitivo do Wh-S 432 — informou o principal pesquisador do Ar, com um grande sorriso no rosto redondo.

—Você não imagina o quanto estou precisando de boas notícias — disse o Guardião com os olhos brilhando.

Essas palavras tocaram a jovem auxiliar. Era como se o guerreiro tivesse transparecido em palavras a enormidade da pressão e da tensão que vivia desde a chegada da nova substância. Sarynne precisou se segurar com força na mesa em que se encostava para não abraçá-lo. E controlou o riso ao pensar na cena acontecendo nesse instante, na frente de todos.

*Ah, que boba!* A vontade de rir passou rápido.

—Você quer pilotar ou vamos de nave não tripulada? — quis saber o pesquisador.

O coração de Sarynne acelerou, enquanto ela unia as palmas das mãos em frente da boca.

O Guardião estufou o peito e respirou profundamente.

— Vamos com segurança — respondeu. — Quando nos certificarmos de que deu tudo certo, aí vou querer ser o primeiro piloto a curtir esse momento. — Virou-se para a assistente e deu uma piscadela.

*Ah, Anuhar, o que está acontecendo? O que você pretende?*, ela perguntou em pensamento, mas logo voltou a atenção ao procedimento, cujo início fora autorizado.

Quando a nave saiu do hangar e iniciou o voo, o silêncio tomou conta do ambiente. Na sala escura, os visores com as imagens de todos os ângulos dos locais sobre os quais ela voava, e de cada um dos seus instrumentos de bordo, preenchiam o recinto.

— Observadores internos ativados — informou o analista responsável pelas câmeras no interior do aparelho. — E os externos devidamente programados para a cobertura de todo o voo — referiu-se aos equipamentos posicionados ao redor do planeta, capazes de transmitir as imagens da sua movimentação.

Os dados corriam pelas telas diante dos olhos atentos de cada ser presente e ninguém sequer virava a cabeça para o lado.

— Onze mil metros de altitude — informou um dos especialistas.

Lêunny tocou as costas de Anuhar para anunciar a sua aproximação. Tendo trabalhado arduamente na preparação do teste, o número dois do elemento ar estava tão ansioso quanto o líder, porque o experimento poderia tirar o grande peso que todos os envolvidos carregavam, virando um marco na história de Drah, ou poderia aumentar a intensidade do pesadelo coletivo. Ele cochichou algo para o guerreiro, que assentiu com a cabeça sem tirar os olhos das imagens.

— Quatorze mil metros.

O Guardião do Ar e o seu substituto contrastavam em vários aspectos: com o cabelo cinzento até a metade das costas, mais magro e mais miúdo que o seu líder, Lêunny parecia um jovenzinho, mas era o retrato da coerência. Entretanto, nesse momento, ambos assistiam ao teste de braços cruzados, em pé, com as pernas semiabertas.

—Vinte e um mil.

— Tudo normal? — Anuhar perguntou, ao se aproximar de uma das analistas, examinando os dados que rolavam no visor.

— Tudo.

Mais seres chegaram na sala.

—Vinte e cinco mil metros.

Yan apareceu, cumprimentou Sarynne de longe e se aproximou do guerreiro. Ela havia ficado em um dos cantos, onde não atrapalharia o trabalho, nem bloquearia a visão de ninguém.

— Trinta mil metros. Primeiro ponto de checagem.

— Aparelhagem de bordo operando normalmente.

— Propulsor operando normalmente.

— Estrutura externa sem nenhuma anormalidade aparente.

Sarynne viu que Anuhar olhou para Yan e ambos sorriram após as informações repassadas pelos analistas.

Rhol entrou na sala acompanhado de Nillys, que já chegou mexendo com todos os presentes. Ambos pararam perto dos demais Guardiões, atentos ao andamento do voo.

— O quê? Você não está lá em cima tentando fazer a passagem? Como assim? — perguntou o líder das Águas, batendo de leve no ombro do amigo, mas Anuhar só deu uma risada em meio a uma careta, sem tirar os olhos das telas.

— Trinta e sete mil. Nos quarenta, estejam prontos para nova checagem.

—Vamos até qual altitude? — perguntou Yan.

— Com cinquenta, já teremos resolvido mais de noventa por cento dos nossos problemas.

— Quarenta mil metros. Quais as informações?

— Nenhuma anormalidade.

— Mas vou dormir tranquilo ao atingirmos os cem mil, sem qualquer desvio — complementou Anuhar. — Tranquilo para um primeiro teste, evidentemente.

Yan riu com o canto da boca.

— Meus amigos, chegamos a cinquenta mil metros — comunicou um dos jovens especialistas. — Com comportamento normal.

— Então, con-se-gui-mos. Anuhar, Yan, Guardiões, podemos dizer que os últimos testes de equipamentos aéreos de Drah Senóriah com Wh-S 432 foram bem-sucedidos — anunciou o pesquisador, com um sorriso de orelha a orelha.

A sala explodiu em palmas e comemorações.

Os Guardiões, inclusive Farym, que acabara de chegar, cumprimentaram o guerreiro do Ar, Lêunny e os demais analistas com tapas nas costas. O Guardião abriu um sorriso enorme, mas manteve o olhar fixo nas telas, enquanto grande parte dos presentes celebrava com palmas, gritos e abraços.

— Qual a altitude? — ele perguntou, curvando-se ao lado do analista e apoiando a mão no encosto da cadeira do jovem, enquanto a sala ia retornando ao silêncio inicial.

— Setenta e cinco mil metros.

— Os equipamentos continuam funcionando normalmente?

— Sim, e também não há nenhum dano na estrutura da nave.

Anuhar fechou o punho e o balançou no ar, mantendo-se na torcida. Lêunny estava tão tenso quanto ele.

— Noventa mil.

— A nave está operando normalmente.

O líder do Ar virou a cabeça em direção à Sarynne, abrindo um pequeno sorriso, traduzido por ela como "estamos quase lá", ao que ela retribuiu, assentindo, com um sorriso genuíno.

— Noventa e oito mil. Noventa e nove.

— Vamos lá... Agora falta pouco — o guerreiro falou para si. — Só mais um tanto.

— Cem mil metros e em perfeitas condições.

Anuhar urrou na sala, socando o ar. Só então permitiu-se abraçar Lêunny, Yan e os demais Guardiões, enquanto todos voltavam a aplaudir e festejar.

Sarynne parabenizou os colegas, respirou fundo e caminhou na direção do guerreiro, que abria um sorriso enorme, cercado pela sua equipe. Assim que a viu se aproximar, deu um jeito de se desvencilhar dos demais e veio cumprimentá-la.

— Parabéns! — disse ela, estendendo a mão.

Ele a puxou pela mão, dando-lhe um abraço apertado. Ela não estava preparada para esse contato, e sentir aquele peitoral largo tocando o seu corpo, acompanhado da fragrância cítrica masculina familiar, desmantelou o seu controle, e ela se deixou levar pela proximidade e pela paixão, fechando os olhos.

— Obrigado — ele cochichou no ouvido dela. — Você não imagina o quanto me ajudou.

— Parabéns pelo resultado e por fazer o que é prioritário sem se arriscar tanto.

— Mas não é disso que estou falando. — Ele a encarou por alguns segundos.

— Cara, aposto que vai dormir uns três ciclos seguidos — falou Nillys, interrompendo o abraço e a troca de olhares.

Sarynne se afastou, já que não conseguiria perguntar a que ele se referia, e Anuhar virou-se para o amigo.

— É... preciso dormir, sim, mas hoje quero comemorar até não poder mais.

— Ahh, claro, já imagino — respondeu, dando uma piscada, enquanto o Guardião do Ar era envolvido novamente pelos demais seres da sala.

Sarynne sentiu seu corpo enrijecer, enquanto toda a alegria que a acompanhava deslizava pelos poros. É claro que ele iria até as nynfas, ou sairia para acabar de vez com toda a tensão que carregara por tanto tempo. Ela deu alguns passos para trás, afastando-se devagar.

Não teria mais uma noite de insônia, dando corda à sua imaginação criativa. Sabia que precisava tirar o guerreiro da cabeça de uma vez por todas, mas ainda não tinha chegado nesse estágio. Aliás, esses últimos ciclos tinham sido bem difíceis, porque o controle que impusera para si exigia atenção constante, o que a desgastava muito. Somente no seu aposento, sozinha, essa couraça caía, e era nessa hora que podia voltar a ser ela mesma.

Mas hoje não passaria por isso. Respirou fundo, aprumou-se e deixou a sala ainda em festa, porque já sabia o que faria.

# CAPÍTULO 33

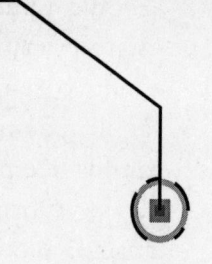

**S**entado em frente à mesa de trabalho do líder supremo de Drah, Anuhar, ao lado de Yan, posicionava-o sobre os resultados dos testes recentes.

— A partir de hoje iniciamos uma nova fase no que se refere ao Ar, Dom Wull — explicou o Guardião com as suas longas pernas cruzadas, e as mãos entrelaçadas sobre o colo. — Nesse teste obtivemos o primeiro resultado positivo com o Wh-S 432, e já posso adiantar que, para voos de baixas altitudes, estou bem satisfeito.

— Só para os de baixa altitude? — perguntou o ancião que, com olhos perspicazes, ouvia os guerreiros confortavelmente sentado, apoiado no braço da imponente cadeira, atrás da sua mesa.

— Para esses, o problema já acontecia em menor escala e eles correspondem a noventa por cento dos nossos voos. O que fizemos hoje foi levar a nave a condições extremas de altitude e não ocorreu *nada* de anormal. Então, quando falo sobre a minha satisfação, é porque se não aconteceu nessas condições, não vai acontecer mais — esclareceu Anuhar. — Mas, é claro, a bateria de testes continua, conforme nosso procedimento-padrão.

— Ainda temos com o que nos preocupar?

— Estamos falando com o Anuhar, Dom Wull — comentou Yan na sua imponente farda preta em forma de casaca fechada, com os símbolos dos quatro elementos brilhando sobre o peito, e os três sorriram. — É claro que temos muito mais testes a serem realizados, mas posso adiantar que agora serão para objetivos bem específicos. E o nosso amigo aqui só vai se dar por satisfeito quando tudo estiver concluído.

— Tenho que admitir que é verdade — assentiu com a cabeça, com ar de riso. — Agora precisamos experimentar a nova estrutura em voos interplanetários e intergalácticos, mas já adianto que eles estão devidamente programados.

— E a causa de todas essas falhas?

— Existe uma diferença sutil entre o Wh-S 432 e o X-ul 432. — O Guardião do Ar aproximou o polegar do indicador. — O atrito da carcaça dos equipamentos aéreos com uma das substâncias da nossa atmosfera faz com que essa substância libere um certo tipo de radiação, o que não é novidade. A novidade é que essa radiação provoca uma reação no Wh-S 432, causando pane nos equipamentos — explicou.

— A demora para encontrarmos a solução se deve exatamente a isso. Ficamos um bom tempo analisando a situação de dentro para fora — esclareceu Yan —, estudando cada dispositivo minuciosamente.

— E por vir de fora para dentro, não apresentava um padrão de comportamento, ou seja, a pane ocorria onde o Wh-S reagia mais, o que dificultou as nossas pesquisas — completou Anuhar.

Com um sorriso imperceptível, o guerreiro se lembrou do momento em que a pergunta inocente da Sarynne o havia levado a outro caminho na busca da solução.

— Certo. E quais os próximos passos?

— Além da continuidade da bateria de testes, a partir de agora, a produção de todas as naves deve ser feita com a estrutura externa mais densa do que a atual. Mesmo que ainda estejamos avaliando possíveis anomalias, como disse o Yan, elas poderão ocorrer em situações mais do que específicas, então já vamos organizar esse novo processo de produção, não só aqui na SG Central, mas em todas as demais SGs.

— Perfeito. E como está a extração do Wh-S 432, Yan? — perguntou Dom Wull.

— Conforme o planejado. — O líder dos guerreiros apoiou os cotovelos nos braços da cadeira. — Já estamos com uma estrutura bem melhor em Brakt, mas ainda há muito por fazer.

— O quanto já ocupamos de lá?

— Cerca de trinta por cento. Cada etapa do planejamento está sendo implementada com bastante critério, porque estamos tomando todas as precauções para que o ambiente tenha meios para se recompor entre as extrações.

— Quantos pontos de remoção já temos?

— Cerca de trezentos.

—Aos poucos, Brakt está se tornando o planeta mais importante da galáxia — comentou Anuhar.

— Já é. Ele esteve ali quietinho todo esse tempo, mas tornou-se vital para todos nós — complementou Yan, cruzando as pernas. — Só que montar uma base para atender a toda a galáxia leva tempo, mesmo com a tecnologia que temos.

— Mas confio na nossa força de trabalho — afirmou Dom Wull. — Tanto quanto estou orgulhoso dos resultados que obteve, Anuhar. Você fez um excelente trabalho, como sempre. Mas principalmente depois que parou de se arriscar. — Lançou um olhar repleto de significados para o Guardião. — Não gostaríamos de te perder. Drah Senóriah precisa muito dos seus préstimos e de todo o seu conhecimento.

— Agradeço pelo reconhecimento, apoio, e pela confiança que ambos depositaram em mim — respondeu o guerreiro com a mão direita sobre o peito, em uma mesura discreta, já se levantando. — Eu os manterei informados sobre o andamento das coisas.

Ambos responderam com o punho fechado sobre o peito, antes de o líder do Ar deixar a sala.

— Bem, se não tiver outro assunto para tratar, vou até o recinto da saúde ver como a Ale está — falou Yan, assim que ficou a sós com Dom Wull.

— Gostaria de ir com você, se não se importar.

— Não precisa se incomodar. Posso mantê-lo informado sobre o quadro de saúde dela — falou com a expressão fechada, depois de um breve silêncio.

— Yan, eu ficaria bem contente se quebrasse essa barreira que ergueu entre nós.

O guerreiro apenas o encarou.

— E queira ou não, goste ou não, ela agora é da família. Por isso, vou ver a minha filha mais nova.

No caminho para o seu aposento, Anuhar experimentava uma sensação que não sentia fazia muito tempo: leveza. Era como se tivesse tirado o Prédio Central dos ombros.

— Anuhar?

Distraído, não percebera a aproximação de Srínol com as suas testas pulsantes.

— Como vai? — Fez uma leve reverência com um sorriso discreto.

— Quero te cumprimentar. Já soube que a falha das naves foi resolvida.

— Ah, obrigado. Depois de muito trabalho e dor de cabeça, conseguimos.

— Sabe, vocês senóriahn não têm noção da abrangência dos seus atos. O que fizeram aqui hoje vai afetar toda a galáxia, como sempre tem sido. — Sorriu. — E a quantidade de seres que se beneficiará com essa descoberta é quase incalculável.

O Guardião do Ar estreitou os olhos.

— Já parou para pensar no quanto esses seres dependem das pesquisas, decisões e tecnologias de vocês? Estou falando numericamente mesmo. Agora, indo para o meu quarto, vim pensando nisso. Na responsabilidade que cada um dos líderes daqui tem. Se em planetas como o meu essa responsabilidade é imensa, imagine aqui, onde cada ato pode salvar ou dizimar septilhões de seres. — Ele ergueu as sobrancelhas. — Olha, isso é grandioso. São até considerados deuses por alguns.

— Não exagere, Srínol — Anuhar respondeu, sorrindo, mas tocado com a emoção tão espontânea do wolfare.

— Está vendo este pequenino aqui? — O homem apontou para o wolfarezinho que estava mais à direita, na pequena projeção feita a partir do intercomunicador senóriahn que usava.

— É a sua família? — perguntou o guerreiro, observando a wolfare adulta com um wolfarezinho de cada lado.

— É. — Abriu um sorriso, perdido em lembranças, antes de retornar à linha de raciocínio. — Quando contei que havia tido contato direto com os Guardiões, ele perguntou se eu voltaria, já que eu estava convivendo com seres tão poderosos.

O líder do Ar sorriu, enternecido.

— Vou enviar alguns presentes para os seus pequenos — disse, tocando o ombro de Srínol. — Tenho algumas naves em miniatura, penso que eles vão gostar.

— Eles vão amar. Muito obrigado.

— Vou mandar com muito carinho, e pode dizer isso para os seus filhos.

— Já estou vendo as carinhas de surpresa quando souberem que o líder dos Guardiões do Ar lhes enviou presentes.

Anuhar ficou com um nó na garganta.

— Agora, preciso ir — afirmou e, num ímpeto, reverenciou Srínol. — Eu te saúdo.

— Claro, até mais — respondeu o cientista, sorrindo com os olhos.

O guerreiro estava com pressa e se teletransportou até o quarto. Estava mais do que ansioso. Antes mesmo de fazer a higiene, fez uma ligação pelo intercomunicador.

— Sarynne?

— Oi, Anuhar. Algum problema?

*Preciso mudar essa visão que ela tem de que só ligo por causa de problemas.*

— Não. Só gostaria de convidá-la para sair.

— S-sair? Você não ia comemorar os resultados de hoje?

— Então, estou te convidando para comemorar comigo.

Ela demorou a responder.

— É que já tenho compromisso, inclusive estou aqui no hangar. Agradeço, mas fica para outra oportunidade — ela disse, antes de desligar.

O Guardião ficou sem reação, mas só por alguns instantes, até se teletransportar ao hangar e ainda vê-la entrando na nave com Rovhénn.

*Não, não, não! Mas que gródsv!*

Pronto. Essa visão tinha acabado de estragar todo o brilho do ciclo. Antes de retornar ao seu aposento, fez um questionário para o responsável pelo controle do hangar, com o qual se certificou de que eram apenas os dois na nave e o intimou a informar o momento em que ela retornasse. Não importando a hora.

— Vou ficar esperando — falou, sério. — Você entendeu que não pode esquecer?

— Entendi — afirmou o jovem.

E, depois de pressionar o pobre rapaz, desmaterializou-se no quarto, muito contrariado. Muito.

# CAPÍTULO 34

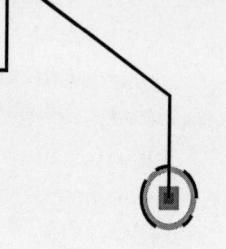

— Olá, minha Morena — disse Yan, curvado sobre uma Alessandra desacordada, no recinto da saúde. — Como é que você está? — Ele acarinhou o cabelo espalhado sobre o travesseiro.

*Ah, Yan. Eu preciso falar com você. Por favor, peça pro Ahrk parar de me dar essa maldita droga.*

— O que exatamente o Ahrk está fazendo com ela? — quis saber Dom Wull.

— As células dela não resistem nem às intensas acelerações que costumamos atingir em nossas viagens, nem às radiações a que somos submetidos, certamente pela genética humana da mãe — explicou sem tirar os olhos dela. — Então ela passa muito mal.

— E, ainda assim, capta situações que nós não conseguimos.

O Guardião-mor o fuzilou com o olhar.

— É verdade, Yan. Ela é só uma híbrida. Com todo o respeito que aprendi a ter por essa moça, você há de concordar que a matéria dela é mais frágil e a cognição, mais limitada.

— Você não se conforma, não é? — Ele se ergueu e encarou o genitor com um vinco na testa. — Que alguém que vem de um local não tão evoluído quanto Drah tenha mais capacidade que você.

— Não é isso.

— É, sim! Isso é difícil para você. Talvez esteja na hora de aceitar que outros podem ter capacidades que não temos.

Dom Wull suspirou.

— Qual é o tratamento a que ela está sendo submetida?

— A reprogramação das cerca de dez trilhões de células que o organismo dela, metade humano, carrega — respondeu o guerreiro, beijando a mão inerte de Alessandra.

*Droga, quando vou aprender o idioma senóriahn?*

— E isso não pode trazer outras consequências, também por causa da genética?

— De acordo com o Ahrk, não. Ele já havia tentado tratamentos mais leves, mas não trouxeram o resultado esperado. Por isso pegou pesado agora, e é por essa razão que está demorando. Reconstituir cada uma das células requer alguns cuidados, e ela precisa estar fora de combate para que tudo aconteça da melhor forma — falou, acariciando o rosto da amada.

*Eu tenho que falar com você. Drah está em perigo. Preciso acordar.*

— É como se ele estivesse "matando" as raízes humanas dela?

*Yan, por favor, me tire daqui.*

— Prefiro pensar que ele está apenas adaptando a matéria da Ale para os impactos que ela sofre aqui em Drah.

— E ela está reagindo bem?

— Muito bem. — Ele roçava o rosto delicado e dormente.

— Qual a previsão para ela acordar?

— Ainda vai demorar mais alguns ciclos. Como falei, é um trabalho grande e bastante delicado, e precisa ser bem completo para ser definitivo.

— Está certo, então. Torço para que corra tudo bem, e se tiver algo que eu possa fazer, é só me falar.

O Guardião ergueu os olhos para o ancião, agradecendo-o com a cabeça, ao mesmo tempo em que Dom Wull respondeu com uma leve mesura antes de se desmaterializar.

— Sinto a sua falta. — Yan voltou a atenção para a companheira. — Não vejo a hora de ter você em meus braços de novo — falou em português.

*Eu também... mas antes de qualquer outra coisa, eu preciso falar com você. Por favor, por favor, por favor...*

— Falta pouco, meu amor. Daqui a alguns ciclos, estará muito bem aqui conosco, daí vamos matar as saudades.

Alessandra se concentrou para tocar a mente do guerreiro, enquanto ele lhe beijava a testa.

— Estou indo agora, mas volto logo para te ver. — Deu um beijo leve nos lábios dela e saiu caminhando.

*Yan!*

Ele parou de repente e se virou para a amada.

— Não, não pode ser, não é? Você está inconsciente. E eu, imaginando coisas.

Ele a observou por mais alguns instantes, deu meia-volta e saiu.

---

Anuhar andava pelo quarto como se estivesse enjaulado, com dor e fome. Ia de um lado para o outro como se isso pudesse amenizar a raiva que sentia. Olhou o intercomunicador e haviam se passado cinco minutos desde que subira.

*Por que sair com esse cara, Sarynne?* Pensar em Rovhénn o deixava ainda mais irritado. *O cara é um petulante.*

Olhou no intercomunicador e constatou que sete minutos haviam passado desde que deixara o hangar.

Foi até a janela e cruzou os braços. Nem a iluminação colorida das águas, nem o seu barulho suave lhe chamaram a atenção. A vitória mais importante da sua caminhada profissional fora afrontosamente ofuscada pelo passeiozinho da sua assistente.

*Se é que essa saída é um passeiozinho e não um encontro romântico.* O Guardião sentiu seus músculos retesarem.

Olhou, de novo, as horas: mais três minutos.

*Gródsv. Eu é que não vou ficar nessa gródsv de quarto depois dos resultados que atingimos.*

Após ter desarticulado qualquer comemoração com o pessoal do Ar e também com os Guardiões, com a certeza de que sairia com Sarynne, Anuhar estava possesso por ter agido desse modo, tanto quanto furioso pelo fato de ela ter deixado de sair com ele para sair com aquele cientistazinho de *gródsv*.

Fez a higiene, vestiu uma roupa limpa e se teletransportou até a frente da porta das nynfas. *Vou me divertir. Afinal, depois de tanto sofrimento, eu mereço.*

Encarou a porta branca e trabalhada. Era a primeira vez que prestava atenção nos seus desenhos com trabalho simétrico, que eram realmente muito bonitos.

O corredor estava silencioso e ele tinha a sensação de estar sozinho no Prédio, mesmo com os milhares de seres que transitavam por ali todos os ciclos.

A grande porta continuava entre ele e a festa. Mas o guerreiro permanecia com a sensação de estar sozinho em Drah. Olhou o intercomunicador de novo. Haviam se passado vinte e cinco minutos.

*Ah, que se dane, vou entrar.* Manteve-se imóvel. *Mas que gródsv! Tudo isso porque estive com uma nynfa!*

Entendia que não havia feito nada errado, mas apesar disso, o seu ato afastara a sua assistente em definitivo. *Essa atitude dela não faz sentido.*

Ele apoiou as mãos no caixilho à sua frente e olhou o intercomunicador. Vinte e oito minutos. Parado, observando a entrada e com raiva de si, mesmo sem saber com exatidão o motivo, irritado com aqueles olhos amarelos, e muito puto com Rovhénn, perguntou-se o que estava acontecendo. Por que não se identificava, entrava e se divertia com qualquer uma das nynfas atraentes e perfeitas que estavam à sua disposição, já que era o único responsável por suas ações e não devia satisfação a absolutamente ninguém.

E, num ímpeto, sentiu enrijecer todos os músculos da sua matéria.

Não entrava porque não queria. Por ele mesmo e por causa de Sarynne. Simples assim. Encostou a cabeça na porta por alguns instantes, mas ao ouvir barulho no corredor, teletransportou-se para o seu aposento.

Sentado na cama sem acender a luz, apoiou os cotovelos nas coxas e a cabeça nas mãos. Virou-se para o intercomunicador e o arrancou do pulso num rompante, atirando-o para longe. Apesar de não ter esperanças de dormir logo, despiu-se, jogou-se de costas na cama e cobriu os olhos com um dos braços. Estava tenso e surpreso com a descoberta. Talvez não com a que acabara de se defrontar, mas com a que emergia do seu âmago.

Por fim, Anuhar entendera que havia se apaixonado.

# CAPÍTULO 35

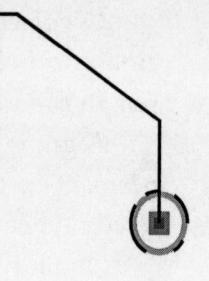

— Fala, Tlou — disse Yan, abrindo a porta da sua sala para o maduro e experiente líder das Operações Investigativas. — Por favor, só me venha com boas notícias.

O investigador-mor o encarou em silêncio, arqueando uma das sobrancelhas, enquanto puxava uma das cadeiras em frente à mesa de Yan para se sentar.

— Ah, *gródsv*! Fala logo o que descobriu.

— Que um dos seres que mais se encontra com Dhrons é um dos principais responsáveis pelas extrações de Plouzd, então ou ele está tramando algo em conjunto com os plouzden para nos atingir, ou algo para atingir Plouzd, e daí nos atingir.

— Uma terceira alternativa é o canalha estar planejando tomar o planeta. Com todas as riquezas de lá, isso não está fora de questão — ponderou o Guardião.

— O cara está sozinho... — disse, negando com a cabeça. — Tudo bem que tenha seguidores remanescentes, sejam alguns ou muitos, mas para tomar um local desse porte ele precisaria formar um exército. E requereria uma motivação muito grande. Mesmo com a natureza do solo de lá, não vejo que seja por aí.

— O foco dele é Drah. — O Guardião socou de leve o braço da cadeira. — A *gródsv* é que não sabemos qual o caminho tortuoso que ele vai percorrer para isso.

Tlou encarou o guerreiro e deu batidas leves na mesa com o punho fechado.

— O que foi? — questionou Yan.

— Por mais que eu não tenha concordado antes, seria mais simples irmos até lá e o trazermos à força.

— Mas não significa que paralisaríamos o que quer que estejam armando. Outro assumiria a liderança, e estaríamos correndo riscos do mesmo modo. E o pior: Dhrons estaria preso quando tudo acontecesse, o que o isentaria, à primeira vista, de qualquer responsabilidade. A essa altura, o que precisamos descobrir é o plano do crápula, para impedi-lo e aí, sim, acabar com ele — disse Yan.

— É verdade. Além do mais, não dá para prender todo mundo com quem ele teve ou tem contato se não tivermos provas. — Tlou coçou o queixo. — O nosso pessoal acabou de chegar em Worg e está junto com a nossa fonte de lá, que precisa trabalhar com cautela para não se expor, o que nos dá bem pouca agilidade.

— O que imagina que pode acontecer? — Yan franziu a testa.

— Um motim teria a cara dele, e não seria nada mau, começando por um planeta pequeno, mas rico.

— Se fosse Dom Wull falando aqui, ele diria que não precisaríamos nos preocupar, já que somos maiores e bem mais capacitados do que eles, mas concordo com você que não seria algo tão simples de ser resolvido.

— Olha, estou com a sensação de algo grande vindo por aí... — Fez uma careta.

— Então aperte as investigações, Tlou, e ainda não avise a Federação sobre o que descobrimos. Veja o que precisa para ir em frente. Qualquer aprovação que se faça necessária, fale comigo.

— Farei isso.

— Da minha parte, já planejei com os Guardiões as táticas para a ação de captura do Dhrons, se o Comando de Defesa precisar intervir. De qualquer forma, vamos aguardar o restante das investigações para estabelecer a estratégia de como abordar a Soberana Suénn, caso seja necessário.

— Será que ela sabe sobre ele?

— Até um minuto atrás, pensava ser pouco provável. — O guerreiro meneou a cabeça. — Agora, com a novidade do plouzden, o tal do "extrator", tudo é possível.

— Bom, de qualquer forma, continuamos trabalhando por lá, e se surgir alguma novidade, eu te passo — declarou, batendo com o punho sobre a mesa.

— Assim que decidirmos a estratégia da ação, o que deve acontecer nos próximos ciclos, repassamos, juntos.

— Até para eu informar aos agentes de campo — enfatizou Tlou.

— Perfeito.

— E tem mais uma coisa: Lyna... Ela está mais próxima de Dhrons do que nunca. Para aqueles com quem conversa, faz questão de dizer que ele não dá um passo sem as sugestões que ela fornece.

Yan passou as mãos pelo cabelo, encarou o amigo e respirou fundo.

— Sabe... tem coisas que são bem mais difíceis de aceitar do que outras — o guerreiro falou com os olhos espremidos. — Independentemente de qualquer sentimento que ela pudesse nutrir por mim, por você, ou por quem quer que fosse, ela é uma senóriahn! Como pôde nos trair?

O responsável pelas investigações de Drah concordou com a cabeça.

— Lyna teve informações do mais alto nível, sob todos os aspectos...

— Difícil, não é? Ela estava aqui dentro — ponderou Tlou.

— E o que é mais preocupante é o quanto ela conhece de Drah. Estamos expostos, o que significa que para qualquer coisa que Dhrons planeje, a maldita vai entregar a chave da porta de entrada, sem nenhum esforço.

— É, cara. — Ele encarou o amigo. — Ela traiu uma vida inteira de ensinamentos.

— E por causa disso a Ale quase fez a passagem e o nosso relacionamento com Wolfar piorou muito. Por isso, esse fato não pode sair do nosso radar por um minuto sequer, tanto para as nossas estratégias de ataque e defesa, quanto para as suas investigações.

— Sendo assim, que estejamos preparados.

Yan aquiesceu, e quando o investigador se desmaterializou, a sensação de desconforto de não saber o que esperar, e ao mesmo tempo de impotência, o abraçou. Com força. As investigações precisariam ser rápidas.

Encostou-se na cadeira e a imagem que o vinha perseguindo nos últimos ciclos, a da caixa deixada no laboratório, voltou. E junto dela, todas as perguntas que a acompanhavam, como quem a havia trazido e por quê? Sem ter as respostas, seus instintos gritavam que tinha a ver com o momento que viviam, mas somente após as análises da Cêylix teriam alguma informação plausível.

— Então, Tlou... — disse, pensando em voz alta. — Que estejamos preparados.

# CAPÍTULO 36

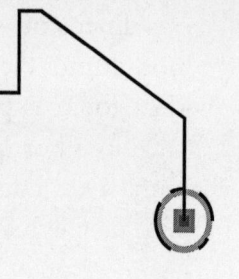

Três ciclos depois, com a serenidade imperando e cada uma das suas células renovadas e devidamente purificadas, Sarynne estava em seu aposento se aprontando para o evento onde seria oficialmente celebrada a utilização do Wh-S 432 em todos os aparelhos tecnológicos de Drah Senóriah, não só para o elemento ar, mas também para os demais. Testes ainda aconteciam, mas as barreiras para os itens de maior criticidade haviam sido superadas, e por essa razão já poderia ser dito que o planeta inteiro fazia uso da nova substância.

A fala de Dom Wull, de Matriahrca, e de Yan seria transmitida para todo o Prédio, para cada cômodo sintonizado na frequência estabelecida, ao passo que os principais envolvidos tinham sido convidados a comparecer ao recinto da audição, no terceiro andar.

A bela loira de olhos amarelos sentia-se leve. Os principais problemas do Ar haviam sido resolvidos, normalizando o viver de cada analista ou cientista, e os últimos ciclos tinham sido de sorrisos e muita alegria, exceto para o principal responsável pelas conquistas alcançadas. Anuhar era uma carranca em movimento. Eles não haviam tido oportunidade de se falar desde que ele a chamara para comemorarem os resultados dos testes, porque nos ciclos seguintes ele estivera muito ocupado, ou a evitara. As orientações e comunicações trocadas aconteceram pelo intercomunicador, por isso ninguém tirava da cabeça de Sarynne que o mau humor do guerreiro tinha a ver com o fato de ela não ter aceitado o seu convite.

Sorriu para o espelho, repassando seus encontros mais recentes.

Ele, aparentemente, ficara incomodado quando ela havia saído com os amigos. Depois, foi atrás dela em pleno recinto da nutrição. Podia jurar que o Guardião não gostara da provocação do Rovhénn antes da reunião com a 17ª SG, e, ao que tudo indicava, ele ficara bem contrariado quando não festejaram juntos essa conquista tão importante.

Por algum motivo, ela não via esse comportamento com preocupação, mas com alegria. No seu íntimo, nunca acreditou, verdadeiramente, que pudesse sustentar um relacionamento com o guerreiro, e por mais que a atitude dele ainda doesse, ele não fizera nada errado. Por esta razão, jamais planejara qualquer tipo de vingança, até porque pensou que ele fosse querer comemorar a conquista de outras formas.

Saíra com o Rovhénn por ela e somente ela, porque ele era uma companhia mais do que agradável e estava claro que pretendia uma aproximação. Uma vez que Sarynne desejava retomar a sua caminhada, já que o sonho com Anuhar não existia mais, então por que não conhecer melhor o amigo que lhe fazia tão bem? Era livre, não era? E com ele seria tudo tão mais simples... Vai que pudesse estar jogando fora o seu caminho para a felicidade, se não se permitisse descobrir. Mas nada disso fora suficiente para abrir qualquer tipo de possibilidade como casal, apesar da intimidade que tiveram.

Quanto ao Guardião, ela o vira rapidamente nesses últimos ciclos, e, embora com toda a racionalidade que lhe era característica, tinha sido muito prazeroso saber, ou pelo menos supor, que ele sentira o mesmo que ela ao descobrir a história da nynfa. Algo mais forte lhe gritava que ele a evitava propositadamente, o que significava que ela era importante para ele, porque não acreditava que um ser como Anuhar tivesse um ego tão inflado ao ponto de pensar que todas as mulheres ficariam à sua disposição.

Outro ponto que a deixara bastante contente tinha sido o fato de que ele acatara algumas de suas sugestões no andamento das atividades, ainda que tivesse voltado a atuar no modo anterior à sua chegada à equipe do Ar.

Portanto, ela fizera a diferença. E se o seu afastamento o incomodava como ser, era porque, de algum modo, isso o afetara.

*Será que é isso, Anuhar? Eu mexo mesmo com você?*

Dentre tantas suposições, ajeitou o poncho curto sobre o macacão e apreciou, como há muito tempo não fazia, a face corada e o contraste do cabelo loiro sobre a roupa azul-marinho. Com um brilho nos olhos, empertigou-se e se teletransportou até o terceiro andar.

---

Na sua sala, Anuhar terminava a análise das últimas mensagens do ciclo, certo de que menos de dez por cento do que lhe fora enviado valeria uma pesquisa mais aprofundada.

Esfregou os olhos com as mãos, pensando no evento que aconteceria na sequência e repassando o desafio que fora a descoberta da solução. O alívio que o tomava era indescritível e a sensação de dever cumprido era algo que lhe dava um grande prazer, além da honra que sentia em ser o responsável por ter auxiliado o seu planeta-mãe. Não o único, mas o responsável por uma equipe da qual se orgulhava muito. Todos os seres que de alguma forma contribuíram para a tão desejada solução mereciam ser lembrados.

Então, tinha todos os motivos para estar sorrindo o tempo todo. Mas não andava com a menor vontade de sorrir.

Com um aperto no abdômen, relembrou (como se fosse possível esquecer) que aquela Sarynne linda, doce e delicada, a mesma com quem se deleitara, e cuja racionalidade só lhe fizera bem, estava saindo com outro.

A manhã seguinte ao sucesso dos testes não lhe saía da cabeça. Acordara assustado e mal-humorado, depois de uma noite atormentada por pensamentos incômodos. Levantara-se rápido, porque a claridade judiava dos seus olhos, visto que ao se deitar nem lembrara de fechar a proteção da janela.

Foi em busca do intercomunicador, que deveria estar em algum canto do chão do quarto. Logo abaixo da cômoda, juntou o pequeno aparelho, depois de constatar que nada fora quebrado, e passou a xingar o jovem que ficava no hangar, pois ele havia esquecido de lhe informar sobre a chegada de Sarynne.

Mal sabia que só receberia a mensagem quando já estivesse na sua sala, após a refeição matinal.

"— Olá, Anuhar. A nave chegou.

— E por que me informou só agora? Era para avisar no instante em que ela pousasse no solo.

— Então, ela acabou de pousar."

# CAPÍTULO 37

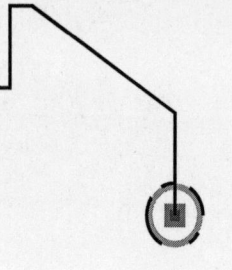

A atividade era grande no recinto da audição. A ampla sala tinha as janelas voltadas para a baía, mas nenhum dos seres presentes ouvia o barulho suave do movimento delicado das águas, porque o murmurinho das conversas ocupava todo o ambiente.

Logo que Sarynne chegou, juntou-se aos colegas do Ar que se encontravam próximos à janela, mais para a parte da frente da sala, perto da tribuna suspensa, que, assim como as cadeiras, era atraída pelo teto, permanecendo flutuando acima de todos. A maioria assistia às palestras em pé, e aqueles que preferiam se sentar baixavam os respectivos assentos com o poder mental.

— Como você está bonita — disse um de seus amigos. — Com uma luz diferente.

— Obrigada — respondeu, surpresa, mas com um largo sorriso.

Era curioso. No fundo, não tinha motivos para se sentir tão bem, mas reluzia. E mais uma vez se comprovava que a beleza vem de dentro, do estado emocional.

Conversando com os colegas, não precisou se virar para ver quem chegara. O burburinho diminuiu abruptamente, sua pulsação acelerou e sua nuca esquentou. Estava mais ligada ao guerreiro do que nunca. Porém, era impossível não olhar, e não se admirou quando viu os Guardiões, nas suas fardas imponentes, dirigindo-se a um ponto mais lateralizado, o qual normalmente escolhiam, porque, por mais que os oradores ficassem suspensos, a presença dos guerreiros na frente poderia atrapalhar a visão dos demais ouvintes.

Nillys, com a indumentária em tons de verde, cumprimentava e brincava com os mais próximos. O seu sorriso de dentes perfeitos era mais do que hipnótico. Farym, com as mechas douradas naturais, também saudava os convidados, mas somente com acenos leves de cabeça. Os outros dois traziam seriedade na expressão. Rhol quase nunca sorria e Anuhar, bem...

Sarynne encarou toda aquela beleza de azul-escuro caminhando, e, por estar em uma localização privilegiada, pôde apreciar o movimento firme das pernas, o volume do quadril, o abdômen esguio que a roupa escondia, mas que a lembrança não a deixava esquecer, o balanço dos braços, o peitoral largo, o cabelo longo, a boca e os olhos brilhantes. Cravados nela. Ela se aprumou sem respirar, e naqueles poucos segundos presos no olhar um do outro, constatou um vinco na testa do guerreiro.

Num repente reviveu o que eles tiveram, e a forma com que ele encarara o que para ela seria o início de um relacionamento. O que ela sentiu desde então, o comportamento dele, e a busca pelo equilíbrio e aquietação dos seus sentimentos.

Giwân, mesmo sendo o representante da Federação, juntou-se aos Guardiões e não se dirigiu à tribuna, como talvez pudesse fazer. Yan, por sua vez, materializou-se atrás dela, seguido pela Matriahrca e por Dom Wull, e isso fez Sarynne voltar a atenção para a mesa e as cadeiras suspensas à sua frente, onde os três se acomodaram. O contraste da túnica preta do líder supremo com a branca da sua principal conselheira poderia representar as diferenças na liderança de ambos, apesar de ser apenas obra do acaso.

— Eu os saúdo — começou o Guardião-mor, altivo, na sua pomposa farda preta.

— Eu o saúdo — os espectadores responderam, reverenciando-o.

— Como todos já sabem, estamos iniciando uma nova fase em Drah Senóriah. Enfim, vencemos os obstáculos que surgiram com a chegada do Wh-S 432, e a partir de agora, cada novo aparelho a ser utilizado na Água, Ar, Terra ou Fogo já conterá a nova substância.

Sarynne deu uma olhada geral pelo recinto e se deparou com um brilho nos olhos prateados de Cêylix, junto com o sorriso que ela abriu, afinal, a equipe de cientistas trabalhara arduamente para atingir esse objetivo. Também notou o olhar atento de Tlou, que reforçara a segurança de dentro do próprio Prédio — que já não era pouca —, depois do sequestro recente de Alessandra. O único que carregava um vinco na testa era Rhol.

— ... Por isso, só tenho a agradecer pelo trabalho de cada um e pelo sucesso obtido — Yan continuou. — Matriahrca.

— Meus caros — falou a principal conselheira de Dom Wull, com a voz melodiosa, delicada e hipnótica, mas ao mesmo tempo firme —, também agradeço pelo empenho de todos, pela entrega que fizeram, sacrificando muito do seu viver particular em prol desse planeta a que servimos com tanta dedicação. — Ela varreu todo o recinto com seus olhos perspicazes. — Se chegamos onde chegamos, podem se orgulhar, porque foi devido ao esforço de cada um. — Apontou para os quatro cantos da sala. — E eu me sinto honrada por isso. Entretanto, não custa lembrar que vivenciamos apenas os primeiros momentos de uma profecia, e não sabemos por quanto tempo pode nos exigir esforços extremos.

"Estamos nos encaminhando para o final de uma era. Um final turbulento, onde os justos lutarão contra os não justos. Onde somente a quebra de paradigmas poderá trazer alento. E que, neste período, surgirá uma joia rara, porém bruta, cuja preciosidade ainda é desconhecida e cuja utilidade será de extremo valor."

As palavras, tão conhecidas pelos senóriahn, ocuparam os pensamentos de Sarynne, assim como, ela podia apostar, os da maioria dos presentes, uma vez que era algo que aguardavam, receosos, havia muito tempo. Ela pensou de imediato em Alessandra, que de alguma forma, estava intrinsecamente ligada a essa sentença.

Sentiu um arrepio pelo corpo.

— ... e é isso. Orgulho, comemoração, trabalho, pesquisas, estarmos vigilantes o tempo todo, e mais trabalho — continuou Matriahrca, com seus traços finos curvados em um sorriso. — Eu lhes agradeço por tudo. — Pendeu a cabeça para a frente em um gesto tão gracioso que não mexeu sequer um fio do seu costumeiro penteado, e fechou o punho sobre o peito.

Quando Dom Wull, sentado entre Yan e sua conselheira, iniciou a fala, a assistente loira procurou por Anuhar, já que o Comando da Defesa do Ar tinha sido a área que mais sofrera com a nova substância. Sério e compenetrado, ele prestava total atenção ao líder-mor.

— ... e desde então a Federação está aqui conosco. Desde então, estamos atrás daquele que nos tem afrontado há tempos, daquele que ousou buscar dentro da nossa casa, e deste Prédio em particular, uma das nossas. Estávamos com um desafio enorme, que poderia paralisar este planeta, impactando desde as atividades mais simples até as mais complexas. Porém, não paramos nem cogitamos tal possibilidade. Trabalhamos em todas as frentes e chegamos onde chegamos. — Ele observou os ouvintes. — Por mais que ainda não tenhamos resolvido as nossas diferenças com o ex-líder de Wolfar — disse e ergueu o tom da voz —, tenham a certeza de que o pegaremos. Como o principal responsável por Drah Senóriah, dou-lhes a minha palavra de que farei o que for necessário para neutralizar Dhrons e seus seguidores, e defender a nossa morada. Repito: o que for necessário, porque não podemos mais sofrer com quaisquer incertezas sobre a integridade física, moral ou ética do nosso planeta. Mas, para isso, conto com o apoio de vocês.

Todos fecharam o punho sobre o peito, exceto Giwân, que passou os olhos pelo recinto.

— A fase em que nos encontramos é complicada, o que foi muito bem lembrado pela Matriahrca, porque a profecia nos ronda sem tréguas. Ainda que em ciclos de comemoração como o de hoje, e espero que tenhamos muitos outros, precisamos estar alertas, porque são em momentos de distração ou desaceleração que nos tornamos presas fáceis. E isso, meus caros, eu lhes garanto, não vai acontecer. Subimos a escala das nossas defesas em cada ponto de Drah. Estejam certos de que tanto os Guardiões quanto Tlou nunca trabalharam tanto, porque estamos falando de vinte e duas SGs, além da Central. E eu lhes afirmo que tomamos todas as medidas para lhes garantir a segurança.

— Drah Senóriah, Drah Senóriah, Drah Senóriah! — gritaram os presentes com o punho fechado sobre o peito.

Sarynne ficou pensativa, questionando-se sobre o que um planeta tão limitado quanto Wolfar poderia ainda fazer contra uma potência como Drah. Agora que tinha uma noção um pouquinho melhor sobre o domínio bélico e tecnológico senóriahn, entendia que era praticamente impossível isso acontecer, e se ocorresse teriam um poderio de revidação único em toda a galáxia.

E, como os demais locutores, Dom Wull agradeceu e parabenizou os envolvidos na questão Wh-S 432 antes de terminar a sua fala e se desmaterializar, seguido por Yan e Matriahrca.

As mensagens dos três transmitiram a segurança que os senóriahn gostariam de ouvir, e pelos rápidos comentários que Sarynne captou quando a movimentação começou, foram aprovadas. Ela jamais sentiu qualquer tipo de receio, e agora, então, que estava mais próxima do corpo de elite do Comando de Defesa local, sentia-se ainda mais segura e protegida.

Pensando nos Guardiões, olhou sorrateiramente para Anuhar. Bem, para o local onde ele estivera até alguns instantes atrás. Esticou o pescoço mais para a frente e para trás. Também para o outro lado, e nada dele.

Sua nuca esquentou novamente e ela parou. Suspirou e fechou os olhos, só esperando.

— Procurando alguém? — ele perguntou, próximo ao ouvido dela.

— Você. — Ela se virou aos poucos para ficarem de frente. — Como nos falamos pouco nos últimos ciclos, queria perguntar se posso auxiliar em algo. — Foi a primeira justificativa que lhe ocorreu.

— Eu poderia responder que sim e pedir que me acompanhasse até a minha sala, mas vou ser bem franco. *Preciso* falar com você e já adianto que não tem nada a ver com trabalho. Você pode ir até a minha sala para conversar? É importante. — Ele não ousou piscar enquanto aguardava a resposta.

Sarynne o encarou com o coração disparado e os pensamentos acelerados, como se não houvesse mais nada ao redor, nem seres andando para lá e para cá, nem conversas variadas.

— É claro que eu responderia, com educação e respeito, que sim, mas não acho que ainda tenhamos algum assunto para tratar que não seja sobre trabalho.

Ela quis se parabenizar pelo que dissera com o nariz levemente erguido.

— É exatamente por essas suas palavras que peço, encarecidamente, que me dê a oportunidade de te dizer o que preciso — reforçou em voz baixa.

Ele estava decidido a argumentar até o ciclo seguinte e o próximo, se necessário. Mas não pôde controlar o instinto de esmurrar a cara do cientistazinho, sem a menor compaixão, pensando na resposta dela. Mesmo sabendo que a culpa de tudo isso não era do rapaz, mas sua e somente sua.

— E tem que ser agora? — perguntou ela, franzindo a testa, antes que pudesse se arrepender.

— Não, mas visto que a nossa carga de trabalho está nos maltratando nos últimos tempos, entendo ser mais prudente conversarmos em horários alternativos. Se preferir jantar comigo amanhã, será uma honra — arriscou, mas recuou de imediato na abordagem, com receio de que ela se afastasse ainda mais. — Só peço que me dê essa oportunidade. Se desejar outra hora ou local, é só me falar.

Ela suspirou, pensando no quanto ele era bom com os argumentos.

—Tudo bem, vamos subir.

# CAPÍTULO 38

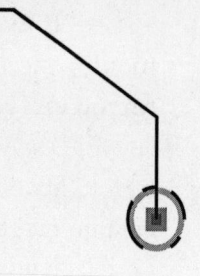

Ambos se teletransportaram direto para dentro da sala de Anuhar, e ele acendeu as luzes no instante em que chegaram.

— Por favor, sente-se aqui. — Apontou para a cadeira que retirou da mesa de reuniões e a levou para perto da janela, pegando outra e a colocando de frente para a primeira.

Sarynne agradeceu e os dois se sentaram ao mesmo tempo.

— Sei que este não é o local mais adequado para conversar sobre assuntos pessoais, mas desconfiei que preferisse aqui do que em algum dos nossos aposentos — disse ele, apoiando os antebraços sobre os joelhos abertos.

Ela se manteve em silêncio.

— Espero que eu tenha conseguido criar um ambiente menos impessoal, sem nenhuma mesa entre nós. — Deu uma risadinha sem graça.

— Não se preocupe com isso. — Ela apoiou as duas mãos no assento da cadeira, ao lado do quadril. — Sobre o que quer conversar?

— Você está com o Rovhénn? — Ergueu os olhos para ela, franzindo a testa.

— Você me chamou até aqui para perguntar se eu estou com ele? Desculpe, mas não tenho que te responder esse tipo de pergunta.

— Eu sei, é só curiosidade... Deixa para lá. — Massageou a testa com a mão, planejando melhor as palavras, quer dizer, tentando planejá-las. — Vou começar de novo. — Respirou fundo. — Já faz algum tempo que te observo, porque você me atrai.

Sarynne se ajeitou na cadeira.

— Quando veio trabalhar comigo, eu meio que fiquei — procurou o melhor termo e se encostou na cadeira — hipnotizado por você. Não sei se essa é a palavra correta, mas o fato é que aconteceu mais ou menos isso.

— Só porque se sentia atraído por mim?

— Não — respondeu rápido, balançando a cabeça. — Somado à atração, você é uma mulher muito inteligente, e a sua proximidade abalou algumas... certezas que constituíam uma base sólida para mim.

Ela arqueou as sobrancelhas.

— Calma. — Anuhar gesticulou. — Isso não é uma reclamação, só um fato para você entender todo o contexto. — Levantou-se e passou a andar pela sala. — Sempre tive o controle de todas as coisas que me dizem respeito, tudo, porque desde quando as minhas lembranças alcançam, eu já era cobrado para agir desse modo. — Parou em frente à janela, deixando a brisa leve envolver o seu rosto. — Meu genitor fazia pesquisas na área da saúde e, quando surgiu a grande oportunidade da caminhada dele, em uma instituição que lhe proporcionaria toda a tecnologia e também o acesso aos dados das conformações dos seres de todos os planetas da galáxia, ele ficou enlouquecido porque era tudo que sempre sonhara: encontrar a libertação de doenças para toda a galáxia. Como só tinha espaço para um pesquisador, ele se submeteu a uma bateria bem pesada de testes. E foi avançando... até a última etapa, quando perdeu a posição para uma de suas colegas porque deixou de verificar o comportamento do organismo vivo que pesquisava, acima de determinada temperatura.

O guerreiro agarrou o peitoril com tanta força que as juntas dos dedos perderam a cor.

— Bom, a linhagem dos meus antepassados primava pelo perfeccionismo e, na cabeça do meu genitor, essa foi a sua grande derrota, porque ele sabia que não encontraria outra chance dessas. A partir daí, não lidando bem com a decepção e a vergonha, acabou definhando ciclo após ciclo, não conseguindo se conectar com as coisas mais simples do viver.

— Alguém o cobrou por isso? — Sarynne perguntou, condoída pela história.

— Ele, mais do que ninguém. — Anuhar virou-se e caminhou até a mesa, apoiando-se nela com uma das mãos. — Então, desatento como vivia depois do ocorrido, pegou a nave numa tarde, perdeu-se com os controles, e, de acordo com o que nos foi relatado, acabou indo direto de encontro ao solo, fazendo a passagem. Pelo que entendemos, ele não se teletransportou, para garantir que a nave não ferisse ninguém. — Suspirou. — Essa história aconteceu quando meus dois irmãos e eu ainda éramos pequenos. E por causa dela a nossa genitora surtou. Ela se desesperou com as atitudes dele, e abraçou a responsabilidade, não só de nos ensinar a caminhar com as próprias pernas, como de caminhar sem errar.

— Mas isso não existe.

— Pois é, ela fez de tudo para que nos tornássemos fortes, responsáveis, íntegros e independentes, com todo o vigor. — Observou a sala, mas sem apreciá-la. — Se não soubéssemos responder o que ela perguntasse, estávamos perdidos. As exigências aumentavam junto com as retaliações, boicotes, sermões, tarefas, e assim por diante. Era beirar a perfeição ou arcar com as consequências. Por esse motivo, a partir de determinado momento, passei a ter todas as respostas. Sabia o que fazer, como e quando. Quem deveria fazer o quê, por quê, e o andamento de cada atividade.

— Se fosse apostar, eu diria que ela agiu dessa forma para incentivar os filhos a não desistirem com as quedas da caminhada, a serem batalhadores, sem imaginar que algum deles pudesse se arriscar tanto. — Sarynne fitou os grandes olhos azuis. — Ela jamais ensinaria que vocês não poderiam falhar.

— É possível, mas quando percebi, já estava atolado nas minhas próprias cobranças.

— Ou seja, você pensou que era algum tipo de entidade. — Ela cruzou as pernas.

— Não, pior que não. — Ele deu um leve sorriso.

— Nem as entidades são perfeitas, Anuhar. Pelo menos nunca ouvi falar de alguma que fosse, e ninguém é capaz de solucionar tudo o que surge.

— Aos poucos vou lidando com isso. — Ele voltou a se sentar em frente a ela, novamente com os cotovelos apoiados nos joelhos. — Graças a você.

Ela o encarou.

— Ah, Sarynne... você, com o seu jeito manso, tem o poder de fazer as suas palavras se esparramarem em mim. Aliás, muitas das suas atitudes também. Sendo honesto, você toda está em mim. Nós nos relacionamos intimamente e isso também está em mim.

Ela jogou as costas no encosto da cadeira e sua pulsação acelerou.

— Você não sabe, mas descobrimos o problema com o Wh-S depois de um de seus comentários inocentes. Lembra quando me questionou, brincando, se eu já tinha perguntado ao meu amigo vento se ele poderia ajudar? — Ele se endireitou.

Ela assentiu com a cabeça, o olhar cravado nele, sem piscar.

— Pensando nessa pergunta, abri outro canal de raciocínio, em que passei a ver a perspectiva de que um fator externo pudesse ser o causador das falhas. Parece uma alternativa tão evidente contando assim... mas ainda não tínhamos chegado nesse patamar de pesquisa.

Ela uniu as palmas das mãos e tocou a boca com os dedos indicadores.

— Eu poderia dar alguns outros exemplos, como a agilidade na administração das atividades; a nave não tripulada que, mesmo não tripulada — falou, rindo —, trouxe ótimos resultados com riscos bem menores; a minha falta de liberdade que passei a encarar de frente depois de algumas das nossas conversas; ou a sua racionalidade como um contraponto às minhas ações levemente imprudentes. — Ele deu uma risadinha discreta. — Aí, em algum instante, percebi que estava ficando dependente desse outro ser, no bom sentido, como um complemento. — Levantou-se, rodeou a cadeira e apoiou as mãos no encosto. — Você faz ideia do choque que isso foi para mim?

Ela negou.

— Sei que não. Ninguém faz. Era como se eu não fosse mais eu, entende? Como se estivesse faltando uma parte. Então, decidi tomar as rédeas de mim. Puxei todas as atividades, novamente, e fui atrás das nynfas.

Sarynne cruzou os braços.

— Quer saber como foi?

— Não.

— Foi uma *gródsv*. — Fez uma careta. — Demorei para perceber que foi um erro, tanto quanto demorei para entender que voltar a trabalhar sem uma triagem é perda de tempo, ou seja, outra *gródsv*, e que posso dar o meu melhor, sim, sem me arriscar tanto. Mas o pior de tudo foi chegar à conclusão de que nada seria como antes por não ter mais você ao meu lado, o seu sorriso, as suas sugestões, e não ter você na minha cama. Ah, e só para esclarecer, nunca deixo ninguém tocar na minha corrente. Sempre tiro do pescoço, mas como eu estava tão atordoado, acabei esquecendo na cômoda.

Ela derrubou os braços no colo.

— Também demorei para captar o que tudo isso significava. E quando entendi que eu havia me apaixonado, foi outro baque.

O quê? Ela abriu a boca e apertou os olhos, mas a voz não saiu. O silêncio gritava no ambiente e o guerreiro precisou se conter para não beijar os lábios convidativos da sua linda auxiliar.

— Foi bem complicado ver você junto daquele cientistazinho do Fogo que fica me encarando — ele prosseguiu. — Agora mesmo, antes de virmos para cá, o cara ficou me olhando atravessado. E não tenho problema algum quanto a isso, desde que eu não esteja interferindo na relação de vocês, por isso é que eu gostaria de saber se você está com ele agora.

— Não estou com ninguém — ela falou em voz baixa.

— Mas vocês saíram juntos.

— Sim, saímos.

E? Ele decidiu não perguntar.

— Agora seria um bom momento para você dizer alguma coisa.

— Ah, Anuhar... estou absorvendo tudo o que você me disse. — Foi a vez dela de se levantar e caminhar pela sala. — Você, apaixonado por mim... — Suspirou. — Nunca achei que eu fosse boa o bastante para você.

— Por quê?

— Porque você é o retrato do poder e é admirado por todos. Quem estivesse ao seu lado deveria ser alguém digno de admiração também, e eu... não tenho poder, nem nada de especial. — Parou de frente para ele, mantendo distância, e se abraçou.

— Mas que besteira...Você não tem ideia do quanto é especial.

— Quando ficou com a nynfa, fiquei frustrada, senti raiva, mas depois pensei:"Como é que vou competir com alguma delas? Como é que *alguém* pode competir com elas?". — Novamente se lembrou de Alessandra e da história parecida que ela teve com Yan. — Pelas responsabilidades que tem e pelas decisões que toma, você, mais do que os seres comuns, é alguém que não deve sair da sua frequência, e essas mulheres podem te suprir com isso. Todos sabem que é assim que funciona a liderança de Drah Senóriah. — Refletiu por alguns segundos. — Além do fato de eu não ter, no sexo, o treinamento que elas têm, então certamente não chego nem aos pés delas na cama.

O Guardião sorriu com carinho.

— Estando com um ser sério como você, centrado, equilibrado nas ações, sem excessos nem insanidades, eu jamais sairia da minha frequência — ponderou ele.

— Não tenho essa certeza. Por essa razão, pensei que o quanto antes aceitasse isso, mais fácil seria para mim, porque você sempre me atraiu. — Fechou os olhos e Anuhar conteve o ímpeto de abraçá-la. — Por isso fui atrás de um espaço, o meu espaço. E agora encontrei.

— Tem a ver com o cara do Fogo?

— Ele não é do Fogo.

— Mas está envolvido com pesquisas de balística, então dá para dizer que é do Fogo, sim, pelo menos por agora.

Ela ergueu as sobrancelhas, mas desistiu de argumentar.

— Tem a ver com ele?

— Tem a ver comigo. — Encostou os dedos no peito. — Quando alguém procura o seu espaço ou precisa se reconstruir, tem que ser por si mesmo. O Rovhénn é um ótimo ser e me fez muito bem. Só isso. — Ela buscou as melhores palavras. — Mas o que estou falando é que hoje eu me enxergo com outros olhos... Como ser, como profissional e como mulher.

O guerreiro fechou a expressão e caminhou até a janela. Apoiou as mãos na base e fechou os olhos, como se esse ato fosse capaz de controlar a ira que sentia. Do Rovhénn, dela e dele mesmo pela estupidez que cometera.

— Você gosta dele? — perguntou em voz baixa.

— Muito. Ele é um amigo e tanto.

— Não é de amizade que estou falando. — Virou-se para ela.

— Não estou apaixonada por ele, se é isso que quer saber. Mas não pretendo me aproximar mais de você.

— Sarynne...

— Eu estou bem, Anuhar, e quero continuar assim. Você pode ter o mundo aos seus pés, mas do *meu* mundo sou eu que preciso cuidar. E, neste momento, nele, só vou manter o que me traz segurança. Acabei ousando quando me relacionei com você, coisa que normalmente não faço, e me machuquei. Então agora vou caminhar com toda a racionalidade, como sempre fiz.

— Você está certa — ele disse com calma, atendendo ao fluxo enorme de pensamentos que o assolavam, e ela se surpreendeu. — É o mais correto a fazer. Cada um deve buscar o que é melhor para si, e também estou fazendo isso. — Ele se aproximou dela. — Quando diz que posso ter o mundo aos meus pés, o mundo que desejo é o que você me ensinou a enxergar. Aquele que me faz bem e me traz segurança, porque me mostrou que posso ser o que sempre fui e ter tudo o que eu tinha, sem a necessidade de ficar provando isso para mim mesmo, ciclo após ciclo. E eu adoraria viver dessa forma com você junto a mim.

Ela apoiou uma das mãos no encosto da cadeira. Precisava de arrimo e a peça sustentava o seu peso físico e o emocional nesse instante.

— Outra coisa que eu queria falar é sobre sexo. — Sarynne segurou o ar nos pulmões. — O que nós dois vivenciamos... não tive com mais ninguém. A troca física é uma coisa, mas quando se tem o emocional envolvido, é bem diferente. Foi algo que também custei a entender. Portanto, tire da sua linda cabecinha — pediu ele, tocando a testa dela com o indicador — essa história de que você não pode suprir as minhas necessidades, porque isso *não* é verdade. Talvez eu não tenha sido claro antes e peço que me desculpe por isso.

Ela soltou o ar devagar.

— Olha, não estou buscando elogios. Só falei o que senti.

— Entendi, fique tranquila. Mas *você* entendeu o que o nosso envolvimento significou para mim?

Ela balançou a cabeça afirmativamente, bombardeada de pensamentos.

— Então, já que nós dois estamos nos reconstruindo, eu gostaria de te pedir que me desse a oportunidade de voltar a entrar no seu mundo. Hoje tenho outra maturidade e outra forma de enxergar as coisas. Como você mesma afirmou, não sou perfeito, tanto quanto qualquer outro ser, mas também não sou tolo de cometer os mesmos erros outra vez. — Ele estava a um palmo de distância dela, mas não a tocou. — E ambos temos o direito de ser felizes. Vou buscar essa felicidade, claro, respeitando os limites que você impuser. É evidente que se me disser que não sente mais nada por mim, se o que fiz destruiu todo o sentimento que tinha, daí o contexto muda. — Ele aguardou que ela comentasse algo.

— Quer saber se temos chance de retomar o que vivemos? — Ela coçou a testa. — Sinceramente, não sei. A minha sugestão é seguir com a proposta de que cada um se reestruture a seu modo, e aí vemos como ficam as coisas.

— Ótimo. Quanto ao trabalho, tudo bem se retornar a fazer as análises iniciais das demandas?

— É claro, inclusive tenho algumas novas propostas, mas conversaremos sobre isso em um horário adequado.

— Sim, senhora. Já estou curioso.

Sarynne encarou os olhos e os lábios do Guardião, tão próximos dos seus, controlando o desejo de tocá-los.

— Está certo, então — falou ela. — Amanhã recomeço com as pré-análises. Até lá.

— Até aqui — brincou Anuhar.

Sarynne riu e se desmaterializou, enquanto o guerreiro permaneceu na sala, com um único pensamento: não a perderia, não importa o que acontecesse.

# CAPÍTULO 39

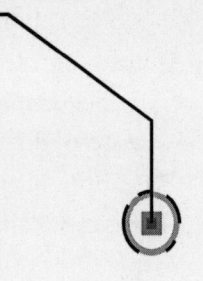

Alessandra aproveitava o calor escaldante para se refrescar no mar azul de uma linda praia. Na Terra.

*Eu voltei pra Terra? Não pode ser...*

Mergulhou na transparência das águas e, quando subiu, todos à sua volta vestiam casacos térmicos. Ficou feliz porque não sentia frio.

*Será que aprendi a controlar a temperatura do meu corpo?*

De repente, o céu estava repleto de naves, mas elas não se moviam. Mantinham-se paradas, todas ao seu redor.

*Então, não voltei para a Terra. Estou em Drah... ou não? Tenho que... Preciso... O que era mesmo que eu tinha que fazer? Não era na Terra.*

O céu agora estava límpido e mais azul do que nunca, e o Sol brilhava resplandecente. O Sol, não, os Sóis.

*Eu estou em Drah...*

Apreciou a paisagem, encantada com a beleza, ao mesmo tempo em que sentia um aperto no estômago. Olhou para cima e, virando-se bem devagar em um movimento de trezentos e sessenta graus, notou que as naves haviam desaparecido. Seguiu procurando por elas, pelos Sóis que brilhavam, mas não conseguia mais encontrá-los. Continuou o giro, apreciando a vegetação verde, que aos poucos se transformava em colorida, e ao girar mais um pouco, foi ficando amarelada, o que ela sabia que era sinal de perigo.

*Wolfar? Cadê todo mundo?*

Não havia ninguém. Alessandra estava totalmente só. Mas não. Ouvia passos agora, e, ao esticar o pescoço à procura do barulho, deu de cara com Dhrons. A alguns centímetros do seu rosto.

Quis gritar, mas a voz não saía. O monstro de testas pulsantes e olhar maquiavélico sorria. Ela se virou e passou a correr desenfreadamente, mas ao olhar para trás, ele continuava a poucos centímetros de distância. Podia ouvir o barulho da respiração do algoz e sentia o ar pútrido que ele exalava, bem próximo aos seus cabelos. Seu coração batia alucinado, então gritou por Yan, que lhe prometera que o ex-líder de Wolfar jamais se aproximaria dela novamente.

*Yan? Yan!*

De súbito, distanciou-se desse conjunto de imagens desconexas e voltou para a segurança do hospital, ainda que não tivesse condições de se mexer ou chamar por alguém.

Deixou seu coração se acalmar.

Se por um lado estava aliviada graças à sua segurança, por outro, ainda não falara com o seu amado, e era o que precisava fazer. Já planejara tudo o que diria ao Ahrk, quando não estivesse mais presa ali. Não conseguira tocar a mente do amado e precisava contar ao mundo o que estava acontecendo.

*Pensa, pensa, pensa... Mas é claro.*

O alívio tomou conta dela, pois já sabia a quem chamar.

⸻

Sarynne caminhava tranquila até a sala de Anuhar. A conversa da noite anterior lhe fizera bem. Aliás, saber que o Guardião tinha se apaixonado por ela a surpreendera. E tirando o fato de que, por causa disso, quase não dormira, visto que os pensamentos e a ansiedade não lhe permitiram, a novidade, sim, fizera-lhe muito bem.

Porém, sentia-se em paz sozinha, e independentemente de todos os elogios que o guerreiro lhe fizera, ficara contente que as suas sugestões houvessem ajudado nos processos do Ar. Então realizara-se no âmbito profissional e no pessoal. E ninguém lhe tirava da cabeça que o acordo que ambos haviam feito era exatamente o que Anuhar desejava, depois de entender que ela não se jogaria aos seus pés. Ele tinha raciocínio rápido, e se adequou ao momento dela, de imediato.

*Bom, se não fosse rápido, não seria Guardião, não é?*, concluiu.

Parou diante da porta do guerreiro e se identificou. Ele a abriu e gesticulou para que ela entrasse, enquanto falava pelo intercomunicador.

Sarynne se acomodou à "sua" mesa, e passou a analisar as demandas, que não eram poucas. Mesmo que os senóriahn trabalhassem com várias atividades em paralelo, uma vez que o seu encéfalo era preparado para isso, ainda assim, as solicitações que chegavam a cada ciclo lhe tomavam um tempo colossal. E não podia ser diferente, já que o Comando atendia a vinte e duas SGs, além da Central, e, consequentemente, todas as suas Subdivisões Internas, as SIs.

— Oi — disse Anuhar no instante em que desligou o intercomunicador. — Você está bem? Já está trabalhando?

— Estou bem e, para não deixar acumular, já comecei as análises.

O comandante-mor do Ar sorriu e se aproximou da mesa da assistente, firmando as mãos sobre o móvel.

— Encaminhei somente parte das propostas que vi nos últimos ciclos. E armazenei nas bases de informações que você criou. É só acessar.

— Então continuou usando as bases... — Sarynne esboçou um sorriso, apoiando os cotovelos na mesa e a boca nas mãos, apreciando a beleza do Guardião, realçada pela casaca azul de botões dourados. — Bem, vou ver as novas propostas, aí mapeio tudo junto para facilitar na classificação, agrupamento e respostas.

— A propósito, você comentou ontem que estava com algumas ideias. — Ele encostou o quadril na própria mesa, cruzando as pernas e os braços.

— Ah, sim. — Ela se recostou na cadeira. — Vejo que visitas de campo seriam bastante úteis nas análises das propostas. Se eu pudesse ir ao laboratório central da 15ª SG conhecer um pouco do que eles têm por lá, quem sabe entendesse a causa de demandarem tanta coisa. Se eu fosse à 18ª SG, talvez também entendesse a razão de eles enviarem tantas requisições sem sentido, e até esclarecesse alguns pontos para eles. Veja, não estou falando de detalhes científicos, nem de especificidades do Ar, mas de assuntos básicos o suficiente para eu já identificar se a demanda tem futuro.

— Muito bem! — Anuhar abriu um grande sorriso.

— Você está rindo de mim.

— Estou sorrindo para você. É diferente. E, para te provar, além de concordar com as visitas, vou te propor outra, que é muito interessante. Chegue até aqui, por favor. — Anuhar se virou e deu o comando para que surgisse, na sala, uma imagem grande da extração de Wh-S 432.

— Ah, essa era outra que eu ia sugerir. Conhecer o modo como estamos trabalhando em Brakt e como é esse planeta, agora tão explorado por nós. — Seus olhos amarelos brilharam.

— O que vale mesmo é entender como o Wh-S é tratado aqui em Drah antes de ser utilizado nas naves, mas é bem interessante ver como é feita a extração, e, claro, conhecer o local. — Então, vamos ver se planejamos a sua ida o quanto antes — o guerreiro falou, dirigindo-se para a sua cadeira.

— Ótimo, vai me ajudar bastante nas análises — ela concordou de imediato, tentando sair da frente dele, mas ao dar um passo para o lado, Anuhar acabou trombando nela com força e a segurou com firmeza para que não batesse na mesa.

— Desculpe — disse sem soltá-la. — Machuquei você?

— Não — Sarynne respondeu, segurando-se nos braços fortes que a envolviam.

As águas continuavam se movendo lá fora, os óys voavam, as naves chegavam e saíam do Prédio, e os dois não se mexiam.

Sarynne tinha uma lista enorme de coisas para fazer, enquanto Anuhar era esperado em uma reunião que começaria em poucos minutos. As atividades no Prédio aconteciam no ritmo acelerado de sempre, era horário de trabalho pesado, e eles permaneciam com os olhos fixos um no outro.

Inevitável e nada casto, o Guardião a puxou para si e lhe cobriu os lábios com o ímpeto de um leão. Não que existissem leões em Drah, mas o desejo de sentir a boca delicada e a suavidade das línguas dançando juntas levou o guerreiro a agir com a potência de um.

Ela, por sua vez, rodeou-lhe o pescoço e se aproximou dele ainda mais, apesar de o seu lado racional esbravejar. Com a sensação dos lábios quentes e macios envolvendo os seus com tanto vigor, sendo puxada para mais perto e acariciada da nuca às pernas, ficava difícil resistir.

Sua pulsação acelerou, os joelhos dobraram e o seu centro umedeceu. O líder do Ar se afastou devagar e a encarou, enquanto trazia para perto do rosto o intercomunicador.

—Vou me atrasar alguns minutos — avisou para o analista com a voz mais grave do que o normal, quase arrastada. —Vá conduzindo por aí, que daqui a pouco eu chego.

— Ah, puxa, você tem reunião... — A voz da Sarynne saiu rouca, quando seu raciocínio deu ares de que poderia atuar, depois de ele finalizar a ligação.

— Sshhh. — Ele afastou, de uma só vez e sem tocar, todos os objetos sobre a sua mesa, depositando-os na mesa de reuniões, e a deitou ali com delicadeza.

Beijou-lhe os lábios novamente, e depois o pescoço, deixando-a ofegante. No momento seguinte, estava diante dela, sem as roupas, mantendo apenas a correntinha do ar.

— Não vai tirá-la? — Ela apontou para o objeto, que balançava no pescoço do Guardião.

Ele só negou com a cabeça, bem devagar.

— Quero te ver nua — cochichou ele, puxando-a pelas pernas, e no instante seguinte, ela se desfez das roupas, ansiando por sentir o próximo toque.

Sem tempo para preâmbulos, o guerreiro curvou-se sobre ela, acariciando-lhe os seios e o abdômen. Sugou-lhe um dos mamilos, enquanto dedilhava o outro.

Ambos ouviam o movimento e as vozes do lado de fora da porta, mas sua atenção era toda para os instintos. Sarynne conteve o gemido, enquanto Anuhar introduzia os dedos no seu centro, agora molhado. Com a ereção gritando para ser aliviada, aproximou-se dela, massageando-lhe a entrada com a cabeça do pau, também úmido.

Ela tapou a boca com uma das mãos, enquanto fechava os olhos e abria mais as pernas, apoiando os pés na beirada da mesa. Sentiu o seu canal sendo preenchido, aos poucos, por um membro inchado que completava não só a sua matéria física, mas todo o seu âmago. Sem delongas, a dança dos corpos se fez presente, ao mesmo tempo em que o Guardião afagava o corpo da amada com as mãos.

Anuhar a observou se retorcendo a cada investida sua no paraíso quente e úmido, enquanto abraçava as pernas torneadas e convidativamente abertas, deliciando-se com a pele macia e arrepiada devido ao toque quente e delicado dos seus dedos.

Sem controlar o avanço das mãos, tocou-a nos lábios, ao que ela respondeu sugando dois de seus dedos. Sarynne segurou a mão do guerreiro enquanto a lambia, apreciando-o erguer a cabeça para o alto, de olhos fechados, e agarrar com a mão livre a sua perna, ainda dobrada sobre a mesa.

Não podiam se expor, e quando ele investiu nela com mais vigor, ela conteve o gemido, prendendo ainda mais a mão quente, cujos dedos — todos eles — brincavam agora na sua boca. Ergueu os seios como se fosse levá-los até o Guardião, que, ao sentir a reação, penetrou-a com mais ímpeto.

Ele se controlou para prolongar o prazer. Ao se ver com as mãos livres, tocou a pele macia dos seios, totalmente arrepiados, e as viu descendo pelo abdômen liso, que se movia para cima e para baixo, além de acolher os impactos da união dos dois. Depois, segurou-a pela cintura e acelerou o movimento. A visão da bela loira mordendo o lábio inferior, agora que ela se apoiava em seus braços, foi o estopim. Ele a possuiu com força e ela se sentou, em um impulso, aproximando-se mais do guerreiro. O movimento e o contato dos seus sexos geraram uma corrente de arrepios pelos seus corpos levando-os ao ápice.

Sarynne o agarrou com força e ele lhe devolveu o abraço forte, mantendo a proximidade, enquanto os espasmos elétricos percorriam-lhe as células.

O beijo longo e demorado acompanhou as pulsações que voltavam à normalidade, e ambos se afastaram bem devagar.

— Se eu ainda tivesse alguma dúvida sobre o que sinto, ela teria morrido depois de hoje — ele sussurrou e ela o encarou.

Anuhar saiu de dentro da gruta quente e macia, puxando Sarynne com delicadeza para que ficasse de pé. Ela suspirou e foi em busca das roupas, dando as costas para o Guardião.

—Vamos lá, não é? O trabalho nos espera e...— Quando ela se virou, o guerreiro se ajoelhou com uma das pernas, levou o punho sobre o peito, e disse as tão honradas palavras:

— Eu te agradeço pela união que tivemos e pela troca que fizemos. Por ter cedido seu cálice ao fluxo de toda a existência. Eu estou em você e você está em mim.

*Será que estou em você do mesmo modo que está em mim, Anuhar?* Sarynne fez uma leve reverência com a cabeça, refletindo sobre o envolvimento deles, já fazendo menção de se mover.

— Somos um — continuou ele.

Ela parou e arregalou os olhos. *Ah. Somos? Somos, Anuhar?*

Sarynne fechou o punho direito sobre o peito, fazendo, de novo, uma leve reverência. E ele se levantou e beijou-lhe os lábios com delicadeza.

— Você merece uma atenção bem mais prolongada e prometo que vai ter... mais tarde.

— Fique tranquilo, sei que tem compromissos. — Vestiu-se com o poder cerebral. — E eu também tenho muito trabalho. — Passou as mãos pela roupa, alisando-a.

— Obrigado pela compreensão. O que aconteceu aqui, por mais que eu quisesse há tempos, não foi planejado... Mas foi tão forte que não quis bloquear, apesar de saber que seria rápido — explicou, também já vestido. — Foi forte para você também? — perguntou, puxando-a para si.

— Foi bom, se é o que quer saber. — Ajeitou o cabelo.

— Bom?

— Muito bom.

Ele sorriu enquanto recolocava os objetos sobre a mesa com o comando mental.

— Mas, olha — continuou ela —, isso não altera em nada o que falei ontem.

Ele abriu um sorriso enorme.

— Tudo bem, respeito a sua decisão. — Anuhar deu um beijo no rosto da amada antes de se desmaterializar.

E Sarynne se perguntou se ele estaria *mesmo* respeitando o tempo dela, ou se, de alguma forma, ele se encontrava no comando da situação.

# CAPÍTULO 40
## *Worg*

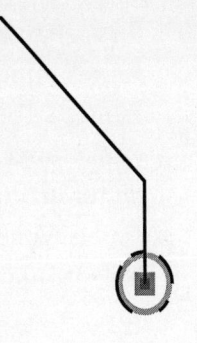

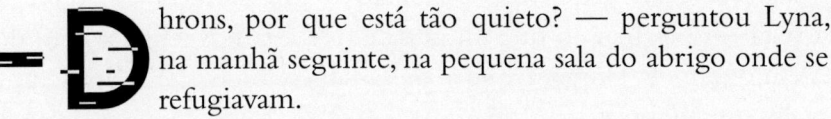

— Dhrons, por que está tão quieto? — perguntou Lyna, na manhã seguinte, na pequena sala do abrigo onde se refugiavam.

— Tudo o que fiz durante a minha caminhada foi buscar o reconhecimento do valor de Wolfar — comentou ele, com o olhar perdido na vista da janela. — E olha a espelunca em que me encontro. — Passou os olhos pelo ambiente de teto baixo, que além do cômodo onde estavam, cobria mais dois pequeninos dormitórios, um banheiro, e um minúsculo recinto para o preparo dos alimentos.

— Também servi ao meu planeta desde sempre — ela comentou ao lado dele, ao observar a paisagem sem efetivamente apreciá-la, passando as mãos nos braços. — E tudo o que consegui foi o desprezo de quem eu mais honrava.

—Você está falando de paixão. Não misture as coisas.

— Não tem nada a ver com paixão. — A ex-nynfa olhou para ele com a testa franzida. — Eu queria ser alguém! — Gesticulou com as duas mãos. — Fiz um treinamento pesado, abri mão de tudo que eu tinha lá fora...

— Que não era nada...

— Era pouco, sim, mas era o que eu tinha — retrucou, séria, com os olhos apertados. — Lá na clausura eu podia contribuir, auxiliei todos os Guardiões, e o Yan era o que mais me permitia ousar. Ele fazia com que eu me sentisse uma rainha, mas foi só aparecer alguém que ele julgou ser mais interessante, para que tudo o que fiz anteriormente perdesse o valor. Tanto a lealdade que demonstrei, como os préstimos a Drah — contou, erguendo uma das sobrancelhas. — Então, a partir daquele momento, ficou claro para mim que somos importantes enquanto eles têm algum interesse. Depois disso, esqueça. Toda aquela conversa de ética, valor, dignidade, honestidade e mais uma lista de palavras que embelezam qualquer discurso, deixa de ter qualquer importância.

—Você perdeu o seu namoradinho, eu perdi meu planeta. Tem uma pequena diferença.

— Perdemos o que nos era valioso. Perdi o meu espaço, não o *namoradinho*. — Ela voltou a olhar para fora, ainda sem apreciar a vista. — No mais, o que interessa é que estamos jogados aqui do mesmo jeito. E, também, que a *minha* sugestão de ofensiva vai atingi-los em cheio.

Dhrons respirou fundo.

— Disso não tenho dúvidas. — Ele deslizou pela sala. — E enquanto isso, continuamos escondidos até que Kroith assuma a liderança de Plouzd. Aí poderemos voltar à ativa.

—Você confia nele?

— Se tem algo que aprendi, foi a não confiar em ninguém. Mas ele, bem manipulado, vai fazer exatamente o que eu quero. Até que não seja mais útil, daí decido o que fazer.

— E como estão os preparativos no planetoide? — Lyna o acompanhava com o olhar.

— Já está tudo pronto.

— E já não está na nossa hora?

O ex-governante de Wolfar olhou pela janela e viu os homens se aproximando.

— Está. — Suas testas pulsaram mais rápido. — Eles já estão aqui. E nós estamos prontos para sumir novamente.

# CAPÍTULO 41
## Drah Senóriah

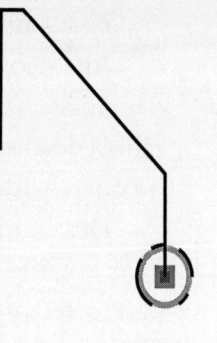

Alessandra abriu os olhos devagar, sonolenta. Respirou lentamente, mexeu os dedos das mãos e dos pés. Dobrou as pernas e esticou os braços.

Nada doeu.

Olhou ao redor, e não havia nada além dos equipamentos com suas luzinhas piscantes. Tocou várias partes do corpo para se certificar de que não tinha nenhum objeto preso nele, fosse injetando ou recepcionando qualquer material que estivesse expelindo.

*Não estou no hospital na Terra...*

Espreguiçou-se, agora mais segura, e se forçou a lembrar da razão de estar ali. Analisou os gráficos e, conforme aprendera a interpretá-los, indicavam que estava tudo bem.

*Ah, o Ahrk me dopou pra mexer nas minhas células e ainda vou esganá-lo por isso.*

Ela franziu a testa. Por que esganaria alguém que a estava tratando?

Olhou ao redor. Não se lembrava de ter visto o hospital tão silencioso.

*Preciso avisar o Yan que acordei.*

*Yan!*

Alessandra se sentou depressa. Claro... Precisava falar com ele.

Viu que suas roupas estavam sobre a cadeira ao lado da cama, prontas para serem vestidas. Desceu devagar, testando o seu equilíbrio e o seu estado. Sentia-se bem, mas agora que o encéfalo estava mais acelerado, as informações que precisava repassar ao amado vinham aos galopes.

Vestiu a calça, a blusa e a sapatilha. Saiu até o corredor entre os quartos e não havia ninguém por ali.

*Que estranho...*

Mas não tinha tempo para se preocupar com isso nesse instante. Seguiu até a saída do hospital, raciocinando sobre qual a forma mais rápida de chegar até ele, supondo que estivesse na sua sala. Seria subir quatorze andares pela rampa, ou pelo seu *amado* elevador sem caixa.

Desacordada por tanto tempo, achou perigoso subir tantos andares sozinha, porque tudo o que não queria era passar mal e voltar para o recinto da saúde. Fez uma careta, irritada até com o nome que os senóriahn davam para o hospital. Mas focou no seu objetivo, e se dirigiu ao final do corredor, onde ficava o elevador. Procurou controlar o pânico e acreditar nas forças de atração e repulsão.

---

— Tlou, é urgente? — perguntou Yan pelo intercomunicador. — Estou fechando alguns assuntos com os Guardiões.

— *É urgente. Estamos em perigo.*

—Vem para cá.

— Senhores, eu saúdo todos vocês, mas formalidades à parte, Drah pode ser atacada a qualquer momento — disse o líder das Operações Investigativas ao se materializar na sala do guerreiro, derrubando dois copos sobre a mesa de reuniões, ao iniciar a projeção das últimas imagens captadas pelos seus agentes de campo.

— Eeii!! Cuidado aí. — Nillys se contorceu para evitar que caíssem no chão.

— Estamos na iminência de ser atacados — repetiu Tlou.

— O quê?

— Como assim?

— Estão vendo essa nave? — Apontou para a ampla projeção em 3D. — Saiu há poucas horas de Worg, acompanhada de outras duas menores e, de acordo com os nossos informantes de lá, para fazer algo grande. O pior é que o nosso pessoal acabou de descobrir que há uma arma, com potencial de destruição desconhecido por nós, escondida em algum lugar da galáxia sob o controle de um grupo de plouzden que, pelas investigações apressadas que fizemos, é o mesmo que saiu nas naves. O mesmo que saiu equipado para não retornar tão cedo. Isso foi o suficiente para ativar todos os meus alertas.

— Ah, *gródsv*!

De imediato, os Guardiões se movimentaram pela sala a fim de se comunicar com os seus respectivos técnicos e operadores para que todas as barreiras de defesa fossem reforçadas, a artilharia "anti-qualquer-coisa-que-disparasse" ficasse de prontidão, e que o poder de rastreamento para captar cada movimento suspeito fosse elevado ao máximo, ao mesmo tempo em que Anuhar já solicitava a busca da nave citada.

— Precisamos descobrir qual o paradeiro dela. E isso é urgente, repito, é urgente. Podemos ser atacados a qualquer momento — informou o guerreiro aos analistas do Ar.

Rhol convocou todos os especialistas dos principais armamentos da Água, Terra e Ar para ficarem próximos dos parceiros desses elementos.

— O que descobriu sobre essa arma, Tlou? — perguntou Yan.

— Que utiliza um material de extrema dificuldade de extração, cujo poder de destruição é ímpar.

— Uma tremenda coincidência... uma arma com esse poderio ter envolvimento com os plouzden e ser descoberta bem no período em que Dhrons é visto por aquelas redondezas, vocês não acham? — comentou Farym, com as mãos apoiadas na grande mesa.

— Ainda acabo com esse *gródsv*! — praguejou Nillys, após desligar o intercomunicador.

O Guardião-mor do planeta reproduziu na sala as principais imagens dos três elementos, com todo o arsenal de prontidão.

—Yan? — A voz recendeu por todo o ambiente.

— Ale?

# CAPÍTULO 42
## Planetoide Plnt - 45

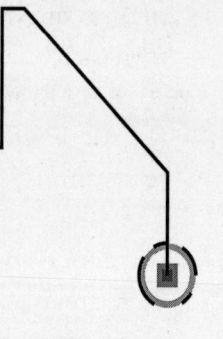

A montagem do QG foi ágil, já que nela foi utilizado o construtor instantâneo, um instrumento que não fazia nada além de fixar no solo o piso, encaixar e prender quatro paredes com duas aberturas, e sobre elas o teto. Executada pelo Gigante e pelos dois técnicos que o acompanhavam, com as peças trazidas prontas de material leve e resistente, não foi necessário nada além de um espaço para a instalação do ambiente. O mesmo espaço que os plouzden sempre usavam, sobre a principal entrada para a galeria subterrânea.

No ambiente de cerca de vinte e cinco metros quadrados, os três homens montaram uma pequena bancada sobre a qual foi colocado o dispositivo trazido de Worg com a interface de acionamento da Deusa, e uma mesa onde depositaram parte do material e três cadeiras.

As outras duas naves que os acompanhavam garantiriam a segurança externa para a execução do plano. A Deusa seria utilizada sem deixar nenhum rastro.

Gigante ergueu uma das partes móveis do piso recém-montado e abriu, puxando para cima, a porta camuflada que servia de entrada para a galeria subterrânea onde ficava a arma. Essa entrada dificilmente seria encontrada porque, vista de perto ou de longe, qualquer um diria que naquela extensão de terreno não havia nada além do solo granuloso do planetoide. Ele pegou, com cuidado, o pequeno recipiente retangular onde as duas pedras de Zulxy descansavam nos seus respectivos espaços cautelosamente projetados, e desceu até o subsolo a fim de repor o mineral que usariam.

*Drah Senóriah*

—Ale, meu amor. —Yan abriu a porta para ela. — Estou muito, mas muito feliz por você ter acordado. Por favor, sente-se aqui. — Apontou para uma das cadeiras livres. — Mas nós estamos com um problema muito sério neste instante.

— Eu sei. — Ela se escorou na cadeira, só observando a movimentação dos Guardiões e as projeções no ambiente.

— Todas as defesas ativadas — comentou Anuhar.

— Nada de anormal nas águas — informou Nillys.

— Na terra, também está tudo certo — disse Farym.

Alessandra ouviu todos falando ao mesmo tempo, sem tirarem os olhos das imagens. Rhol era o único que conversava pelo intercomunicador, enquanto Tlou a encarava.

— O que é que você sabe? — perguntou o líder dos guerreiros.

— Que Dhrons está prestes a nos atacar.

— Mas não se preocupe, porque as defesas de Drah estão ativadas no módulo de alerta máximo.

— Drah? — Ela arregalou os olhos. — Ah, nossa, ele não vai atacar Drah.

Os seis a encararam por alguns segundos.

—Vai atacar Brakt.

# CAPÍTULO 43

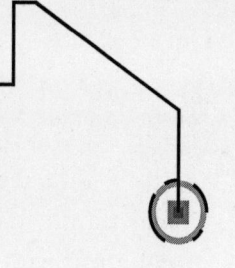

— Yan, não tem defesas em Brakt? — perguntou Alessandra, depois que os Guardiões saíram da imobilidade momentânea causada pelo choque, para depois rearticularem seus respectivos planos de ação.

— Tem, Ale, mas ainda não como as daqui. — Ele buscou as imagens do planeta, geradas pelo Observador DS3, e fez uma ligação. — Retire todos que estão em Brakt, imediatamente ... Eu disse *imediatamente*. O planeta está em perigo.

Anuhar falava agitado com quem estava do outro lado do intercomunicador. Nillys e Farym também conversavam com seus operadores.

— Ergam todas! Agora ... Sei que estão ativas, mas estou falando das do nível máximo.

Yan projetou Brakt na sala e tudo estava normal.

— Rhol, me diga que temos algo que desconheço, que é novo, ou ainda sob testes, que possamos fazer daqui de Drah para impedir ou neutralizar qualquer possível ataque.

Mas o Guardião do Fogo apenas negou com a cabeça, e o seu líder voltou a encarar a imagem, tenso. A passividade não era característica dos seres dessa sala, mas com as defesas erguidas, só lhes restava aguardar. Aguardar alguma informação sobre nova ação, o rastreamento da nave ou...

— Alguma novidade com o rastreamento? — questionou Tlou.

Anuhar negou com a cabeça, sem tirar os olhos dos visores. O silêncio só era quebrado quando algum dos guerreiros se comunicava com o seu time.

— Não sei vocês, mas esperar para ser atacado não é o meu forte — comentou Nillys.

— Nem o de ninguém aqui — ressaltou Yan. — Só torça para que os nossos consigam sair de Brakt em segurança, porque até agora nenhuma nave se mexeu — completou ele, encarando uma das telas projetadas.

---

### Planetoide Plnt – 45

Ligar o aparelho de interface, ultrapassar todas as etapas de segurança, conectá-lo à arma e programá-lo era responsabilidade dos dois jovens técnicos. O primeiro passou por todas essas etapas, fez a programação com a CRCC do alvo, ou seja, com as suas caraterísticas de reconhecimento e localização, e o segundo, as respectivas conferências. Quando concluíram, o Gigante já retornava ao QG, fechando a entrada do solo, recolocando o piso do ambiente no devido lugar para assegurar a sua imperceptibilidade.

— Tudo certo por lá? Inseriu o mineral? — perguntou o rapaz que fez a programação. O enorme plouzden assentiu com a cabeça e, em seguida, levou até a bancada o pequeno arsenal de contingência e o colocou ao lado do equipamento.

— Podemos iniciar?

— Espero que não precisemos destruir nem o dispositivo nem a estalagem — comentou o segundo técnico.

— Se qualquer coisa, qualquer uma, não sair como planejado, não hesitem em clicar aqui. — Ele mostrou o pequeno botão no painel digital. — Logo vai aparecer o ícone para ativar os explosivos.

Os rapazes concordaram em silêncio.

— Todos prontos? — questionou o jovem à frente do aparelho, enquanto rechecava os dados.

Os demais responderam afirmativamente. Então, ele ativou o lançamento.

O Gigante retornou à mesa, deixou sobre ela o material que ainda carregava e deu a volta ao seu redor para ficar bem de frente para o visor da máquina.

Os três acompanhavam as imagens, sem piscar, onde o temporizador trabalhava de forma regressiva e ritmada.

— Por que não escolheu o processo de ativação rápida? — perguntou o rapaz das conferências.

— Porque essa opção só se usa em emergências, já que pula algumas etapas de autochecagem.

No completo silêncio, aguardaram pacientemente até a contagem terminar. Sem piscar, ainda atentos à tela, ouviram, logo depois, o som distante dos projéteis ao quebrarem a barreira do som, um imediatamente atrás do outro.

Entreolharam-se e respiraram aliviados.

— Feito, Gigante.

— Ótimo. Vamos embora.

Os três plouzden fizeram as últimas verificações, desmontaram a estrutura recém-erguida e se aprontaram para deixar o local o mais rápido possível, a fim de eliminar qualquer rastro.

---

### Drah Senóriah

— Eu só queria saber como os wolfares se esconderam com aquelas testas pulsantes, que não são nada discretas — comentou Nillys, quebrando a falsa calmaria local, andando de um lado para outro na sala.

— Aposto que nem se deram ao trabalho de se esconder. Ficaram lá e pronto — supôs Farym.

— E será que ainda estão por lá?

— Estamos investigando isso, mas, particularmente, acho pouco provável — respondeu o líder das Operações Investigativas.

—Yan, alguma nave saiu de Brakt?

— Duas acabaram de sair, Ale, e a terceira está subindo agora.

Rhol franziu a testa quando olhou a projeção.

—Vejam! — Ele apontou para a tela, que, como em um passe de mágica, projetava o espaço.

— Perdemos a imagem de Brakt — informou o Guardião das Terras.

O líder dos guerreiros voltou-se às suas teclas de comando virtuais, mas não importava o que digitasse, só aparecia o espaço, de vários ângulos diferentes.

— De Brakt e de tudo ao seu redor.

— Não foi a *imagem* que perdemos.

— Mas. Que. *Gródsv*!

Pelos semblantes atônitos na sala, Alessandra entendeu que o pior acontecera, e seu estômago se contraiu. Além do pequeno planeta, haviam perdido o seu próprio chão. De imediato, instaurou-se o caos na base da cúpula de Drah Senóriah. Tanto Tlou quanto os guerreiros teletransportaram-se para as suas salas de Comando.

— Ale. — Yan se ajoelhou diante dela.

— Vai lá, meu amor. — Ela acariciou o cabelo e o rosto dele.

— Antes de eu ir, preciso saber se você está bem mesmo.

— Estou, sim...

— Você não deveria ter saído do recinto da saúde sem me chamar. Depois, vou querer ouvir tudo o que o Ahrk te falou.

Ela o encarou.

— O que foi?

Ela coçou a cabeça.

— Alessandra, o que foi que você aprontou? — Ele segurou o rosto dela com preocupação.

— Nada. É só que ele nem sabe que saí.

— O quê? — Ele ficou em pé. — Como não sabe?

— Eu tinha que avisar vocês sobre Brakt, então assim que consegui sair daquela cama, vim pra cá o mais rápido que pude. Até peguei sozinha aquele famigerado elevador.

— Você veio por ele, sozinha?

— Vim, mas não adiantou, né. Brakt foi atingido do mesmo jeito.

— Venha aqui. — Ele a ajudou a se levantar. — Vou te levar até o Ahrk para ver o que ele diz.

— Não volto pra lá nem amarrada. — Afastou-se para poder encará-lo. — Por favor.

— Estamos no meio do caos, Morena. Daqui a alguns poucos minutos vou descer e definir os próximos passos de uma estratégia que não faço ideia de qual seja. Estamos enfrentando uma situação bem inusitada, e não sei quando volto a te ver. — Segurou o queixo dela com delicadeza. — Preciso ir até lá com a cabeça em Brakt, entende? Se eu não tiver a certeza de que está segura e bem, não vou deixar de me preocupar, porque você é a minha maior prioridade.

Ela o envolveu pelo pescoço.

— Fique tranquilo. Está tudo bem.

— Não. Estou vendo que ainda está baqueada. Vamos fazer o seguinte: eu te levo até o Ahrk, ele te examina e aí me liga passando uma posição sobre a sua situação. Então decidimos juntos sobre o seu tratamento, pode ser?

— Sinto que não posso apagar novamente no meio dessa confusão. Sei que posso ajudar.

— E eu sei que se algo acontecer com você porque poderia ter se tratado e não se tratou, nunca vou me perdoar.

— Mas a decisão é minha.

— Vamos combinar que é nossa? — propôs, já pegando-a no colo para se dirigirem ao recinto da saúde.

— Alguém já te disse o quanto é teimoso?

— Não escuto isso desde que você foi internada.

— Os outros não falam porque sentem medo de você — brincou, tentando amenizar a tensão dele, aninhada no seu pescoço, enquanto ele a levava, apressado, pelo elevador.

—Você também deveria sentir. — E esse foi o último momento em que se permitiram sorrir, perante a gravidade da situação que teriam que enfrentar.

---

— Como é que o planeta pode ter simplesmente sumido? — Lêunny perguntou no recinto do Comando de Defesa do Ar, com os olhos arregalados.

— Isso está parecendo o efeito da esfera desintegradora — respondeu um dos pesquisadores, virando a cabeça de uma imagem para outra, em busca de alguma resposta.

— Mas nunca vi uma destruir um planeta inteiro — comentou Anuhar. — E as naves que saíram de lá?

Recebeu uma negativa silenciosa em resposta.

— Estavam próximas demais.

— Já sabemos se sobrou algo?

— Estamos verificando. Já enviamos o equipamento para uma análise local a fim de entender o que houve.

Eram inúmeras as imagens projetadas. Não havia parte do ambiente que não contivesse um grupo de operadores, cientistas ou guerreiros analisando alguma projeção. O mesmo acontecia nos recintos dos demais elementos.

Yan se materializou no meio da grande sala. Deu alguns passos na direção de Anuhar, mas precisou atender o intercomunicador.

— Oi, Cêylix... É, é isso mesmo. No momento, não consigo te adiantar nada, mas te mantenho informada sobre o andamento das coisas por aqui.

Nem desligou o aparelho, viu que chegava uma chamada da 3ª SG, mas não atendeu. Retornaria mais tarde. Aproximou-se do Guardião, que acabara de receber a informação de que parte dos componentes que formavam a atmosfera que cobria Brakt permanecia no local, como uma grande bolha de gases pairando no espaço.

—Tenho que analisar se esse fato nos ajuda a descobrir algo, Yan.

— Estou indo até o Tlou, mas verifique quantos dos seus estavam na base atingida — solicitou o líder dos guerreiros dentre o vaivém desordenado de seres na grande sala. — Precisamos desse levantamento o mais rápido possível.

—Vou pedir para a Sarynne fazer isso.

— Certo. Daí preciso de você e dos demais Guardiões na sala do Tlou.

— Me dê dois minutos.

— Sim, Dom Wull — respondeu Yan pelo intercomunicador, enquanto o guerreiro do Ar ligava para a sua assistente.

— Atende... — Ele andava de um lado para outro. — Atende, atende, atende. — Desligou e ligou mais uma vez.

*Onde você se meteu?*, perguntou-se enquanto andava de um lado para o outro, sem tirar os olhos das várias imagens projetadas na sala.

— Lêunny, preciso falar urgente com a Sarynne. Você sabe onde ela está, que não atende as minhas chamadas?

Os olhos arregalados do substituto e a paralisação imediata dele o encarando transformaram o abdômen de Anuhar, assim como o seu peito, em dois blocos de gelo. E o coração não sabia se continuava disparado ou falhava.

— Onde. Ela. Está? — A sua voz quase não saiu.

— Ela foi mais cedo até Brakt.

# CAPÍTULO 44

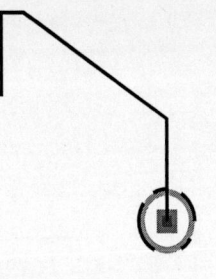

Depois de tanto tempo desacordada, tudo o que Alessandra não queria era ficar dentro do quarto.

Ahrk, mais do que surpreso, a examinara e a liberara para permanecer dentro do Prédio ainda por um bom tempo, e com acompanhamento periódico. Ao sair da consulta, ela podia jurar que o versado em saúde chamara os auxiliares que a atenderam quando estava internada, em busca do esclarecimento sobre a sua alta, o que ela mesma não tinha.

Ou talvez tivesse...

Agora no seu aposento, a agonia tomava conta do seu emocional. As coisas fervilhavam lá fora, e ela precisava falar, ou pelo menos ver outros seres. Abriu a porta do quarto decidida a dar uma leve caminhada, uma vez que desconhecia sobre o quanto o seu corpo físico resistiria depois do tratamento.

O andar estava vazio, então resolveu ir até a rampa. Não deu três passos e Grammda surgiu no final do corredor.

— Grammda! Eu lhe saúdo. Que bom vê-la — disse, cruzando os braços com força.

— Eu lhe saúdo também. Você está bem?

— O meu estado requer alguns cuidados, mas estou me sentindo bem melhor do que naquela cama. — Passou a mão pelo colo e pescoço.

— Você precisa se cuidar. — Com a ponta dos dedos, a anciã virou o rosto de Alessandra para os dois lados.

— Sei disso. Pode ficar tranquila que estou tomando todos os cuidados. Mas a senhora está falando isso por alguma razão especial?

— Ah, menina — disse ao segurar a mão da jovem híbrida —, vamos enfrentar tempos difíceis.

— Já estamos. Brakt acabou de ser destruído.

A mentora de Drah estreitou os olhos e a encarou.

— Não, filha... nós ainda vamos enfrentar.

Ela apenas analisou a mulher baixinha e cheinha de cabelos prateados, que pôs a outra mão sobre a que já segurava.

— Drah Senóriah precisa de você bem.

Alessandra assentiu com a cabeça, ao mesmo tempo em que o seu corpo esquentou com o toque delicado da mentora de Drah. Um pouco antes de as suas células entrarem em ebulição, Grammda a soltou.

— Agora preciso ir — disse ela, os olhos claros brilhando intensamente.

— Foi a senhora, não foi? — questionou a jovem híbrida, movimentando os dedos das mãos, ao sentir o corpo revigorar, ainda que todo ele formigasse. — Que me ajudou a sair do hospital... quero dizer, do recinto da saúde? Agora estou lembrando... eu não conseguia acordar e pedi a sua ajuda.

— Pelo que sei, você fez tudo sozinha... — Deu um pequeno sorriso e se desmaterializou, deixando Alessandra parada em pleno corredor.

---

Anuhar voou para cima de Lêunny, agarrando a gola da túnica do seu substituto.

— Eu estou falando sério! Não é hora de brincar! Cadê a Sarynne?

O vento começou a soprar mais forte lá fora, chegando a assobiar. Todos pararam para ouvi-lo, exceto o Guardião do Ar.

— E-eu n-não estou bri-brincando — respondeu o rapaz, quase sem fôlego.

— Anuhar! — Yan interveio, junto com um grupo de analistas do Ar, que os rodearam.

— Onde ela está?

— Solte o Lêunny! — Yan tirou, à força, as mãos do guerreiro que seguravam o jovem e depois o empurrou para longe, interpondo-se entre ambos. Mas o Guardião estava cego de pavor e desespero.

— Onde ela está? — gritou ele.

— Sarynne disse que vocês combinaram que ela faria trabalhos externos, e como tínhamos uma saída para Brakt hoje mais cedo, ela aproveitou e acompanhou os dois analistas até lá.

Ele se soltou de Yan, também à força, dando as costas a todos, e passou a andar desordenadamente com as duas mãos sobre a cabeça.

— Ah, *gródsv*! *Gródsv*! — repetiu, ofegante.

Então parou por um instante e se desmaterializou.

O Guardião-mor, suspeitando sobre uma ligação mais sólida do casal e conhecendo a impetuosidade de Anuhar, teletransportou-se até o hangar, já ordenando que não fosse liberada a decolagem do guerreiro. A ventania era tanta que ele precisou proteger os olhos com o braço e se segurar na parede externa.

— Rhol, preciso de você no hangar, agora — ordenou pelo intercomunicador.

— O que foi? — O Guardião do Fogo perguntou, já ao seu lado. — Mas que ventania é essa? — Estreitou os olhos, apoiando-se em uma das naves paradas à sua frente.

— É o Anuhar. Precisamos impedi-lo de sair. Depois eu explico.

— Em qual das naves ele está?

— Boa pergunta. Eu descubro e você não deixa que ele decole de jeito nenhum.

Usando seus poderes de conexão com a terra, Yan se abaixou para tocar o solo, questionando sobre o paradeiro do guerreiro. Concentrou-se e ouviu a resposta com o eco dos passos do Guardião, indicando a fila 3, nave 10.

— F3, N10 — falou a Rhol.

O comandante do Fogo se dirigiu ao local, mesmo com todo o vento o empurrando para trás, esfregando uma mão na outra. A nave, já ligada, iniciava a decolagem. Ele parou e apontou uma das mãos para o local exato do propulsor, lançando uma bola de fogo certeira a fim de queimar o equipamento e impedir a saída do Guardião, que desceu furioso, gritando com o parceiro quando o aparelho foi atingido.

— O que você fez, *gródsv*? — Transtornado, foi até ele e empurrou o enorme peitoral com as duas mãos. — Por que me derrubou?

— Você precisa se acalmar — falou Rhol, sem sequer cambalear, impassível, encarando o amigo com seriedade.

— Vocês não podem me impedir de sair — berrou, com uma mão tirando dos olhos o cabelo que voava alucinado, e apontando o dedo indicador da outra para o líder do Fogo.

— Sabemos o que aconteceu e estamos aqui para ajudar — disse Yan, que se juntou aos dois, a farda tremulando fortemente.

— Ajudar de que jeito, Yan? — O guerreiro do Ar buscou o autocontrole visceral para conter as lágrimas que teimavam em aparecer, sem ouvir o uivo agitado do seu elemento. — Não tem nada a ser feito — esbravejou. — Dhrons destruiu Brakt e, além de matar centenas de senóriahn, matou a Sarynne também. É simples assim, por isso vou acabar com ele e vocês não vão me impedir. — Virou-se na direção de outra nave do mesmo porte da que fora avariada.

— Uma ação dessas não pode ser feita dessa forma — gritou o Guardião-mor, segurando-se em uma das naves. — Você vai para onde? Ele nem deve mais estar em Worg. Precisamos de um plano e de apoio.

— Que se exploda o plano e o apoio — vociferou, o cabelo voando pelo rosto. — Não posso deixar que aquele *gródsv* desapareça de novo, então vou começar por Worg.

— Pare e pense, Anuhar! — Yan ordenou.

Mas o Guardião do Ar era a ira revestida de um corpo físico. Afastando-se de ambos, caminhou depressa pelos corredores formados entre todos os equipamentos aéreos parados, em busca do que atenderia aos seus objetivos. No momento, raciocínio não era algo que cabia naquele corpo.

Yan e Rhol se entreolharam. O guerreiro do Fogo acompanhou com o olhar o movimento do parceiro, que já subia em uma das naves. Pegou a arma que carregava, mirou cuidadosamente e atirou nas costas de Anuhar, derrubando-o de imediato.

A ventania parou no mesmo instante.

# CAPÍTULO 45

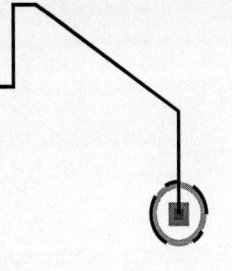

Na sala do Comando de Operações Investigativas, Tlou e Cêylix estavam reunidos com os Guardiões, repassando o ocorrido.

— Três naves saíram de Worg em direção ao planetoide Plnt – 45, e foi de lá que ocorreu o lançamento — explicou o investigador-mor, indicando na imagem projetada a localização do ocorrido.

— E que *gródsv* de arma foi aquela? — perguntou Farym, em pé, sem a casaca marrom do uniforme, com a camisa branca entreaberta e as mangas erguidas.

— Ainda não sabemos, só vamos ter alguma noção depois que a encontrarmos ou recolhermos alguma evidência do local.

— Mas até que se tenha a avaliação da situação geral da galáxia, ninguém está autorizado a deixar Drah — ordenou Yan, aproximando-se da imagem. — Já emitimos um comunicado a todas as SGs e a todos os demais planetas, para que fiquem em alerta e ergam as suas defesas, a fim de não pôr em risco a existência de mais ninguém.

Dom Wull, Matriahrca e Giwân se materializaram na sala, e o líder-mor de Drah apenas gesticulou para que o Guardião continuasse.

— Ainda não temos o número exato, mas até onde sabemos, perdemos mais de duzentos senóriahn hoje. Por isso não dá para piscarmos sem estarmos alertas. Nem nós, nem os demais planetas.

— Vocês avisaram Wolfar? — O silêncio se instaurou na sala e todos se viraram para o representante da Federação Intergaláctica.

— Não entendemos que Wolfar corra algum risco, Emissário Giwân. — Yan respondeu bem devagar, curvando-se sobre uma das mesas, apoiando nela as mãos e virando a cabeça para encarar o pequeno homem. — Até porque, pelas nossas investigações, o responsável por essa atrocidade é o Dhrons.

— Mas eles podem ajudar.

— Com todo o respeito, também não acreditamos nisso.

— Giwân, vamos deixar essas equipes trabalharem — interveio Dom Wull. — Esse assunto nós dois é que vamos discutir. —Virou-se para o líder dos guerreiros. — Tem alguma coisa de que vocês estejam precisando neste momento?

—Não temos o mapa completo da situação. Consequentemente, ainda estamos sem uma estratégia de ação. Assim que tivermos, conversaremos.

— Qualquer coisa, eu disse *qualquer coisa* que necessitarem, é só me falar. — Segurou o ombro do filho antes de se desmaterializar, junto com o representante da Federação.

Matriahrca se aproximou.

—Yan, não estou vendo o Anuhar. Onde ele está? — perguntou ela.

— Fora de combate.

# CAPÍTULO 46

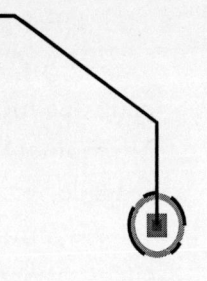

Três ciclos depois, Anuhar ainda era mantido "preso" no recinto da saúde. Todas as vezes que acordava, tentando destruir tudo o que via pela frente, Ahrk, com o auxílio de três auxiliares, o derrubava com a medicação, que não só o deixava inconsciente, mas o impedia de se teletransportar por mais um ciclo depois de absorvida.

Sabendo disso, o Guardião nem fez menção de se levantar quando acordou. Viu os dois guerreiros que se mantinham à sua porta e esfregou as mãos nos olhos.

Voltando ao momento em que viviam, a dor no peito o atingiu sem trégua. Quisera que algum versado em saúde tivesse qualquer solução para o que sentia. O sorriso de Sarynne, seu olhar discreto e seu modo recatado de se entregar na cama sem reservas, ainda que parecesse um contrassenso, dominavam as suas lembranças. Enxugou a lágrima que escorria, passou as mãos pelos cabelos e inspirou profundamente. Expirou e olhou por tudo. Ou para o nada. Pegou o intercomunicador na mesa ao lado da cama para chamar o seu braço direito.

— Antes de mais nada, preciso te pedir desculpas pelo que fiz, Lêunny — disse assim que o rapaz entrou. — O fato de ter avançado em você foi algo inconcebível. Eu estava descontrolado e, para ser sincero — esfregou os olhos com as mãos —, ainda estou. Mais perdido do que nunca...

— Entendo... Não se preocupe, porque já supunha que vocês fossem um casal.

— Pois é... — Respirou fundo. — E a ideia de ela ir até Brakt foi minha, só *minha*. Apesar de eu não imaginar que ela tivesse ido naquele ciclo... — Fechou os olhos. — Bom, não faz diferença.

— Foi uma fatalidade, Anuhar. Você não teve culpa.

— Ah, racionalmente eu sei, mas emocionalmente não tem nada que me convença disso. — Suspirou. — Como estão as coisas? No momento do acontecimento mais crítico do planeta, estou aqui, apagado, então suponho que você tenha assumido a liderança do Ar.

— Sim, sim. — Lêunny se aproximou da cama. — Esses três ciclos serviram basicamente para coletar quaisquer resquícios ou resíduos do que sobrou nas coordenadas de Brakt. E para acompanhar as investigações no Plnt – 45, que, ao que tudo indica, foi de onde os disparos ocorreram. Também temos investigadores em Worg e em Plouzd. Junto com isso, foi feito o levantamento dos que fizeram a passag..., desculpe.

— Tudo bem. — Ele esfregou os olhos com uma das mãos. — O genitor e o irmão dela já foram comunicados?

— Foram.

O guerreiro respirou profundamente.

— E o que mais sabemos sobre o ocorrido?

— Até agora, nada de consistente. — O jovem torceu a boca em uma careta. — A Cêylix fez uma revolução nos laboratórios e nas equipes de cientistas para priorizar as análises do material encontrado ao redor de Brakt. A Federação enviou um time para investigar, acompanhando os nossos, sobre a responsabilidade de Dhrons na execução da tragédia, porque mesmo ele tendo estado em Worg, isso não o caracteriza como culpado. Dom Wull está protagonizando uma boa discussão com eles. Resumidamente, é isso.

— Obrigado. — O líder do Ar se levantou.

— E o que pretende fazer agora?

— Voltar ao trabalho, se me deixarem sair daqui. — Indicou com a cabeça os seus "guarda-costas" imóveis na porta.

— Vai dar tudo certo, meu amigo.

— Obrigado — repetiu, pensando no que ainda teria para dar certo na atual conjuntura.

Depois que Lêunny deixou o quarto, Anuhar se vestiu e fez uma ligação.

— Oi, Ahrk, preciso que me libere, por favor. Fique tranquilo que não vou destruir nada, mas preciso sair daqui... Tudo bem, eu espero. — Desligou o intercomunicador.

— Posso entrar, Anuhar?

O Guardião se virou para a porta de um ímpeto e apertou a ponta do lençol, depositando nele toda a ira e o desejo de vingança que sentia, ambos acompanhados da ânsia de sair dali, que gritava no seu encéfalo com toda a força.

— Que bom que acordou. Tenho vindo aqui todos os ciclos para saber como está.

— Você. Não. Devia. Ter vindo aqui, Srínol — falou entredentes.

— Sei que está revoltado...

— Revoltado? — Ele aumentou o bolo do lençol que massacrava com a mão.

— Desculpe, não encontrei palavra melhor. Todos estão estarrecidos e inconformados com o que aconteceu.

O guerreiro virou de costas, apoiou uma das mãos na parede e alisou a testa com a outra. Com isso, regulou a respiração a fim de buscar o controle necessário para não transferir, ao ser que estava no seu quarto, toda a ira destinada a Dhrons, apenas por ele ter testas pulsantes.

— O que vim te dizer — o wolfare continuou — é que fico contente que esteja melhor. Sinto muito pelo ato criminoso daquele que foi o nosso governante até pouco tempo atrás e sinto muito, também, por todos aqueles que ele matou.

— Ah, é fácil falar quando aqueles que se ama estão em casa dormindo tranquilos. — Ambos ficaram em silêncio por alguns instantes. — Por favor, saia daqui — Anuhar falou em voz baixa, e quando se virou para a porta, estava sozinho no quarto.

---

Alessandra acordou assustada. Yan, como vinha acontecendo nos últimos ciclos, não estava ao seu lado. Sua cabeça pesava, talvez pelas horas chorando por causa de Sarynne, e por tanta tristeza e revolta.

É verdade que os senóriahn encaravam a morte, ou a passagem, como uma continuidade da caminhada em outro local, mundo, dimensão ou onde quer que fosse, porém uma separação abrupta gera sempre um corte, uma quebra inesperada de qualquer tipo de planejamento, e até os que permaneceram se acostumarem com a ausência e se reestruturarem, levava um tempo. Por esse motivo, o ambiente no Prédio estava bastante denso.

Se Yan dormira seis horas desde o ocorrido, tinha sido muito. Também era fato que os senóriahn necessitavam de poucas horas de sono, mas dormiam de quatro a cinco horas por ciclo e não um total de seis em três ciclos de quarenta e oito horas cada. Por isso, as olheiras já evidenciavam esse retrato do cansaço.

Ela se sentou na cama, pondo o travesseiro nas costas, incomodada, como se alguma coisa lhe cutucasse o estômago. Ajeitou-se. Já sabia que algo viria por aí, mas não fazia ideia do quê. Era mais fácil quando acordava e se lembrava do sonho, porque quando isso não acontecia, às vezes demorava para se sintonizar com a mensagem.

Suspirou e fechou os olhos. Manteve-se assim por alguns minutos, com as pernas esticadas e os braços relaxados. Nada.

Levantou-se, foi até o banheiro, fez a higiene e decidiu descer. Quem sabe, algum estímulo externo lhe auxiliasse. Trocou de roupa e, ao sair do quarto e adentrar a antessala, deu de cara com a imagem da família na parede. E o seu pai.

Um frio lhe subiu pela coluna.

Abriu a porta e desceu correndo pelas rampas, até a sala de Comando de Operações Investigativas, onde supôs que todos estivessem reunidos, visto que não saíam de lá desde o ocorrido. Nem pensou em ligar para Yan, tamanha a ansiedade que havia lhe tomado.

Dezesseis andares depois, quase sem fôlego pela corrida e pela mensagem, ela entrou na sala de Tlou, onde tanto os Guardiões quanto os técnicos prestavam atenção a diversas projeções em 3D.

Quando o guerreiro-mor se deu conta, Alessandra ofegava ao seu lado.

— Oi, aconteceu alguma coisa? — perguntou ele.

— Nós temos uma alternativa pra salvar Brakt — respondeu ela, sem rodeios.

# CAPÍTULO 47

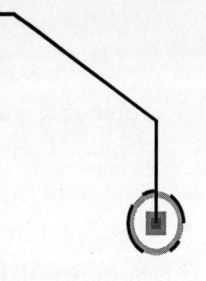

Após um ciclo extenuante de trabalho, sentado na beirada da cama com os cotovelos apoiados nas pernas e a cabeça nas mãos, Anuhar havia se recolhido apenas para se permitir ficar sozinho por um tempo, já que não se sentia cansado. Ou talvez o seu cansaço estivesse sobrepujado pela ira que o consumia.

O seu comportamento comedido tinha como objetivo se inteirar da situação, das investigações e das alternativas que teria de vingança. Por isso, o seu autocontrole nunca fora tão requerido como agora.

Ele sabia que estava sob o foco da liderança de Drah, então não cometeria nenhum deslize. Ainda não criara um plano concreto para acabar com Dhrons, mas era apenas uma questão de tempo até obter as informações necessárias e agir.

— Anuhar?

Seus pensamentos foram interrompidos pela voz grave — e nesse momento indesejada — de Yan. Suspirou e permaneceu em silêncio na esperança de que o seu líder o deixasse só.

— Sei que está aí e sei que está descansando, mas o que tenho para falar é muito importante.

O guerreiro do Ar escondeu os olhos nas mãos.

— Anuhar, se tem tanto interesse quanto eu em rever a Sarynne, deveria abrir para nós.

O Guardião deu um pulo na cama, não só pelas palavras que ouviu, mas pela firmeza com que foram ditas por Alessandra. Por isso, abriu a porta de imediato.

— Entrem — disse ao casal parado à sua frente. — Não entendi o que quis dizer, mas estou pronto para ouvir.

— Antes de mais nada, você está se sentindo bem?

— Não, Ale. Honestamente, não.

— Estou perguntando fisicamente. — Ela tocou o ombro daquele que parecia a sombra do verdadeiro Anuhar.

— Já me recuperei das dezenas de tranquilizantes que me injetaram, se é o que quer saber. — Olhou torto para Yan, que se mantinha impassível. — Não querem sentar? — Ofereceu a pequena poltrona da antessala para Alessandra, puxou uma das cadeiras da mesa para o Guardião-mor, que agradeceu, mas preferiu ficar em pé, e outra para ele.

— Você pode me explicar o que disse lá fora? — perguntou, ao se sentar e apoiar os antebraços sobre as coxas abertas.

— O que a Ale quis dizer é que há uma possibilidade de resolvermos toda essa catástrofe — explicou o líder dos guerreiros.

— Vocês estão falando sério? — Ambos concordaram. — Não foi só para eu abrir a porta? — Os dois negaram e ele franziu a testa. — Isso tem a ver com o Ross? — perguntou para ela.

— Tem. Tem a ver com o meu pai.

— Há pouco tempo, como você bem se lembra, eu quase perdi a Ale, então sei exatamente o que está sentindo. E é por esse motivo que não vejo outro ser para liderar essa ação — argumentou Yan, com as duas mãos nos bolsos da calça, encarando o amigo.

Anuhar se endireitou na cadeira, sem respirar, aguardando a tão inusitada solução para trazer a sua amada de volta.

— Entretanto, da mesma forma que aconteceu comigo, deverá ser uma atuação bem planejada e preparada para que a execução tenha os menores riscos.

O guerreiro do Ar assentiu.

— Não tem espaço para ações inconsequentes, nem para atitudes ousadas. A missão por si só é um puro ato de ousadia, como nunca realizado antes por nós.

— Pelas Forças mais poderosas do universo, do que se trata essa missão? — o Guardião perguntou, franzindo o cenho.

— A solução que temos para reverter tudo o que aconteceu é voltarmos no tempo, Anuhar — explanou Alessandra.

Silêncio.

O líder do Ar encarou os dois visitantes.

— Vocês estão de brincadeira comigo.

Nenhum deles respondeu.

— A ideia é eu voltar ao passado e impedir que Brakt seja destruído? É isso?

— É.

— Estamos falando de seres que fizeram a passagem. — Anuhar foi até a janela. — Aí executamos algo e eles voltam a viver como se nada tivesse acontecido. — Retornou gesticulando, a outra mão na cintura, pensando alto e de forma desconexa. — A proposta é salvar quem já se foi e um planeta que não existe mais. — Empurrou o cabelo para trás por cima da cabeça. — É algo tão... — Voltou até a janela e retornou com o cenho franzido. — Isso é sério mesmo?

— Acredite, é sério.

— E qual a chance de essa loucura dar certo? — Ele se sentou novamente.

— Sendo sincero, não sei, mas é a única que temos. Quer tentar ou não?

O guerreiro do Ar jogou as costas no espaldar da cadeira, fitou a jovem filha do cientista mais renomado que Drah já teve, fitou Yan, voltou a olhar para ela, e depois para o Guardião-mor. Apertou os olhos e voltou a firmá-los no casal. Seu raciocínio queria compensar o momento da surpresa, e trabalhava alucinadamente. O silêncio preenchia o ambiente e, só depois de mais alguns longos segundos, Anuhar, por fim, suspirou.

— Tudo bem. Como é que isso vai acontecer e o que eu preciso fazer?

# CAPÍTULO 48

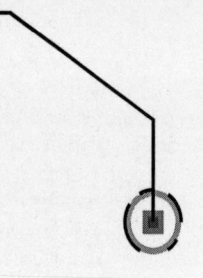

Não era comum o Corpo de Elite do Comando de Defesa de Drah Senóriah participar *in loco* das suas missões, mas tanto no recente resgate de Alessandra quanto nesse inusitado plano de salvar o planeta do caos e, como consequência, salvar Sarynne, os dois Guardiões não abriram mão de eles mesmos serem os protagonistas.

Em ambos os casos havia um lado emocional envolvido no salvamento de suas amadas, por isso não existia ser de nenhuma procedência, hierarquia, poder ou força que fizesse Yan ou Anuhar assistirem passivamente às suas respectivas missões.

A de Yan fazia parte do passado, mas a do Guardião do Ar ainda estava por vir, razão pela qual ele observava o colete que precisaria vestir, e no qual acoplaria o seu arsenal. O guerreiro estava em uma das salas do andar do armazenamento de onde Rhol escolhera minuciosamente cada arma a ser usada pelo amigo. Os lasers, as esferas, os sensores, projetores, geradores de frequências, os bloqueadores sensoriais, assim como as armas com capacidade explosiva.

Foi até o corredor seguinte, onde peças menores com funções bem específicas — algumas com alto grau de periculosidade — encontravam-se acomodadas, de modo organizado e alinhado, em suportes adequados, dentro de um armário transparente, que era aberto com senha conhecida apenas pela liderança dos Guardiões.

— Esse pequeno objeto — explicou o líder do Fogo, retirando do armário e lhe mostrando algo como uma caneta roliça, daquelas que preenchem a palma da mão — é o que vai usar para bloquear o funcionamento da máquina, porque você pode não ter tempo hábil de encontrar os comandos certos para desativá-la.

Tendo recordado a explicação, Anuhar olhava o pequeno instrumento prateado e brilhante que, ao ser ligado através do sensor na base, deveria ser comandado apenas com o poder cerebral, mas precisava ser apontado para o alvo a fim de obter os resultados esperados.

Em resumo, tudo o que ele necessitaria encontrava-se nas suas respectivas prateleiras organizadas por tipo, tamanho e potência do material. E o guerreiro, agora, sabia exatamente onde achá-las, por esse motivo permitiu-se repassar a reunião feita com os cientistas, sobre a máquina que todos, agora, acreditavam ser o único caminho para salvar Brakt. Se funcionasse.

Ele apoiou as duas mãos na parede e relembrou cada palavra dita.

— *Ross mantinha-se firme na teoria de que uma das principais funções da ciência, além de melhorar as condições do viver em um planeta, era a de defendê-lo* — explicou-lhes Cêylix, andando de um lado para o outro em uma das salas do laboratório. — *Por isso trilhava caminhos que muitos de nós talvez não trilhássemos. O que vocês veem aqui* — ela apontou para a caixa escura de cinquenta centímetros quadrados sobre uma das mesas encostadas à parede — *é a máquina de viagens no tempo.*

Anuhar observou, por um instante, Alessandra, que insistira em participar da reunião e ouvia tudo sem piscar.

— *Desse tamanho?* — questionou o líder das Águas, em pé, encostado em uma das paredes, com uma sobrancelha erguida.

— *É, Nillys, desse tamanho. O tempo é uma pura convenção, então essa história de que podemos entrar em uma sala e sair alguns ciclos atrás, bom, para nós, ainda não é bem assim que acontece.*

— *Mas os quélsys não fazem isso?*

— *Os quélsys compõem uma civilização muito mais avançada do que a nossa, Farym* — respondeu a cientista. — *Então, quando estivermos no mesmo patamar de conhecimento, certamente teremos outras formas de tecnologia. O que temos até o momento é a capacidade de captar a consciência do ser através do Rastreador Cerebral, que vocês já conhecem bem, passando as lembranças e informações desejadas. Depois, transformar tudo isso em dados e introduzi-los nesse Transportador de Consciência. Vou chamar desse modo para facilitar.* — Mostrou a caixa escura.

O Guardião do Ar olhou novamente para o colete, pensou em Sarynne e sentiu um bolo no estômago. Abaixou a cabeça, fechou os olhos e respirou profundamente. Veio-lhe a imagem de Dhrons rindo pelo ocorrido, e seu corpo começou a esquentar desde o abdômen, passando pela garganta até alcançar o rosto. Abriu os olhos focando no colete, sem mover a cabeça, e voltou a relembrar as explicações da Cêylix.

— É aí que a magia acontece. Esse brinquedinho aqui — ela tocou na caixa —, que não tem nada de mágico, leva os dados pelo atalho de espaço-tempo até o ponto que quisermos.

— Atalho de espaço-tempo?

— O que conhecemos na Terra como buracos de minhoca? — Alessandra pensou em voz alta, os olhos arregalados e brilhando.

— Isso — Cêylix respondeu com um sorriso. — É através deles que cortamos caminho para as nossas viagens de longa distância.

— Mas até então estávamos falando só de espaço.

— É verdade. Mas como todos sabemos, não vivemos em um plano contínuo. — Ela mostrou uma das mãos, curvando-a com os dedos para baixo. — Dependendo do local onde criamos o atalho, da velocidade com que o adentramos, e de mais uma gama de fatores de maior complexidade, de cujas explicações vou lhes poupar, é possível chegar ao mesmo ponto do espaço de onde saímos, mas em outro tempo. — Ela uniu o dedo médio ao polegar da mão erguida.

— E como é que se cria um atalho preciso assim? — perguntou Nillys, com um vinco na testa.

— Só posso dizer que não está na lista dos dez itens mais simples de se fazer, mas os temos criado para as nossas pesquisas.

— E as convenções do tempo que acabou de citar? — indagou o guerreiro do Fogo, de uma cadeira no fundo da sala.

— Então, Rhol, nós vivemos sobre uma gama de conceitos convencionados para auxiliar as pesquisas e a nossa compreensão acerca de... tudo. Mas o fato é que estamos aqui aprimorando essas convenções e as coisas continuam acontecendo.

— Mas e depois que se chega no outro tempo? — questionou o líder das Terras.

— Quando a consciência, ou os dados, voltam ao ponto pretendido, são armazenados, nesse caso no encéfalo do ser, que, a partir desse momento, passa a ter as novas informações.

— E como os dados são enviados ao atalho? — Rhol quis saber.

— Programando o destino de envio para as suas coordenadas e para o instante que se deseja — ela respondeu, esfregando as palmas das mãos.

— E quando você diz que podemos chegar "até o ponto que quisermos", não há nenhum limite? — perguntou Yan, com a expressão fechada, aproximando-se da caixa.

— Desculpe, é mais uma força de expressão, porque o que alcançamos até agora está dentro do limite de seis ciclos.

— Céus, já estamos quase no limite, então. Precisamos agir rápido. Cêylix, por favor, me diga que já fizeram isso.

— Ah, Yan... espero que ela nos diga que nunca fez, porque se fez, já imaginou quantas vezes algo já foi mudado e nem percebemos? — Nillys abriu um leve sorriso, mas a testa estava franzida. — E, nesse caso, então não seria...? Não. Será que eu já...?

As elucubrações do Guardião das Águas faziam sentido, mas todos estavam com toda a atenção voltada às palavras de Cêylix.

— Enviamos dados para um intercomunicador dentro de uma caixa selada e, ao abrirmos, ele estava com os dados armazenados corretamente — relatou ela.

— Simples assim? — questionou Farym.

— Meus caros Guardiões, esse procedimento não é algo sem consequências, por isso não vejo como simples. — A cientista passou os olhos por todos os presentes. — A quantidade de energia utilizada para enviar qualquer coisa ao atalho, mesmo que um pacote de dados como o que pretendemos transportar, é absurdamente grande. Fizemos dois testes e em ambos afetamos mais da metade da cidade.

— Quais as consequências disso? — indagou Alessandra.

— Um blecaute momentâneo. Aliás, ele foi momentâneo devido ao tamanho do arquivo e porque voltamos para apenas alguns minutos no passado.

— Nos dois testes?

— Na tentativa seguinte, voltamos uma hora e o blecaute durou alguns segundos, o que, para todos os seres do planeta que não participaram desse experimento, como vocês, pareceu uma simples piscada, isso se alguém percebeu. Mas nós sabemos o significado disso e os possíveis efeitos desse microapagão. — Ela ergueu as sobrancelhas.

— Ih... — exclamou o líder das Terras, enquanto Yan segurava o ar, empurrando a pequena franja para trás com uma das mãos.

— Não foram feitos testes em seres? — perguntou o guerreiro do Ar.

— Ainda não — disse a cientista em voz baixa, entrelaçando os dedos. — Mas confiamos muito nos relatórios do Ross.

— Ai...

Além da expressão espontânea de Nillys, Farym passou a fazer perguntas. Anuhar decidiu nem questionar o olhar que Yan trocou com Cêylix, mas o que lhe deu o único fio de segurança para se agarrar foram as palavras de Alessandra, que se aproximou e lhe segurou os ombros com as duas mãos.

— Meu pai não falhou comigo, Anuhar, em nenhuma das orientações que passou.

O Guardião se empertigou, lembrando-se da intensidade do olhar com que ela argumentara.

—Vamos lá, vamos lá... — falou sozinho na sala, pensando em Sarynne e em Brakt.

Inflamado pela raiva e pela vontade de resolver todo esse caos, mesmo sem a certeza de poder fazer isso acontecer, viu pelo intercomunicador que já estava quase na hora e decidiu ir ao laboratório caminhando para acalmar a agitação e a ansiedade.

— Grammda? — Abriu a porta da sala do armazenamento e parou ao dar de cara com a mentora do planeta.

A senhorinha de cabelos prateados estava parada à sua frente, os olhos claros mais vívidos do que nunca, e com um pequeno sorriso no rosto, observando-o. Quando ela vinha até alguém dessa forma era porque o motivo era grande o bastante, então ele não sabia se era algo bom ou não.

— Eu lhe saúdo, filho. Como você está?

— Pronto. Pronto para o que precisa ser feito — respondeu, reverenciando-a.

—Você está preparado? — Ele nem estranhou, porque pela pergunta, ela já sabia do que se tratava a missão. — Para todas as possíveis consequências da ação?

— Essa é uma missão que não tem margem para erros, então não posso cometer nenhum deslize.

Ela o analisou em silêncio.

—Venha até aqui, por favor, e feche os olhos.

O guerreiro permitiu que ela entrasse, seguiu-a até a cadeira que ela lhe apontava e se sentou. Foi envolvido por uma carga de energia e sentiu como se as suas células acelerassem.

— Sabe do que mais me orgulho em você?

*Da minha coragem*, ele pensou de imediato.

— Da sua capacidade de lidar com o novo.

Anuhar sentia um peso tão forte ao redor de si que era incapaz de se mover. Não conseguia nem abrir os olhos.

— De resolver os desafios avaliando as consequências e impactos — ela continuou. — De tomar as decisões mais cabíveis no momento adequado.

Ele achou graça. A couraça invisível ao seu redor se dissipou e ele pôde abrir os olhos, ainda com um leve ar de riso.

— O que é engraçado? — perguntou a mentora.

— É que todos ficam inconformados com algumas... hum... muitas atitudes minhas, porque julgam que são totalmente inconsequentes.

— Sei disso. Mas estou falando do seu lado *racional*, e eles veem apenas os atos que permite serem dominados pelo seu emocional. — Ela entrelaçou os dedos, com os braços caídos em frente ao corpo, e ele a encarou com a testa franzida. — Não dá para prever se ocorrerão deslizes ou não, mas você foi o escolhido para liderar a ação e é quem pode tirar Drah Senóriah dessa situação.

O Guardião procurava entender o que, exatamente, ela queria lhe passar.

— Confio em você. — Ela ergueu o queixo do guerreiro com a ponta do dedo.

— Obrigado, Grammda.

— Está na hora, não está? — Ela caminhou em direção à porta. — Não quero atrasá-lo. Ah, e estarei com você durante todo o tempo.

Anuhar a reverenciou e ela se desmaterializou.

O Guardião se dirigiu andando ao laboratório, com os pensamentos acelerados.

Não sabia como seria a missão, nem se daria certo. Mas faria o que estivesse ao seu alcance para executá-la e, de sobra, mataria Dhrons e os seus comparsas na primeira oportunidade, mesmo que não fizesse parte do plano.

# CAPÍTULO 49

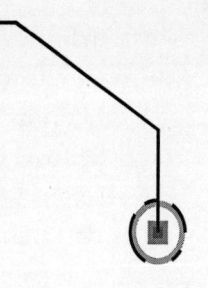

Tlou e todos os Guardiões aguardavam Anuhar em uma das salas do fundo do laboratório. Os olhos ligeiros de Cêylix percorriam o local, enquanto os cientistas faziam as últimas checagens no equipamento.

— Cêylix, qual a chance real de isso dar certo? — cochichou Yan, levando com delicadeza a cientista para o canto da sala. — Não consegui falar com você antes, mas ainda estou incomodado pelo fato de essa caixa aparecer exatamente quando vamos precisar dela.

— Lembra que comentei que poderia ser coisa do Ross?

— Lembro, claro, mas esse material estava com quem?

— Então, além do dispositivo de armazenamento que encontramos dentro da caixa com todo o desenvolvimento da pesquisa...

— Cêylix, precisamos que venha até aqui — pediu um dos cientistas e ela só olhou para Yan.

*Gródsv!*, pensou ele, mas a incentivou a atender o rapaz:

— Pode ir. Neste momento, a sua atenção na preparação de tudo é mais importante do que essa conversa. E se você está confiante, já é uma grande coisa.

— Temos que acreditar — respondeu ela, olhando-o nos olhos, antes de se afastar.

O líder dos Guardiões voltou para perto da janela, pensando no massacre dos senóriahn, na única fonte conhecida de Wh-S 432, dizimada, e na situação em que a galáxia inteira se encontrava, ou seja, sujeita a entrar novamente em colapso, exatamente como pouco tempo antes, quando houvera a extinção do X-ul 432. E, em contrapartida, o que tinham era uma pesquisa totalmente inusitada, que aparecera do nada e que poderia ter sido feita pelo seu amigo Ross. O guerreiro coçou a testa, inquieto, mas decidiu se preocupar com isso mais para a frente, porque confiava no discernimento de Cêylix. E, para reforçar, tinha o lance de Alessandra acessar a mesma salvação dessa confusão toda pela frequência do pai...

Se fosse confirmado que a solução era mesmo do estimado amigo, ele seria o responsável por, mais uma vez, ter a saída para problemas de Drah, mesmo já tendo feito a passagem.

*E o fato é que não temos outra alternativa imediata de ação.* Yan respirou profundamente e, ao olhar pela janela, viu Anuhar entrando no laboratório.

O Guardião do Ar atravessava, com passadas largas e firmes, os ambientes das pesquisas teóricas, onde havia cientistas concentrados nas suas estações de trabalho, grupos discutindo em voz baixa sobre temas específicos, imagens coloridas em 3D e 4D se movimentando sobre algumas mesas, e palavras trocadas quase em um cochicho entre os seres que debatiam sobre determinados assuntos. Tudo isso acompanhado do som das botas pesadas sobre o chão, que seguiam sem hesitar, até a sala no final do grande recinto aberto.

Ao se aproximar, respirou fundo e entrou, dando de cara com o aparelho que Cêylix chamara de Transportador de Consciência, a caixa escura sobre a pequena mesa próxima à parede.

— Oi, Anuhar — a cientista o cumprimentou. — Como está se sentindo?

— Bem. Fique tranquila — respondeu de forma sucinta.

— É, meu amigo. Não tem um ser mais apropriado para participar dessa missão — comentou Nillys —, porque você é o mais maluco que conheço.

— Maluco, eu? Só porque ouso em alguns momentos não quer dizer que eu seja maluco.

— Ah, quem ousa sou eu — afirmou o líder das Águas. — Pode ter certeza, você é louco.

O guerreiro do Ar exibiu um ar de riso, mas negou com a cabeça, voltando à total concentração e se sentando na cadeira indicada por Cêylix.

— E aí, podemos começar? — perguntou ela.

— Sim, estou pronto — informou Anuhar com convicção, porém tenso da cabeça aos pés.

*Você foi o escolhido para liderar a ação e é quem pode tirar Drah Senóriah dessa situação*, voltaram-lhe as palavras da Grammda.

— Não quer repassar nenhum ponto? — perguntou Yan.

O líder do Ar respirou profundamente e fechou os olhos por alguns instantes antes de responder.

— A Cêylix vai utilizar o Rastreador Cerebral em mim, captar todas as informações sobre o que aconteceu em Brakt, tudo o que discutimos nos últimos ciclos, e vai enviar para o meu encéfalo, no passado, já que ainda não é possível transmitir dados da consciência para um conjunto de seres. Conhecendo os fatos futuros, eu, então, irei ao planetoide Plnt – 45 impedir que eles destruam Brakt e eliminem... — Engoliu em seco. — Todos os que estavam lá.

— Aconteça o que acontecer, *não* faça nada diferente do que combinamos aqui, *em hipótese alguma* — enfatizou a cientista. — Não fale sobre o assunto com mais ninguém, porque o menor detalhe pode interferir no desenrolar dos acontecimentos. E aí o que salvaria o planeta pode levar a consequências ainda mais catastróficas.

— Outro ponto importante é o de levar, além da sua, no máximo mais três naves — interveio o investigador-mor de Drah, que fazia parte do pequeno grupo ao redor de Anuhar.

— Por mim, eu iria com dez, decapitaria todos que estivessem por lá, e faria o que tenho para fazer, porque não daria a menor chance para eles e resolveria o nosso problema rapidamente, com toda a segurança. — O Guardião gesticulou enfaticamente. — Mas já entendi. Se formos com essa tropa toda, chamaremos a atenção do grupo e eles podem cometer algum desatino. Além do mais, as quatro naves com que vamos já nos dão certa vantagem, porque os caras foram com apenas três. Tudo bem...

—Viajar com quatro é muito diferente do que viajar com um esquadrão — comentou Tlou —, porque mesmo com todos os artifícios para burlar qualquer tipo de detecção, seria bem mais difícil de não chamarmos a atenção. E esse número reduzido, não só de naves como de guerreiros, visto que eles estão em poucos, seria muito mais bem visto pela Federação em caso de algum tipo de questionamento ou problema. Porque, se formos com uma vantagem muito grande, qualquer ato seria considerado massacre ou coisa parecida.

— Massacre foi o que fizeram em Brakt — argumentou o Guardião do Ar.

— É verdade, mas o principal é que se nos detectarem antes da hora, isso pode mudar o rumo dos acontecimentos. E só para você saber, a Federação já está investigando o ocorrido no planeta.

Anuhar deu de ombros.

— Isso é muito importante, meu amigo — disse Yan, enquanto o pequeno equipamento de rastreio era colocado ao redor da cabeça do líder do Ar. — Sei o que está sentindo. — Ele se curvou e apoiou uma das mãos no encosto da cadeira do Guardião. — Mas se temos alguma chance de recuperar Brakt e trazer a Sarynne de volta, não podemos interferir além do que foi planejado. Ah, você se lembra da senha que te passei?

— Sim.

— Ótimo. Esse detalhe é de extrema importância.

Anuhar recebeu a placa plana nas mãos, através da qual liberaria as suas lembranças para o aparelho.

*Vou fazer o que for preciso para trazer Sarynne de volta, podem ter certeza.* Não freou os pensamentos.

— Está tudo sob controle. Não vou falhar.

Yan assentiu com a cabeça e se endireitou.

— Preparados?

Os Guardiões concordaram.

— Então, vamos lá — falou a cientista antes de iniciar o procedimento.

# CAPÍTULO 50

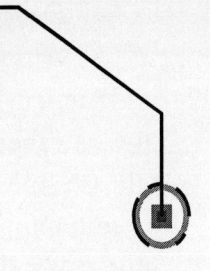

Rastreador captava todas as informações disponibilizadas por Anuhar. Ele havia organizado os dados que lhe seriam úteis no passado, e o aparelho agora os capturava, decodificando-os para serem enviados.

O Guardião não sabia como seria o tal procedimento, mas seu abdômen queimava, seus nervos pulsavam e suas células vibravam. Engoliu em seco como se as paredes da garganta roçassem com aspereza umas nas outras.

"Então, por favor, diga para mim que não vai mais se colocar em risco nessas explosões."

O guerreiro fechou os olhos quando "ouviu" a voz delicada de Sarynne em um canal que somente ele acessava, não sendo repassado ao Transportador de Consciência.

"Sempre busco a liberdade, procurando agir conforme o que sinto e acredito, mas é um desafio enorme."

"Foi bom, se é o que quer saber... Muito bom."

"Mas, olha, isso não altera em nada o que falei ontem."

Passou a mão pela testa.

*Ah, meu amor, ah, meu amor... Você não faz ideia de como te quero de volta...*

— Dados captados — avisou Cêylix. — Guardiões, adentrando a fase de envio dos dados pelo atalho. Que a ciência trabalhe a nosso favor.

Todos assentiram em silêncio.

◆◆◆◆◆◆◆

*Seis ciclos antes*

— Tlou, é urgente? — perguntou Yan pelo intercomunicador.
— Estou fechando alguns assuntos com os Guardiões.

— *É urgente. Estamos em perigo.*

—Vem para cá.

Anuhar, que estava atento à ligação do seu líder, sentiu um baque na cabeça que chegou a deixar sua visão turva. Ele fechou os olhos e, apesar de estar sentado, agarrou os braços da cadeira. Ao mesmo tempo em que observava a sala e os Guardiões ao seu redor, uma gama de informações invadia os seus pensamentos e ele foi arregalando os olhos azuis.

— Senhores, eu saúdo todos vocês, mas formalidades à parte, Drah pode ser atacada a qualquer momento — disse o líder das Operações Investigativas ao se materializar na sala do guerreiro, derrubando dois copos sobre a mesa de reuniões, ao iniciar a projeção das últimas imagens captadas pelos seus agentes de campo.

— Eeii!! Cuidado aí. — Nillys se contorceu para evitar que caíssem no chão.

— Estamos na iminência de ser atacados — repetiu Tlou.

— O quê?

— Como assim?

— Estão vendo essa nave? — Apontou para a ampla projeção em 3D. — Saiu há poucas horas de Worg, acompanhada de outras duas menores e, de acordo com os nossos informantes de lá, para fazer algo grande. O pior é que o nosso pessoal acabou de descobrir que há uma arma, com potencial de destruição desconhecido por nós, escondida em algum lugar da galáxia sob o controle de um grupo de plouzden que, pelas investigações apressadas que fizemos, é o mesmo que saiu nas naves. O mesmo que saiu equipado para não retornar tão cedo. Isso foi o suficiente para ativar todos os meus alertas.

— Ah, *gródsv*!

De imediato, os Guardiões se movimentaram pela sala a fim de se comunicar com os seus respectivos técnicos e operadores para que todas as barreiras de defesa fossem reforçadas, a artilharia "anti-qualquer-coisa-que-disparasse" ficasse de prontidão, e que o poder de rastreamento para captar cada movimento suspeito fosse elevado ao máximo, ao mesmo tempo em que Anuhar já se dirigia ao seu líder.

— Yan, não tenho tempo para te explicar, mas posso evitar o que está próximo de acontecer.

— Todos estamos trabalhando nisso, Anuhar.

Ele segurou o braço do guerreiro-mor com firmeza e recebeu uma testa franzida em resposta.

— Você precisa confiar em mim. Vou sair dessa sala, pegar uma nave e evitar problemas bem grandes.

— Ninguém deve sair agora. Você sabe dos procedimentos de segurança, e sabe que os riscos são altos.

Rhol convocou todos os especialistas dos principais armamentos da Água, Terra e Ar para ficarem próximos dos parceiros desses elementos.

O Guardião do Ar puxou Yan para um canto.

— Kihara — cochichou.

— O quê? — ele perguntou, surpreso.

— Kihara... É a senha.

— Quem te falou sobre isso?! — exclamou devagar.

— Você mesmo. Você disse que com essa senha ficaria mais fácil de me apoiar no que preciso fazer. E eu vou sair do Prédio e não posso correr o risco de ser dizimado, já que ninguém sabe do que se trata. Simplesmente não tenho tempo para justificar neste instante, mas preciso do seu apoio. Vou me comunicando no decorrer da missão. E acredite, sou a nossa única chance de evitar o caos.

Yan encarou o guerreiro em silêncio.

— Tudo bem — disse, apreensivo. — Vá em frente.

Nem bem ouviu essas palavras, Anuhar se teletransportou para a sala de armazenamento.

---

O Guardião se comunicou com sete dos seus melhores guerreiros e se dirigiu aos corredores onde sabia estar o material de que precisavam. Passou orientações ao pequeno grupo e vestiu o colete apropriado para batalhas, seguido dos demais. Carregaram as dezenas de compartimentos da roupa com os brinquedinhos letais que passeavam pelos seus pensamentos, sempre instruindo a equipe.

Tinha pressa.

Armados com todo o arsenal indicado por Rhol, teletransportaram-se até o hangar. Anuhar, que levava o desativador em um dos bolsos internos próximos ao coração, olhou para trás com a certeza de estar sendo observado, mas como não tinha tempo hábil para ir a fundo nessa questão, seguiu os companheiros que já estavam dentro das suas respectivas naves de guerra, sempre prontas para qualquer necessidade.

Ele entrou apressado, acomodou-se em um dos assentos frontais e seu parceiro se sentou ao lado. Tinham poucas horas, então seria preciso fazer uso de toda a potência do dispositivo de voo. Diferentes das de passeio, as naves utilizadas pelos guerreiros pareciam tubos grossos, e o seu design frontal era mais afunilado e embicado para baixo. A parte de trás abria-se em uma traseira em forma de u, com dezenas de orifícios para utilização do arsenal, assim como para levantar escudos de defesa. E onde havia mais um assento para levar um passageiro, em um resgate, por exemplo, ou mais um tripulante para ajudar com o armamento, por ser facilitada a visualização do espaço a partir da retaguarda da nave.

A estratégia de ter os três tripulantes era usada em batalhas bem pesadas, e, como não era esse o cenário do momento, o acordo foi que cada nave partiria com apenas dois guerreiros, um com a função de pilotar e, o outro, de auxiliar com o armamento, se necessário.

A sensação incômoda de estar sendo observado persistia, mas ele não deu atenção a isso.

— Guardiões, prontos para decolar.

Anuhar ouviu as respectivas confirmações dos parceiros, e então recebeu uma ligação do seu líder.

— Fala, Yan — disse, enquanto checava os equipamentos.

— Estou preocupado.

— Eu também. Estamos saindo agora.

O Guardião do Ar não viu, mas o guerreiro-mor esfregou os olhos com os dedos, enquanto mantinha os músculos contraídos.

— Nem sei o que estou avaliando, Anuhar. Você entende o que isso significa para mim?

— Entendo perfeitamente, mas sei o que estou fazendo, e conto com o seu apoio em caso de necessidade — disse, fazendo as últimas verificações.

—Você o tem.

— Se não fosse por urgência extrema, não agiria desse modo.

— Confio em você.

— Agradeço por isso — concluiu e decolou na vertical.

Quando atingiu a altitude necessária, partiu na velocidade da luz, seguido das outras três naves, rumo ao Plnt – 45.

Grammda, que observava toda a movimentação, apenas fechou os olhos e suspirou.

# CAPÍTULO 51

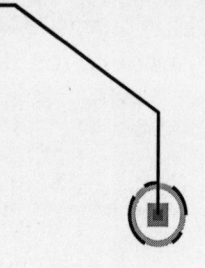

— Como foi que concordou com esse desatino? — Tlou perguntou, gesticulando. — Você normalmente é tão racional. Como ele te convenceu a sair num momento crítico desses? E para onde ele foi?

— Ele sabe o que está fazendo. —Yan observava as imagens projetadas, sem estar convencido das próprias palavras.

— Ele tem informações que nós não temos? — perguntou Farym, em pé, com as duas mãos apoiadas sobre a mesa de reuniões.

Nillys passava instruções para o seu pessoal, e Lêunny, que acabara de subir para liderar o time do Ar, também mantinha contato com os seus analistas, enquanto Rhol ouvia Kiyn pelo intercomunicador, analisava cada uma das imagens, e encarava o Guardião das Terras junto com Tlou pressionando Yan — ou pelo menos tentando.

— Pode ser uma ação suicida, e...

— Chega! — disse o guerreiro-mor de Drah, cortando a frase do investigador.

Todos pararam e o encararam.

— Tenho motivos para acreditar que o Anuhar é a única alternativa para evitar a ação dos caras. Não — interrompeu, esticando os braços para silenciar qualquer possível argumentação —, não posso explicar agora, mas acredito nisso. Por isso agradeço o seu auxílio, Tlou. Só peço um pouco de paciência.

O líder das Operações Investigativas o encarou com a testa franzida, e voltou-se às projeções, em silêncio. Farym respirou fundo e passou as mãos pelas mechas douradas, espalhando-as sobre o cabelo castanho, mas também não respondeu.

— O que descobriu sobre essa arma, Tlou? — perguntou Yan, esfregando os olhos com os dedos de uma das mãos, e questionando o que, de fato, estaria fazendo.

— Que utiliza um material de extrema dificuldade de extração, cujo poder de destruição é ímpar.

— Uma tremenda coincidência... uma arma com esse poderio ter envolvimento com os plouzden e ser descoberta bem no período em que Dhrons é visto por aquelas redondezas, vocês não acham? — comentou Farym, com as mãos apoiadas na grande mesa.

— Ainda acabo com esse *gródsv*! — praguejou Nillys, após desligar o intercomunicador.

O Guardião-mor do planeta reproduziu na sala as principais imagens dos três elementos, com todo o arsenal de prontidão.

—Yan? — A voz recendeu por todo o ambiente.

— Ale? Ale, meu amor. — Ele abriu a porta para ela. — Estou muito, mas muito feliz por você ter acordado. Por favor, sente-se aqui. — Apontou para uma das cadeiras livres. — Mas nós estamos com um problema muito sério neste instante.

— Eu sei. — Ela se escorou na cadeira, só observando a movimentação dos Guardiões e as projeções no ambiente.

— Nada de anormal nas águas — informou Nillys.

— Na terra, também está tudo certo — disse Farym.

Alessandra ouviu todos falando ao mesmo tempo, sem tirarem os olhos das imagens. Rhol era o único que conversava pelo intercomunicador, enquanto Tlou a encarava.

— O que é que você sabe? — peguntou o líder dos guerreiros.

— Que Dhrons está prestes a nos atacar.

— Mas não se preocupe, porque as defesas de Drah estão ativadas no módulo de alerta máximo.

— Drah? — Ela arregalou os olhos. — Ah, nossa, ele não vai atacar Drah.

Os seis a encararam por alguns segundos.

—Vai atacar Brakt.

---

Com o modo de invisibilidade ligado e com naves N1, N2, N3 e N4 capacitadas a burlar possíveis detecções, Anuhar se comunicou com os seus parceiros pelo intercomunicador, já próximos do Plnt – 45.

— Vamos pousar. Temos poucos minutos e eles não devem perceber a nossa chegada — orientou o Guardião aos tripulantes.

O planetoide estava bem em frente, e ele já visualizava a pequena estrutura montada com três naves paradas perto do que imaginaram ser a entrada da estalagem. A nave maior ao centro, e as outras duas cobrindo-lhe as laterais, uma mais à frente e a outra na retaguarda. Não havia movimentação do lado de fora.

— *Anuhar.* — O guerreiro ouviu a voz de Yan. — *Preciso te avisar que não é Drah que vai ser atacada, mas penso que já sabe disso, não é?*

— Sei.

Silêncio.

— *Outra coisa: pelo nosso rastreio, estou vendo que estão perto do Plnt – 45.*

— Por favor, confie em nós e não faça nada. Isso é importante. Se precisarmos de algo, eu te peço.

O Guardião-mor suspirou, resignado, mas disse:

— *Boa sorte.*

— Obrigado. Vou precisar — respondeu antes de desligar e iniciar o procedimento de pouso.

# CAPÍTULO 52
## Planetoide Plnt - 45

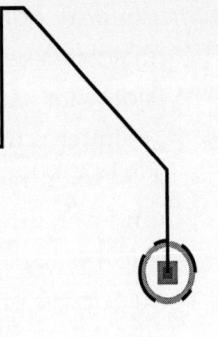

Os Guardiões decidiram pousar rodeando as naves plouzden. A N1 senóriahn pousou próxima à nave do seu líder, à frente das demais. A N2 e a N3 entre a lateral e a retaguarda da pequena frota adversária, todas com as miras alinhadas a fim de garantir que as inimigas não revidassem nem fugissem sob hipótese alguma. O design e o material do esquadrão senóriahn asseguravam a sua não detecção pelos equipamentos plouzden, assim como a sua invisibilidade, pois espelhavam o meio onde estavam inseridos. Os silenciadores, por sua vez, garantiam a total discrição perante os oponentes, que permaneceram no interior das naves que ladeavam a principal para assegurar o êxito da operação. O deslocamento de ar do pouso não foi suficiente para levantar qualquer tipo de alerta.

O plano era que tanto Anuhar quanto um Guardião de cada nave descessem utilizando a facilidade de se manterem invisíveis, com o mesmo princípio de espelhar o meio, porém agora com as células do corpo, já que apenas os seres mais evoluídos tinham a capacidade de percebê-los e nem os wolfares nem os plouzden estavam nesse patamar. Os demais tripulantes fariam a cobertura do lado externo, de dentro dos dispositivos de voo, visto que no interior de duas das naves plouzden havia movimento.

O alojamento simples dos plouzden possuía o formato de um quadrado, com apenas uma porta e uma janela em uma das paredes laterais.

Anuhar desceu rápido, abrindo um canal de comunicação mental com seus Guardiões, orientando Xeokly, o seu parceiro da N2, para que entrasse logo atrás, indo pela direita, enquanto ele iria pela esquerda. Por segurança, os guerreiros da N1 e N3 que os acompanhavam fariam a guarda da entrada do local. Precisavam tomar cuidado para não fazer barulho pois, por mais que estivessem invisíveis, qualquer um poderia ouvi-los.

Ao entrarem no pequeno ambiente, viram dois jovens diante de um visor, um manuseando o instrumento e o outro curvado ao seu lado. Na bancada lateral, entretido com alguns objetos, havia um homem cujas proporções de largura eram compatíveis com a dos dois senóriahn juntos, e cuja altura era a de cerca de um Anuhar e meio.

*Gródsv!*

Exageros à parte, o sujeito não era tão alto assim, mas a sua largura era perfeitamente compatível com a dos dois guerreiros juntos. E mesmo que Anuhar fosse bem encorpado, não deixou de pensar que seria muito interessante se Rhol, o maior dos Guardiões, estivesse ali com eles nesse instante.

*Siga pela direita e ataque o jovem que está curvado enquanto eu dou conta dos outros dois*, determinou o líder do Ar ao parceiro.

*Certo,* respondeu Xeokly, também em pensamento.

— Todos prontos? — questionou o rapaz diante do aparelho, paralisando os guerreiros senóriahn.

O jovem ativou o lançamento, o imenso homem se aproximou da mesa para largar o material que carregava, e, em vez de retornar pelo mesmo lado, virou-se a fim de rodeá-la, quando colidiu frontalmente com o guerreiro da N2, derrubando-o na hora.

Os dois técnicos se viraram para trás, procurando o perigo.

— Mas que...

O que estava em pé deu alguns passos em direção à porta e apontou uma arma para a frente, apesar de não ver nenhum alvo, e o outro ativou os explosivos de contingência a fim de destruir qualquer tipo de evidência.

Anuhar não perdeu tempo. Avançou para o jovem que estava mais perto, desarmando-o com um soco de direita na boca, fazendo espirrar sangue a alguns centímetros de distância. Então, acertou-lhe o estômago com o punho esquerdo, derrubando-o de imediato. Ainda que o rapaz se levantasse, não teria condições de ir muito longe.

No visor da Deusa, o temporizador avisava que faltavam oito minutos para o disparo. Sete e cinquenta e nove...

*Gródsv!*

O grandão, mesmo sem enxergar o oponente, após colidir com ele, esmurrou-o com todo o ímpeto, fazendo-o perder os sentidos e, como consequência, a invisibilidade. Agora, massacrava-o com ferocidade.

O outro técnico, tentando entender o que acontecia, postou-se diante do instrumento, impedindo que Anuhar o desativasse, e apontou uma arma para a frente e para os lados. O Guardião, porém, desarmou-o com facilidade, olhou de relance para o seu guerreiro e, depois, para o equipamento.

*Gródsv!*

Ouviu um gemido forte do Xeokly e um baque seco no chão. Quando se virou, sentiu o pescoço sendo estrangulado por uma potente chave de braço do homem que, por certo, matara o seu Guardião, agora imóvel no chão. Se tivesse tempo de conjecturar, diria que o monstro enorme que o enforcava o encontrara pelo barulho que fizera ao atacar o jovem plouzden. E o pescoço ter sido o alvo havia sido pura sorte. Do grandalhão.

Anuhar pensou rápido, porque enquanto as paredes da sua garganta estavam sendo achatadas pela força descomunal de um — e apenas um — dos braços da criatura imensa, o outro agarrava a sua mão esquerda, imobilizando-a. A sua invisibilidade, nesse momento desnecessária, foi desativada, e por estar só com a mão direita livre, o guerreiro não conseguia empurrar para baixo o braço que o sufocava. Por isso, enfiou a mão livre em um dos bolsos da jaqueta, pegou o cabo de uma das suas lâminas, pressionou-o e, quando o cristal pontiagudo cresceu, ele desviou o que pôde e enfiou no Gigante, sem mirar, mas com a esperança de ter acertado um dos olhos do homem.

Pelo rugido que ouviu e pelo afrouxamento da pressão no seu pescoço, o comandante do Ar deduziu que fizera algum estrago.

Virou-se rápido e o homem sangrava na altura dos olhos, mas isso não o deteve.

— Nós temos quatro minutos — falou o técnico para a criatura, que agora mirava o guerreiro com o olhar em brasa.

— Vá para a nave, e se eu não estiver lá no horário combinado, partam sem mim — ordenou o Gigante.

Do lado de fora da estalagem, os guerreiros observavam atentos os movimentos do inimigo. Via-se movimentação no interior das duas naves, mas ainda não era o momento de atacar. O objetivo era neutralizar os oponentes, mas matar só se não tivessem outra alternativa.

Um dos plouzden desceu de uma das naves menores e passou a se alongar em terra firme. Depois de esticar primeiro um braço, mudar a grande arma de lado e esticar o outro, pendeu a cabeça para trás para alongar as costas.

— Estejam preparados — avisou o Guardião da N2, e os demais entraram em estado de alerta, devidamente posicionados para atacar.

O plouzden deu alguns passos ao redor da nave, e quando resolveu caminhar para esticar as pernas, o guerreiro da N3 arregalou os olhos, e o da N2 praguejou.

O homem deu três passos e se chocou com a N3.

— Atenção! — Cada Guardião mirou no alvo pré-determinado, só aguardando a primeira investida.

Atordoado, o plouzden ergueu a mão devagar, procurando o que tocar. E, quando encontrou, tateou esticando o braço, como se pudesse medir o tamanho do objeto à sua frente. Ao entender do que se tratava, empunhou a arma e deu alguns passos para trás, voltando à sua nave com passadas largas.

A artilharia plouzden iniciou o ataque no mesmo instante em que o analista saiu do alojamento, colidindo com os Guardiões que guardavam a entrada, e no mesmo momento em que a artilharia senóriahn, implacável, não deu chance de defesa ao inimigo.

Logo que o jovem saiu, Anuhar, tentando liquidar o grandalhão, pegou uma das armas laser que carregava, cujo formato se assemelhava a uma lanterna estreita usada na Terra, na hora em que ouviram estouros do lado de fora, o que os paralisou momentaneamente.

O som dos disparos ininterruptos dos dois times agora preenchia a parte externa, mas o Guardião não se incomodou, uma vez que estavam em maioria numérica e em superioridade tecnológica.

Tinha mais com o que se preocupar. Uma vez que o seu guerreiro fizera a passagem, ele precisava tirar o sujeito enorme da jogada e desligar o dispositivo em menos de quatro minutos.

*Gródsv!*, pensou enquanto dava um pulo para a esquerda, escapando do seu oponente, que avançava sobre ele. Expandiu o facho de laser na direção do plouzden, mas isso não o intimidou. O homem passou a mão em uma das cadeiras do ambiente e a atirou no guerreiro, que se abaixou, esquivando-se. Na sequência, atacou novamente e Anuhar revidou, atingindo-o com o laser em uma das mãos.

Faltavam menos de dois minutos.

O plouzden berrou, irado, e mesmo com o pedaço de uma das mãos balançando por quase ter sido decepada, puxou o Guardião que tentava apontar o desativador para o equipamento. Anuhar voltou-se para o sujeito, esmurrando-o com toda a força, mirando nos ferimentos que lhe causara. Ainda que com cara de dor, o grandalhão jogou o guerreiro para longe, protegendo o aparelho com o corpo ferido.

O líder do Ar se levantou rápido, pegou outra das armas que carregava e a direcionou ao enorme oponente. Nesse momento, porém, ouviu o som que conhecia tão bem: o de um projétil quebrando a barreira do som. E mais um. *Não! Não, não!* Ensandecido, descarregou a arma, deformando o corpo do adversário. Quando viu o ar de riso no semblante do homem, mirou nele os três tiros seguintes, diluindo-o.

Mas de nada adiantou, porque ele falhara. Atônito, parou ofegante. *Brakt se foi outra vez... Sarynne se foi outra vez. Gródsv, gródsv!*

— Anuhar? — Outro guerreiro senóriahn entrara no QG e avaliava o ambiente destruído com os corpos espalhados pela sala.

Abaixou-se ao lado de Xeokly e se certificou de que ele fizera mesmo a passagem. Levantou-se rápido e se aproximou do Guardião, que se mantinha imóvel tentando organizar o turbilhão de pensamentos que jorrava no seu encéfalo.

— Precisamos ir — falou o rapaz senóriahn. — Essa base vai explodir em menos de cinco minutos — informou, após observar o painel digital do explosivo. — Lá fora está tudo sob controle.

— Alguma perda?

— Do nosso lado, não.

— Sugiro nos apressar — disse o último Guardião que fazia a segurança da entrada. — Por mais que o local agora esteja *limpo* e prestes a explodir, não sabemos que tipo de plano de contingência eles têm, e nem se vem mais algum time de artilharia para cá.

Do lado de fora, Anuhar deu uma olhada rápida e viu as marcas escuras em alguns pontos do chão, o que indicava que, nesses locais, corpos haviam sido dizimados pelas suas armas. Também constatou que as naves senóriahn continuavam prontas para decolar. Embarcou na N4, seu parceiro a ligou e decolou logo atrás dos demais guerreiros, que viajavam o mais rápido possível para não correrem o risco de serem atingidos pela explosão que estava próxima de acontecer.

Com os olhos fixos nos visores, Anuhar vislumbrou o clarão no planetoide. Então, se perguntou se não seria melhor ter ficado por lá, visto que não atingira o objetivo a que se propusera.

*Você foi o escolhido para liderar a ação e é quem pode tirar Drah Senóriah dessa situação.*

*Espere...* Ele arregalou os olhos com o turbilhão de pensamentos que lhe ocorreu.

Poderia fazer tudo novamente. É claro...

—Yan! — chamou o seu líder pelo intercomunicador.

— *E aí, como você está?*

—Você já pode imaginar... — Fechou os olhos. —Vamos precisar fazer tudo de novo.

# CAPÍTULO 53
## *Drah Senóriah*

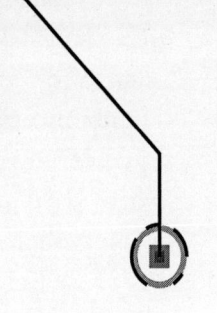

Enquanto Drah Senóriah estava em polvorosa, os Guardiões, Tlou e Cêylix discutiam *novamente* sobre o retorno de Anuhar ao planetoide.

— Eu *posso* fazer isso — disse o Guardião do Ar, em pé, no laboratório.

— É perigoso, Anuhar! Olhe para você — contrapôs Farym, do outro lado da grande mesa.

O guerreiro olhou para as suas roupas sujas, com partes rasgadas, mãos machucadas, sabendo que o rosto não deveria estar em melhores condições.

— Se eu já havia te passado todas as informações e deu no que deu, acho arriscado — argumentou Tlou, passando uma mão na testa.

— Não foram todas. No local tinha uma criatura gigantesca que vale por uma boa quantidade de guerreiros, mas agora que sabemos disso, vamos preparados.

— Deve ser o Gigante, o braço direito do plouzden "extrator". Mas o que vale perguntar é: o que ainda não descobrimos, Anuhar? — questionou o líder das Operações Investigativas. — Que outra surpresa vamos ter que enfrentar?

— Lembrem-se, todos vocês, de que já estive lá. — Gesticulou com veemência. — Agora vou enfrentar algo que já vivi.

— Ah, *gródsv* — grunhiu Nillys.

— Não podemos ficar sem o Wh-S 432 no momento. Não até encontrarmos uma alternativa. Grande parte da galáxia depende disso, além... — O guerreiro do Ar esfregou os olhos com uma das mãos. — Além de todos os senóriahn que fizeram a passagem em Brakt.

Da sala do fundo do laboratório, era possível observar o restante dos cientistas correndo de um lado para o outro, ou tensos e atentos analisando as informações nos visores das suas estações de trabalho. Também era visível a movimentação no corredor externo, igual à que, certamente, acontecia no Prédio todo. Brakt fora destruído e parte da cúpula do planeta estava reunida naquela sala decidindo sobre voltar ou não no tempo. Pela segunda vez.

Esse era exatamente o pensamento de Yan enquanto, em silêncio, mantinha-se com o olhar fixo na correria instaurada.

— Vou falar sob o aspecto científico — informou Cêylix, com seus olhos prateados mais brilhantes do que nunca. — Se já fizemos uma vez, podemos fazer de novo. É evidente que há riscos, mas sendo a única alternativa que temos, cientificamente estamos prontos.

— Não fico confortável com isso — comentou Tlou.

— Cara, se não tivermos para onde correr, sou favorável a tentarmos novamente — opinou Nillys, batendo de leve no ombro do amigo. — Por mais que esse esquema de transportar a consciência para o passado seja algo... curioso.

— Também entendo que é uma loucura, mas, se é o caso, estou aqui para ajudar no que for preciso — disse Farym.

— Se a decisão for essa, posso incrementar o aparato bélico para enfrentar o tal do grandalhão — afirmou Rhol.

— Bom, a nossa real situação é tentar novamente ou enfrentar as consequências da perda de Brakt — falou Yan ao se virar para o grupo. — O que exatamente vamos encarar nesse planetoide? — dirigiu-se a Anuhar.

— Fomos em maior número e com o armamento mais sofisticado. Tudo saiu dentro do planejado, mas ninguém imaginava que eles tivessem um monstro guardando o dispositivo. O que precisamos fazer é neutralizá-lo. Daí atingiremos o nosso objetivo.

— Se as coisas aconteceram de uma determinada forma, não significa que vão acontecer exatamente do mesmo modo — ponderou a cientista. — Porque ao forçarmos de um lado e depois, na segunda vez, de outro, as reações podem ser diferentes.

— Eu dou conta.

— Como deu da vez anterior? Por mais que não seja contra o seu retorno, consigo até imaginar você dizendo que não iria dar problema e que certamente saberia o que fazer.

Anuhar fuzilou o Guardião das Águas com o olhar.

— O Nillys está certo — Yan voltou-se ao guerreiro do Ar.

— Espera aí que vou arrumar um modo de eternizar este momento. — O ruivo ergueu os braços abertos ao dizer essas palavras.

— Mas o fato, Anuhar — continuou o líder dos Guardiões —, é que ainda assim vejo que essa é a nossa única chance de arrumar todo esse desastre. Volte lá com os novos brinquedinhos que o Rhol vai te indicar e impeça a destruição de Brakt.

# CAPÍTULO 54
## Drah Senóriah

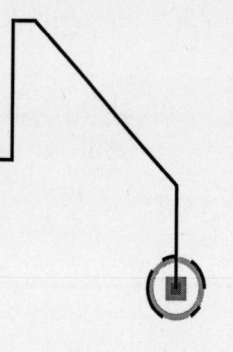

*Algumas horas antes*

Anuhar sentiu o impacto da chegada das informações, buscou *novamente* o apoio de Yan e fez uso da mesma senha de segurança que ele lhe fornecera ao fazer o transporte da consciência.

Convocou os mesmos sete guerreiros, orientou-os sobre a missão e sobre o arsenal que levariam. Após estarem devidamente munidos com todo o material de que precisavam, teletransportaram-se até o hangar e decolaram de imediato.

O Guardião do Ar tinha a incômoda sensação de estar sendo observado, mas se distraiu ao atender a ligação do seu líder.

Depois da conversa rápida e do pacto de confiança entre ambos, ele decolou na vertical e, quando atingiu a altitude necessária, partiu na velocidade da luz, seguido das outras três naves, rumo ao Plnt – 45.

Já em seu aposento, Grammda, de olhos fechados, visualizava toda a movimentação pela segunda vez.

*Planetoide Plnt – 45*

Como anteriormente, os Guardiões pousaram rodeando as naves plouzden.

A diferença para o plano anterior era que Xeokly entraria atirando no Gigante, enquanto Anuhar daria conta dos outros dois, visto que, com o grandão fora de combate, os outros dois seriam presas fáceis dentro do tempo que ele teria para evitar os disparos. Por segurança, os guerreiros da N1 e N3 que os acompanhavam fariam a guarda da entrada do local, e os demais tripulantes continuariam com a cobertura do lado externo, de dentro dos dispositivos de voo.

Ao entrarem no pequeno ambiente, Xeokly mirou direto no Gigante e aguardou o início da ofensiva.

— Todos prontos? — questionou o jovem em frente ao aparelho.

Ao comando de Anuhar, o guerreiro da N2 iniciou os disparos. O homem foi atingido no peito e no ombro, ao mesmo tempo em que os dois técnicos se viraram assustados. O rapaz responsável pelas rechecagens pulou para trás da bancada sobre a qual estava o equipamento de ativação da Deusa, com uma arma em punho.

O imenso plouzden, apesar de ferido, movimentou-se com agilidade. Virou a mesa, usando-a como escudo, enquanto Xeokly atirava nas suas pernas.

Anuhar avançou para o jovem no comando da máquina, mas o técnico auxiliar, quando percebeu que não seria o próximo alvo das armas senóriahn, antepôs-se entre um possível perigo, o guerreiro e o amigo, transformando-se em um anteparo. Com a proteção que recebera, o outro rapaz ativou a máquina sem fazer qualquer rechecagem e, em seguida, ativou os explosivos de contingência a fim de destruir qualquer tipo de evidência.

O Guardião tornou-se visível por entender que seria covardia demais lutar com alguém sem ser visto. Depois, deu um soco de direita na boca do rapaz que o enfrentara, imobilizando-lhe o braço com a arma e jogando-a para longe. Acertou seu estômago com o punho esquerdo e o derrubou de imediato. Virou-se para o visor da máquina, diante da qual o outro técnico acabara de se postar, também armado, e o temporizador avisava que faltava um minuto para o disparo. Cinquenta e nove segundos...

*Um?* Anuhar arregalou os olhos, desarmando o jovem com facilidade. Ao derrubá-lo no chão, desacordado, com um único golpe, viu o painel do explosivo indicar que faltavam quatro minutos para tudo explodir. *Só podia ser a ativação de emergência... Droga!* Nesse tempo, ele *não* conseguiria desativar a Deusa e o explosivo, e se fizesse a passagem, Brakt *não seria salvo. Gródsv! Guardiões, recuar! Preparar para decolar. Repito, recuar,* deu o comando mental. Olhou para trás e viu o Gigante estirado no chão, com o corpo mutilado devido à quantidade de ferimentos, ao lado de Xeokly, também atingido pela arma do plouzden, com o crânio esmagado sob o peso da mesa que jazia sobre ele.

Anuhar olhou a cena desolado, antes de sair da estalagem.

Do lado de fora, os guerreiros observavam atentos os movimentos do inimigo. O líder do Ar e os dois Guardiões que permaneceram à entrada do QG se teletransportaram até as suas naves, que decolaram antes de eles estarem devidamente instalados.

Devido a todos os artifícios de camuflagem e bloqueio do som da pequena frota senóriahn, o máximo que esse movimento causou foi o cenho franzido do plouzden que descia de uma das naves menores para se alongar em terra firme.

Logo em seguida, a poucos metros do planetoide, o que se viu foi o clarão da explosão que atingiu boa parte do local onde estavam. E Anuhar, outra vez, foi consumido pelo sentimento de impotência devido ao fracasso da empreitada.

# CAPÍTULO 55
## Planetoide Plnt - 45

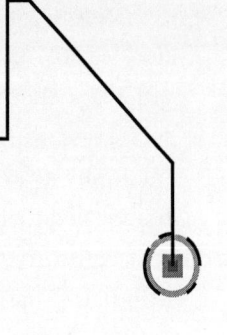

*Algumas horas antes*

Anuhar estava irritado. Já tinha cansado de discutir o mesmo assunto com os Guardiões, explicando, argumentando e justificando, sendo que, muito do que acontecera, não justificara nem para si mesmo.

Dessa vez, era ele quem iria enfrentar o Gigante, deixando Xeokly com os outros dois. Explicou ao Guardião da N2 todos os passos dos três plouzden, para que assim não fossem mais pegos de surpresa e tivessem tempo suficiente de desativar todo o arsenal e saírem bem de lá.

Ao entrarem na estalagem, o comandante do Ar mirou na cabeça do Gigante e aguardou o posicionamento de Xeokly.

— Todos prontos? — questionou o jovem em frente ao aparelho.

Nesse instante, o líder do Ar disparou e acertou em cheio no plouzden, derrubando-o na hora. Xeokly avançou na direção dos técnicos, mas o responsável pelas rechecagens passou a atirar, alucinadamente, de trás da bancada. *É claro, porque não havia mais o grandão para lutar contra o oponente que fosse, então ele e o amigo teriam que dar conta do recado sozinhos*, pensou Anuhar.

A arma do jovem era pequena, mas a laser, e disparava dezenas deles por segundo, para todos os lados, já que os guerreiros se mantinham invisíveis. Nada que eles não pudessem dominar se não fosse a maldita falta de tempo, porque certamente o outro técnico já havia feito o seu trabalho, visto que pulara para trás da bancada, na outra ponta, puxando o equipamento para si. E a chuva de lasers, que pouco tempo antes saía de uma única arma, agora saía de duas.

Xeokly e Anuhar se desmaterializaram em seguida, indo para trás dos jovens, mas como eles também disparavam na retaguarda, dificultava a materialização dos senóriahn sem serem talhados pelos lasers. Dessa forma, tinham que ser ágeis, uma vez que não era possível qualquer ação no meio de um teletransporte. Cada um precisava se materializar, cuidar para não ser atingido e disparar em um dos jovens.

Agiram quase ao mesmo tempo, derrubando os plouzden de imediato, mas Xeokly, mais perto do aparelho, informou:

— Nove segundos. E o explosivo, cinquenta e oito segundos. Anuhar, não vai dar, temos que ir. — Desolado, o Guardião guardou rápido a caneta que já estava em suas mãos.

— *Gródsv! Gródsv! Gródsv!* — berrou já dentro da nave, que decolou imediatamente.

Nem olhou para ver o maldito clarão que iluminou boa parte do planetoide. E nem quis controlar a fúria que sentia.

---

*Plnt – 45*
*Algumas horas antes*

Desta vez, Anuhar fez o que queria desde o início. Levou onze naves além da dele, assim teriam quatro para dispositivo de voo plouzden, além de vinte e quatro guerreiros para quaisquer surpresas.

Não expôs o seu plano para os demais líderes, pois não haveria argumento que o dissuadisse de tentar essa estratégia. Se falhasse outra vez, correria o enorme risco de ser punido. Mas que fosse, precisava tentar.

Entrariam no QG atirando nos três, aí ninguém teria tempo de fazer os lançamentos, nem acionar explosivo nenhum.

Pousariam de três em três, sempre ao redor de cada nave inimiga, para que qualquer movimento que pudesse ser percebido fosse sutil o bastante para não levantar nenhum tipo de curiosidade.

Anuhar estava no primeiro grupo, e o pouso foi imperceptível. Logo após, o subsequente desceu com sucesso. O Guardião observou que o piloto de uma das naves menores passou a olhar fixamente para o céu, apertando os olhos. Para os senóriahn, que conheciam essa tecnologia da invisibilidade — e só por isso — era evidente a movimentação dos transportes aéreos pelo deslocamento brando da paisagem, mas para qualquer outro, era imperceptível. Bem, a não ser que se estivesse com o grau de atenção além do normal, o que era compreensível, nesse momento, para o piloto plouzden em função da criticidade da ação, ou que se fosse um excelente observador e tivesse olhos muito bons, o que também poderia ser o caso do homem diante da nave do líder do Ar. Porque nada aparecera nos detectores, nada.

*Atenção! Piloto inimigo à minha frente suspeitando de algo*, informou o guerreiro aos demais.

O homem verificou os monitores do seu painel, analisou o céu, os monitores, e o céu novamente. Não satisfeito, abriu a porta e pôs parte do corpo para fora, no exato instante em que o último grupo pousava. No mesmo instante em que chegou até ele uma corrente quente de ar, pegando-o de surpresa. Foi por esse motivo, e apenas esse, que ele retornou para o interior da nave e disparou um de seus armamentos. Se ele estivesse imaginando coisas, o pequeno projétil lançado ficaria vagando até perder força e cair, ou entrar em alguma órbita permanente.

Ao disparar, porém, a sua própria nave foi atingida, uma vez que as senóriahn estavam com os escudos de defesa ativados. E foi o que bastou para que os disparos passassem a acontecer de ambos os lados.

Com isso, Anuhar viu o seu plano de ataque em massa sucumbir, pois, com o barulho, não restava *dúvida* de que tanto a arma quanto os explosivos já haviam sido ativados.

# CAPÍTULO 56
## *Drah Senóriah*

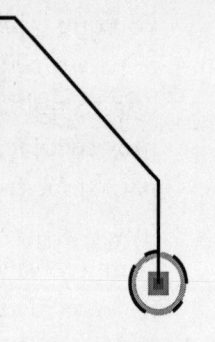

Anuhar vivia, pela quarta vez sob sua responsabilidade, a perda de Brakt, a perda de Sarynne, a sensação da derrota, a ânsia de resolver tudo e o desgaste de voltar para casa de mãos vazias. Mesmo que das vezes anteriores fosse só por lembranças, elas estavam nele de forma bem intensa. Em pé, como todos os demais, e encostado em uma das paredes do laboratório de Cêylix, já nem argumentava na discussão ferrenha entre ela, os Guardiões e Tlou sobre o seu retorno ao planetoide.

— E por que não voltamos mais para trás ainda? Antes de eles saírem de Wolfar? — perguntou Farym, de braços cruzados, ao redor da grande mesa.

— Como vocês já perceberam, as coisas não são tão simples — explicou a cientista, sentada em uma cadeira ao lado do Rastreador Cerebral. — Se mesmo indo em maior número, com tecnologia mais avançada e sabendo o que vai acontecer, já falhamos *quatro* vezes, imaginem irmos para qualquer outro ponto do passado onde tudo seria novidade. O risco seria bem maior.

—Yan, e se outro ser fizesse esse trabalho?

Anuhar desencostou da parede e foi direto até Tlou.

— Por quê? Você está sugerindo que o problema é comigo? — questionou, encarando o responsável pelas Operações Investigativas, os rostos de ambos a poucos centímetros de distância.

— É possível que seja — respondeu ele, encarando o Guardião do Ar com firmeza, enquanto Farym e Nillys se aproximavam com cautela. — Mas não do modo como está pensando. Não é nada específico relacionado a você. Estou ponderando aqui sobre outra forma de pensar e de agir. Isso pode dar resultado.

— Ou quem quer que vá pode fazer a passagem.

— Vamos todos manter a calma — pediu Yan da outra ponta da mesa. — E repassar as idas anteriores. Por favor, Anuhar.

O guerreiro do Ar fez um resumo do que acontecera em todas as suas idas ao Plnt – 45, inclusive na última.

— Mas nós avisamos sobre ir com um esquadrão — lamentou o investigador-mor, cobrindo os olhos castanhos com as mãos.

— Eu tinha que tentar — respondeu com a testa franzida. — Já tínhamos feito o básico em três tentativas sem sucesso. Ousei. — Suspirou. — É, também não deu certo, mas eu precisava tentar.

— Bem, o primeiro passo é neutralizar o tal do Gigante — comentou Yan. — E nos fazer presentes depois de eles acionarem os devidos lançamentos para que usem a ativação normal e não a de emergência, que nos rouba mais da metade do tempo.

— E o ideal é que eles não acionem os explosivos — enfatizou Rhol.

— Com esses explosivos, os caras fizeram a passagem quatro vezes? — questionou Nillys. — É isso mesmo?

— É isso mesmo.

— Eu daria tudo para ter um desses caras na minha frente, ainda vivo, para interrogar — comentou Tlou. — Porque até agora não entendi por que os plouzden estão agindo desse modo.

Algumas imagens da primeira ofensiva reapareceram na lembrança do Guardião do Ar.

— Se formos bem precisos e cautelosos, teremos uma chance — disse Anuhar.

---

*Planetoide Plnt – 45*
*Algumas horas antes*

Indo em direção ao planetoide pela quinta vez, Anuhar pensava em Brakt e em Sarynne. E pediu, em silêncio, para que as Forças mais poderosas do universo o acompanhassem e, que, dessa vez, ele atingisse o seu objetivo, porque, depois de tantas discussões e explicações, seu desgaste emocional e sua ansiedade estavam no limite. Mas principalmente porque o sucesso da incursão seria imprescindível para Drah Senóriah.

*Você foi o escolhido para liderar a ação e é quem pode tirar Drah Senóriah dessa situação.* As palavras de Grammda não lhe saíam da cabeça.

De diferente, convocou onze guerreiros, três em cada uma das quatro naves, retornando à proposta inicial. Orientou-os, armaram-se e seguiram para Plnt – 45. Pousaram exatamente como das primeiras vezes, rodeando as naves plouzden.

Ele desceria com dois Guardiões de cada nave, já que os quatro que permaneceram de prontidão nas três primeiras vezes deram conta do recado do lado externo. Não seria uma tropa, mas entrariam em seis naquela maldita sala. Ele verificou o intercomunicador e constatou que haviam pousado exatamente no horário pretendido.

Iriam se aproximar do alojamento em três grupos, ainda pensando no menor barulho possível. E, ao comando do Líder do Ar, Xeokly e mais um o acompanharam à pequena porta da estalagem quadrada, de onde ouvia-se vozes baixas.

— *Todos prontos?*

Anuhar sabia que era o técnico que faria o lançamento, e que seria pelo procedimento-padrão. Pelo canal de comunicação mental, ordenou a aproximação da segunda equipe, com mais três Guardiões, e checou, de novo, o horário. Em seguida, ele liberou o terceiro time, justo quando fluíram do solo duas rajadas de gases fortes o suficiente para jogar os dois últimos guerreiros que se aproximavam para o alto. Um foi arremessado ao chão, e o outro na janela principal de uma das naves plouzden.

Pronto. A confusão estava armada. De novo. A artilharia plouzden entrou em ação sem sequer enxergar qualquer alvo ou fazer qualquer tipo de pergunta.

Eles precisavam retirar os dois Guardiões da mira do inimigo e, para isso, tinham que contra-atacar em massa, pois a última coisa que Anuhar desejava era perder mais dois guerreiros.

*Gródsv!*

*Atenção, todos!*, ele ordenou aos grupos. *Grupo 2, dê cobertura ao Grupo 3. Grupo 1, comigo. Você e o Xeokly entram pelo lado direito já atirando no grandão, enquanto eu vou pelo lado esquerdo.* "Gritou" para os seus companheiros, sendo que desta vez ninguém faria a segurança do lado externo.

*Gródsv!*

A N1 e a N2 miravam nas naves externas, enquanto a N3 e a de Anuhar, na central. Entretanto, era preciso proteger os integrantes do Grupo 2, que, embora armados e invisíveis, poderiam ser pegos pela artilharia inimiga, e do 3, já visíveis, em que um Guardião, apesar de ferido, conseguira se arrastar para dentro de uma das naves, e o outro continuava desacordado sobre a janela da nave inimiga mais próxima das N2 e N3.

Por mais que ele estivesse a céu aberto e sem proteção, o ponto onde caíra acabou se tornando seguro, porque se os plouzden atirassem, avariariam o seu próprio meio de transporte, arruinando qualquer chance de fuga. E os senóriahn impediam que os inimigos se aproximassem para atacá-lo de qualquer outro ângulo.

A intenção de entrarem na estalagem com seis guerreiros acabara de ser dizimada, mas para o líder do Ar a possibilidade de falharem pela quinta vez era inexistente. Estava decidido a atingir o seu objetivo a qualquer custo. Ou, dessa vez, faria a passagem.

Ele sabia que precisava ser rápido e, junto com os Guardiões do Grupo 1, entrou no pequeno ambiente torcendo para que o acionamento tivesse sido antes do barulho externo e pelo modo convencional. Atirou na direção dos dois jovens, que se esconderam atrás da bancada já armados, enquanto o crápula do Gigante já empunhava uma arma em cada mão.

Os dois guerreiros atiravam no grandalhão, um de cada lado, mas devido à confusão lá fora, ele tivera tempo de transformar em escudo a mesa do centro da pequena sede. Com os ouvidos atentos ao menor ruído, disparou os lasers das armas em toda a extensão da parede, mesmo lidando com alvos invisíveis.

Tendo acertado um dos Guardiões, desativando sua invisibilidade, ele avançou sobre o guerreiro, atirando novamente no outro, que, ainda invisível, conseguiu se esquivar.

Como os dois técnicos atiravam sem mira concreta, Anuhar se teletransportou até o primeiro jovem plouzden e, no momento certo, atirou na mão do jovem mais distante, fazendo-o derrubar a arma, que escorregou para longe. Então, desarmou o rapaz da checagem com um golpe, deu-lhe um soco de direita na boca, fazendo espirrar sangue a alguns centímetros de distância, e acertou-lhe o estômago com o punho esquerdo, derrubando-o de imediato. Ainda que o rapaz se levantasse, não teria condições de se afastar.

Olhou para o visor, onde o temporizador avisava que faltavam seis minutos. Cinco e cinquenta e nove...

Enquanto o homem enorme atacava Xeokly no chão, o outro senóriahn estava nas suas costas, enforcando-o. Ou pelo menos tentando. Quase sem ar, o Gigante se levantou e atirou o rapaz para longe, o que deu tempo para o Guardião abaixo dele se arrastar em busca da sua arma.

Anuhar pegou o desativador, mas o outro técnico plouzden, ferido, postou-se diante do equipamento, impedindo que o guerreiro o usasse. Com a mão boa, pegou uma das ferramentas usadas na montagem do seu arsenal e a segurou em frente ao corpo em posição de defesa.

O comandante do Ar olhou de relance para os seus companheiros e depois para a máquina.

Sem que o seu oponente tivesse chance de qualquer raciocínio, arrancou a ferramenta das suas mãos, acertando-o com tanta força que o rapaz voou até a parede do outro lado do QG, caindo desacordado, com o rosto disforme.

Tirou do colete uma das armas de capacidade explosiva e mirou na cabeça do Gigante, na esperança de que os seus guerreiros ainda estivessem vivos.

*Hoje vou acabar com você, seu* gródsv*, e tirar aquela risadinha de vitória dessa sua cara nojenta!*

Sem mira segura no homem enorme por causa da luta com os dois Guardiões, Anuhar se aproximou do aparelho, já que seus companheiros o "entretinham". Abriu a frequência mental para se conectar à "grande caneta" prateada e a apontou para o alvo.

Ouviu dois baques surdos e, sem ter tempo de se virar, sentiu o animal nas suas costas, indubitavelmente, devido ao barulho que fizera com os dois técnicos.

Sem surpresas.

Outra vez.

Enforcado, a invisibilidade de Anuhar foi desativada e ele pegou a lâmina de cristal, enfiando-a no olho do homem, com a segurança de que teria resultado.

O Gigante urrou de dor, largou o guerreiro e arrancou o objeto do olho ferido. Deu alguns passos para trás, com uma terceira arma em punho, recém-tirada de dentro da calça.

Ambos ouviram estouros mais fortes do lado de fora, o que os paralisou por alguns segundos.

Ao perceber movimento na entrada, a criatura descarregou a arma na direção de Anuhar, que rolou para trás da mesa tombada para se proteger, visto que o plouzden não usava mais laser. Alucinado, o homem juntou uma das armas caídas e a disparou na direção da entrada, buscando o Guardião com os olhos, ao mesmo tempo em que impedia qualquer um que pretendesse entrar.

Se o guerreiro tivesse alguma intenção de analisar o olho bom do atroz grandalhão, vidrado, e os disparos rápidos que ele também fizera na sua direção, diria que o sujeito era louco, sem um pingo de sanidade. Porém, não era hora para isso. Jogou-se no chão e rolou para perto do plouzden, com a sua arma a laser na mão. Mirou onde conseguiu e atingiu-lhe o tornozelo, uma vez que o homem se aproximava atirando. Quando o Gigante caiu, rugindo de dor ao ver um de seus pés imóvel no chão e separado do corpo, esticou-se num impulso e agarrou Anuhar por um dos pés, impedindo-o de se levantar, enquanto tentava chegar até a Deusa.

Tinham menos de três minutos.

*Não, não... de novo não!*, era só o que ele pensava.

O Guardião teve a impressão de que o enorme plouzden iria moer a sua perna com apenas uma das mãos, por isso chutou-lhe a cabeça com a perna livre, visto que ambos estavam caídos. Ao receber o golpe, o Gigante, em vez de soltar o guerreiro, puxou-o mais para perto com uma força que ninguém sabia de onde vinha, e esmurrou-lhe a perna presa, arrancando-lhe um grito de dor. Aproveitando o instante de domínio, virou-se e esmurrou o Guardião sem parar. Nesse momento, Anuhar viu um clarão sobre o inimigo e se aproveitou do leve afrouxamento das suas garras, chutando o grande rosto circular, que já apresentava menos força, porque além do pé decepado, ele fora atingido, mais uma vez, por Xeokly, ao que revidou de imediato.

O guerreiro percebeu que o homem enfraquecia. Pegou outra das suas armas e tentou atirar, porque o seu laser caíra durante os golpes, mas a criatura se moveu com uma agilidade hercúlea e arremessou a arma para longe. Em seguida, Anuhar se desvencilhou do inimigo e foi em busca do laser, mas ao olhar o visor, arregalou os olhos. Faltava um minuto e trinta segundos para perderem Brakt e ele perder, de novo, a sua amada Sarynne.

Esmurrou mais de uma vez o oponente que, por conta do pé decepado e dos demais ferimentos, desacelerava gradativamente. Levantou-se rápido, chutou o laser para perto do equipamento e correu até ele.

Com o desativador em frente ao dispositivo, recebeu um golpe que o fez se curvar para o lado. Abaixado, pegou o laser que estava sob os seus pés e mirou no plouzden, retalhando-o. Sem comando sobre o corpo inerte, o Gigante caiu sobre o aparelho e, antes de o Guardião afastar o peitoral imenso do homem de cima do teclado, os projéteis foram lançados.

Portanto, Anuhar constatou que falhara. Pela quinta vez.

# CAPÍTULO 57

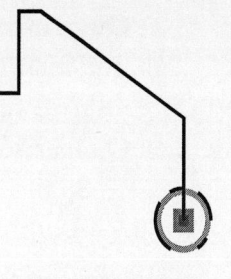

Paralisado, ofegante, e com o coração batendo alucinadamente, Anuhar não acreditava no que acabava de acontecer. Perdera Brakt e Sarynne outra vez.
*Malditos! Malditos de gródsv!*
*Eu falhei. Falhei. Falhei!*
Era somente isso que o seu encéfalo ouvia. O seu grito de revolta, o inconformismo, a decepção e a sua ira por todos que causavam a sua dor.

— Anuhar?

Virou-se para o guerreiro que acabara de entrar e que já carregava no ombro o colega quase sem vida que fora atingido pelo Gigante. Xeokly estava ferido, mas era capaz de se locomover.

— Precisamos ir — informou o jovem, apontando para o temporizador no visor. — Essa base vai explodir em menos de cinco minutos. Lá fora está tudo sob controle.

— Alguma perda?

— Do nosso lado, não. Mas os dois Guardiões que foram lançados para o alto estão bastante feridos.

— Alguém pode explicar o que foi aquilo? — questionou Anuhar, com um vinco na testa.

— Um tipo de redemoinho ou gêiser... Pelo jeito algo meio comum por aqui. Porque, depois daquele, aconteceu mais um.

— Ninguém viu essa *gródsv* das outras vezes?

— Como assim? Só vimos quando eles foram arremessados.

Anuhar bufou.

— Tudo bem, esquece. — Não era hora nem local de explicar o inexplicável.

Ouviram o gemido do primeiro técnico que o líder do Ar acertara, ao tentar se mexer.

— Você vai preferir ter feito a passagem, seu canalha.

O rapaz só o olhou, ofegante, mas nem conseguiu responder.

— Sugiro nos apressarmos — disse o último guerreiro que entrou. — Por mais que o local agora esteja *limpo* e prestes a explodir, não sabemos que tipo de plano de contingência eles têm, e nem se vem mais algum time de artilharia para cá.

Anuhar já ouvira essas palavras.

— Certo. Vou levar este lixo aqui comigo — cuspiu as palavras, e mesmo mancando, pegou o jovem plouzden, que gritou de dor devido às lesões e à "delicadeza" do Guardião ao puxá-lo com as duas mãos pela roupa, fazendo-o caminhar, ou melhor, arrastar-se.

Saíram da pequena sala, Anuhar deu uma olhada rápida ao redor, e se não estivesse tão tenso, apreciaria o *déjà vu,* mas tendo perdido Brakt e Sarynne novamente, essa possibilidade não existia. Ele também constatou que as naves senóriahn continuavam prontas para decolar.

— Ai...

— Cale essa *gródsv* dessa boca, porque se eu ouvir mais algum dos seus gemidos, corto a sua língua fora — disse entre dentes, enquanto entravam na nave.

Anuhar o largou sobre o compartimento de bagagens, prendeu-o com os cintos próprios para tal sem a menor cerimônia, e o jovem quase perdeu os sentidos com a dor que sentia.

Além do mais, não tinham tempo para cuidados especiais.

Com a nave ligada, demoraram alguns segundos a mais para sair por conta do plouzden. Precisavam ir o mais rápido possível para não correrem o risco de serem atingidos pela explosão iminente.

Pilotando, Anuhar irradiava tensão da cabeça aos pés, e então ouviu o alerta de algo vindo em sua direção. A colisão estava próxima e seu visor traseiro indicava o que ele podia chamar de míssil. Ainda que, com tecnologia inferior à senóriahn, era letal.

— Mas que *gródsv* é essa? De onde ele surgiu? — gritou o Guardião. — Vocês não acabaram com todos por lá?

— Ao que tudo indicava, sim. Estamos voltando, Anuhar — disse o piloto da N3.

— Não. Mantenham distância segura. Não retornem. Repito, *não* retornem.

— Mas...

— É uma ordem! — gritou o comandante do Ar.

— Entendido.

—Vou mirar nele, Anuhar, mas ele vai se esquivar — informou o guerreiro no banco traseiro, buscando a mira para o disparo.

— Faça isso, assim ganhamos tempo. Mas antes erga os escudos de defesa.Você — ordenou ao companheiro ao seu lado —, ataque-o também, enquanto nos tiro daqui.

— Já estou com ele na mira.

O líder dos Guardiões do Ar aumentou a velocidade quando vislumbrou o clarão da explosão no planetoide. Quem quer que tivesse lançado o projétil certamente fizera a passagem. Mas o pensamento de Anuhar estava voltado exclusivamente às manobras que faria para escapar do fim iminente. O núcleo da nave ainda resfriava, então demoraria alguns poucos minutos para atingirem a velocidade da luz e deixarem o pequeno foguete para trás. Minutos que eles não tinham.

O míssil se desviava dos ataques que recebia, mas continuava firme na sua trajetória de colisão, e cada vez mais próximo. Com o comando mental, solicitou ao computador de bordo que lhe indicasse o corpo celeste não habitado mais próximo. Ao encontrar, direcionou a nave para as coordenadas locais e atingiu a aceleração máxima possível, dentro do contexto.

— Ele está a menos de trinta metros de nós — avisou o guerreiro da retaguarda.

— Segurem-se.

Anuhar fez um loop para quebrar a trajetória retilínea do projétil. Seguindo o caminho estabelecido, foi mais para a direita, depois bem para a esquerda, mas só o que conseguiu foi ouvir o gemido alto do plouzden ferido.

—Vinte e cinco metros.

Os guerreiros continuavam atirando.

—Vinte metros.

—Teletransportem-se até a N2 e N3 — gritou Anuhar. — Peguem as coordenadas da localização de uma das naves e saiam daqui.

— Mas e você?

—Vou tentar salvar esse verme que está aí. Ele deve ter muita coisa para contar.

— Não vou abandonar a nave, não importa a ordem que dê.

— Nem eu.

O Guardião só negou com a cabeça, enquanto se concentrava no caminho. Já não sabia se o líquido quente que escorria na lateral do rosto era sangue ou suor.

Avistou o planetoide indicado.

— Quinze metros. Ele vai nos alcançar.

— Segurem-se! — berrou Anuhar, e seguiu direto rumo ao pequenino planeta, que foi crescendo no seu visor.

Ele adentrou sua atmosfera em busca do que procurava, voando alucinadamente sobre a superfície rochosa local.

— Dez metros.

Os sensores de alerta de proximidade começaram a apitar seguidamente.

*Vamos, gródsv!*

—Achei — disse o guerreiro ao avistar uma montanha rochosa e seguir direto para ela. Por um segundo, ele teve a sensação de estar em um dos voos que fazia para fugir do domínio da genitora, na época em que nem sonhava em se tornar Guardião.

— Sete metros.

Anuhar nem piscava. Só seguia direto para o alvo, e os alertas passaram a apitar mais rápido.

Ninguém mais respirava.

— O míssil está a três metros de nós. — Um dos guerreiros gritou, enquanto a grande rocha se aproximava a uma velocidade assustadora.

— Anuhar, nós vamos bat...

Quando quase sentiam o cheiro das rochas, ele imbicou a nave para cima, em um ângulo de noventa graus, de modo que os seus parceiros poderiam jurar que ela raspava nas pedras. Quando o míssil tentou segui-los, porém, não teve espaço suficiente para a mudança de ângulo, colidindo em cheio com o penhasco à frente.

— Isso! — Esmurrou o ar. — Estão todos bem? — Olhou para os seus parceiros, já que não houve resposta. Se não estivesse tão inconformado por ter falhado mais uma vez, teria rido da expressão dos dois. —Vocês tiveram coragem.

Ambos assentiram em silêncio, paralisados nos respectivos assentos.

Anuhar deu uma olhada no rapaz no compartimento de bagagem, que cobria o rosto com as mãos, e voltou o seu pensamento ao quinto fracasso da mesma missão. Já não sabia quantas vezes mais teria que repetir a ofensiva. *Que gródsv!* — Procurou relaxar o pescoço, os ombros e depois as costas. Resignado, respirou fundo.

—Yan! — chamou o seu líder pelo intercomunicador.

— *E aí, como você está?*

—Você já pode imaginar...

— *Cara, nós temos muito o que conversar.*

— Eu sei... — Passou a mão pela testa para limpar o sangue que escorria. —Vamos precisar fazer outra vez, mas vou resolver... — Ele já nem sabia se acreditava nisso.

— *Resolver o quê? Fazer o quê outra vez? Aqui está tudo tranquilo. E em Brakt também. Você conseguiu, meu amigo.*

# CAPÍTULO 58
## Drah Senóriah

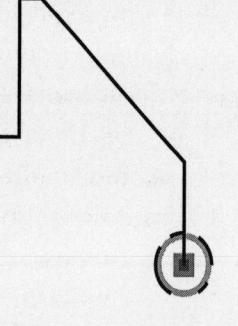

Após retornar a Drah, certificar-se de que os seus guerreiros já estariam sendo levados ao recinto da saúde, despejar o plouzden nas mãos dos demais Guardiões do Ar para que também fosse tratado, ainda que sob vigilância até que pudesse ser interrogado, e — para Anuhar, o principal — deixar uma orientação a quem estava como responsável pelo controle do hangar nesse turno, ele se teletransportou até a sala de Yan.

— Preciso ver Brakt — pediu, já parando em frente de uma das imagens projetadas.

— Cara, você foi atropelado por uma nave? — questionou Nillys, ao ver o amigo sangrando, com a roupa rasgada e com hematomas arroxeados no rosto.

— Pois é, como já sabíamos, não tivemos uma recepção muito amigável — respondeu sem tirar os olhos da tela.

Ele era o retrato da tensão. Olhos franzidos, músculos contraídos e coração disparado.

— Anuhar, não estou entendendo. Por que essa preocupação se está tudo bem? — perguntou Yan.

— A arma foi disparada. Eu vi.

— Mas não nos acertou.

— Cara, o que é que você fez? Mais do que isso, como sabia o que fazer? — indagou Tlou.

— Sugiro que chamemos a Cêylix — falou, ainda ressabiado com a integridade de Brakt, observando as imagens de tempos em tempos.

Assim que ela se fez presente, o guerreiro respirou fundo e virou-se para a elite do Comando de Defesa de Drah, para o responsável pelas Operações Investigativas do planeta e para a cientista, e começou a que seria a mais inusitada, surpreendente e aparentemente descabida história que já pensara em contar. Outra vez.

Tlou permanecia com a testa franzida; Rhol estava no mais completo silêncio; Farym, com os olhos arregalados e Nillys, como de costume, premiando a todos com os seus comentários durante a explanação:

"Uau!"

"Quer dizer que tivemos que perder Brakt cinco vezes para conquistarmos um final feliz?"

"Então nós mesmos decidimos sobre isso?"

"Cêylix, você vai ter que nos explicar tudo o que já explicou antes, porque aqui ninguém viveu essa conversa... E, pensando nisso, nem você, não é? Ah, então não tem problema, porque não vai ser repetitivo para ninguém."

"Dá para voltar até antes daquele maldito Dhrons abrir o portal nas nossas águas, lá atrás?"

— Nillys! — alguns Guardiões falaram em conjunto.

— Não, não dá — respondeu a cientista, sorrindo e com os olhos brilhando, pela experiência que acabara de ouvir.

Deu uma explicação resumida sobre as pesquisas científicas, o Transportador de Consciência e o atalho de espaço-tempo com a sua limitação de horas para o retorno, mas sabia que o patamar científico do planeta havia galgado alguns andares.

— E como você concordou com isso, Yan, sem saber de nada? — perguntou Farym.

— O Anuhar me disse uma palavra que significa segurança para mim — respondeu, pensando em Kihara, a sua genitora. — Tudo o que diz respeito a essa "senha", representa "ir em frente com segurança". E como só eu sabia disso, entendi que precisávamos ouvi-lo, mesmo sem entender exatamente o que estava acontecendo.

— E a Ale mais uma vez... — comentou Tlou, passando os dedos pelo queixo.

— A Ale mais uma vez... — refletiu Yan, pensando também em Ross.

— Você viu que eu trouxe um presentinho para você? — perguntou o Guardião do Ar para o líder das investigações senóriahn. — Antes achei que o traste pudesse nos dar informações para salvarmos Brakt, mas agora, bem, assim que sair do recinto da saúde, ele é todo seu.

— Pode deixar comigo, vou tratá-lo com todo o *carinho*. — Deu um tapinha no ombro do guerreiro, que não pôde deixar de se lembrar do quanto o investigador argumentara contra a sua liderança nessa última ação.

Se não estivesse tão esgotado, ainda atordoado, cansado e preocupado, alfinetaria o amigo como uma pequena forma de vingança, mas foi retirado dos seus devaneios pela mensagem no seu intercomunicador.

— É do hangar. Preciso descer — informou ele com a garganta seca, e a nítida sensação de que o seu coração falhava.

— Problemas?

— Não — respondeu com um leve sorriso e os olhos brilhando.

— Tudo bem. Paramos por aqui. Vá descansar um pouco e depois continuamos. Guerreiros, peçam para o seu pessoal manter as defesas, permanecer acompanhando e avisar sobre qualquer movimentação estranha — ordenou Yan.

Quando todos concordaram e se despediram, Anuhar, em uma fração de segundo, fez uma higiene básica, vestiu uma roupa limpa e se teletransportou ao hangar. Alguns passos à sua frente vinha a prova efetiva de que Brakt estava intacto. Sarynne caminhava até a entrada do Prédio, atenta às palavras do analista que a acompanhava. Quando ela se virou, o Guardião, já próximo, deu-lhe um abraço, que, sem a menor dúvida, ela jamais esqueceria.

# CAPÍTULO 59

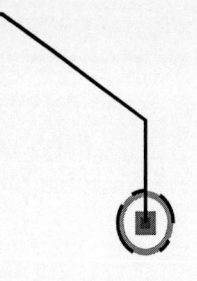

Anuhar abraçou Sarynne com tanta força que ela teve dificuldade para respirar. As mãos másculas apertavam suas costas, consequentemente, seus seios estavam amassados, e o Guardião simplesmente enterrara o rosto no seu cabelo.

Sem qualquer mobilidade, ela envolveu o guerreiro, dando-lhe alguns tapinhas leves nas costas.

*Será que o sexo que fizemos ontem foi tão marcante assim?*, ela se perguntou. *E nós ainda estamos vendo como as coisas vão ficar...*

Sentia os músculos de Anuhar ao seu redor, a maciez do cabelo dele em seu rosto, o perfume que ele exalava naturalmente, mas nada de ele relaxar o abraço. Mesmo ele sendo bem mais alto, Sarynne, toda espremida, percebeu que todos que passavam se viravam para eles, porque, evidentemente, abraços com essa intensidade não eram comuns em público, ainda mais em se tratando de um dos guerreiros.

— A-Anuhar?

— Ah, Sarynne...

— Anuhar, você está me espre...mendo — disse ela, tentando se afastar.

— Oh, desculpe. — O Guardião abriu um pequeno espaço entre ambos. — Machuquei você? — perguntou, examinando-a por completo.

— Não, mas... — ela parou de repente ao se deparar com uma lágrima escorrendo dos olhos dele. E antes de falar algo, viu um corte grande sobre a sobrancelha e uma parte roxa no outro lado da testa. — O que aconteceu? Ontem estava tudo bem. Você brigou aqui dentro do Prédio?

Ele tinha tanto para falar... Aliás, nem pensara sobre o que contaria para ela.

Olhou-a nos olhos e acariciou-lhe o rosto. Tocou-a com a mão direita na altura do coração, entre os seios, e em seguida pegou a mão dela e fez o mesmo em si.

Sarynne ficou paralisada, porque esse era o símbolo da mais forte ligação entre dois seres em Drah Senóriah.

---

Ainda perplexa, nem se deu conta de que os Sóis se punham enquanto uma brisa leve batia em seus rostos. Poucas naves se movimentavam no hangar, e naquele momento uma decolava. As conversas cessaram por alguns instantes, e os poucos senóriahn que passavam ao seu redor, entrando ou saindo do Prédio, pararam para assistir à cena.

Sim, era certo que a cena do líder dos Guardiões do Ar de todo Drah Senóriah se declarando para a sua auxiliar ficaria marcada nas suas lembranças por um bom tempo, mas nenhum dos dois se ateve a isso.

Quando os olhos azuis, perdidos nos de Sarynne, tornaram a se encher de lágrimas e ele a abraçou mais uma vez, ela pensou rápido.

—Venha. — Ela se afastou devagar. —Vamos para o meu quarto — cochichou, sabendo que ele não negaria.

Ambos se materializaram, já no segundo seguinte, na antessala do aposento dela. Anuhar inspirou com os olhos fechados, sentindo a fragrância doce do ambiente. Deu dois passos até a entrada do quarto, onde haviam se deleitado com a intimidade um do outro mais de uma vez.

Não existia um consenso sobre o conceito de paraíso, mas para ele, nesse momento, era estar no dormitório da sua amada, com ela viva e bem, encarando-o com as sobrancelhas erguidas por conta das inúmeras perguntas que tinha. Porém, ela podia estar sorrindo, reclamando, brava ou gritando que, ainda assim, ele estaria no paraíso.

*Céus, como precisamos de pouco para estarmos bem,* ele pensou.

— Agora você pode explicar o que aconteceu? — Ela interrompeu os devaneios do Guardião.

Ele contraiu os músculos e apertou de leve os olhos, instintivamente, enquanto decidia o que falar. Quando tinha ido até o hangar, só pensara em se certificar de que ela estava viva, nada além disso.

— Ontem estava tudo normal, hoje você está machucado. — Ela virou o rosto do guerreiro para um lado e depois para o outro com as pontas dos dedos, para verificar se havia mais hematomas ou cortes. — E a sua reação quando me viu foi como se eu tivesse sobrevivido a uma catástrofe.

Ele sorriu e acariciou os cabelos longos de Sarynne.

— Enquanto você foi a Brakt, descobrimos que Dhrons planejava nos atacar. Então, fomos até onde ele estava, e desarticulamos o aparato do maldito, apesar de ainda não o termos capturado.

— Entendi. — Ela segurou os próprios cotovelos, batendo neles de leve. — Mas você está acostumado a essas ações, não está?

— Estou.

— E... qual foi a causa da sua reação lá no hangar? Tinha lágrimas nos seus olhos, e se declarou oficialmente para mim na frente de todos que estavam por lá...

Anuhar a olhou com ternura.

— Chega uma hora na caminhada em que avaliamos as coisas com uma intensidade diferente. — Ele tocou de leve o rosto delicado à sua frente. — Quando pensei que Dhrons pudesse fazer mal a Drah ou a Brakt e ferir alguém que realmente amo, isso me... incomodou. Quando tudo deu certo e te vi chegando bem, eu me emocionei. Só isso.

— Então, o que falou e o que fez lá embaixo... foi sob o calor da emoção.

Ele ergueu o queixo dela com o dedo e se aproximou.

— Nunca fui tão racional em toda a minha caminhada. Quero você de volta, quero que seja só minha e não desejo mais ninguém, porque você preenche tudo o que espero de uma mulher e de uma companheira, ou da *minha* mulher e companheira. — Ele a trouxe mais para perto. — Só achei que não havia necessidade de esperar mais para te dizer isso. — A sua boca já quase tocava a dela. — Quanto aos que nos viram, vou ser bem sincero: nem reparei. E, sendo mais sincero ainda, não estou nada preocupado com nenhum deles. — Roçou os lábios nos de Sarynne, e ela fechou os olhos.

A sutileza do contato a arrepiou até o couro cabeludo. O beijo que Anuhar lhe deu foi tão intenso que ela sentiu as pernas amolecerem. O toque delicado da língua do Guardião acariciando a sua, em um balé cadenciado, serviu para acelerar seu coração e enviar para um cantinho bem escondido todas as perguntas que ainda precisavam de resposta.

O guerreiro se afastou devagar e passou a beijar-lhe os olhos, que ela mantinha fechados, primeiro um, depois o outro. Depois, as maçãs do rosto, as quais ele segurava com delicadeza, cada pedacinho da testa, a ponta do nariz, e a boca, novamente sem pressa.

Os pensamentos de Sarynne transformaram-se em uma névoa loira e máscula.

Anuhar fechou os olhos e encostou a testa na dela, abraçando-a com força. Ela o envolveu pelo pescoço e eles continuaram assim por longos minutos. Quando fez menção de se afastar, o Guardião a ergueu em seus braços e a carregou até o quarto, mas não a deitou. Colocou-a de pé, em frente à janela, que abriu com a mente, para que sentissem o ar, o companheiro genuíno de Anuhar.

Foi como se ele viesse envolver o ato de amor do casal. O guerreiro se manteve atrás da amada, ambos de frente para a paisagem, embalados pelo som das águas da baía e pelo roçar do vento brando. Anoitecia e as luzes lá de baixo eram as responsáveis pela iluminação da vista. Ele retirou pela cabeça o poncho e a blusa que ela vestia, jogando as peças na cama. Em seguida, pôs as mãos no que julgava ser a primeira etapa do paraíso, uma vez que as mulheres senóriahn não usavam sutiã, visto que cada roupa já possuía a devida capacidade de sustentação. Acariciou a maciez dos seus seios, arrancando mais gemidos de Sarynne, que jogou a cabeça para trás, apoiando-a no peito másculo às suas costas.

— Fique nua para mim — pediu, ao se separar dela.

De repente veio para ela a imagem do Guardião se declarando com lágrimas nos olhos. *O que nós dois vivenciamos... não tive com mais ninguém. A troca física é uma coisa, mas quando se tem o emocional envolvido, é bem diferente*, lembrou-se das palavras dele. Então, virou-se e, ao cruzarem o olhar, ele a puxou e quase a engoliu com um beijo quente e ávido. Ávido de desejo, de amor, e de vida.

Ela se afastou devagar e, sem tirar os olhos do amado, decidiu tirar a calça com as mãos. Caminhou lentamente em direção à cama e ele, para acompanhá-la com o olhar, ficou de costas para a janela, hipnotizado pelo balanço do quadril firme e rígido. Sarynne parou, tocou o botão acima do zíper e fitou o guerreiro por cima do ombro. Desceu a calça devagar, ajudando com as mãos, de forma lenta e compassada, mantendo-o vidrado pelos seus movimentos harmoniosos. Só com a lingerie delicada cobrindo o paraíso, ela se curvou, empinando bem o quadril para juntar a peça que tirara, a qual jogou na cama com as outras roupas.

Na mesma hora, o Guardião se despiu com o comando mental e envolveu pelas costas a amada que, quando sentiu o abraço caloroso, encostou-se na ereção premente e quente. Não se contendo, pôs as duas mãos para trás, tocando-a e movimentando-a.

Ao se deleitar com o toque, Anuhar trouxe o corpo que abraçava para mais perto, colando a boca e a língua no pescoço da amada.

Sarynne soltou um gemido, contorcendo-se.

E ele respondeu na hora, descendo a lingerie delicada até o chão, em um ato de quase desespero, deitando-a na cama e abrindo suas pernas. Sarynne ofegava, e o ar de riso que o guerreiro fez só a deixou mais ansiosa. Em pé, na frente dela, ele lhe acariciou a virilha e foi aproximando o rosto do paraíso na mesma velocidade em que cada parte do corpo dela estremecia. Quando passou a língua bem devagar no centro molhado, todo aberto para ele, ela gemeu alto e fechou os olhos.

Anuhar lambeu cada partezinha da fonte incomensurável de prazer, beijou-a de cima a baixo, sugou como se pudesse sorver toda a umidade quente que brincava com o seu nariz e boca, mordiscou cada milímetro, e aí a penetrou com a língua. Sugou mais um pouco e, por causa de todas as sensações que causou na sua amada, ela já não se controlava mais. Mas foi quando ele a possuiu com os dedos, sem parar de sugá-la, que ela explodiu em um orgasmo que a fez sair do corpo físico, mesmo que apenas por alguns instantes.

Com a matéria toda vibrando, ela abriu os olhos e deu de cara com o guerreiro parado, de olhos fechados, segurando com firmeza seu membro mais do que entumecido. A cena foi suficiente para voltar a atiçar seus desejos, e ela mordeu o lábio quando ele a encarou. Sarynne virou de costas para ele, ajoelhou-se na cama com as pernas levemente afastadas, e apoiou as mãos sobre a colcha.

— Venha — pediu ela, entortando a cabeça para olhá-lo, sentindo-se como uma rainha capaz de ter o mundo aos seus pés. Ou dentro de si.

Não houve a necessidade de um segundo convite, de qualquer outra palavra, ou um suspiro sequer. O Guardião ajoelhou-se logo atrás dela e enterrou-se na fenda convidativa com vigor. Ambos gemeram, e antes de iniciar os movimentos firmes — sim, porque seriam bem firmes —, ele se ajeitou dentro dela. Não que precisasse, efetivamente, mas porque a sensação de poder estar onde estava, e sentir a lubrificação quente envolvendo o seu pau, era, por si só, indescritível.

Já sem nenhum autocontrole, Anuhar se moveu com força, para frente e para trás, fazendo-a apoiar os cotovelos sobre a cama e abrir um pouco mais as pernas a fim de acomodá-lo melhor e sentir o volume rígido ocupando todo o seu espaço ao deslizar pelas paredes lubrificadas que o rodeavam com determinação.

O ritmo começou mais lento e foi acelerando, acompanhado dos toques do guerreiro, quentes como o fogo, pelo corpo macio e feminino.

Sarynne virou-se para ele com os olhos brilhando e Anuhar se abaixou para beijá-la ou quase devorá-la. Foi quando diminuiu o ritmo, para provocá-la com entradas mais firmes e profundas. Ela ofegava, enquanto ele prendia a respiração, observando-a. Ninguém desviava o olhar.

Outra entrada. Firme.

Ela gemeu alto, mas continuou encarando-o. Seu corpo inteiro vibrava, e ela só fechou os olhos quando Anuhar tocou-lhe os mamilos, torcendo-os com delicadeza. Os arrepios se estenderam até a raiz dos cabelos e ela apoiou a cabeça em um dos braços.

Outra investida. Outra. E outra.

Por conta de todas as sensações que o consumiam, Anuhar precisou de mais do que determinação para prolongar o prazer. Não queria terminar tudo ali, ainda que soubesse que estaria pronto para mais uma etapa logo na sequência, com toda a energia que tomava o seu corpo. Sentia que poderia amá-la por ciclos, sem parar. Chegou a se perguntar se estava mesmo dentro da sua amada, ou se tudo não passava de um sonho por ele ter feito a passagem no planetoide.

Retornando à velocidade dos movimentos e, com a contínua sincronia do casal, o ápice veio com vigor. Sarynne gritou e Anuhar se soltou com tanto ímpeto que, momentaneamente, perdeu toda a noção de onde estava e até de quem era.

Assim que um fio de racionalidade retornou, o Guardião saiu de dentro dela e ambos desabaram na cama, um ao lado do outro, ainda ofegantes. Ao abrir os olhos, com a respiração retornando ao normal, ele sorriu ao perceber que ela quase cochilava, e teve a certeza de estar se relacionando com uma Sarynne diferente.

A sensação mais prazerosa e gratificante que um senóriahn podia ter depois de uma entrega como essa veio crescendo gradativamente. O guerreiro pegou a mão da amada e ambos passaram a sentir cada célula do corpo vibrar. Mesmo de olhos fechados, observaram as luzes fortes, brilhantes e coloridas que os envolviam, como se estivessem em um túnel. Em silêncio, absorveram a força recebida e desfrutaram conscientes da beleza dessa visão. Energia renovada para a matéria e maior vibração para alimentar o encéfalo, mantendo-o ativo e pronto para captar as frequências necessárias neste ou em outros mundos.

O sexo tem esse poder.

Com a respiração normalizada e a sensação vibratória tendo sumido, Anuhar se alongou e deu um beijo na testa da amada. Apreciou o leve sorriso que recebeu em troca e foi até a janela. Apoiou as mãos no batente inferior e nem se virou quando ouviu sua bela companheira se aproximando.

—Você ainda tem dúvidas sobre ser adequada para mim, ou me dar prazer? — ele questionou quando ela se aproximou, sensualmente enrolada na colcha que retirara da cama.

— Foi muito forte, não foi? — Sarynne respondeu, observando os vários pontos de iluminação no céu.

O Guardião virou-a para si, ajoelhou-se e, olhando-a sem piscar, repetiu as palavras que as senóriahn apaixonadas jamais se cansavam de ouvir:

— Eu te agradeço pela união que tivemos e pela troca que fizemos. Por ter cedido seu cálice ao fluxo de toda a existência. Eu estou em você e você está em mim. Somos um.

Sarynne fechou o punho direito sobre o peito e fez a leve reverência, ao mesmo tempo em que sentiram uma forte rajada de vento que quase os derrubou e, por alguns segundos, os envolveu.

Anuhar se ergueu e a abraçou com firmeza, enquanto ela escondia o rosto em seu peito. Com o cabelo de ambos voando e lhes atrapalhando a visão, ele apenas sorriu e ela teve a certeza de que algo mudara no guerreiro.

# CAPÍTULO 60

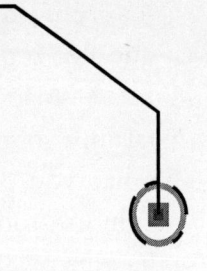

Assim que o pequeno redemoinho enfraqueceu e deixou o ambiente, Sarynne abriu os olhos e observou que, lá fora, não havia nada além de uma leve e quase inexistente brisa na tranquila noite estrelada.

— Isso já aconteceu outras vezes? — perguntou ela, afastando-se devagar e tirando o cabelo do rosto com uma das mãos, enquanto a outra ainda mantinha a colcha ao redor do seu corpo.

— Já, mas nunca enquanto estive com alguma mulher. Dessa forma, foi a primeira vez. Aliás, tenho a nítida impressão de que estivemos juntos hoje pela primeira vez — respondeu Anuhar, também empurrando o cabelo para trás com as mãos.

— Foi mesmo intenso.

— Para ser sincero, foi o ato mais intenso de toda a minha caminhada. — O guerreiro parou e olhou para fora.

— Mas o que é que você tem? — indagou ela, com um vinco na testa.

— Pense e me diga se você se viu da mesma forma que das vezes anteriores.

Ela suspirou e foi até a cama, ainda com a racionalidade do passado recente imperando sobre a magia do momento.

— Só que o que aconteceu não muda nada entre nós. — Ela largou a coberta e pegou as roupas jogadas, segurando-as em frente ao corpo.

— Ah, sério? — Anuhar perguntou, com ar de riso, erguendo uma das sobrancelhas.

*Preciso de um pouco mais de tempo.* Sarynne pensou nas declarações dele, nas lágrimas, na intensidade do carinho, no gesto que ele fizera no hangar e que representava a ligação mais forte entre dois seres, e no que tinham acabado de vivenciar. Não tinha dúvidas de que algo mudara, fosse com ele, com ela ou com ambos.

— Não vou me jogar, de novo, em uma relação com você. Já falamos sobre esse assunto. Sei que entrei por minha conta e risco e não vou cometer o mesmo erro. Não assim. — Abriu os braços como se tudo acabasse em nada. — Não dá para negar a atração incontrolável que sentimos um pelo outro, mas isso não é suficiente para mim.

— Ainda não entendeu que já estamos em outro patamar? — Ele se aproximou e retirou com delicadeza as peças de roupa que ela segurava, deixando-as sobre a cama. Em seguida, pegou a mão vazia da amada e a colocou em seu peito, tocando-a da mesma forma. — Isso não ficou claro para você?

— Não é porque *você* se sente dessa forma que está tudo resolvido. Tem coisas que não estão claras para mim.

— Não está claro onde estamos ou o que sente por mim?

Ela puxou a mão e se abraçou, e ele recolheu a mão também, derrubando-a na lateral do corpo, ambos ainda nus.

— Não tem nada a ver com o que sinto por você. E onde exatamente nós estamos, Anuhar? Pergunto porque começamos de modo intenso e deu no que deu. Por isso não vou me arriscar novamente.

— Você entendeu que eu te amo? Acredita nisso? — Ele segurou o rosto dela com carinho.

— Sabe quando se tem tudo para estar segura, mas não consegue?

— Vou te contar um segredo. — Olhou-a bem nos olhos. — Acompanhando a sua sinceridade, nunca tive tanto medo em toda a minha caminhada.

— Medo do que, se você é o ser mais corajoso e ousado que conheço? — Sarynne franziu a testa.

— Medo de te perder. O viver sem você é... algo que não dá nem para imaginar. Mas, olha — ele continuou, enquanto ela franzia o cenho —, voltamos à mesma conversa de alguns ciclos atrás...

— Dois, Anuhar, dois ciclos. — Ela ergueu dois dedos, enfatizando as palavras.

*Pois é, dois ciclos.* Precisava ficar mais atento aos seus comentários.

— Eu sei, mas se naquele momento eu já te queria de volta, agora então... Tem que acreditar em mim.

— Tudo bem. — Ela sorriu e o acariciou. — Que tal descansarmos um pouco? O ciclo não foi fácil para nenhum de nós.

*Ah, Sarynne, você nem imagina...*

O guerreiro concordou, por ora, até porque estava exausto. Então fizeram a higiene mentalmente, e se deitaram na cama macia e acolhedora. Ele a abraçou, e, em poucos minutos, ela sucumbiu ao cansaço.

Anuhar não sabia o quanto fora convincente nas suas explicações, e o quanto ela ainda estaria cismada com o comportamento dele. Não que houvesse mentido, mas omitiu o acontecimento mais importante de Drah. E este, certamente, seria um segredo para a maioria esmagadora do planeta.

Respirou fundo e repassou cada segundo do ciclo.

Olhou para os cabelos loiros esparramados ao seu lado, virou-se para a janela, ainda aberta, e contemplou o céu escuro e silencioso ao longe. Fechou os olhos, mas o sono não veio. Acariciou o rosto de Sarynne, pôs os dois braços sob a cabeça, prestou atenção para ouvir qualquer som do corredor, mas o silêncio imperava no Prédio.

O porquê de o barulho estar apenas dentro dele, Anuhar não era capaz de responder. Quando o intercomunicador tocou ainda antes de amanhecer, ele não se surpreendeu, mas, mesmo assim, seus músculos se contraíram.

— Fala, Yan.

— *Estou te esperando na minha sala. Precisamos conversar.*

---

— Para você ter me tirado do aposento da minha adorável nynfa antes dos Sóis nascerem, é porque a coisa é séria, certo?

— É, Nillys. A coisa é bem séria — esclareceu Yan, liberando a porta para Farym e Anuhar, que acabavam de chegar.

Tlou, Cêylix e Rhol já aguardavam, apreensivos e em pé, quase formando um círculo.

— Bom, vamos lá, sem rodeios. Anuhar, você se lembra de que quando saiu do planetoide, estava preocupado porque pensou que Brakt tivesse sido atingido?

— Aquela arma disparou, não tenho dúvida disso.

— Disparou mesmo.

As células do Guardião do Ar tanto congelaram lentamente do abdômen à garganta quanto vibravam com a tensão da expectativa.

Yan respirou profundamente e encarou cada um na sala antes de dizer:

— Informo formalmente à liderança de Drah, aqui presente, que Wolfar não existe mais.

# CAPÍTULO 61
## Em algum lugar da galáxia

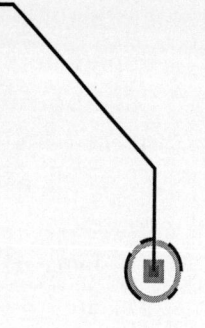

— Estou preocupado com a falta de contato do Kroith — comentou Dhrons, dentro da nave, contemplando a paisagem noturna e batendo repetidamente a mão sobre o colo. — Ele já deveria ter nos contatado.

— É preciso ter calma — ponderou Lyna, do assento do outro lado. — Às vezes acontecem imprevistos em ações desse tipo, e faz com que levem um pouco mais de tempo para serem resolvidas.

— Seu namoradinho comentava isso com você? — O cinismo preencheu a sua fisionomia.

— Vários comentavam — ela respondeu com altivez.

— Esqueci que teve contato com todos os poderosos de Drah.

— Dhrons!

— Sinto que algo não está certo. — Olhava para a escuridão sem apreciar os pontos externos de luz pelos quais passavam de tempos em tempos, e que se transformavam em riscos finos devido à alta velocidade. — Alguma coisa aconteceu.

Os pilotos seguiam firmes para Kréfyéz, onde uma pequena estrutura já os aguardava. O ex-líder de Wolfar apoiou o cotovelo no braço do banco e o queixo na mão, enquanto descarregava parte da tensão, dedilhando sobre a perna.

O silêncio do interior da nave também começava a incomodar Lyna, cujos pensamentos trabalhavam acelerados. Ela suspirou e viu que o ancião observava, concentrado, o breu que atravessavam. Eles se mantinham na rota, e não havia um ruído sequer para acalmar a tensão que já tomava proporções alarmantes. Alongou o pescoço para um lado e depois para o outro. Olhou para cima e para baixo, esticando as costas o máximo que conseguiu. Mesmo que houvesse imprevistos, não deveriam ser relevantes, visto que ninguém além dos envolvidos sabia do plano. Passou a alongar os braços, mas se esqueceu disso na hora em que o intercomunicador de Dhrons vibrou.

— Já não era sem tempo, Kroith. Deu tudo certo? — perguntou ele.

Lyna não ouvia as palavras do plouzden, mas o semblante do wolfare foi se transformando em uma expressão que a fez se encolher no assento.

— Não me interessa se ele sobreviveu e está se tratando. Só quero saber... como foi que tudo isso aconteceu? — Seus olhos escureceram e as testas passaram a pulsar de modo incessante e acelerado.

A ex-nynfa nem piscava.

— O quê? — O olhar do diminuto ser paralisou e ele grunhiu algo ininteligível.

Quando fez voar o intercomunicador até as costas de um dos pilotos, ela se encolheu mais ainda e passou a temer pela própria existência.

— Nãããããooooo! Nãããããooooo! Nãããããooooo!

Foi só o que ouviu antes de Dhrons ter um acesso de fúria e passar a destruir tudo o que via pela frente.

# CAPÍTULO 62
## *Drah Senóriah*

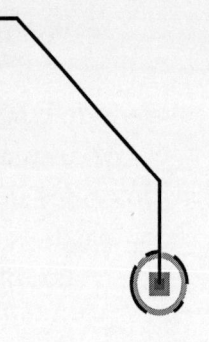

— quê?
— Como assim?
— Dá para repetir?
— Não faz sentido.

Disseram Farym, Nillys, Tlou e Cêylix, todos ao mesmo tempo.

— Wolfar simplesmente sumiu do radar. — Yan apontou para a grande projeção em 3D exibida sobre a mesa de reuniões, na sua sala.

— Mas não pode ser. Cara, tem algo errado aí.

— Wolfar desapareceu e não tem nenhum problema com a imagem. O nosso monitoramento interplanetário continua perfeito, é só vocês olharem. — Ele digitou algo no teclado virtual sobre a mesa. — E os nossos alertas também estão funcionando bem, tanto que fomos acionados por eles.

O grupo, espalhado pelo ambiente, uns com a testa franzida, outros com a mão sobre a boca aberta e outros com as duas mãos cobrindo o rosto, olhava fixamente a escuridão projetada, enquanto Anuhar fechava os olhos, tentando controlar a paralisação que a notícia causara em seus órgãos vitais.

— Vou reproduzir a gravação a partir do instante em que ele desapareceu — explanou o Guardião-mor, retornando à cena onde Wolfar ainda estava visível.

— Olha isso! — comentou Nillys, com os olhos arregalados, quando uma parte do planeta sumiu, tão instantaneamente quanto o flash de luz que piscou.

No segundo seguinte, outro flash. E não existia mais Wolfar.

— Mas. Que. *Gródsv*! — praguejou um Farym atônito, curvando-se sobre a mesa e fitando as imagens sem piscar.

— Vou repassar em baixa velocidade.

— Esse é o resultado da famigerada arma que tentamos impedir que fosse usada — Anuhar esclareceu logo atrás de Yan, com a voz arrastada e baixa, o olhar cravado na projeção, os músculos doloridos de tão contraídos, a garganta fechada e os batimentos cardíacos, acelerados.

Todos olharam para ele.

— A consequência é semelhante à da esfera desintegradora, porque suga tudo o que está dentro do diâmetro de alcance — continuou.

— Como é que você tem tanta certeza? — perguntou Tlou.

— Porque foi exatamente o que aconteceu com Brakt. — Ele se aproximou da projeção, com um zumbido gritando no seu encéfalo. — Até parte da atmosfera local foi sugada.

— Dependendo da potência da esfera, isso explica, sim, o ocorrido — esclareceu Cêylix, e Rhol assentiu.

— Mas que... — Nillys arregalou os olhos verdes, que contrastavam com a camiseta branca informal que vestia nesse momento.

— Então eles atingiram Wolfar... — Tlou falou mais para si do que para os demais, também se aproximando da projeção.

— Não faz sentido — comentou Farym, com o olhar preso à imagem vazia. — Se o ataque foi todo planejado pelo Dhrons, por que ele atingiria o seu próprio planeta?

— Não faz sentido mesmo — complementou Nillys. — Aquele idiota pode se comportar como um lunático conosco, mas jamais prejudicaria Wolfar.

— A não ser que o sujeito tenha surtado — ponderou o líder das Terras, abrindo os braços. — Às vezes o desejo de vingança é tão grande que pode comprometer a sanidade.

— Concordo com você, mas não vejo que tenha sido esse o caso — opinou Yan. — O que, exatamente, aconteceu naquele alojamento, Anuhar?

— Nessa última vez? — O Guardião passou a caminhar pela sala de cabeça baixa, esfregando a testa com uma das mãos. — Após entrarmos com uma vantagem numérica menor do que a prevista, enquanto o restante dos guerreiros impedia a investida plouzden do lado de fora do QG, neutralizamos os dois técnicos com facilidade, e mesmo depois de retalhar aquele infeliz do Gigante, quando me aproximei do equipamento para desativar o lançamento, ele veio para cima. Aí, de novo, meti o laser no cara, agora em definitivo, e ele despencou no chão.

— Mas continua não fazendo sentido... — Yan pensou em voz alta, negando com a cabeça.

— Espere... — Anuhar parou. — Quando retalhei o maldito, ele caiu *sobre* o aparelho, antes de ir para o chão.

— A queda dele deve ter alterado o alvo — conjecturou Rhol, sentado ao redor da mesa. — Para confirmar, teríamos que estudar a máquina, mas há algumas que permitem a alteração do alvo sem reiniciar a contagem regressiva. Outras fazem a leitura das coordenadas a partir de uma lista, enfim, há uma infinidade de possibilidades. Sobrou algo no planetoide depois da explosão, Tlou?

— Ainda estamos no início do trabalho, por isso não consigo te dizer nada com certeza.

— Quando tiver algo em mãos, deixe o meu pessoal dar uma olhada, por favor — pediu o Guardião do Fogo.

— Pode deixar que te aviso. Vou buscar também as informações com o plouzden que está no recinto da saúde, assim que ele tiver condições de falar.

— Só, por favor, agora mais do que nunca, arranque desse infeliz tudo o que ele sabe — reforçou Yan.

— Ah, fique tranquilo, meu amigo. Teremos uma conversa bem produtiva.

— Ótimo.

— Mas e Wolfar? Vamos deixar por isso mesmo? Afinal, ainda que não tivéssemos a intenção, fomos, de certo modo, corresponsáveis pelo desaparecimento do planeta. Tem algo que possamos fazer?

— Ainda não sei, Farym. Antes de tomar qualquer decisão, é importante nos inteirarmos dos fatos para evitarmos quaisquer outros problemas — ponderou o líder dos guerreiros, empurrando o cabelo para trás.

— Tlou, outra coisa: em todas as vezes que estivemos lá, nós saímos e o QG explodiu. Nessa última, antes de ele explodir, um míssil foi disparado contra nós — comentou Anuhar.

— Pelo que sei, ninguém foi encontrado com vida por lá, apesar de, como falei, ainda termos muito o que averiguar.

— Tudo bem, só dê uma olhada nisso também, por favor — pediu o comandante do Ar.

— Pode deixar.

— Bom, tenho que conversar com o Dom Wull agora. Peço que todos fiquem alertas, porque não vamos passar ilesos às investigações — informou Yan. — Vou responder por tudo, mas posso precisar de algum material de vocês.

— Minha ida a Plouzd está próxima — comentou Rhol, o único que continuava sentado. — E agora, não só para nos aproximar deles, mas também para investigar. É bom iniciarmos o quanto antes para evitar qualquer interferência da Federação.

— Isso vai ser útil — concordou Yan, dando socos leves sobre a mesa. — A Soberana Suénn já está ciente da sua visita.

— Alguma chance de sermos punidos pelo sumiço de Wolfar? — perguntou Nillys.

— Entramos no planetoide porque Dom Wull autorizou — respondeu Tlou. — Fiz o pedido formal, mas ele não tem todos os detalhes do ocorrido.

— Já vou posicioná-lo.

— Sei disso, Yan, mas como tínhamos pressa, ele bancou a negociação com a Federação já com a nossa presença no planetoide, para evitar qualquer impedimento em relação à nossa entrada no local. Nesse caso, contamos com possíveis evidências que trabalhem a nosso favor, já que há a possibilidade de nos tornar suspeitos.

— É, porque acreditar nessa história não vai ser fácil. Qualquer um que a ouça vai dizer que estamos de brincadeira — comentou o Guardião das Águas, erguendo uma das sobrancelhas. — Imaginem explicar para a Federação que fomos até o Plnt – 45 porque sabíamos que alguns plouzden iriam destruir Brakt, sendo que eles nunca fizeram isso, com uma arma que ainda não encontramos. Porém, acabaram sumindo com Wolfar, que é o nosso maior inimigo, quando só nós e aqueles caras que fizeram a passagem estavam presentes. Ou seja, só nós podemos contar a história. — Nillys se dirigiu a Anuhar. — Desculpe, cara, mas não vai ser fácil convencer alguém de que entramos em um embate com seres que nos atacariam no futuro, e então destruíram a casa do nosso maior inimigo.

Anuhar encarou os presentes, que ficaram em silêncio.

— Alguém aqui duvida da minha versão dos fatos? — perguntou, encarando todos eles.

— Não é que estejamos duvidando, mas o Nillys está certo. Vai ser difícil provar — argumentou Farym, apoiando o quadril na mesa.

— Ninguém duvida, Anuhar — declarou Yan. — Sei que nós mesmos decidimos isso.

— E eu tenho o Transportador de Consciência — lembrou Cêylix, tamborilando sobre a mesa.

— Que, na verdade, nunca usamos — contra-argumentou Nillys. — Não nesse... tempo. Sei que é estranho falar desse jeito, mas é verdade.

— Fizemos testes.

— Cêylix... — O Guardião das Águas abriu os braços.

— Vamos aguardar o andamento das investigações do Tlou, para ver como devemos nos conduzir — interrompeu Yan.

— Anuhar, só estou mostrando o que todos vão ver... — disse o guerreiro das Águas, tocando o ombro do amigo.

— Eu sei.

— Até porque não quero te ver passar o fim dos seus ciclos confinado nas nossas prisões — falou, com ar de riso.

— Como é que você pode brincar em um momento desses? — questionou Cêylix, com as mãos na cintura.

— Aliás, se ele for, você vai junto com ele.

— Eu? Por quê?

— Foi o seu aparelhinho que trouxe as informações do futuro para ele.

— Você é um... — Ela revirou os olhos, fazendo cara feia para o Guardião.

— É evidente que estou brincando, cara poderosa cientista... Detesto essa carranca na expressão de todo mundo, mas a pergunta aqui é: o quanto isso que falei está longe da verdade?

Silêncio.

— Ah, vai para a sua sala, vai — respondeu a jovem de olhos prateados, enquanto Nillys a encarava, fazendo careta. — Yan, já vamos.

Ela se desmaterializou logo atrás de Rhol.

O Guardião das Águas socou sem força o ombro de Anuhar, que se mantinha encostado à mesa, com pernas e braços cruzados, quieto e atento à movimentação de todos.

— Vamos, Nillys. — Farym puxou o guerreiro pelo braço e ambos saíram caminhando.

— Qualquer novidade eu te aviso, Yan.

— Obrigado, Tlou. — Saudou o amigo, que também se teletransportou para a sua sala.

Como Anuhar se mantinha em silêncio com os olhos fixos em seu líder, Yan parou bem à sua frente e disse:

— Pode falar.

— Não é fácil ter a passagem de dez bilhões de seres nas costas. — O Guardião do Ar dirigiu-se à janela e se apoiou na sua base. — Se eu tivesse retalhado aquele animal antes, teria evitado mais essa tragédia. Eu já sabia do cara, do plano inicial deles, talvez eu devesse ter agido de outra forma, sei lá.

— Todos nós ouvimos a Cêylix. Ao mudarmos algo, as consequências também são outras, e nesse caso, nunca saberemos quais seriam. Você viveu isso cinco vezes.

— Mas é uma *gródsv*, cara. — Encarou a paisagem sem enxergá-la.

— Eu sei, mas esse é o nosso pensamento. Ainda não sabemos o que aquelas mentes doentias planejaram. Por isso não tinha como você imaginar o que iria acontecer.

— Eu tinha que ter desligado aquela máquina! — Ele se virou e empurrou o cabelo para trás com as duas mãos. — Sei que não fui eu que ativei o aparelho, e nem programei nenhum alvo, mas o meu dever era ter evitado qualquer tragédia. — Ele caminhou pela sala e encarou o guerreiro-mor. — Olha, estou preparado para responder pelos meus atos, seja para o Dom Wull ou para a Federação. Se o seu genitor achar que não devo mais ter a função que tenho, ou se eu tiver que ir preso, vou arcar com as consequências.

Yan se aproximou do guerreiro e o encarou com firmeza.

—Você está *mesmo* considerando o que o Nillys falou?

— Isso não tem nada a ver com ele.

— Preste muita atenção. A responsabilidade dessa missão é *minha*. Eu dei a permissão para você agir, então se alguém tiver que responder por esse ato, serei eu.

Anuhar mantinha o corpo inteiro contraído.

— Eu teria ido sem a sua autorização.

— Mas não foi.

— Eu estava desesperado e cego de raiva.

— Exatamente do jeito que fiquei quando fui buscar a Ale em Wolfar. Por isso, meu amigo, entendo o que você passou, mas nem de longe justifica algum tipo de culpa nessa história. Poderia ter desligado o equipamento? Talvez, mas eles mesmos não permitiram que você se aproximasse. Portanto, sugiro que vá descansar um pouco, porque esses últimos ciclos não foram fáceis.

Ele respirou fundo, sem partilhar de toda a convicção do seu líder.

— Obrigado, Yan.

—Vou lá conversar com Dom Wull.

— Se precisar de algo, estou à disposição.

— Sei disso e agradeço. Eu te saúdo.

—Também te saúdo — Anuhar respondeu antes de se teletransportar para o seu aposento. Precisava pôr a cabeça no lugar.

# CAPÍTULO 63

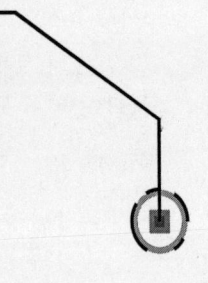

— Você já sabe o que aconteceu com Wolfar? — perguntou o Líder Supremo de Drah, sentado atrás da sua ampla mesa, assim que Yan entrou na sala.

— Eu os saúdo. — O Guardião-mor reverenciou Dom Wull e a sua conselheira, que os observava, tensa.

Aliás, tensão era o que não faltava no ambiente. O guerreiro se acomodou devagar na cadeira ao lado da Matriahrca, diante do grande móvel.

— O que aconteceu foi que Dhrons acabou arcando com as consequências do próprio ato. Em vez de nos atacar, ele acertou Wolfar.

— Mas por quê? — Matriahrca entrelaçou os dedos das mãos com força.

— Se me permite, a pergunta correta é *como*.

— Explique, por favor — pediu Dom Wull.

*Essa conversa vai ser interessante*, Yan pensou, já organizando as informações para contar a ambos a ação inusitada dos seus Guardiões. Olhou de um para outro, e passou a tamborilar sobre a mesa. Respirou fundo e explicou sobre o equipamento dos plouzden e do envolvimento do ex-governante wolfare com eles. Contou a respeito da investigação de Tlou e sobre o ataque planejado a Brakt.

— Brakt? Mas o que ele esperava com isso? Destruir a única fonte do Wh-S 432 que temos para a galáxia?

— Ao que tudo indica, o desejo de vingança está tirando o pouco do bom senso que Dhrons já teve — comentou o guerreiro para a altiva dama, cujo coque baixo e topete alto pareciam sólidos de tão arrumados.

— Foi o Tlou que descobriu tudo? — questionou Dom Wull.

— O ataque, sim, mas o local foi a Ale.

— A Ale? — Ele arregalou os olhos.

— Por que a surpresa?

— Fico me perguntando até quando um planeta evoluído como Drah vai ficar dependente de uma híbrida.

Em virtude da expressão fechada de Yan, ele se desculpou rápido:

— Estou falando isso com todo o respeito, por favor, não me interprete mal. Você sabe que gosto dela. É só que... essa situação é no mínimo preocupante.

— Continuando... — O líder dos Guardiões franziu a testa. — Vocês querem saber mais?

—Você está começando a me deixar nervoso.

— Se já está nervoso, vou parar por aqui.

—Yan!

— Não estou brincando. O que tenho para contar pode ser encarado por um lado bem positivo e outro bastante complicado, mas vocês dois precisam estar preparados, porque não é, pelo menos até o momento, algo corriqueiro para nós.

— Confesso que até eu estou ficando apreensiva. — Matriahrca cruzou as pernas, ajeitando-se na cadeira. — Nós temos algo a ver com a destruição de Wolfar?

— Sim e não. — Ele aguardou as reações. —Vamos lá.

O Guardião discorreu sobre o ataque de Dhrons a Brakt, a transferência da consciência ao passado, as incursões de Anuhar ao Plnt – 45, a briga do guerreiro com o plouzden e a queda dele sobre o aparelho, a única possível explicação para o ataque, até agora. O que recebeu em troca foram duas bocas entreabertas e dois pares de olhos arregalados o encarando.

— Quer dizer que transportamos informações do presente para o passado e salvamos Brakt?

— É, Dom Wull. Foi exatamente o que fizemos.

O Líder Supremo se levantou e passou a caminhar com uma das mãos para trás e a outra sobre a boca, de um lado para o outro no fundo da sala.

— Esse plano foi projetado por nós mesmos? — questionou Matriahrca. — Depois de Brakt ter sido destruído?

— O plano foi projetado por nós e avalizado por vocês dois, para ser bem específico.

— Grande Cêylix — elogiou a conselheira, com um leve sorriso.

— Então...

— É possível nos contar a história toda de uma vez? — pediu Dom Wull com seriedade, parando e se virando para o filho.

— Quem nos induziu a usar a máquina do tempo, que aliás foi muito bem testada, aí, sim, pela nossa brilhante e jovem cientista — esclareceu, olhando para a nobre dama ao seu lado —, foi o Ross. — Os dois líderes apenas o encararam. — Ele já tinha iniciado a pesquisa e ela deu os passos seguintes. A voz que ele usou para nos orientar quanto ao uso dessa tecnologia foi a da Ale.

*Mas que gródsv!*, pensou o ancião, de imediato.

— São meninas incríveis — comentou Matriahrca com os olhos brilhando. — A Cêylix dispensa comentários e, sobre a Ale, fico cada vez mais impressionada com a capacidade dela.

— Eu fico impressionado com a capacidade do Ross, que, esteja na dimensão em que estiver, sempre traz algum tipo de solução para Drah.

— É verdade, Dom Wull. Mas lembre-se de que a Alessandra, mesmo de forma não consciente, primeiro descobriu sobre Brakt e isso não tem a ver com Ross. Aí, sim, através da ligação dos dois, foi que nos mostrou o caminho para salvarmos o planeta — argumentou a conselheira de Drah.

O líder-mor bufou, com um vinco na testa, pensando na mãe humana da jovem e na procedência tão pouco nobre de ambas.

— A ligação dela com o Ross é muito forte — concluiu Matriahrca. — Difícil acreditar que ela não conviveu com ele.

*É mais do que curioso uma terráquea ter essa capacidade*, pensou ele, batendo de leve a mão sobre a boca, lembrando-se de que pouco tempo antes Alessandra descobrira uma das investidas de Dhrons, permitindo que o Comando de Defesa neutralizasse a ofensiva. Logo depois, quando foi sequestrada e cruelmente ferida pelo mesmo Dhrons, lutou bravamente para evitar que ele arrancasse dela segredos senóriahn. *E agora ela descobre mais um plano daquele crápula e ainda traz uma solução inusitada para salvarmos Brakt.*

O líder dos guerreiros e a sua principal conselheira o encaravam.

— Independentemente de qualquer coisa, essa moça está se tornando uma peça-chave para nós, por isso temos que cuidar muito bem dela. — Dom Wull passou o recado a Yan, que assentiu em silêncio. — Mas a experiência que tivemos nos leva a outro patamar nas pesquisas do espaço-tempo.

— Exato. Essa é a parte positiva de tudo isso. Onde estamos nas pesquisas e até onde chegamos em uma missão verdadeira. O problema são as consequências do que ocorreu.

— A Federação... — disse a conselheira.

— A Federação — afirmou o Guardião, assentindo com a cabeça ao se virar para ela.

— Mas que... — Dom Wull não se permitiu dizer o que pensava.

— Tive que tomar cinco vezes, e sempre de forma emergencial, a decisão de enviar o Anuhar para lá, porque, caso contrário, poderíamos não ter salvado Brakt. Assim como vocês, a Federação também não sabe do ocorrido, e os únicos que estão aptos a contar a história somos nós.

— Ela pode nos acusar de destruir Wolfar — concluiu Matriahrca, contraindo os lábios.

— Não tenho dúvida disso. É claro que vão entrar dezenas de fatores nessas investigações, mas é evidente que vamos ter complicações, Dom Wull — ponderou Yan.

— Temos alguma ideia de onde Dhrons se encontra?

— Ainda não.

— Acabei de autorizar a ida de investigadores ao Plnt – 45 e ainda não comuniquei a Federação.

— Sabemos que, com o nosso ferramental tecnológico, podemos auxiliá-los nas investigações, mas é provável que eles nos tirem de lá — comentou o guerreiro. — E essas investigações podem trazer evidências que comprovem a nossa inocência. Dependendo de como era a inteligência de ativação da arma, porque o equipamento explodiu, podemos descobrir como Wolfar se tornou o alvo. Então agora só nos resta torcer para que ainda exista alguma evidência que seja útil para nós. É claro que também temos o plouzden que está sob os cuidados do Ahrk. Mas, ainda que ele melhore, não podemos contar com a veracidade do seu depoimento.

Dom Wull caminhou até a janela. Observou a baía, com o pensamento longe, e retornou.

— Vamos precisar passar as evidências das nossas investigações para a Federação — disse ele. — As que apontam Dhrons como possível responsável pelo ataque.

— Não sei como vamos fazer isso, porque, como o Yan falou, podemos contar muito pouco com a tecnologia, uma vez que o aparelho foi destruído.

— De qualquer modo, Tlou vai trabalhar nisso, Matriahrca, para ver o que será possível resgatar — informou o Guardião. — É imprescindível que encontremos a arma, porque o poder que ela tem é surpreendente até para nós, e, em mãos erradas, tem o poder de causar estragos ainda maiores. E, para piorar, o Anuhar não a viu por lá.

— Então encontrá-la é nossa prioridade — constatou o ancião e ambos concordaram. — Vou conversar com a Federação e, havendo qualquer problema, eu aviso.

— Você pretende informá-los sobre a viagem no tempo? — perguntou a esguia dama, ao se levantar.

Dom Wull encarou a conselheira e, depois, o filho.

— Viagem no tempo? Que viagem no tempo? — Fez um ar de riso. — Não fazemos esse tipo de experimentos aqui em Drah. — Ele se virou para o guerreiro. — Você entendeu, Yan, que ainda não fazemos esse tipo de experimentos aqui? É bem importante que a Cêylix fique ciente disso também. Aliás, ela e todos os cientistas envolvidos. Nós *não* trabalhamos com isso, estamos entendidos?

— Se não conseguirmos evidências, esconder essa experiência será um complicador para nós — argumentou o líder dos Guardiões.

— Imagine esse tipo de experimento em mãos despreparadas. As consequências serão ainda mais catastróficas. Então, não trabalhamos com isso, certo?

Ambos assentiram.

— Yan, ficou claro?

— Sim. Sei exatamente o que fazer.

# CAPÍTULO 64

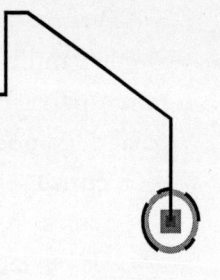

Já era fim de tarde e Anuhar estava no seu aposento, deitado na cama, com os olhos cravados no teto branco.

Era impressionante como, durante a maior parte da sua caminhada, ele sabia o que fazer e, quando não sabia, ousava. E quando caía, levantava-se e ousava de novo até resolver a situação.

Esfregou os olhos com as mãos.

Já fazia algum tempo que essa prática se esfacelara. Isso, se toda essa costumeira conduta de fato representasse algum tipo de controle. Já não sabia mais se as coisas davam certo pelos seus atos heroicos ou por serem um acúmulo de coincidências.

*Como pude permitir que essa gródsv acontecesse com Wolfar? Dez bilhões de seres...*

Fechou os olhos e os cobriu com os braços.

Podiam dizer o que fosse, mas ele *falhara*. Sim, salvara Brakt e o futuro da galáxia. Salvara todos os senóriahn que lá trabalhavam e o seu grande amor. E, sim, essa era a sua missão. Mas não a esse custo.

Ouviu o toque do intercomunicador e não se surpreendeu quando leu sobre o "pedido" de Yan em manter sigilo total, indiscutível e absoluto sobre a experiência da volta no tempo. Isso era algo difícil de explicar para os que não eram do meio científico ou não estavam no topo da liderança, onde havia tomadas de decisões das mais inusitadas para garantir o máximo de segurança e ordem.

Além disso, o que ele diria a Sarynne? "Nós falhamos porque Dhrons enfim conseguiu a vingança que planejara..."; "Sabia que você fez a passagem há poucos ciclos? Cinco vezes." Ou então: "Olha, Brakt desapareceu enquanto você estava lá...".

*É melhor assim... Fazer de conta que nada aconteceu...*

*Não deve ser difícil.*

Bufou.

Levantou-se e se aproximou da janela, vendo os Sóis iluminarem a paisagem. Os raios do amarelo refletiam diretamente sobre a baía, deixando parte das suas águas vertiginosamente brilhantes. O rosa, como sempre, embelezava o azul do céu.

*Somos mais adiantados e temos mais tecnologia... Eu poderia ter pensado em algo diferente... Fui até lá cinco vezes...*

Virou-se para o quarto e observou cada detalhe. As paredes, a grande cama, o espelho, a porta do banheiro... tudo continuava como sempre. A diferença estava no fato de, na galáxia, existir um planeta a menos. Porque ele não desativara aquela arma maligna.

*"Você está preparado para todas as possíveis consequências da ação?"* As palavras da Grammda lhe tomaram as lembranças e ele se sentou na beirada da cama.

— Pensei que estivesse, Grammda, pensei que estivesse... — Apoiou os braços nas pernas.

Passara horas em vão tentando descansar e relaxar, e só conseguira o mapeamento de todas as imperfeições do teto e das paredes. Ele sufocava... Queria sair e retornar ao trabalho normalmente, mas desejava pôr a cabeça no lugar, o que não aconteceria enquanto estivesse fechado ali.

O Guardião olhou para o intercomunicador, que se manifestava novamente, mas não o atendeu. Também não abriu o canal para telepatia porque não tinha a menor condição nesse momento, e a última coisa de que precisava era ouvir críticas da sua genitora.

Decidiu ir até o recinto do Comando de Defesa do Ar e se teletransportou até o sétimo andar abaixo da entrada principal do Prédio, diante da sala central de controle.

Os analistas estudavam as projeções, os dados que lhes eram apresentados e comparavam com o que possuíam de histórico. Na sala ao lado, os pesquisadores estudavam e discutiam possibilidades, tiravam conclusões, faziam testes e davam pareceres. Como em todos os demais ciclos.

Os técnicos, além de fazerem o seu trabalho, também conversavam com os dois pilotos que se encontravam por ali. Nada diferente do ciclo anterior ou do anterior ao anterior. Erguiam a cabeça quando viam Anuhar e o cumprimentavam normalmente com um pequeno sorriso no rosto.

*Talvez se soubessem o que fiz, ou não fiz, não me olhassem com essa admiração.*

Passou a mão no cabelo.

No fundo da sala, enxergou a luz da sua caminhada, em pé, discutindo algo com Lêunny. Ambos examinavam alguns dados projetados sobre a mesa do seu substituto e argumentavam, talvez, sobre como proceder. Ou o que quer que fosse.

Sarynne resplandecia no seu uniforme azul-marinho, e já discutia, com a segurança de uma veterana, sobre as pré-análises e planejamentos. E era interessante ver como mesmo os mais experientes acatavam suas orientações e sugestões.

— Olá — cumprimentou, ao se aproximar de ambos.

— Oi, Anuhar. Tudo bem? Não tivemos oportunidade de falar antes, mas a sua atuação foi perfeita — comentou Lêunny. — Como sempre, fez um excelente trabalho. Saúdo você.

O guerreiro ficou mudo por alguns instantes, sem saber o que responder. Só quando viu o vinco na testa da sua amada é que saiu da inércia.

— Também te saúdo. — Levou rápido o punho ao peito. — Certamente não teria alcançado o nosso objetivo sem a sua ajuda e o trabalho de todo esse time. — Rodeou o indicador, mostrando o andar.

— Estamos aqui para isso — respondeu o número dois do Ar.

— Obrigado. O restante das coisas está sob controle?

— Tudo certo. Já soube de Wolfar, não é? Temos alguma informação a respeito?

— As informações que temos até agora são inconclusivas. — O aperto no abdômen e no tórax do Guardião foi inevitável. — Ainda estamos investigando, mas assim que concluirmos, aviso vocês.

O rapaz assentiu com a cabeça.

— Sarynne, eu gostaria de falar com você. É possível agora? — Anuhar mudou de assunto.

— Claro.

— Te espero na minha sala, ok?

---

Ela se materializou diante da porta do guerreiro e se surpreendeu por ele estar do lado de fora da sala, aguardando-a.

— Sendo bem sincero, não quero entrar aí agora — disse, com um sorriso torto.

— Anuhar, o que está acontecendo? Estou sentindo que você não está bem.

Ele lançou-lhe um olhar tão penetrante que Sarynne ficou apreensiva.

— Sabe aonde estou com vontade de ir? — perguntou ele. — No topo da C-M-9.

— Ir até o topo da montanha, agora? Mesmo anoitecendo?

— Agora, mesmo anoitecendo.

— Tudo bem. Teletransporte?

— Teletransporte.

E, num piscar de olhos, ambos se materializaram no mesmo local onde, alguns ciclos antes, haviam apreciado a vista maravilhosa da vegetação colorida do planeta.

Sob o brilho dos corpos celestes luminosos de Drah, Sarynne encontrou uma pedra grande e lisa e se sentou com cuidado, uma vez que a roupa que vestia era a de trabalho, nada adequada ao topo de uma montanha. Bateu com a palma da mão no grande espaço vazio ao seu lado, em um convite para que o Guardião se sentasse. E foi o que ele fez. Em seguida, ela abraçou os joelhos e admirou os pontos de luz na vasta escuridão.

— O que foi que aconteceu? — perguntou ela.

Anuhar suspirou.

— Vem cá. — Ele lhe estendeu a mão. — Sente aqui. — Abriu mais as pernas e indicou para que Sarynne se acomodasse entre elas, de costas para ele.

Ela acatou a sugestão, segurando nos joelhos firmes que lhe proviam o apoio necessário. Assim que se ajeitou, o guerreiro a puxou delicadamente, para que ela encostasse a cabeça em seu peito, e a abraçou.

— O céu está lindo, não está? — Foi mais uma afirmação do que uma pergunta.

— Está. — Ela aspirou a fragrância cítrica masculina, já tão familiar.

— As coisas simples parecem ser as mais belas, não é?

— Anuhar, por favor, me conte o que aconteceu — pediu ela, acariciando os braços fortes que a envolviam. — Desde ontem parecemos estar vivendo em mundos diferentes.

— Só preciso ficar um pouco assim, abraçado a você, longe de tudo e de todos.

Ela aguardou que ele continuasse.

— Esses últimos ciclos foram mais do que intensos, e estou chegando ao meu limite. Se não descarregar um pouco dessa carga hercúlea de tensão, vou explodir.

— O que é interessante é que parece que você começou a sentir essa intensidade toda de uma hora para outra. — Sarynne virou o rosto para ele. — Apesar de todos os problemas com o Wh-S 432, você levou com a maior energia e, de repente, deixou-se abalar. Não tem nada que não está me contando? É só para eu tentar ajudar.

*Tem, meu amor, tem um mundo de coisas que não estou te contando... E não vou te contar nunca.*

Ouviram os cantos longos e agudos das aves noturnas, comuns naquela região.

— Parecem gritos, não parecem? — questionou ele, ao desligar o intercomunicador, que vibrava novamente.

— Não quer atender?

— Não estou a fim de falar com a minha genitora agora. Depois retorno para ela. Não deve ser nada importante, afinal...

— Anuhar... — Ela tocou o rosto dele com as pontas dos dedos.

Ele suspirou.

— Está certo. Lembra que comentei que, no ciclo em que foi para Brakt, obtivemos a informação de que Dhrons e seus comparsas iriam nos atacar, e que fui até o local de onde eles fariam os lançamentos para tentar impedi-los? — Fez uma pausa para organizar as palavras. — Consegui, mas de algum modo, eles destruíram Wolfar.

— Eu já soube. — Ela se virou um pouco mais para poder vê-lo melhor. — Uma loucura, não é? Não entendo esse comportamento do Dhrons, mas não tenho dúvida de que o Tlou vai descobrir tudo para nós.

O guerreiro concordou com a cabeça.

— Foi, indiscutivelmente, uma tragédia sem igual, mas estou interessada mesmo em saber o quanto isso te afetou.

— É difícil não se deixar afetar. — Ele passou os dedos pesados nos olhos, enquanto a mantinha próxima, envolta pelo outro braço. — É um planeta inteiro...

— É claro que é difícil... E eu ficaria bem decepcionada se você não se incomodasse com o que aconteceu.

O Guardião apertou o abraço e lhe deu um beijo no rosto. De repente, ela o encarou sem desencostar do guerreiro.

— Não está se sentindo culpado, está? — perguntou, com as sobrancelhas erguidas.

— Não consigo deixar de pensar: "Puxa, eu poderia ter feito isso ou aquilo de outro jeito...". — Engoliu em seco.

— Você não arquitetou nada disso, e foi para lá com a melhor das intenções, a de *salvar* vidas. Ainda não sabemos, com todos os detalhes, o que esses bandidos tinham em mente, mas o fato é que não dá para voltar e mudar o que aconteceu. Então sabe o que devemos fazer? Aprender com o ocorrido. Tirar a melhor experiência, mesmo sendo das piores situações, para evitar acontecimentos semelhantes no futuro.

Ele fechou os olhos, analisando a ironia de ela estar dizendo essas palavras, depois de tudo o que acontecera. Respirou fundo, sentindo o cabelo dela em seu rosto por conta do vento leve que batia sobre ambos.

— Sabe o que eu penso? Que deveria ligar para a sua genitora, que provavelmente só quer saber como você está. Ela não vai te cobrar nada, até porque nem sabe o que aconteceu, mas mesmo que soubesse, ela te daria os parabéns por tudo o que fez. — Sarynne virou-se para a frente de novo e fechou os olhos.

Ele sorriu.

— É interessante o modo como analisa as coisas... como encara o viver. Eu me sinto um menino do seu lado, pela experiência que demonstra.

— Não exagere... — Ela deu um sorriso discreto.

— Olha quanta *gródsv* eu fiz quando nos envolvemos. Quase te perdi.

— Não se esqueça de que ainda estamos nos reconstruindo — ela gracejou.

— Hahaha... É verdade.

— Brincadeiras à parte, é bom irmos com vagar...

— Você quer devagar? — perguntou, com o olhar cheio de malícia.

— Anuhar... — Ela deu uma beliscada leve no braço do amado, sorrindo das suas intenções, mas bem ciente das reações do seu corpo a essas palavras.

— Faço do jeito que desejar, minha cara e doce Sarynne.

Ouviram, agora mais perto, um silvo longo e agudo.

— Então sugiro retornarmos bem rápido, porque daqui a pouco teremos companhia, e não sei o quão agressiva ou letal ela pode ser.

— Combinado. Vamos sair daqui depressa para que eu possa atuar bem devagar com você, porque gostei dessa proposta.

Com vagar ou com pressa, a bela assistente já sentia o seu centro todo úmido e a ereção do Guardião às suas costas, por isso nem precisaram combinar o local do destino do seu teletransporte.

# CAPÍTULO 65
## *Kréfyéz*

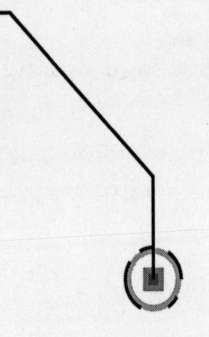

Desde que ficara sabendo do ocorrido a Wolfar, e depois de ter tido um ataque na nave destruindo grande parte do seu interior, Dhrons despencou no assento e não falou mais nenhuma palavra nem sequer se moveu. Foi como se tivesse desligado o botão de funcionamento, mesmo estando com os olhos abertos.

Lyna o observava de tempos em tempos, mas sem tentar algum contato, até porque não sabia o quanto ele estava "on-line". E, é claro, também existia certo receio, porque o pequeno homem de duas testas, que nesse momento não pulsavam, podia ser bem agressivo quando queria.

Olhando pelas janelas da nave, acompanhou o movimento de aterrissagem no solo de Kréfyéz, cada vez mais próximo. Quando sentiu o toque sutil do contato com o piso, virou-se para o líder wolfare, que parecia não ter consciência da parada, e se levantou. Desviou dos estilhaços espalhados pelo minúsculo espaço de passagem, encarou o ancião wolfare bem de perto, mas não obteve nenhum sinal ou gesto em resposta. Quando um dos pilotos abriu a porta, ela aproximou com a mente a modesta bolsa com as suas coisas e desceu. Franziu a testa, perguntando-se se tinham vindo para o local certo. Olhou ao redor em uma volta de trezentos e sessenta graus, mas não viu nada, absolutamente nada, além do solo em tons de marrom, semelhante a uma madeira bruta, até onde a visão da ex-nynfa alcançava. Nenhuma vegetação, casa, prédio, meio de locomoção, ou seres.

*É isso mesmo?*, ela se perguntou, depositando a bagagem ao seu lado no chão.

Os pilotos tentavam arrumar o que podiam do estrago feito pelo ancião wolfare, que permanecia sentado.

Sem saber o que fazer ou para onde se dirigir, decidiu embarcar de novo, mas antes de se virar, viu parte do solo se abrir em uma rampa e, de lá, sair uma mulher kréfyézia, acompanhada de dois kréfyézios, vindo em sua direção.

Lyna identificou a diferença de gênero porque as fêmeas locais possuíam cabelo e os machos não. Porém, ficou apreensiva, porque os seres — com olhos grandes, fenda horizontal no lugar do nariz, uma boca ínfima e cuja estatura alcançava um pouco acima da sua cintura — não tinham uma expressão amigável.

Aguardou a poucos passos da porta de entrada da nave, com as mãos em frente ao corpo, esfregando os dedos com força.

A língua que falariam era o que a Federação usava como "idioma-pai", a ser utilizado exatamente em situações como esta, em que nenhuma das raças dominava a língua ou dialeto da outra. Era restrito, mas possibilitava uma comunicação razoável.

— Bem-vindos — disse-lhe a mulher, e os dois acompanhantes apenas piscaram demoradamente.

Mais um ponto para as pesquisas que fizera, que mesmo não tão adiantadas quanto as senóriahn, permitiram-lhe compreender que ambos a saudavam.

— Obrigada — Lyna respondeu. —Vou chamar os meus companheiros, que estão arrumando a nossa nave, já que tivemos um probleminha durante a viagem.

Ela se virou para cima no momento em que os dois pilotos desciam a pequena rampa, amparando Dhrons, um de cada lado. O pequeno ser mantinha-se em pé, mas era como se não tivesse o mínimo de cognição. O seu olhar continuava inexpressivo e sem foco.

— Esse é o Dhrons, líder de Wolfar. — Ela apontou para ele, porque sabia que não o conheciam. — Ele não está bem, passou mal e ainda não se restabeleceu.

— Dhorons não bem. Venham para o alojamento.

Os pequeninos se viraram e os demais os seguiram em silêncio. Lyna não precisava da força física para "carregar" a bagagem, mas os plouzden traziam nas costas as suas próprias, e a do wolfare semiconsciente.

Ao se aproximarem do largo declive que se abriu no piso, e de onde os kréfyézios tinham emergido, puderam observar a claridade e o movimento sob o solo. Havia longos corredores, grandes salas, ambientes menores e até praças com vegetação subterrânea.

— Vamos pegar uma máquina móvel de solo — disse a pequenina, apontando para o modesto veículo.

Lyna conteve uma careta ao ver que ali eram usados meios de transporte tão antiquados.

— Então todos os seres vivem no subsolo... — falou a ex-nynfa.

— Lá em cima — a kréfyézia apontou para a entrada —, muito frio ou muito calor. Não dá para viver.

— Entendi. — Ela se lembrou da movimentação peculiar do planeta entre os outros quatro maiores.

Observou as várias e longas galerias, enquanto entrava no veículo e ajudava o entorpecido ex-governante wolfare a se acomodar ao seu lado, junto com as bagagens.

— Onde ficam as naves?

Assim que um dos homenzinhos passou a dirigir, a mulher indicou um amplo corredor do lado direito, onde, ao final, havia uma grande porta.

Lyna imaginou que fosse uma espécie de estacionamento, e mostrou aos plouzden que os seguiam na nave terrestre de trás, dirigida pelo segundo kréfyézio.

Sempre em frente, cruzaram vários corredores, cujos pontos de chegada a ex-nynfa talvez descobrisse em algum momento. A grande galeria por onde passavam era ladeada por diferentes tipos de estabelecimentos ou locais abertos, tudo muito simples e rústico, sem nenhuma ostentação. O piso interno se assemelhava ao do exterior, mas sofrera algum tipo de alisamento ou lixamento, ela não sabia, para que as máquinas móveis de solo pudessem rodar. Também fora clareado para dar maior sensação de amplitude, visto que o local não tinha aberturas ou janelas.

Foi só quando chegaram ao fim do corredor que viraram à direita, onde passaram por várias portas fechadas. Os plouzden pararam no meio do caminho, enquanto Dhrons e ela foram mais para a frente, até que estacionaram.

— Alojamento de vocês — disse-lhe a pequenina, saltando do veículo.

— Obrigada. — A ex-nynfa puxou o wolfare pelo braço e o levou até o quarto que já estava com a porta aberta.

— Se precisar, apertar botão. — A kréfyézia mostrou o pequeno aparelho preso na parede perto da cama e depois fechou os olhos ao se despedir, deixando a ex-nynfa com Dhrons, sentado na beirada da cama sem se mexer.

— Chegamos. — A ex-nynfa suspirou. — Você precisa sair desse torpor, ou não vamos conseguir trabalhar. — Agachou-se perto dele. — Tem que começar a ver as instalações para o laboratório, lembra? Aquele com o qual você pretende se vingar de Drah.

Ele se manteve imóvel. Ela bufou, então se levantou e observou as quatro paredes de pedra no ambiente, uma vez que era desprovido de janelas. Havia uma entrada de ar, mas ela ainda não descobrira onde ficava.

— Enquanto você fica assim, imóvel, Drah está trabalhando e produzindo a pleno vapor. — Tateou as pedras cinzentas, fazendo o reconhecimento delas. — Não vão parar porque Wolfar não existe mais.

Lyna soubera do ocorrido por um dos pilotos, depois que o velho ser entrara em transe.

— Você tem que se mexer porque os seus seguidores não vão dar conta do recado sem a sua participação. Aliás, eles já devem ter chegado e logo vou procurá-los, certo? — Ela continuou, ainda de costas para ele.

— Cale a boca. — Ela se virou e arregalou os olhos ao ouvir a voz de Dhrons. — Você não faz ideia do que estou sentindo. — Ele estava em pé, dirigindo-se à porta. — Não faz ideia... — O líder wolfare abriu a porta devagar e saiu do quarto, deixando-a paralisada pela expressão austera que chegava a lhe deformar o rosto.

Por isso a jovem senóriahn saiu do desconforto e passou a experenciar o medo, como nunca o fizera antes.

# CAPÍTULO 66
## *Drah Senóriah*

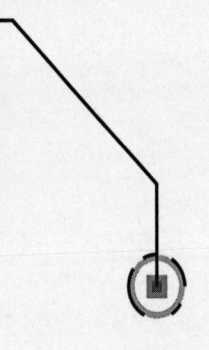

Anuhar acordara cedo. Já estava mais do que na hora de retornar às atividades normais e acompanhar as coisas de perto.

Espreguiçou-se, revigorado pela noite relaxante que tivera. Admirou os cabelos dourados de Sarynne espalhados pelo travesseiro e sorriu. Ele se levantaria sem fazer barulho para deixá-la descansar.

Iria até o Comando de Defesa do Ar, também veria se Tlou descobrira algo, e qual o posicionamento da Federação sobre o ocorrido, se é que já tinha algum. Mas, antes de mais nada, iria até o recinto da nutrição.

Vestiu-se, teletransportou-se até lá, pegou uma fruta na sua rápida passagem pelo *buffet* dos alimentos e seguiu direto até o das bebidas. Escolheu duas garrafas do composto com propriedades revigorantes e se sentou à mesa dos Guardiões.

Em três mordidas havia consumido a fruta e tomado mais da metade da primeira garrafa, em goles grandes e lentos. Apoiou os cotovelos na mesa e observou o local, constatando, em uma averiguação despretensiosa, que o ambiente estava quase vazio, com uma ou outra mesa ocupada a essa hora da manhã.

Checou o intercomunicador, revirou os olhos, fez uma careta, bufou e olhou novamente para o aparelho por alguns minutos. Coçou a cabeça, fez outra careta, respirou profundamente e deu o comando mental para fazer a ligação para a sua genitora.

— Oi, Anuhar, eu te liguei tantas vezes... está tudo bem? E você também bloqueou os meus contatos telepáticos...

— Para ser sincero, as coisas por aqui estão bem complicadas — disse ele, só esperando o pequeno sermão.

— *Ainda o problema das naves?*

— Não, esse já foi resolvido.

— *Ah, é? Que boa notícia! Eu sabia que encontrariam logo uma solução. Parabéns! Mas não quero ficar atrapalhando quando você tem coisas sérias para resolver. Só queria mesmo ouvir a sua voz e saber se está bem.*

— Tudo certo, dona Lásyne. Obrigado. E não se preocupe — pediu, com um leve sorriso.

— *Não vou me preocupar, confio em você. E agora vá resolver as suas coisas...*

Era possível que a sua genitora tivesse acordado de bom humor. Ou que ele mesmo... não. Talvez... não. Sorriu e empurrou o cabelo para trás. O fato é que, quando desligaram, o guerreiro se sentia mais leve.

Logo em seguida, esvaziou a primeira garrafa. Levantou-se, jogou-a no receptáculo adequado e pegou a cheia, indo em direção ao principal recinto do Ar. Três grandes e largos passos depois, Anuhar viu um ser de cabeça baixa em uma mesa de canto, sentado de frente para a parede oposta à que ele se encontrava. Foi o que bastou para os seus pés paralisarem, seu peito apertar e sua garganta fechar.

Srínol.

Tentou caminhar até o seu destino, mas não se moveu. *Gródsv! O que é que posso te falar, se agora são os meus que estão em casa dormindo tranquilos?*

Seguiu em direção à porta, mas parou novamente. Praguejou, virou-se e se dirigiu até o wolfare.

Parou ao lado do homem, que mal levantou os olhos quando o viu. Os braços estavam apoiados na mesa, a cabeça abaixada, as testas escurecidas, sem pulsar. O Guardião não sabia se ele ainda vivia ou se fizera a passagem junto com o seu planeta de origem, tamanha a expressão de tristeza e pesar que lhe transformara o rosto, tornando-o quase irreconhecível.

— Srínol?

O wolfare lhe devolveu o olhar com os olhos inchados.

— Não sei o que te dizer — Anuhar murmurou.

— Não há nada a ser dito.

O guerreiro ficou em silêncio.

— Há três ciclos conversei com a minha família. Estavam todos bem, e os pequenos ficaram muito felizes e animados quando comentei que, assim que fosse para casa, levaria as miniaturas das naves que você me deu — contou o wolfare com a cabeça baixa, as lágrimas brancas e leitosas, características da raça, escorrendo pelo rosto.

O Guardião engoliu em seco, com a certeza de que as paredes da garganta haviam se transformado em lixas.

— A minha companheira estava contente, pois íamos nos ver em breve. E eu, radiante porque iria abraçar e beijar todos eles. — Apoiou as testas nas mãos.

Seria mais fácil para Anuhar se o wolfare o tivesse esmurrado com toda a sua ira, porque desse modo, com essas palavras, ele minava todas as forças e defesas que o guerreiro pudesse ter. Ambos estavam em pedaços.

— Olha, Srínol... — O homem se virou para ele. — Eu... eu... sinto muito. — Tocou o ombro do amigo. — Não pude evitar que aqueles canalhas destruíssem Wolfar — disse de supetão, e o ser de testas pulsantes o encarou com os olhos arregalados. — Tínhamos informações de que Dhrons nos atacaria e a minha missão era impedir que acontecesse. Consegui, mas não interrompi o lançamento da arma ao seu planeta. — Deu uns passos ao redor da mesa. — Aliás, não imaginei que aqueles facínoras tivessem outro alvo nos seus planos, e não faço ideia do motivo de terem mirado em Wolfar. Eu simplesmente não sei, mas...

— Anuhar!

— ... o fato é que não fui capaz de pará-los. O seu planeta sumiu. — Ergueu o tom de voz. — Dez bilhões de seres fizeram a passagem e você ficou sem a sua família.

— Anuhar?

—Você pode dizer que é fácil eu falar que sinto muito quando todos que conheço estão em casa dormindo tranquilos, mas você não imagina *o quanto* essa catástrofe me afetou.

— E por que eu diria isso?

O guerreiro fechou os olhos e respirou bem devagar.

— Sente aqui. — O wolfare indicou a cadeira ao seu lado e o Guardião despencou sobre ela. — Não vou perdoar você por isso — disse ele.

— Sei disso, porque também não me perdoo.

Srínol tocou o braço do guerreiro.

— Não vou te perdoar porque não tem o que ser perdoado. — Anuhar o encarou. — Pelo pouco que conheço você e a cúpula de Drah, sei que vocês jamais planejariam destruir ou dizimar uma raça inteira, então, como falei, não há o que ser perdoado. — Passou as mãos pelos olhos.

O líder do Ar analisou o rosto inchado à sua frente.

— Olha o tamanho disso tudo... — Srínol ergueu as mãos. — Olha o tamanho disso tudo que aconteceu. É muito maior do que você e eu. Alguém planejou algo grande, e se o foco não foi Wolfar, a diferença é que outros Srínols estariam chorando agora no meu lugar.

— Continuo não sabendo o que te dizer — Anuhar repetiu.

— Não há nada mesmo a ser dito.

— Tem algo que eu possa fazer por você?

O homem endureceu o olhar e encarou o guerreiro.

— Tem. Pegue esses caras e acabe com eles.

O Guardião inflou o peito e endireitou a postura antes de falar:

— Vamos fazer isso, meu amigo. Eu te prometo. — Segurou a mão do wolfare. — Eu te prometo.

# CAPÍTULO 67

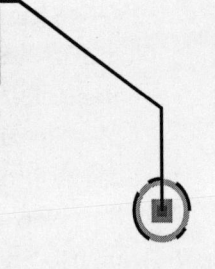

Sarynne andava pelo Prédio revigorada depois da noite com Anuhar, que, como de costume, saíra mais cedo sem acordá-la. Porém, desta vez, ele lhe deixara uma mensagem pelo intercomunicador:

*"Você não faz ideia do quanto mudou a minha caminhada para melhor. Amo você."*

E por isso ela sorria, distraída com as lembranças.

— Que bom te ver sorrindo já cedo — Rovhénn a abordou na rampa por onde ela descia em direção ao andar do Ar.

— Oi. — Ela pôs o cabelo loiro para trás da orelha. — Tudo bem?

— Estou bem, mas talvez não tanto quanto você — respondeu, encostando-se no corrimão.

— Confesso que há muito tempo eu não me sentia com tanta energia.

— É por causa do Anuhar, não é?

Ela o olhou, em silêncio.

— E quanto a nós? — quis saber ele. — Desculpe se estou te abordando aqui. — Apontou ao redor. — Mas essa conversa é necessária, porque preciso dar um rumo à minha caminhada. Sinto como se estivesse amarrado a um nó que, ao que tudo indica, jamais será desatado.

Ela viu que uma das salas do Ar, usadas para conversas mais reservadas ou pequenas reuniões, estava vazia, e o convidou para se dirigirem até lá.

Acomodaram-se em torno da mesa quadrada. Ele se lançou na cadeira e estendeu as longas pernas, quase tocando os pés cruzados de Sarynne, encolhidos sob a cadeira onde ela sentara.

— E nós? — repetiu ele. — Nos falamos pouco desde que saímos, procurei te dar o espaço que senti que precisava, mas tenho que entender onde estamos.

— Olhe, Rovhénn... — Ela cruzou os dedos das mãos sobre a mesa. — Nunca te enganei nem prometi nada. O que aconteceu entre nós foi muito bom, tenho um carinho enorme por você, mas não temos futuro juntos.

— É por causa *dele*?

— Não. É por minha causa. Não tem sentido eu continuar alimentando algo que sei que não terá maior profundidade.

— Mas você está envolvida com o cara, não está?

— Já faz muito tempo que sou apaixonada pelo Anuhar, mas se ele me deixasse hoje, "nós dois" — falou, apontando para o amigo e para si, em um vaivém — não existiria. Sempre gostei das nossas conversas e tenho muito carinho por você, mas não há espaço para um relacionamento. E, depois do que aconteceu, falo isso com toda a convicção.

— Então não significou nada para você? — Ele espremeu os olhos.

— Significou muito. Pude me entender melhor e me respeitar mais. E, talvez o mais importante, te respeitar mais, como o ser maravilhoso que é.

O cientista passou a mão pela boca.

— Você já pensou que ele está no topo do topo e você...

— Sou uma auxiliar?

— Desculpe, Sarynne, com toda a consideração que tenho por você, mas é isso mesmo. Isso não te perturba? Não te deixa insegura?

Ela demorou para responder, analisando o que, de fato, sentia.

— Não mais. No trabalho, ele está no topo do topo, mas o que importa é como caminhamos neste orbe, o que fazemos da nossa existência, como agimos para tornar o nosso viver mais leve e produtivo com o menor sofrimento possível, independentemente da posição que temos na nossa profissão. Se nesse quesito não damos certo, então é o fim, mas se um agrega ao outro, não importa a função que tenhamos neste mundo.

— Pelo visto vocês estão bem.

— Ainda é cedo para falar, mas estamos planejando trilhar um caminho juntos.

— Gosto muito de você.

— Também gosto muito de você, mas de uma forma diferente.

Rovhénn suspirou.

— Eu tinha tanta expectativa...

— Para ser sincera, também tive expectativas, mas vi que não poderia ocupar o lugar que você esperava de mim. Peço desculpas.

— Não precisa, já que sempre foi honesta comigo. É só que agora preciso reorganizar os meus objetivos.

— Eu entendo, e te respeito muito por isso. — Ela lhe estendeu a mão. — Amigos?

— Para toda a eternidade. — Ele lhe devolveu o cumprimento.

―――◆‿●●●‿◆―――

Na sua sala, Dom Wull começava a perder a paciência com Giwân. Sentados, um de cada lado da mesa do líder supremo do planeta, cada um sustentava o seu ponto de vista do modo mais diplomático possível, mesmo que com algum sacrifício.

— Não é porque estávamos lá tentando defender Drah, diga-se de passagem, que temos alguma responsabilidade pelo ocorrido.

— Não estou acusando Drah Senóriah de nada, mas é fato que tinham uma diferença com Wolfar.

— A nossa diferença é com o Dhrons. Aliás, é ele quem tem diferença conosco. E foi exatamente por causa dessa maldita diferença que ele estava tentando nos atacar.

— É o que vamos verificar.

— Já fizemos isso, Giwân! — O ancião senóriahn entrelaçou as mãos sobre a mesa. — Afinal, o que você pretende?

— Não sou eu, mas a Federação. Ela pretende ir a fundo nessa investigação, porque não é possível um planeta inteiro desaparecer e ninguém ser responsabilizado por isso.

— Concordo. Só quero que essa investigação seja imparcial. Não é porque não temos um bom relacionamento com o ex-líder dos wolfares que iríamos simplesmente destruí-los. Ainda mais da forma como foi.

— É evidente que será uma investigação imparcial. — Giwân gesticulou, como se isso ajudasse a convencer Dom Wull sobre a sua linha de raciocínio. — Você realmente acredita que a Federação não trabalharia com idoneidade?

— Estou incomodado com o tom que está usando.

— Você pensa que eu estaria aqui se não estivesse preocupado?

Dom Wull apoiou os cotovelos sobre a mesa e a boca nas mãos entrelaçadas, aguardando quais seriam as próximas asneiras que o representante da Federação diria.

— Mas o fato é que vocês estavam no local no momento dos disparos e sei que buscavam o paradeiro do Dhrons tanto quanto nós.

— Estávamos lá, assim como os plouzden.

— Que, por sinal, fizeram a passagem. Todos eles. Interessante, não é?

— Seriam eles ou nós. — O líder supremo encarou o pequeno ser de olhos rápidos. — E, além do mais — falou devagar —, eles explodiram o QG que montaram.

— Conveniente, não é?

Dom Wull o fuzilou com o olhar.

— Só para lembrar, tem um plouzden no *nosso* recinto da saúde recebendo o que temos de *melhor* em termos de tratamento de saúde.

— Já há um acompanhante da Federação ao lado dele para o caso de algum procedimento não ser o esperado.

— Estou muito, mas muito incomodado com o seu tom e com as acusações veladas que nos tem feito.

— Não vou mais tomar o seu tempo — continuou o representante da Federação —, mas todas, eu disse *todas*, as evidências serão analisadas. É só o que eu queria que soubesse, e é a única razão para eu estar aqui na sua sala neste momento.

— Só faça o seu trabalho com imparcialidade.

— E você trate de entregar, com transparência, as evidências que solicitarmos. Até mais — falou antes de se desmaterializar.

Dom Wull se levantou e começou a andar de um lado para o outro na sala.

Depois de um longo vaivém, parou de repente e acionou o intercomunicador.

—Yan, preciso do Comando de Defesa na minha sala.

# CAPÍTULO 68

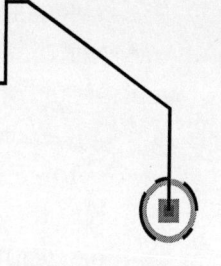

Na principal sala do Comando de Defesa do Fogo, Rhol continuava as suas pesquisas sobre Plouzd. Quanto mais se aprofundava, mais incomodado ficava por conta das poucas informações que obtinha.

— Oi, Rhol — disse a sua substituta, assim que se aproximou.

— Oi, Kiyn — respondeu ele, sem desgrudar os olhos dos dados que corriam na tela virtual à sua frente. Depois de alguns longos segundos, bufou e desligou a pequena projeção. — Sente-se. — Apontou a cadeira para ela. — Como estarei ausente nos próximos ciclos, eu gostaria que já fosse comigo à reunião convocada por Dom Wull.

— Vamos lá.

Kiyn olhava para o seu líder, imponente na habitual casaca marrom, sempre sereno até nos piores momentos de pressão.

— Encontrou o que procurava?

— Não.

— Sabe, uma das coisas que mais admiro em você é que nunca se deixa afetar, mesmo em situações de tensão. — Ela pôs para trás da orelha um dos seus cachos teimosos. — Você pode fracassar em encontrar alguns dados, ou viver ciclos como esses últimos, que foram de tirar qualquer um do seu centro, e mesmo assim se mantém inabalável.

— O fato de eu não demonstrar não significa que estou sempre calmo, ou que não me abale. É só a minha forma de resolver as situações que aparecem. Uma das muitas coisas que aprendi nessa caminhada é que os problemas sempre podem ser resolvidos. — Ele apoiou os cotovelos na mesa. — Só é preciso descobrir qual a melhor solução. A tensão ou o excesso de nervosismo atrapalham essa visão. Por isso me concentro para trazer os prós e os contras, pesar as possibilidades, as alternativas e então decidir.

— Sei disso. — Ela sorriu. — Mas admiro a sua postura. Está tudo certo no que se refere à sua ida a Plouzd? Já definiu sua estratégia de ação?

O guerreiro se encostou na cadeira.

— Pretendo sair de lá com um mapeamento completo do local, "um retrato" da forma de atuação da Soberana Suénn, além, é claro, de todas as informações que os liguem ao ocorrido e a Dhrons.

— É, vivemos um momento em que nenhum fato deve ser subestimado — comentou ela, pensando na profecia.

— Por isso, acredite sempre nos seus instintos. — Ele apontou o dedo para ela. — Se algo mexer de alguma forma com você, não deixe de verificar.

— São esses instintos que estão te chamando para lá, não são? Não é só a racionalidade sobre qualquer investigação...

— É, tem algo muito forte me impelindo a ir para o famoso planeta das rochas. — Ele se encostou em um dos braços da cadeira e apoiou a boca na mão.

— Sinto a mesma coisa, Rhol, sobre Drah estar mais próximo de Plouzd.

— Que bom, estamos na mesma frequência. — O Guardião abriu um sorriso discreto.

—Tem algo gritando aqui dentro. — Kiyn bateu no peito. — E esse grito diz que vamos precisar de mais do que um simples passeio por lá. — Ela suspirou. — Bom, vamos aguardar e ver como as coisas se desenrolam, e quais notícias você vai nos enviar.

Ele a encarou demoradamente, mas não quis comentar que também "ouvia" gritos parecidos.

—Vamos à sala do Dom Wull? Já está na hora.

—Vamos, sim. Vamos à reunião.

# CAPÍTULO 69

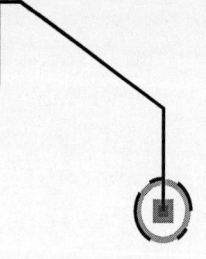

À tarde, a sala de Dom Wull estava com todos os Guardiões, Tlou, Cêylix e Matriahrca. Depois do sequestro de Alessandra, da recente situação de enfrentamento contra Wolfar e do posicionamento rígido da Federação Intergaláctica sobre os dois planetas, essas reuniões haviam se tornado frequentes, porque muitas das decisões precisariam ser tomadas com rapidez, e nada como obter as informações dos especialistas da forma mais direta possível.

O líder supremo de Drah nem esperou que todos se acomodassem. Quando o último guerreiro entrou, ele iniciou a conversa.

— Eu os saúdo — cumprimentou, com o costumeiro punho fechado sobre o peito, enquanto Tlou e Farym ainda se sentavam ao redor da grande mesa de reuniões, e todos os presentes respondiam, em coro, repetindo o gesto. — Bem, todos já sabem dos acontecimentos mais recentes com Wolfar.

Anuhar sentiu um aperto no peito.

— Isso é muito sério. Em todos os meus anos de caminhada aqui neste plano, nunca vi nada sequer parecido. — Olhou para cada um dos presentes. — Sim, já estivemos em várias batalhas, mas desafio qualquer um aqui desta sala a dizer se já viveu algo nessa proporção.

Vários negaram com a cabeça.

— Então, já podem imaginar a disposição, a solicitude, a persistência, a dedicação, o comprometimento e todas as outras palavras que, no fim das contas, significam o empenho da Federação para resolver esse caso. — Entrelaçou os dedos das mãos sobre a mesa. — O que não é ruim.

— É a função da Federação, certo? — comentou Matriahrca. — Manter a paz e a ordem entre os planetas da galáxia.

— É verdade, minha cara. — Virou-se para ela. — O problema é que, até o momento, eles não têm para onde olhar, a não ser para Drah.

O líder das Operações Investigativas cerrou um dos punhos com força.

— Temos o plouzden, que ainda está no recinto da saúde — argumentou Yan. — Não é muito, mas vai ajudar assim que ele acordar, porque, segundo o Ahrk, é questão de tempo até o sujeito se recuperar.

— Tlou, como estamos com as investigações? — questionou Dom Wull.

— Sabemos que as articulações foram feitas em Worg, onde Dhrons ficou com a sua... — Balançou a cabeça. — *Companheira*, vou chamar dessa forma. — E encarou os Guardiões.

— Não acredito que a Lyna tenha sido capaz de participar de tamanha atrocidade. Isso não pode ser verdade. Ela é senóriahn, viveu aqui dentro! — A conselheira gesticulou, inconformada.

Yan apertou os olhos e o maxilar.

— Entendo e compartilho desse pensamento, Matriahrca, mas a união dela com o canalha do Dhrons é algo já comprovado — explicou o investigador.

A altiva mulher apenas negou com a cabeça, pesarosa e abalada pelo inconformismo.

— Além do casal, também há plouzden envolvidos — continuou ele. — O que queremos agora é descobrir quantos mais, além do ser que está conosco e dos que fizeram a passagem.

— Já se sabe a motivação deles? — perguntou Rhol, apoiando os cotovelos sobre a mesa e passando uma das mãos sobre o queixo.

— Ou apenas caíram na conversa bem coordenada do Dhrons? — questionou Dom Wull.

— Mesmo que aquele crápula seja um excelente articulador, ao que tudo indica, a arma era dos caras. E quem aceita usar algo tão letal em qualquer ação não tem boas intenções, e não deve ser chamado de inocente.

— Concordo, Yan — afirmou Tlou, apontando o indicador para o Guardião. — Nós ainda não conhecemos as motivações de Plouzd, e os poucos indícios que temos nos fazem concluir que as motivações são de plouzden mas não da cúpula do planeta.

— O que indica que eles estão com problemas internos e, se isso for comprovado, dos grandes — concluiu Farym.

— Meu amigo, você está indo para uma zona de guerra — comentou Nillys, dirigindo-se para o colega do Fogo, batendo de leve em seu ombro.

— Rhol, você precisa tomar todo cuidado — alertou Dom Wull. — Sei que não vai sozinho, mas o fato é que não sabemos o tamanho dos desafios que vai enfrentar. Não quero a sua existência em risco sob hipótese alguma.

— Pode deixar. Vou reforçar os procedimentos de segurança.

— Só gostaria de lembrá-los que o plano inicial era destruir Brakt e os caras conseguiram. Com a nossa atuação é que, por alguma razão, eles destruíram Wolfar — disse Anuhar. — Então, *nós* éramos o alvo, porque assumimos Brakt. Estou dizendo isso porque, dependendo da situação em Plouzd, você pode, sim, estar correndo risco por lá. — Olhou para o guerreiro do Fogo.

— Sei disso. — Rhol assentiu.

— A nossa ação nesse contexto é outro assunto que quero conversar com todos aqui — explanou Dom Wull. — Conforme acabamos de falar, estamos com tudo encaminhado dentro do cenário atual, o que é perfeito. Sei que resolvemos a terrível situação de Brakt, mas não posso deixar de perguntar: e se retornássemos ao passado para evitar o que aconteceu em Wolfar?

---

Daria para ouvir os passos de quem caminhava ao redor da baía, doze andares abaixo, devido ao silêncio que se instaurou na sala.

— Dom Wull, isso é muito arriscado.

— É loucura.

— Podemos fazer, sim.

— Uau. Por essa eu não esperava.

Falaram Yan, Matriahrca, Cêylix e Nillys, todos ao mesmo tempo, movendo-se nas respectivas cadeiras.

— Calma. — Dom Wull estendeu os dois braços à frente. — Não estou aqui para instigar nenhum desatino. Voltar no tempo não é brincadeira, mas o fato é que estamos preparados, e se temos essa capacidade, por que não salvar Wolfar?

*Podemos salvar os dez bilhões de wolfares... A família de Srínol...* Anuhar esticou as pernas e voltou, como se isso pudesse ajudar todo o restante da musculatura contraída.

— Cientificamente, é possível — explicou Cêylix. — O que não podemos, nem devemos, é fazer dessa a solução para todos os problemas ou erros que viermos a cometer ou enfrentar. Os riscos são imensos, além do fato de haver consequências que ainda não fomos capazes de prever.

— Entendo, mas salvaríamos bilhões de seres inocentes.

— Se essa for a decisão, estamos prontos.

*Podemos pensar em uma estratégia diferente dessa vez.* Os pensamentos do Guardião do Ar vinham sem parar.

— É evidente que a decisão será sua, Dom Wull, e por favor não julgue egoísta o meu posicionamento — disse Tlou, cruzando os dedos sobre a mesa. — Jamais imaginei ou desejei que algo desse tipo acontecesse aos wolfares, mas não sabemos quais as possíveis consequências desse ato. Daqui a alguns ciclos poderemos estar discutindo voltar no tempo para salvar qualquer outro corpo celeste da galáxia, isso se o alvo não tiver sido Drah Senóriah.

— Yan?

— Também não quero parecer insensível, mas entendo que está na hora de Dhrons assumir as consequências dos seus atos. Afinal, até onde ele pretende chegar?

*São bilhões de inocentes...* Anuhar esfregou os olhos com uma das mãos.

O ancião virou-se para a sua conselheira.

— Estou desolada com o que aconteceu. Simplesmente não dá para imaginar o sumiço de um planeta.

*Eu falhei, Matriahrca, me perdoe.* O guerreiro fechou os olhos, repassando as imagens das cinco idas a Plnt – 45.

— Entretanto — ela continuou —, confio nas nossas investigações para que descubramos exatamente o que houve, e os motivos. A meu ver, ainda não temos todas as informações, portanto, essa ação pode não resolver a situação como um todo, e até agravá-la. Isso pensando bem friamente, por mais que me doa o que aconteceu.

O comandante do Ar relembrou sua conversa com a Grammda.

*"Você está preparado para todas as possíveis consequências da ação?"*

*"Sabe do que mais me orgulho em você? Da sua capacidade de lidar com o novo. De resolver os desafios avaliando as consequências e impactos. De tomar as decisões mais cabíveis no momento adequado."*

— Anuhar, você que viveu de perto essa confusão toda, qual o seu posicionamento? — Dom Wull o tirou dos seus pensamentos. —Vale a pena voltarmos de novo? Você faria tudo mais uma vez?

O guerreiro inspirou e expirou bem devagar.

— É claro que faria. Quantas vezes fossem necessárias. Mas, se me permite, gostaria de comentar sobre as experiências que vivi no planetoide.

Dom Wull consentiu.

— Como sabem, cada ação de Drah é devidamente estudada e planejada. — Apoiou as costas no encosto. — Quando fomos para lá da primeira vez, estudamos todas as informações que tínhamos, e nos estruturamos de modo que tivéssemos uma vantagem numérica, ainda que pequena, além da tecnológica...

— Cuja superioridade não é novidade para nenhum ser da galáxia — completou o líder supremo.

— Exato. Pensamos desse modo não só para não chamar atenção, mas para não ter nenhuma conotação de que fomos massacrar os caras. Foi um desastre, eles mataram Xeokly e estouraram Brakt pela segunda vez. Apesar de estarem em minoria, tinham um monstro na carcaça de um ser, que valia por vários de nós, e por causa dessa criatura a nossa missão foi um fracasso. É. — Ele encostou as palmas das mãos uma na outra. — Eu falhei. — Todos o ouviam em silêncio. — Aí, da vez seguinte, a estratégia era não dar chance para o tal do Gigante agir, mas ainda assim ele atingiu o Xeokly. Os outros técnicos que estavam lá acionaram a ativação rápida do equipamento, impedindo que tivéssemos tempo de derrubá-los e de evitar o lançamento da arma. Na terceira vez, reorganizei a estratégia: entrei massacrando o grandão, e quando os dois técnicos plouzden se viram sozinhos, apavoraram-se e usaram as armas que tinham de modo desenfreado, o que nos atrasou, não nos dando tempo de evitar os disparos, que também foram acionados pelo modo acelerado.

— Por que não atuamos de forma mais agressiva?

— Nós atuamos, Dom Wull. Fomos em doze naves, e por causa disso não conseguimos nem entrar no QG. Um detalhe, por menor que seja, faz toda a diferença. Uma pequena rajada de ar na descida de uma das naves, mesmo elas estando invisíveis e com silenciadores, chamou a atenção de um dos pilotos plouzden, que saiu da defensiva para a ofensiva de imediato. — O líder-mor de Drah assentiu, pensativo. — Da última vez — Anuhar continuou, apoiando os cotovelos na mesa —, com uma estratégia não tão modesta, nem tão arrojada, enfrentamos dois gêiseres, fortes o bastante para atirarem para longe dois dos nossos guerreiros. Como não os vimos das outras vezes? Certamente vimos. A minha teoria é que, exceto da penúltima vez, em que os jatos irromperam quando já estávamos a caminho de Drah, nas demais os Guardiões do lado de fora os presenciaram, sim, enquanto eu estava dentro da estalagem, e, com todas as consequências que enfrentamos, esse fato acabou não me sendo relatado antes do retorno seguinte. Como só informações da minha consciência eram transferidas, chegamos lá desconhecendo esse fato.

— Espero que a Federação não se interponha à nossa pesquisa sobre o solo local, Dom Wull — esclareceu Farym. — Esses dados vão nos ajudar nas investigações.

—Também espero que não, porque a força dos gêiseres é poderosa — complementou o líder do Ar. — E, por causa deles, é claro que recebemos um comitê de boas-vindas efusivo, não só de quem estava nas naves, mas do próprio Gigante, que, ao perceber o perigo mais cedo, teve um comportamento diferente dos anteriores. Confesso que pensei que havíamos falhado novamente, mas, ao que tudo indica, a queda do plouzden sobre o aparelho mudou as coordenadas e o andamento dos fatos. E, além de tudo isso, quando deixamos o Plnt – 45, fomos perseguidos por um míssil, que por pouco, não nos atingiu. Não faço ideia de quem o lançou, porque estávamos seguros de que todos lá haviam feito a passagem.

— Também estamos investigando esse fato, até já fomos ao planetoide onde o derrubamos, porque as evidências podem nos ajudar perante a Federação — acrescentou Tlou. — E, pelo que já conversamos com os Guardiões do Ar que estavam com Anuhar, foi por bem pouco que os caras não atingiram o objetivo de nos estourar.

— Então... Desde o ocorrido com Wolfar, não há um segundo sequer que eu não me cobre pela perda do planeta. — Ele se virou para Dom Wull. — Não estou contando tudo isso para dizer que não irei outra vez, apenas relatei as experiências que tive, pois pode aparecer algum outro fator surpresa com o qual tenhamos que lidar.

O maioral de Drah o encarou, pensativo.

— Está certo. Por mais que eu também tivesse a visão dos riscos, precisava ouvir os argumentos de vocês. Vamos seguir em frente. O que aconteceu é passado. Vamos pensar no presente e no futuro, e apesar de ter um orgulho enorme do patamar que a ciência senóriahn atingiu — disse, olhando para Cêylix —, só vamos utilizar esse poderio quando não tivermos outra alternativa *mesmo*.

A cientista balançou a cabeça, agitando o seu cabelo preto e liso.

— A nossa conversa foi muito boa e elucidativa — ele continuou —, e daqui saímos com algumas pendências. Tlou, quero saber quantos se envolveram com o Dhrons, quem são, onde trabalham, o que comem, com quem moram e quantas vezes piscam por ciclo.

— Em Worg tenho mais abertura para investigar. Em Plouzd, vou precisar da sua ajuda para nos abrirem as portas.

— Deixe isso comigo — Dom Wull respondeu. — Mas nada impede que um ou mais dos seus faça parte da comitiva do Rhol.

— Certo.

— Rhol, contamos com as suas investigações em Plouzd.

O Guardião do Fogo assentiu.

— Kiyn? Desejo a você um bom trabalho. Tanto nós quanto o time do Fogo vamos precisar muito do seu apoio.

— Contem comigo. — Ela deu um sorriso discreto.

— Yan, é preciso implementar segurança máxima em Brakt com urgência.

— Já está sendo implementada.

— Excelente. Anuhar, o que você fez por Drah vai ficar na história do planeta e precisamos lhe agradecer por isso. Foi um excelente trabalho. Não adiantaria termos todas as naves funcionando com Wh-S 432 sem termos o componente, não é?

— Depois do trabalho que tivemos para elas funcionarem, não deixaria passar essa conquista em branco. — Todos sorriram. — Mas, brincadeiras à parte, agradeço a todos pelo apoio. Sei que para alguns foi uma decisão mais do que arriscada, mas necessária, e reconheço a compreensão e paciência que tiveram. Então, muito obrigado. — Fez uma pausa. — Yan, valeu, cara.

O líder dos Guardiões apenas ergueu uma das mãos e assentiu com a cabeça.

— Se daqui para a frente as nossas ações forem assim, preciso reforçar a saúde — brincou Tlou.

— Concordo — vários disseram em conjunto.

—Vamos fazer uma pequena comemoração em reconhecimento ao sucesso da missão — disse Dom Wull. —Vou pedir para organizarem e aviso vocês sobre a data. Ah, algo importante: a Federação vai nos investigar, então precisamos ser o mais transparentes possível. Entretanto, como o Yan já deve ter comentado, a operação de retorno no tempo nunca existiu, certo? — Todos consentiram. — Isso é importante, não porque tenhamos feito algo errado, mas porque uma experiência como essa pode ser um risco em mãos indevidas. E não vejo melhores mãos para manter não só os equipamentos, mas também as nossas conquistas, do que as nossas e somente as nossas.

Yan olhou para o seu genitor e franziu a testa. Aguardou o término da reunião e esperou que todos deixassem a sala para poder questionar sobre o que lhe incomodava:

— Não é a primeira vez que nos alerta sobre o risco de as nossas pesquisas caírem em mãos indevidas. O que é que está acontecendo?

O pequeno ser observou o guerreiro-mor com seus olhos sagazes.

— O que os meus instintos me dizem é que não podemos confiar em ninguém, nem na Federação.

— Algum motivo específico?

— O problema é que não sei se já ter um motivo ou ainda não tê-lo é bom ou é ruim — Dom Wull respondeu, encarando o filho com firmeza.

— Fique tranquilo, porque entendi o recado — Yan comentou, também sem ter uma resposta. E, quando deixou a sala, viu-se com a musculatura toda tensa.

# CAPÍTULO 70

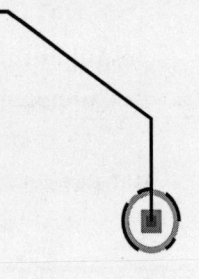

Caminhando para a sua sala em vez de se teletransportar, Anuhar, perdido em pensamentos, não percebeu que estava sozinho, ou quase, em pleno corredor, e se assustou quando viu Grammda parada à sua frente.

— Como vai, Anuhar? — Ela mantinha os braços abaixados e uma mão sobre a outra, diante do vestido simples e longo com estampas em tons de cinza.

— Grammda? Ah, olá! Quer dizer, eu lhe saúdo. — Passou a mão pelo cabelo antes de levá-la ao peito.

— Como você está, filho?

Ele segurou o ar nos pulmões.

— Bem. — Soltou aos poucos.

— Que bom. — Ela sorriu. — Sei que o objetivo foi atingido.

— Já soube o que aconteceu?

— Que você foi um herói?

— Estou falando de Wolf...

— Que resolveu as dificuldades que os seus equipamentos do Ar enfrentavam?

— Sim, resolvemos, mas...

— E que não é o responsável pelas atitudes do mundo?

Ele ficou em silêncio, encarando-a.

— O seu posicionamento na sala do Dom Wull foi brilhante. Não sei se me orgulho mais do que fez para nos salvar ou da sua grandeza em admitir os erros e acertos.

A senhorinha se aproximou e ele se curvou, porque o rosto dela batia um pouco abaixo do seu peitoral, e, por alguma razão, ele supôs que ela lhe confidenciaria algo.

— Drah Senóriah nunca teve um líder dos Guardiões do Ar tão maduro e pronto para enfrentar os futuros desafios.

— Obrigado. — Ele abriu um sorrido tímido. — Mas confesso que nunca senti tanto medo. — Ficou aliviado em admitir.

— Eu me preocuparia se não sentisse. Fico mais segura quando os nossos líderes têm medo, porque confiança em excesso é um convite ao fracasso.

— Tenho a impressão de que aprendi isso. — Ele sorriu novamente e se endireitou.

— Muito bom. Sinto-me honrada em ser liderada por seres em cujos atos percebo a humildade.

— Mais uma vez, obrigado.

Grammda segurou nas duas mãos do guerreiro.

— Drah Senóriah vai precisar de você, mais do que nunca.

— Espero estar à altura para responder a todas as necessidades deste planeta que amo tanto.

— Você está — a mentora cochichou e ele assentiu. Ela deu um passo para trás e alisou o vestido. Virou-se para sair, mas parou.
— Tem mais uma coisa que quero dizer. — Ela se voltou para ele novamente. — Você não mudou nada do que estava previsto para acontecer. *Nada*. Tudo aconteceu como tinha de ser, não importa quantas vezes retornasse, nem qual estratégia utilizasse.

Anuhar franziu o cenho e ela lhe deu um tapinha de leve no rosto. No instante seguinte, o guerreiro estava só, parado no corredor, mas o movimento ao redor havia retornado, e os seres transitavam normalmente.

— Perdido aí, fofinho? — brincou Nillys, andando rapidamente em direção à rampa.

O Guardião do Ar nem respondeu, apenas arregalou os olhos. Não só por estranhar a conversa que haviam tido a sós, sem estarem efetivamente a sós, mas pelas palavras que o atingiram pesadamente.

Ele não tinha mudado absolutamente nada. Não era para Brakt ser destruído, e sim Wolfar.

Anuhar se teletransportou ao recinto da nutrição. Precisava beber algo.

# CAPÍTULO 71
## *Alguns ciclos depois*

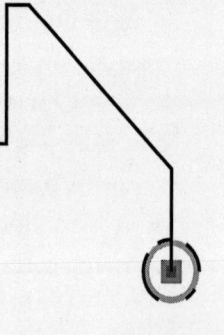

Mesmo que os senóriahn não fossem obcecados pela aparência ou por um guarda-roupa abarrotado, Sarynne queria estar bonita nesta noite festiva. Dom Wull marcara o evento para comemorar o grande feito de terem salvado Brakt e evitado um caos na galáxia.

E Drah devia isso a Anuhar, que fora o grande herói desse feito. E o grande responsável por mantê-la viva, apesar de ela nem imaginar.

Olhou o seu coque desconstruído, feito por Alessandra amadoramente — palavra usada pela própria amiga —, de cujo resultado Sarynne gostara muito, porque havia alegrado o seu visual salientando o tom dourado do seu cabelo com o azul-escuro do vestido longo e reto de alças largas.

Seu rosto brilhava, assim como os fios do penteado, e os seus olhos cintilavam. Deu uma volta completa em frente ao espelho e gostou do que viu. Sorriu pelo visual, por estar com o homem por quem era apaixonada, por ele ter integridade e elevado senso de responsabilidade, por ela ser inteligente, e pelo fato de ter a capacidade de auxiliar, com o seu senso de organização, toda a área do Ar.

Sim, ela possuía essa habilidade, e agradecia a si mesma por ter se tornado um ser... melhor.

Atentou-se novamente para o visual. Escolhera o azul, apesar de usá-lo quase todos os ciclos, porque Anuhar iria com o seu conjunto de casaca e calça azul-marinho, e ela quis acompanhá-lo como uma parceira, já que seria a primeira vez que apareceria ao seu lado oficialmente como sua companheira. Iria se mudar para o aposento dele, no andar onde ficavam os Guardiões, porque mesmo que o

Prédio fosse todo provido por artefatos de segurança e seres que trabalhavam somente com isso e para isso, um líder como ele não tinha permissão para se mudar para outro andar. Então, ela subiria em breve, porque, para ela, tanto fazia onde dormir, desde que fosse ao lado do ser amado.

— Sarynne?

O guerreiro chegara e ela foi encontrá-lo na porta.

Ele estava radiante no seu uniforme impecavelmente assentado, que realçava os olhos claros e o cabelo comprido e loiro. O símbolo dourado do ar na casaca lembrava o da correntinha que ele não tirava.

Parado, com as duas mãos para trás, ele ficou em silêncio por alguns segundos. Ela quase perguntou se estava tudo bem, mas observou que o par de olhos azuis a analisava da cabeça aos pés, bem calmamente, então segurou o riso e aguardou.

— Será que precisamos *mesmo* comparecer à festa? — Ele entrou e fechou a porta atrás de si.

Ela abriu um grande sorriso.

— Levando em conta que Dom Wull vai enaltecer todos os atos heroicos que *você* fez nesses últimos tempos, não sei... O que acha? — perguntou com ar de riso.

— Vou dar uma chance para ele, não é?

— Ha ha ha... Pode ser uma boa ideia.

— Você está linda. — Aproximou-se dela e segurou seu rosto com as mãos. — E eu preciso te beijar — informou-a no mesmo instante em que cobriu os lábios delicados da amada com os seus.

Ela tocou as mãos que a acariciavam e se deixou perder pela maciez da boca do Guardião, pelo gosto que já fazia parte do seu viver e pela fragrância cítrica que a hipnotizava.

Não saciados, o guerreiro se afastou devagar, tão incomodado quanto ela pela distância.

— Está preparada para a sua primeira aparição ao meu lado, oficialmente como minha companheira?

— Você está?

— Estou mais do que preparado.

Sarynne acariciou o rosto másculo.

— Quer dizer, não estou preparado, não. — Olhou para baixo e mostrou para ela o tamanho da ereção.

Ela o encarou, sorriu, e falou com a voz rouca:

— Está quase na hora.

Anuhar suspirou, foi até a janela da antessala, fechou os olhos, mexeu os ombros, respirou profundamente, e tornou a se virar para a sua assistente.

—Vamos? — convidou ele.

Ela o examinou de cima a baixo e assentiu com um sorriso discreto.

— Cuidado com o jeito que você me olha porque, produzida desse jeito, os meus controles estão um pouco prejudicados.

— Nós vamos chegar atrasados. — Ela riu, tendo o Guardião já próximo de si.

— Pronta?

— Pronta.

E, no segundo seguinte, estavam parados diante da entrada do Salão Nobre.

Identificaram-se à equipe de reconhecimento e entraram no grande salão retangular. Desceram os dois degraus da grande pista de dança e a atravessaram, cumprimentando muitos seres nos vários grupos espalhados pelo ambiente. As mesas tinham sido todas posicionadas do outro lado do salão, em toda a extensão acima da pista de dança. Do lado direito da entrada, também no patamar acima da pista, fora montada uma mesa retangular diante de três cadeiras, de onde Dom Wull falaria algumas palavras. Era nesse local que se encontrava a liderança dos Guardiões, e era para onde Anuhar se dirigia, com a mão nas costas de Sarynne para direcioná-la com delicadeza.

Ela percebeu os olhares curiosos sobre eles, mas não se intimidou.

Ao som do tilintar dos copos, pensou nos seus amigos, que não estavam presentes, uma vez que a festa era restrita à cúpula e aos Guardiões em geral.

Tlou os cumprimentou com um breve aceno de cabeça e ela não pôde deixar de admirá-lo na calça grafite brilhante, com sapatos da mesma cor e blusa de gola alta cinza-claro, justa e longa.

Mais à frente, Alessandra a aguardava ao lado de Yan, com um sorriso reconfortante, usando o lindo vestido preto que Sarynne fizera para ela. Seria muito bom ter a amiga por perto.

O salão estava cheio. Além das autoridades de Drah, havia Guardiões de todos os elementos, assim como as respectivas lideranças do Comando de Defesa de cada SG. Dom Wull pretendia *mesmo* dar uma injeção de ânimo nessas equipes que tanto se doavam ao planeta, e que, ao que tudo indicava, ainda teriam que enfrentar muitos desafios.

Eles se aproximaram dos demais integrantes da cúpula, cumprimentaram estes seres e Alessandra aproveitou para conversar com a amiga enquanto os líderes do Ar de duas SGs cercavam Anuhar.

— E aí? Como está se sentindo? — ela perguntou baixinho.

— É tudo novo para mim, então a resposta é: ainda não sei... — As duas riram discretamente. — Por enquanto, estou bem.

— Você está ótima. — Passou a mão no braço da amiga, que não estava à vontade. — Com o amor da sua vida, com saúde e com um trabalho interessante, é só curtir.

— Eu sei. — Sarynne suspirou e alisou o cabelo, como se ele precisasse ser ajeitado.

Yan se aproximou das duas no momento em que o Guardião do Ar trouxe uma bebida em tons de rosa e vermelho para a amada, o que ela aceitou de imediato.

— Adoro esses tubos disformes em que vocês tomam os drinks nas festas. Eles são tão lindos...

— Ainda não se acostumou, Ale? — perguntou Anuhar, sorrindo.

— Ah, já. Mas não canso de apreciá-los.

— Ooolha, o novo casal...

Sarynne nem precisou se virar para saber que estava sob o foco do Guardião das Águas.

— Oi, Nillys.

— Olá, moça. Aliás... olá, moças. Vocês estão lindas.

Elas agradeceram e o guerreiro encarou Yan e Anuhar.

— Meus amigos, tenho que confessar que invejo vocês. — Ele apontou para as duas, enquanto Yan erguia uma das sobrancelhas com ar de riso e Anuhar revirava os olhos. — Quem sabe, não é? No futuro... uma companheira... — Bebeu com um único gole o drink que segurava e negou com a cabeça. — É... talvez não — disse mais para si do que para qualquer outro ser, e se misturou ao grupo que estava logo atrás.

— Esse eu duvido que vá se acomodar com alguém — comentou o comandante do Ar, ao sorver parte do líquido transparente da sua "taça".

— Não estou vendo o Rhol — disse Sarynne. — Ele já foi para Plouzd?

O Guardião assentiu com a cabeça, no instante em que Dom Wull adentrou o recinto, como sempre, acompanhado da Matriahrca, superelegante em uma túnica longa perolada.

Yan deu um beijo leve nos lábios de Alessandra e foi ao encontro do líder e da conselheira, para se sentar logo atrás da mesa suspensa.

Quando os três se acomodaram, com o ancião entre o guerreiro e a conselheira, todos se viraram para o trio, e o silêncio tomou o ambiente.

— Eu os saúdo — iniciou Dom Wull. — O momento é de reconhecimento e alívio. Não é novidade para ninguém que Drah Senóriah tem enfrentado grandes... desafios. A era X-ul 432 acabou, e tivemos que encarar alguns percalços para adequar todo o nosso aparato tecnológico ao Wh-S 432. Não foi exatamente fácil, nos custou algumas naves — comentou, exibindo um ar de riso ao olhar para o Anuhar —, mas resolvemos.

O Guardião do Ar também sorriu e acariciou os braços da amada, que estava com as costas quase encostadas em seu peitoral.

— Aí, tivemos a notícia de que Brakt seria atacado. Imediatamente nos organizamos para evitar uma tragédia sem igual. Se perdêssemos a fonte do Wh-S 432, prejudicaríamos não só Drah, mas grande parte da galáxia. Então, salvamos o planeta. Mas isso só foi possível devido ao trabalho e o empenho de cada um de vocês. Cada um. — Apontou o indicador para as várias direções, contemplando toda a pista. — É evidente que os nossos guerreiros do Ar puseram um ponto final nessa história, mas até eles chegarem lá, toda a informação levantada — disse, e Tlou, parado um pouco atrás dos Guardiões, estufou o peito —, o aparato bélico e tecnológico testado e escolhido a dedo para a operação, embasando as estratégias discutidas e definidas — enumerou, e Kiyn, encantadora em um vestido colado no corpo esbelto até a altura do joelho, abriu um sorriso discreto reverenciando a sabedoria do seu líder —, além de todo o restante do preparo que não citei aqui, mas não menos importante do que os demais, só foram disponibilizados para nós devido ao empenho de vocês.

Sarynne entrelaçou os dedos nos de Anuhar, pensando na grandiosidade do que ele fizera.

— E isso só ocorre quando se tem confiança — continuou o líder-mor. — Se não confiássemos uns nos outros, não teríamos atingido os nossos objetivos.

Dom Wull demorou um pouco mais para proferir as palavras seguintes.

— O contentamento só não é completo pelo que ocorreu a Wolfar. Em nenhum momento obtivemos a informação de que esses facínoras tinham planos para destruir o planeta, senão teríamos agido também. — Ele encarou Giwân, que o ouvia atentamente, de um dos cantos do salão. — As nossas diferenças são com o Dhrons. Aliás, é ele quem tem diferenças conosco, não canso de repetir, mas nem por isso deixaríamos de tentar evitar uma ação dessa magnitude. A perda é inquestionável, indescritível e imperdoável, e a Federação está trabalhando sem descanso para punir os culpados. E nós contribuiremos com o que nos for solicitado para elucidar o ocorrido.

A plateia estava séria e prestava atenção, e o velho líder procurou Srínol com uma passada de olhos rápida pelo ambiente, mas não o encontrou.

— Para terminar, já que o ciclo é de festa e alegria e vocês devem estar loucos para que eu pare de falar, não poderia deixar de expressar todo o meu orgulho e agradecimento à equipe do Ar que enfrentou desafios nunca antes experimentados. — Cêylix sorriu e Dom Wull encarou o Guardião do Ar com as sobrancelhas levantadas.

Instintivamente, o guerreiro apertou a mão de Sarynne e ela sentiu que era mais por apreensão do que por orgulho ou honra. Quando se virou para encará-lo, porém, ele não retribuiu o olhar, observando o ancião com toda a seriedade, sem piscar.

— Suba aqui, por favor.

Ele beijou a mão da amada e se materializou atrás da mesa que flutuava, junto aos seus líderes.

— Anuhar, quero lhe agradecer aqui e parabenizá-lo, junto à toda a sua equipe, pelo sucesso na missão. Se hoje Drah está assim, firme, forte e festejando, é porque Brakt está em perfeitas condições, produzindo para a galáxia. E, tão importante quanto tudo isso, são os seres que estão vivos e bem graças à sua atuação.

Dom Wull fez uma reverência ao Guardião com o punho fechado sobre o peito, e todos os presentes repetiram o gesto, ao que ele respondeu da mesma forma.

— A palavra é toda sua. — O líder supremo estendeu a mão para o guerreiro, que se virou para a plateia e os encarou.

— Eu teria tanta coisa para falar que não caberia nesta sala, nem neste local — iniciou após alguns segundos de silêncio. — Porque se tudo aconteceu da forma que foi, deve ter alguma razão, que, muitas vezes, foge à nossa compreensão. O fato é que não temos o controle de nada e, quando menos esperamos, o mundo vira de pernas para o ar. E aí nos perguntamos: e agora? — Correu os olhos pelo grande salão. — Somos muito pequenos se comparados ao que existe lá fora, mas devemos ter em mente que um ato nosso, por menor que seja, pode salvar centenas, milhares ou até bilhões de seres. E é para isso que estamos aqui. Nunca nos esqueçamos disso, principalmente nós, presentes nesta sala, que temos como missão tornar o viver dos demais senóriahn mais seguro. Aliás, não só o dos senóriahn, mas do planeta que precisar. E não importa o que apareça, é nosso dever enfrentar. É... é a nossa missão. Não temos para onde olhar pedindo socorro, porque *nós* somos o socorro. Desse modo, reitero as palavras do Dom Wull, porque se não fossem vocês, nem eu nem os bravos guerreiros que me acompanharam ao planetoide estaríamos aqui hoje, e talvez Brakt também não existisse mais. Mas cá estamos, firmes e fortes, com muito a viver. — Olhou nos olhos amarelos que o encaravam. — E a crescer, servindo o nosso planeta com total dedicação. Então, para não me alongar mais, muito obrigado a todos vocês. É isso. — Fez uma reverência com a mão no peito, e quando os ouvintes repetiram o gesto, ele devolveu a palavra a Dom Wull e se materializou ao lado da sua pensativa companheira.

— A todos os presentes, obrigado pela atenção e por todo o trabalho — falou o velho líder. — E não custa lembrar que Drah Senóriah ainda vai precisar muito de vocês, porque, como sabem, tempos difíceis se aproximam. Mas que isso não seja motivo de preocupação, e sim de orgulho para mostrarmos o nosso valor, tantas vezes quantas forem necessárias. Divirtam-se. — Ele abriu os braços e logo o som alto invadiu o ambiente.

Os aplausos foram longos e Sarynne admitiu o quanto Dom Wull era bom com as palavras, capazes de avivar os brios dos senóriahn. Mas a atenção dela estava voltada para o amado, porque ela *sentia* algo diferente nele. Os demais seres que começavam a se movimentar e reiniciar o burburinho não eram prioridade para ela, ao contrário do par de olhos azuis que se mantinham sérios, mesmo que seu dono sorrisse para quem estava ao seu redor.

— Podíamos ficar só mais um pouco e escapar para outro local — Anuhar sugeriu perto do seu ouvido assim que todos que o cercaram para cumprimentá-lo se afastaram.

— Quando quiser.

— Que tal irmos...

Ela tocou os lábios do amado com o dedo.

— Já sei aonde quer ir — respondeu com voz rouca.

— Eu te sinalizo, então.

—Vou esperar.

# CAPÍTULO 72

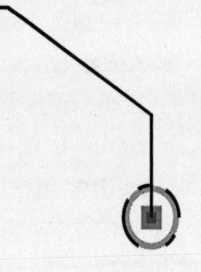

Sarynne se teletransportou direto da festa até o topo da C-M-9, onde Anuhar já a aguardava. Ele havia tirado o intercomunicador e o deixado ao seu lado na pedra, iluminando os arredores, assim eles teriam uma boa visão das proximidades.

— Ooolha, não é que ela sabia mesmo para onde eu queria vir? — brincou o guerreiro, rindo.

— Só para informar, não tive nem dúvida. — Ela também sorriu.

A brisa fresca da noite batia sobre ambos, como que para recepcioná-los, junto aos animais noturnos que cantavam ou marcavam presença nos seus respectivos habitats. E esses sons não incomodavam nenhum dos dois, porque um só tinha a atenção voltada para o outro.

— Isso é perigoso, porque demonstra que você está me conhecendo bem — ele respondeu, admirando-a.

— Te incomoda?

— Sinceramente? Não mais. — Negou com a cabeça.

Ela lhe acariciou o cabelo, que dançava sob o vento.

— Você é tão bonito.

— Fico contente que goste do que vê. Obrigado.

— Você está diferente.

O Guardião a largou e olhou para o horizonte.

— Não canso de apreciar essa paisagem. — Ele pegou o intercomunicador e direcionou a claridade para a frente.

— Ela é linda, mesmo. — Sarynne também olhou ao redor. — Em que está pensando, Anuhar? — Ela se abraçou devido ao ar fresco, que a deixava arrepiada.

— Que a caminhada tem um modo peculiar de fazer as coisas acontecerem. — Mesmo que os senóriahn pudessem controlar a temperatura corporal, o guerreiro despiu a casaca e a colocou nas costas da amada.

— Pensando em Wolfar? — Ele assentiu. — E por que está dizendo isso?

— Porque aconteceu na minha mão.

*E tinha que ser desse jeito. Será que você fez a passagem só para eu ir até o Plnt – 45 e daí Wolfar ser destruído?*, os pensamentos vieram rápido.

— Muito louco tudo isso — comentou ela, franzindo a testa e segurando a casaca com as duas mãos cruzadas em frente ao corpo. — Infelizmente, não se tem como mudar o que aconteceu. — Ele a encarou profundamente. — Então precisamos continuar o nosso viver.

— Eu sei, mas esse fato vai ficar cravado em mim para sempre. E por essa razão passei a enxergar o mundo com outros olhos. Aliás, mudei mais nesses últimos tempos do que em todo o restante da minha caminhada, tanto que nem me reconheço mais. — Sorriu.

— Por isso, mais uma vez você está certa quando diz que estou diferente. — Ele olhou novamente ao redor, apoiando as mãos no quadril. — Mesmo com tantas perdas e tropeços, eu me sinto mais forte. Parece loucura, mas é exatamente assim que me vejo.

— Entendo tudo o que falou e te admiro por admitir o quanto o mundo ainda te afeta. Essa história de Wolfar foi realmente grande, mas você vê a grandeza do que conseguiu evitar?

O Guardião a abraçou com força e fechou os olhos.

— Sei que foi grande.

*Você não imagina o quanto...* Ele beijou a testa de Sarynne.

— Então faça uma forcinha para separar as coisas. Alguém destruiu Wolfar e outro alguém salvou Brakt. De algum modo as duas histórias se entrelaçam, mas continuam sendo *duas* histórias.

O guerreiro pensou nas investigações que, em um futuro não tão longínquo, deveriam comprovar essas palavras para a Federação. Caso contrário, Drah teria que arcar com sabe-se lá quais consequências. Mas decidiu que não sofreria por antecipação. Agora viveria o momento, no sentido mais profundo do termo.

Deu um sorriso discreto, afastou-se um pouquinho e olhou para Sarynne com carinho.

— Esse novo Anuhar também tem a ver com você. Não tenha dúvida de que hoje vejo as coisas sob prismas que antes não via.

Ela afagou-lhe o rosto com as costas da mão.

— Também mudei. Estou *me* vendo de forma diferente, vendo você, nós. Também vejo o mundo de outra forma e estou gostando disso. Para mim, é como se eu fosse começar uma nova etapa...

— E vai. Vamos viver juntos e isso representa uma nova fase.

— É claro que sim, e estou muito feliz. — Ela lhe deu um beijo leve nos lábios. — Mas estou falando de mim, do que está aqui dentro. — Sarynne tocou o peito com o punho cerrado. — É como se eu estivesse renascendo...

*Ah, meu amor, você não faz ideia...* Anuhar a abraçou, como se, com o calor do abraço, pudesse bloquear o gelo que tomava o seu corpo.

— Que esse renascimento seja pleno. — Ele refletiu por alguns segundos. — Que esse renascimento seja pleno para você, para mim, como ser e como Guardião, e para nós, como casal.

Sarynne o fitou, embevecida. Não havia palavras para traduzir o que sentia. Seu corpo inteiro vibrava, e era imenso o ímpeto de abraçar o planeta. Ou melhor, a galáxia. Ou, quem sabe, todas as galáxias, porque o amor transbordava por sua pele. O amor pelo guerreiro, mas também pela sua mais nova aliada: a força que via emanar de si.

O Guardião encostou a testa na dela e ficaram assim, de olhos fechados, por longos minutos. Então ele se afastou e a fitou com carinho, medindo-a da cabeça aos pés.

— Eu já te disse que você está linda hoje? Quer dizer, mais linda do que o normal?

— Foi por isso que pediu para eu não mudar de roupa antes de vir para cá?

— Ué, hoje não é um ciclo de festa? Lá embaixo tem música, aqui tem o som das aves e dos animais. Quer ver? — Ele a segurou pela cintura e deu alguns passos de dança ao som dos gritos agudos de uma revoada longínqua.

Ambos riram alto. E quando seus olhos se encontraram, o beijo aconteceu naturalmente. Em seguida vieram o abraço mais apertado, as carícias dela no pescoço e no cabelo dele, e as mãos másculas descendo pelas costas e pelo quadril da amada.

O volume crescendo entre as pernas do Guardião e a umidade cremosa entre as dela foram consequências imediatas dos toques e da taquicardia.

—Vamos? — Anuhar perguntou, e Sarynne apenas assentiu.

No instante seguinte estavam deitados na cama macia do aposento do guerreiro, nus, sendo consumidos pela volúpia, que apenas traduzia a grandeza do sentimento que os consumia. A compreensão do que um significava para o outro, do que representava o viver com alguém ao seu lado, do seu próprio crescimento e, por essa razão, do quanto uma relação poderia ser sólida, apesar de todos os erros e tropeços que pudessem cometer. Afinal, esse é o real significado de uma caminhada.

# CAPÍTULO 73
## *Kréfyéz*

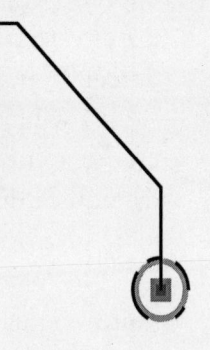

O corredor do quarto de Lyna e Dhrons dava para uma porta que, quando aberta, mostrava um conjunto de salas do lado esquerdo, ao fundo do imenso galpão onde ficavam as naves que pousavam em Kréfyéz, e onde também estivera a que tinham usado para vir de Worg, enquanto os pilotos permaneceram por lá.

Era preciso manter o máximo de discrição, por isso os plouzden vinham nas suas folgas, fazendo um rodízio para que sempre houvesse mão de obra para a produção da Substituta.

Estavam sendo utilizadas várias salas contíguas a partir da sétima, contando depois da entrada no corredor, das quais haviam sido retiradas paredes internas, transformando-as em um grande ambiente de produção. A ex-nynfa se perguntava se a logística seria ao menos semelhante à de Drah, mas pelo que conhecia da estrutura e tecnologia de lá, supunha que a resposta fosse não.

A fabricação já iniciara, e ainda que fosse de forma rudimentar, eles já haviam produzido o primeiro lote do produto. É claro que Dhrons exigira um espaço maior, equipamentos mais avançados e mais seres trabalhando, mas quando um local é *cedido*, não importa o tom de voz, nem as palavras que se use, utiliza-se o que se tem e pronto. Isso arruinava o humor do líder wolfare, que, se já era implacável antes, piorara drasticamente depois do desaparecimento de Wolfar.

Definitivamente o ancião não era mais o mesmo. Depois que saiu do torpor causado pelo choque de perder seu planeta, passara ciclos inteiros analisando estratégias e buscando caminhos para transformar o que tinha em uma vingança consistente. A névoa de rancor e ódio que carregava alterara até a sua expressão. Seus olhos mantinham-se negros e, por essa razão, tanto os wolfares quanto Lyna se comunicavam com ele apenas quando absolutamente necessário. O cuidado que a ex-nynfa tomava era ainda maior, uma vez que eles dividiam o mesmo quarto, onde ele se mantinha no mais absoluto silêncio, o que para ela significava um risco dos grandes.

O movimento de entrada e saída na "fábrica" da Substituta era expressivo. Kréfyézios, plouzden e alguns poucos wolfares seguidores do seu líder trabalhavam com afinco.

É claro que muitos não conheciam as intenções do ex-governante wolfare, então simplesmente trabalhavam. Pela carranca e pelas poucas palavras de Dhrons, nem Lyna sabia se a estratégia dele ainda era a mesma. Mas perguntar não estava nos planos dela. Se alguém sabia de algo, ela apostava em Fhêrg, dado que ambos viviam conversando pelos cantos.

As etapas para a manipulação das substâncias eram muitas, mas o processo caminhava a contento, tanto que, nesses poucos ciclos, a fabricação já superava a de Worg, visto que lá ela fora ainda mais limitada.

O pequeno ser adentrou a sala acompanhado da ex-nynfa, muito a contragosto. Porém, o desejo de conhecer mais o processo, além do alto grau de saturação por ficar confinada grande parte do tempo no pequeno cômodo do casal, fizeram com que ela ignorasse as palavras nada meigas que ele lhe proferira quando informou que o acompanharia na visita.

Ao chegarem, aproximaram-se do engenheiro de testas pulsantes, que estava mais assustado pelo que acontecera em Wolfar do que propriamente chorando pela perda de alguém. Ele havia passado todas as instruções para a organização da logística de produção, após ter absorvido boa parte do processo com os plouzden que trabalhavam com isso em Worg. O ser de barba clara e rala conversava com o cientista, que anteriormente já vivia só, e que, agora, mais do que nunca, era alguém sozinho no mundo e sem nada a perder. Com eles, encontrava-se um Fhêrg sério e inconformado pela perda da companheira em Wolfar.

Os três se viraram para Dhrons quando ele se aproximou do grupo.

— Já estamos próximos da escala desejada? — perguntou o ancião, no idioma wolfare, sem preâmbulos.

— Ainda não — respondeu o engenheiro. — Mas é uma questão de tempo.

— Não temos tempo — rosnou o ex-líder de Wolfar, apertando os dedos das mãos com força.

— Mas uma produção como essa não é montada em um piscar de olhos. Mesmo Drah, com todo o seu poderio tecnológico, demorou mais do que esses longos ciclos para ter um processo confiável com o Wh-S 432.

O pequeno ser bufou.

— Dhrons, não tem como atropelar esse processo — argumentou o outro wolfare, erguendo as testas —, sob o risco de algo não funcionar ou, pelo menos, não funcionar adequadamente. E isso pode gerar retrabalho. Então não dá para fugir de cada passo.

Ele olhou com cara feia para o homem.

— Resolvam isso rápido. Fhêrg, preciso falar com você. — Deu as costas ao grupo e se dirigiu para o canto da sala.

Sem muita — ou nenhuma — opção, o seu braço direito o seguiu até onde ficavam os equipamentos que captavam o novo elemento, trazido clandestinamente pelos plouzden até Kréfyéz para ser manipulado.

— Conseguiu os contatos que pedi?

— Dos três planetas que indicou, só estou esperando a resposta de um deles. Os outros estão aguardando o nosso convite para conversar.

— Muito bom. — Dhrons examinava o instrumento que sugava o elemento aos poucos e o transportava para a segunda etapa da sua transformação.

— É importante que ninguém saiba sobre isso, pelo menos por enquanto. Ninguém...

— A Lyna não tira os olhos de nós. — Fhêrg olhou de soslaio para trás enquanto ela os observava. — Já há algum tempo.

— Não importa o que ela pergunte, faça-se de desentendido. Você sabe como agir.

— Fique tranquilo. — Levou a mão à testa superior proeminente. — Ela não me preocupa tanto, tenho mais receio do Kroith. E se ele desconfiar?

— Ele *não* pode saber. Não pode. Se desconfiar, damos um jeito de enrolá-lo. Não deve ser difícil, já que inteligência não é o forte dele.

— Precisamos encontrar argumentos bem convincentes.

— Fhêrg. — O velho líder deu um passo em direção ao seu braço direito, e este recuou por instinto. — Com exceção de nós dois, ninguém saberá o que pretendemos, como faremos, ou quem estará conosco nessa empreitada, entendeu?

O ser de pele rubra assentiu com a cabeça.

— Entendeu mesmo? — Dhrons o encarou, erguendo as sobrancelhas.

— Entendi.

— Então, ótimo. Só me avise quando tiver o retorno que falta — ordenou, antes de deixar a sala sem olhar para trás.

Caminhando com passos firmes, seus pensamentos fluíam intensos, e ele estava determinado a seguir em frente com o plano em busca da ruína de Drah. E ninguém além dele teria todas as informações, nem o prestativo Fhêrg. Se havia aprendido algo, era que não deveria confiar integralmente em nenhum ser, mesmo nos mais próximos.

Sua ânsia de vingança era tanta que, toda vez que pensava nisso, seu estômago se fechava, chegando a lhe causar um tremor pelo corpo. A Substituta seria a sua conexão com as centenas de pequenos planetas da galáxia, que, assim como Wolfar, não tinham acesso ou proximidade com a Federação.

Ao chegar no quarto, de onde ele saía apenas em momentos absolutamente necessários, abriu a porta, entrou e se encostou nela. Fechou os olhos e, como fazia em todos os ciclos kréfyézios, pensou em Wolfar. Na coloração amarelada do solo e da maioria das pedras, na infância, em como chegou ao poder, e em tudo que construíra por lá.

Seu rosto foi esquentando, as suas testas ficando vermelhas e precisou de muito autocontrole para não permitir que seus pequenos olhos enegrecidos fossem inundados pelas lágrimas leitosas.

Pensou em Drah e nos guerreiros que tinham ido ao planetoide e destruído Wolfar. E nos plouzden incompetentes que não os haviam impedido... Essa fora mais uma lição aprendida: quando houvesse uma ação importante, seu pessoal participaria.

*Meu pessoal... O que sobrou dele...* Cobriu os olhos com as mãos.

Ainda não sabia como os senóriahn ficaram cientes do seu plano, mas descobriria. E revidaria. Ninguém destrói um planeta dessa forma e sai impune. Como não confiava na Federação para puni-los como mereciam, faria acontecer com as próprias mãos.

Só que, dessa vez, com alguns cuidados extras. E requintes de crueldade.

---

### Drah Senóriah

Alessandra permanecia deitada com a cabeça no peito do seu grande amor. Ambos estavam nus, e agora descansavam depois de uma sessão longa e tórrida de paixão e prazer.

Yan se encontrava em sono profundo e a envolvia com um dos braços, que ela manteve sobre a sua cintura, mesmo que pesasse. O guerreiro precisava desse sono reparador, e ela não deixava de sentir certo — para não dizer imenso — orgulho de lhe prover essa sustentação.

Quem sonhava com o poder, mesmo em Drah Senóriah, onde os valores se diferenciavam dos da Terra, não fazia ideia do custo alto que envolvia. Para se ter poder, era preciso ter estrutura, porque por mais que parecesse se tratar apenas de glamour, quando se pensava racionalmente, via-se que de glamour não tinha nada, levando-se em conta as responsabilidades de cada decisão.

Ela se ajeitou para observar melhor o Guardião. Os cílios espessos embelezavam o rosto bem definido e, ao olhar para os lábios que descansavam serenos, conteve o ímpeto de sugá-los e lambê-los, como fazia costumeiramente para provocar o parceiro, antes do beijo ardente que vinha em seguida.

*Como você é lindo, meu amor...* Acariciou-lhe o rosto. *E como sou grata por ter ido me buscar tão longe.* Não resistiu e beijou-lhe a face.

O primeiro blecaute foi sutil. Uma imagem escura tomou-lhe a visão e ela se afastou do guerreiro. Respirou e aguardou, mas sua visão voltou ao normal. Suspirou e apoiou o cotovelo no travesseiro e a cabeça na mão. Se Yan abrisse os olhos nesse instante, teria, na sua primeira linha de visão, os seios da amada.

O segundo apagão veio acompanhado de um espasmo que começou leve, mas com o terceiro, ele se intensificou, tirando de Alessandra um gemido forte.

Ela voltou a se deitar e se esforçou para respirar, mas a dor veio de novo e a escuridão também, agora mesclada com algumas imagens indefinidas. Ela sabia que não tinha nada de conto de fadas ali. Contraiu os braços e as mãos, e acabou tocando o Guardião sem querer.

— Ale? ... Ale? O que está acontecendo? — Ele acendeu a luz com a mente.

Ela não conseguiu responder. Suava frio...

— Vou chamar o Ahrk.

Alessandra negou com a cabeça e ele, já de joelhos na cama, tirou-lhe o lençol em uma tentativa infrutífera de descobrir o que a atingia.

Ela então se retorceu e ficou em posição fetal, arfando. Inspirou e expirou com dificuldade, uma, duas, três vezes.

A visão foi retornando devagar e os espasmos diminuíram. Consequentemente, a respiração foi regularizando de forma gradativa, até normalizar.

Yan, ainda tenso, deu o tempo necessário para a sua amada se recuperar.

— Melhorou? — perguntou, preocupado.

— Sim — ela respondeu, já conseguindo olhá-lo nos olhos.

— Se não me permitiu chamar o Ahrk é porque a causa não foi física, certo?

— Certo — respondeu baixinho.

— Ale, você não está se desenvolvendo para que o que quer que venha a captar não a atinja desse modo, meu amor?

— Estou. — Ela o encarou. — Mas nunca senti nada parecido com isso. — Respirou devagar e o olhou direto nos olhos.

—Você consegue passar alguma informação mais específica?

— Não. Ao que tudo indica, ainda não tem algo totalmente estruturado. Só fico impressionada que mesmo um planeta tão mais evoluído que a Terra também esteja sujeito a tanta maldade, interesse ou sei lá o quê. Yan, temos que nos prevenir.

O guerreiro apenas a abraçou.

# CAPÍTULO 74

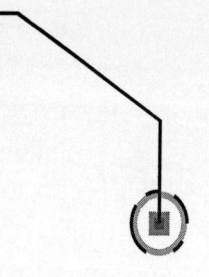

No ciclo seguinte, Yan refletia sobre o fato de não terem ainda nenhuma novidade sobre as investigações no planetoide, nem sobre o paradeiro de Dhrons. E remoía as palavras de Alessandra. Era bastante complicado saber que viria uma tormenta sem conhecer do que se tratava.

Ele bufou.

— Oi, Cêylix — disse, ao atender o intercomunicador.

— *Podemos falar?*

— Estou na minha sala. Pode se materializar direto aqui dentro.

— Vou ser rápida — a cientista informou ao surgir diante do Guardião. — Então...

Ele apenas a encarou.

— Lembra que comentei com você que iríamos pesquisar sobre o aparecimento do Transportador de Consciência e do desenvolvimento da sua pesquisa? — Ele concordou sem tirar os olhos dela. — Dá uma olhada nisto aqui, que pegamos das câmeras de segurança.

Ela projetou uma imagem em 3D a partir do seu intercomunicador, na qual o laboratório aparecia totalmente vazio. Quando Yan ia questioná-la, um ser surgiu dentro da mesma sala de reuniões que eles haviam usado tantas vezes nos últimos ciclos, carregando a caixa. Vestido de preto da cabeça aos pés, literalmente, porque usava um capuz, ele colocou o objeto na mesinha do canto e desapareceu.

O guerreiro franziu o cenho.

— Continue assistindo. Pedi para o pessoal do Tlou mandar as imagens de todas as câmeras do laboratório... e olha o que encontramos.

Ambos retornaram a atenção à projeção, que agora mostrava a sala de Cêylix, onde, de repente, o ser apareceu. Não mexeu em nada, só olhou por tudo ao redor, sempre de costas para as câmeras, e sumiu.

— É só isso?

—Seja honesto. Se "ele" fosse quem você imagina, e se estivesse no lugar dele, você teria ido embora assim?

— Não —Yan respondeu com um gelo no estômago.

— Exato... — comentou a cientista, os olhos prateados mais brilhantes do que nunca, apontando para a projeção. — Acreditando nos meus instintos, pedi as imagens de onde supus que ele pudesse ter ido, conhecendo-o. Olhe...

A projeção mostrava o recinto da saúde e, mesmo de longe, já que não havia câmeras no interior dos quartos, via-se perfeitamente o ser de preto ao lado de Alessandra, observando-a. Ele se abaixou, ao que tudo indicava, para dar-lhe um beijo, e quando se levantou, o capuz deslizou para baixo.

— Era o que nós precisávamos — disse a cientista, paralisando a cena e aproximando-a várias vezes.

— É ele mesmo...

— Ainda tem mais, Yan.

O Guardião franziu ainda mais a testa, encarando Cêylix, que só apontou para a projeção e descongelou a imagem.

O ser de capuz olhou para a frente, fez uma leve reverência com o punho direito fechado sobre o peito, próximo ao coração, falou com alguém, deu um pequeno sorriso, trocou mais algumas palavras, tocou o peito novamente, beijou a mão de Alessandra e sumiu.

— Com quem ele conversou? — perguntou o guerreiro.

— Não sabemos. — Ela negou com a cabeça, e ele a encarou. — Nenhuma câmera pegou absolutamente nada. Ninguém entrou, saiu ou se movimentou pelas proximidades do quarto da Ale nesse horário. Tlou já interrogou todos que estavam naquele turno e ninguém viu nada de anormal.

Yan encostou na cadeira bem devagar. Diferentemente de quando alguém entra na frequência de um ser que fez a passagem e consegue contato com ele, os dois líderes só tinham perguntas para o que tinham acabado de assistir.

Ross, de algum modo, estava em seu corpo físico e, depois de deixar a caixa no laboratório e visitar a sala que ocupara por tanto tempo, viera ver a filha com quem convivera tão pouco. O mesmo Ross que fizera a passagem já havia um bom tempo. E alguém em Drah Senóriah se comunicava com ele.

# EPÍLOGO
## *Plouzd*

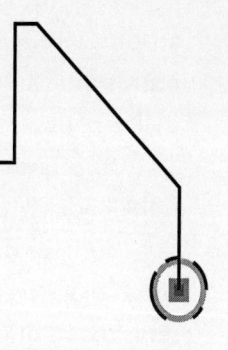

Andando até a entrada suntuosa da Primeira Mansão de Plouzd para a tão esperada conversa com a Soberana Suénn, Rhol repassava todos os seus objetivos sem imaginar como seria recebido por ela. Ele buscava maior aproximação entre os dois planetas, quem sabe até uma parceria, porque, dessa forma, Drah poderia prover toda a segurança de que Plouzd porventura carecesse, assim como poderia disponibilizar todo o aparato científico necessário para as pesquisas locais.

Desejava descobrir quem era, como era e o que pretendia a líder que estava prestes a conhecer. Não fazia ideia do quanto ela se envolvia com assuntos da galáxia, e nem se era idônea. Aliás, não sabia se era uma anciã ou se submetera Plouzd às diretrizes da Federação. O Guardião também planejava conhecer seus auxiliares diretos, ou, em outras palavras, toda a liderança plouzden, com quem ela pudesse estar acomunada.

Independentemente de todos esses objetivos, ele apreciava as belezas naturais dali, porque, ainda que em pequenas proporções, o local possuía características bastante incomuns se comparado ao restante da galáxia.

Não existia Sol que o iluminasse. A claridade e o calor eram gerados pelos cristais plouzds, responsáveis pelo nome do planeta, que brilhavam intensamente quando, no seu movimento de rotação, ficavam "de frente" para Cc – Áhiys, um corpo celeste cuja composição causava reações que os esquentavam e os faziam brilhar.

De acordo com o que o guerreiro havia compreendido sobre as informações passadas por Farym, como esses minerais eram absolutamente imensos, a distância e o estímulo do corpo celeste representavam a forma como a natureza provera Plouzd com calor e claridade.

O Guardião do Fogo passou pela imensa porta principal, toda trabalhada de um material semelhante à pedra, que ele supôs ser um dos milhares de minerais ali existentes. Logo imaginou com quantas substâncias nunca antes vistas ele se depararia, e se perguntou se os seres locais eram capacitados para reconhecer cada uma dessas maravilhas, ou pelo menos parte delas.

Andando pelo grande corredor central da Mansão, acompanhado pelos três plouzden que o haviam buscado nas instalações onde se hospedara, Rhol, como grande observador que era, admirava cada ornamento dentre as várias portas pelas quais passava, com os seus mais diversos elementos. Os plouzden eram seres de poucas palavras, mas foram bastante atenciosos desde a sua chegada, no ciclo anterior junto à sua comitiva, provendo-lhes as melhores acomodações e toda a atenção de que necessitavam.

A Soberana Suénn o aguardava, uma vez que Drah Senóriah e Plouzd sempre tiveram boas relações, e também porque Dom Wull abrira o canal para uma maior aproximação entre ambos.

No final do corredor, havia uma janela enorme, através da qual pôde apreciar um vasto jardim, ele chamaria assim, mesmo que contivesse mais minerais do que vegetais, em diversos tons pastel.

Subiram a rampa ao lado da janela, que clareava todos os andares da Mansão, por conta da decisão da Soberana de atender o Guardião não na sua sala de trabalho, mas na de visitas, no segundo andar. Por isso, ao chegarem no piso superior, dirigiram-se para a porta mais próxima, onde um dos acompanhantes se identificou, pedindo que os outros três aguardassem do lado de fora.

Rhol não sabia o que esperar dessa primeira conversa, mas faria o seu trabalho da melhor maneira, junto com as investigações envoltas por toda a discrição. Graças à equipe de Tlou, que viera representada por um ser, ele logo descobriria se a governante local estava envolvida no ataque a Brakt e Wolfar.

—Você pode entrar — disse o plouzden que adentrara a sala, e agora voltara para chamá-lo. — Por aqui. — Ele lhe indicou o caminho, no seu idioma raiz, cuja programação completa fora inserida nos senóriahn antes de viajarem.

O guerreiro agradeceu, perguntando-se por que existiam locais com tanta riqueza e conhecimento e outros com tanta carência. Sem ser um contrassenso, Plouzd, com suas belezas naturais e solo rico, não dispunha de todos os recursos para que os seres que ali habitavam tivessem uma caminhada plena, nem oferecia todas as condições de desenvolvimento e crescimento. Pensando nisso, ele se sentia bem em estar ali, porque tinha certeza de que teria total condição de contribuir, independentemente do que descobrissem.

Entrou na grande sala com vários ambientes evidenciados apenas pelo mobiliário, enquanto o plouzden os deixava a sós. Ao fundo, próxima à janela, a Soberana Suénn estava de frente para o jardim e, por alguma razão, o coração do Guardião começou a bater mais rápido.

Ele deu mais alguns passos, sem prestar atenção aos móveis que ficavam logo na entrada da ampla sala de visitas, ou à grande mesa de refeições, acomodada mais perto da janela. Parou a uma boa distância da mulher alta, esguia, cujo cabelo branco, reto e liso ia até a altura do quadril.

— Estou me perguntando, desde o contato do seu líder, o que é importante a ponto de trazer Drah Senóriah até nós — falou ela, ainda de costas para ele.

— Eu a saúdo. Sou o Guardião do Fogo de Drah e meu nome é Rhol. — Ele pôs as mãos para trás, aguardando uma resposta.

— Sei quem você é. — Ela se virou e o encarou com seus olhos verde-claros brilhando. — É o Guardião responsável por toda a tecnologia de Drah Senóriah, com uma forte ligação com o fogo, capaz até de gerá-lo com as mãos. Um dos seres mais cultos de lá, e é por isso que me pergunto por que Drah enviou um dos seus maiores líderes até aqui.

O guerreiro se controlou para não franzir a testa. Não estava acostumado a se defrontar com seres que soubessem mais sobre ele do que o contrário. Demorou mais do que gostaria para responder. E os olhos dela eram de uma tonalidade tão peculiar...

— Entendemos que está na hora de uma maior aproximação entre os dois planetas — disse ele, por fim.

— É isso mesmo ou essa visita é uma forma velada de investigação a Plouzd?

Articulando uma resposta, Rhol soube que a sua missão ali seria bem mais difícil do que havia imaginado.

Fim

# GUIA DE PERSONAGENS

**DRAH SENÓRIAH**
*Liderança:*
- Dom Wull – Líder-mor de Drah
- Matriahrca – Principal Conselheira de Dom Wull

*Mentora:*
- Grammda – Ser mais poderoso do planeta

*Comando de Defesa (Guardiões):*
- Yan – Líder dos Guardiões
- Farym – Líder dos Guardiões das Terras de Drah
- Anuhar – Líder dos Guardiões do Ar de Drah
    - Sarynne – Ser generalista que está auxiliando o time do Ar e companheira de Anuhar
    - Lêunny – Substituto de Anuhar
    - Xeokly – Piloto do time do Ar
- Nillys – Líder dos Guardiões das Águas de Drah
- Rhol – Líder dos Guardiões do Fogo de Drah
    - Kyin – Substituta de Rhol

*Híbrida:*
- Alessandra – Nascida na Terra, com poderes que auxiliam Drah, e companheira de Yan

*Cientistas:*
- Ross – Ex-cientista-mor do planeta
- Cêylix – Atual cientista-mor
- Rovhénn – Cientista que está trabalhando com a equipe do Fogo

*Instrutores:*
- Druann – Treinador físico

*Nynfas:*
- Lyna – Nynfa que traiu Drah Senóriah e foi para Wolfar

*Operações Investigativas:*
- Tlou – Líder das Operações Investigativas

*Versados em Saúde:*
- Ahrk – Líder local dos versados em saúde

*Famílias:*
- Dom Wull – Genitor de Yan
- Kihara – Genitora de Yan
- Ross – Genitor de Alessandra
- Lásyne – Genitora de Anuhar

## WOLFAR

*Liderança:*
- Dhrons – Líder-mor de Wolfar
  - Fhêrg – Atual braço direito de Dhrons

*Cientistas:*
- Srínol – Cientista que vai a Drah Senóriah

**Plouzd**
*Liderança:*
- Soberana Suénn – Líder-mor de Plouzd

*Worg*
**Base de apoio a Plouzd:**
- Kroith – Um dos responsáveis pelas extrações de Plouzd
- Gigante – Braço direito de Kroith

**Federação Intergaláctica**
- Giwân – Representante da Federação que está em Drah